されど罪人は竜と踊る 23

猟犬に哀れみの首輪を

Dances with the Dragons

浅井ラボ
［イラスト］
ざいん

ユシス

ギギナ
ガユス

バロメロオ

されど罪人は竜と踊る 23

Dances with the Dragons

猟犬に哀れみの首輪を

浅井ラボ

［イラスト］
ざいん

登場人物

ガユス————異国の地でも特大の災厄に出会う攻性咒式士（こうせいじゅしきし）
ギギナ————斬るは一瞬の恥、斬らぬは一生の恥という剣舞士（けんまいし）
ジヴーニャ————ガユスの妻、半アルリアン人
ドルトン————機工士
デリューヒン————元軍人
テセオン————識剣士
ピリカヤ————智天士（ヒエルビン）
リコリオ————整備士兼狙撃手
ニャルン————ヤニャ人の勇士
シビエッリ————法院アブソリエル支部、法務官
ソダン————法院アブソリエル支部、中級査問官
カチュカ————戦乱に巻きこまれた、ゴーズ人の少女
イチェード————後アブソリエル帝国、初代皇帝
イェドニス————イチェードの弟、皇太子
ペヴァルア————イチェードの妻
ロムデア————六大天ロマロト老の息子
ダンガーディオ——六大天アッテンビーヤの副官
ブレオム————六大天アッテンビーヤの副官
バロメロオ————モルディーン十二翼将三位、筆頭代理
ニニョス————神聖イージェス教国、第十五枢機将
メルジャコブ————神聖イージェス教国、第十四枢機将
ワーリャスフ————〈踊る夜〉の一人、調律者
ウーディース————〈踊る夜〉の一人、氷炎の男
ガズモズ————〈大禍つ式〉で〈享楽派〉の大侯爵
プファウ・ファウ——〈大禍つ式〉で〈享楽派〉の侯爵
トタタ・スカヤ————〈大禍つ式〉で〈享楽派〉の大総裁
マググッツ————〈黒竜派〉の八竜の一角、青咒竜
ピエテイレモノ——〈黒竜派〉の八竜の一角、悲愴竜
ゲ・ウヌラクノギア—〈黒竜派〉が崇拝する黒淄龍

ウコウト大陸

ネデンシア人民共和国
神聖イージェス教国
アレトン共和国
コキューシア連邦
ピエゾ連邦共和国
ドルジア王国
ゼイン公国
東方二十三
諸国家連合
ツェベルン龍皇国
イベベリア共和国
後アブソリエル
公国
聖地アルソーク
エリダナ
ナーデン王国
ゴーズ共和国
ルゲニア共和国
ラペトデス七都市同盟
マルドル共和国
ルルガナ内海
ウルムン人民共和国
ソリティア共和国
ハオル王国
バッハルバ
大光国

ジェストホテル
パンハイマ
綜合警備保障
ツザン診療所
BAR青い煉獄
エリダナ市庁舎
オリエラル
大橋
プロウス軽飯店
アシュレイ・ブフ&ソレル
咒式事務所
ラルゴンキン咒式事務所
エリダナ中央病院
パルディナ川
ロルカ屋
銀鱗亭
海鳥亭
オルテナ橋
ガーソン造船所
ラズリー造船所
テンペリオンビル
ゴーゼス経済特区

目次

○・五章　記憶の残滓

夏の日射しを受けた大地が、触れている頬(ほお)や手に熱い。服の下の背中に汗。口のなかは血の味がする。

日射しを背景に、若い男たちが倒れた俺を見下ろしてきた。そろって派手な服を着ているが、生地は安物だ。クソどもの中心は、魔杖剣(まじょうけん)を腰に差しているオレットだ。

「ガユス、おめえ調子に乗るなよ」

オレットは傍(かたわ)らを見る。俺に殴られた、三人の青年が倒れている。それぞれ腹や腕を押さえて呻(うめ)いている。ハラウド、アッカエ、バッゴと名乗ってきたが、どれが誰(だれ)だかはどうでもいい。倒れている若い三人を見て、他の六人が笑っている。

笑うオレットが顔をしかめる。俺に殴られた頬が腫(は)れはじめていて、いい気味だ。大地に倒れている俺の笑いに気づき、オレットの顔に不快感が浮かびあがる。

「どれだけ勉強ができようが女に好かれようが、ついでに多少は強かろうが、一人じゃ俺らに勝てないんだ」

オレットが吐き捨てた。九人は俺より年長で、素行不良で学校を退学になったものや、職場を解雇されたやつらだ。行き場所もなくつるんでいるが、黒社会に入るのも怖い。そこで警察が無視してくれる範囲で、細々と悪さをしている。リカンドやポトルといった年長組は悪名が町に響き、オレットが最悪だ。

悪さのひとつとして、町で目立っていて気に入らない俺を車に押しこみ、町の郊外にある山に連れてきて、囲んで殴る、というわけだ。なぜに冷静なんだ俺？

「分かってんのか、おお、ガユスよ？」

オレットが重ねて問うてきたが、俺の感想は決まっている。

「アホか」

地に這(は)いながらも、俺は言い返す。

「こんな田舎町での上下にこだわるなんて、俺にバカにされるに決まっている」

「てめえっ」

俺の指摘で男たちが気色ばむが、知ったことか。

「だいたい学校で少し目立つ俺が、おまえらになんの関係がある。無職仲間の小競り合いは他でやれよ」

重ねて俺は笑ってやる。対してオレットの顔から表情が落ちていった。前に出て、足を引いて、前へ蹴(け)りだす。脇腹(わきばら)を蹴られて俺は転がる。とんでもなく痛くて、呻(うめ)く。

痛いが、向こうは九人がかりでやってきて三人やられて、俺は殴り倒された。双方の面目は立って、これで終わりだろう。

「もうおまえは死ね」

オレットは憎悪の目で言った。取り巻きたちが進んでくる。まだやることに俺は驚く。本当に殺されはしないと思っていたが、オレットたちの頭の悪さを見くびっていたかもしれない。俺を九人がかりで殺したら、絶対に死刑になると分かっていない。急に恐ろしくなってきた。

「ガユスを殺されては困る」

横からの声でオレットたちの動きが止まる。全員が右を見ると、林に並ぶ木々の間に人影があった。

「なんだてめえ」

「そこのガユスの兄貴だよ」

相手が言いながら、木々の間から出てくる。名前と姿で、オレットたちの顔色が変わる。現れたのは俺と似た赤い髪に青い目。長身の青年だった。

「ユシス兄貴っ」

地に這いながらも、俺は思わず喜びの声をあげる。ソレル家の次男で俺の兄貴、ユシスがなぜかここにいる。それだけでもう安心安全、大解決だった。

「ユシス、がなぜ、ここ、いる」

青年の一人が問うた声がもう怯えている。何人かはすでに腰が引けて、少し下がってしまっている。

「なぜって、今は夏休みだから、ちょいと帰省したんだが」

ユシスは軽く言った。

「あと、オレットはともかく、俺はおまえより年上だ。さん付けしろよ」

ユシスが言うと、問うた青年が怯えて腰が引けていった。ユシスの目が右から左へと眺めていく。

「で、俺がいないからと、弟のガユスに喧嘩を売るわけか」

ユシスに見られただけで不良たちは怯え、恐怖の顔となる。誰もがユシスと視線を合わせられない。

「オレット、前にこういうバカなことをするなと、おまえの腕と足を折ってやったのを忘れたのか?」

ユシスが言うと、オレットの顔にも怯えが浮かぶ。思わず左手で右腕を抱え、左足を引く。その二カ所が以前にユシスに折られた手足だろう。

ここらの若者でユシスを知らないものはいない。容姿端麗、頭脳明晰。なにより常識外れに強い。数少ない町の不良や乱暴者たちも難癖をつけてきたが、全員を殴り倒してきた。

ユシスは十代にして、町に現れた〈異貌のものども〉の討伐隊に十数回も参加している。大人たちが負傷して怯えるなか、ユシスが魔杖剣で倒す場面が多かった。

　本当の殺しあいを制してきたユシスにとって、オレットたちなど小者にしか見えないだろう。オレットたちも当然ユシスが怖い。強さもあるが、敵とみなせば平然と手足を折る怖さがユシスにはある。

　ユシスが大学に進学してこの町を離れたからこそ、安心して俺を襲えたのだが、帰ってきた。

「あの、ユシスさん、俺たちはその」長身の青年が怯えながらの言い訳をはじめる。「ちょっとガユス、ガユス君と遊んでいただけで」

　長身の青年はおもねるように言って見せたが、ユシスの青い目は氷となっていた。

「どこの世界に、年長者が九人がかりで年下一人を殴り倒す遊びがあるかよ」ユシスが冷たい笑みを浮かべる。「じゃあ俺も遊んでやろう」

　ユシスが足を踏みだし、悠然と歩んでいく。

「ダメだ、ガユスに手を出したら、ユシスは引かないっ」オレットは叫んだ。「全員でやれっ！」

　オレットが構えると、ようやく覚悟を決めた残る全員が動く。ユシスはさらに加速。一番前にいた長身の男、リカンドに迫る。焦った男の大振りの拳を掻い潜りながら、左鉤突きが放たれる。肝臓を打たれて体を折ったリカンドの顔面へ、ユシスの右膝が激突。血と折れた歯が飛ぶ。

　倒れるリカンドを無視してユシスが旋回。隣の肥満男、ポトルへ右の裏拳が放たれる。男は手を掲げて防ぐが、ユシスの左下段蹴(げ)りが右膝(ひざ)裏に入る。激痛で膝をついたポトルの顎(あご)へ、打ち下ろしの左拳(こぶし)。脳震盪(のうしんとう)を起こして倒れる男を前に、ユシスは優雅に両手を広げてみせた。

「ほら、他も遊んでやる」

「やれ、あいつをやれっ」

オレットの声に押されて、残る三人が一度に向かう。ユシスは包囲されないように後退していく。三人が追うが、それぞれ足の速さが違う。三人が斜めになったとみて、ユシスが後退から前進に切り替える。間合いに入ると、ユシスは左手で右の巨漢ヨッグの右拳を払い、右手の目打ちで左のベイオラが怯(ひる)む。ユシスが回転し、ヨッグの流れた右腕の内側へ入る。鳩尾(みぞおち)へ左肘(ひじ)を沈めて倒す。連動して放つ右拳がベイオラの顎を打ちぬく。男の首が左へと曲がり、その場に膝をつき、倒れた。

残るラステレは無理だと逃げていくが、ユシスが追撃。跳躍。左手で相手の後頭部の髪を摑(つか)み、着地と同時に男の顔を大地に叩(たた)きつける。血と折れた歯が跳ねる。ラステレは両手で顔面を押さえて悶絶(もんぜつ)する。

立ちあがるユシスが足を上げる。悶絶するラステレの手ごと顔を踏みつけると、静まる。五人がなにもできずに倒された。

「てめえええっ、強いからって調子に乗るなよぉおおお」

オレットが雄叫(おたけ)びをあげて、魔杖剣(まじょうけん)を抜いた。

「素手で俺に勝てるのかよっ！」

叫んで、オレットの前に鉛色(なまりいろ)の刀身が構えられる。俺は驚く。粗末とはいえ刃物を持ちだしやがった。

「おまえら二人、殺すっ」

仲間が俺とユシスにやられて、オレットは逆上していた。頭が悪いので本気で殺しにきている。

「負ける理由が見当たらない」

刃(やいば)を前にしても、ユシスは変わらぬ歩調で間合いを詰めていく。オレットが刃を突きだす。ユシスは背後へと下がって避ける。

「刃を抜いたなら、もうおまえは終わりだ」

続くオレットの刃を回避しながら、ユシスが言った。殴りあいは田舎の馬鹿(ばか)の日常だが、刃物で刺せば警察沙汰になる。負傷させ殺せば逮捕される。それ以前にユシスがオレットを倒して終わり、という決着はもうない。

オレットは喧嘩(けんか)慣れしていて大振りはしない。ひたすら小さく突いて払い、ユシスに反撃させないようにしていた。だがしかし、十数回の攻撃が続くも、まったく当たらない。

オレットが突く。ユシスが下がり、限界まで伸びた刃を左手で払う。流れた刃を戻す動きに合わせて踏みこむ。右手でオレットの両肘裏を押さえ、左の肘打ちを首に入れる。左手がそのまま頭部に絡みつく。左手と相手の両腕を摑(つか)んだ右手とともにユシスが反転。オレットは地面へと引き倒され、後頭部を打つ。

目の焦点が定まらず動けないオレットの喉(のど)に、自らの刃(やいば)が突きつけられる。握った手ごとユシスが魔杖剣(まじょうけん)を上から押している。刃の先端は大地についているため、裁断機のように押し切る形となる。

体格も筋力もユシスが上であるため、簡単に相手の首を切れる。死を前にしたオレットは完全硬直している。ユシスの笑みが見下ろす。

「はい、終わり」

「殺(や)れ、よ」

脳震盪(のうしんとう)で呂律(ろれつ)が回らないままに、オレットは答えた。

「おまえ、ら、に負けるくらいなら」抵抗してなお迫る刃の下で、オレットは毒を吐く。「死んだほう、がましだ」

「おまえ、殺しあいもしたことがないくせに、なにを言っているんだ?」

ユシスの口は本心からの疑問を紡(つむ)いでいた。

「では死ね」

なんの迷いもなく刃が押され、オレットの喉に刃が刺さり、出血する。オレットが悲鳴をあげるも、刃は進んでいく。やばいやばい、本当にユシス兄は殺す。

「ユシス兄、殺すなっ！」

俺は思わず叫んでいた。ユシス兄は優しいが、邪悪で無能な愚か者には容赦しない。俺を傷つけた相手なら殺してしまう。

「状況から言って、オレットは凶器をふりかざして襲ってきた」

ユシスは俺へと告げながら刃を押していく。青い目には氷点下の怒りがあった。

「正当防衛で殺害しても、俺はなんの罪にも問われない」ユシスの青い目は冷たい冬の月の色となっていた。「ついでに社会や法が軽い罰しか与えられない厄介者を片付けたなら、町のみんなが俺に感謝するだろう」

「やめやめやめ、やめろ、やめてくれっ！」

オレットは悲鳴をあげていた。オレットの安っぽい不良の自暴自棄に、ユシスは殺害しても法的に問題ないと事実を叩(たた)きつけた。冗談ではなく、ユシスは殺す。

「それでも殺すのはまずいっ」

俺が重ねて言うが、ユシスの刃は止まらない。オレットの喉に刺さった刃はゆっくりとだが進んでいる。このままでは本当に死ぬ。

「オレットなんかどうでもいいけど、ユシス兄が汚れるっ！」

俺が言うと、ユシスの刃が止まった。青い目がこちらを見た。目にはいつものユシス兄の冷静さがあった。俺の必死の表情に、ユシスが軽く笑った。

「その説得は効果的だ」

次の瞬間、ユシスの手が捻(ひね)られ、相手の腕ごと柄(つか)が動く。左肘(ひじ)でオレットの顎(あご)が打ちぬかれ、頭が落ちた。

失神したオレットから刃(やいば)を奪い、ユシスが立ちあがる。

「こんなやつを殺して俺の経歴を汚すのは嫌だしな」ユシスはつまらなさそうに言った。「あとは警察に通報すれば、暴行傷害で少年院送り。オレットと何人かは成人なので刑務所だな」

ユシスは左手で携帯を取りだし、さくっと連絡。通報が終わると右手で握っていた魔杖剣(まじょうけん)を旋回させ、左手で刀身を受ける。左手で上から押さえる。右膝(ひざ)が上がって、刀身に激突。間の抜けた音をたてて魔杖剣が折れた。柄と刀身をユシスが投げ捨てる。

「安い人間は、持っている魔杖剣も安物だな」

ユシスは倒れるオレットたちを見て、方向転換。歩きだす。

「そら」

俺の側(そば)まで来て、手を差しだす。俺は自分で大地に手をつき、立ちあがる。胸から腹、足についた土を払う。

ユシスは俺の様子に小さく笑う。助けられてなお手を借りるほど、俺も頼りきりではないと見せたかった、ことが分かるのだろう。

ユシスはなにも言わずに歩きだす。俺も横を並んで進む。

「なぜ俺がここでやられているって？」

弟の危機に現れるユシス兄はかっこよすぎて英雄のようだったが、不思議すぎる。

「皇都から戻り、家に帰った途端に女の子たちが来て、ガユスがオレットどもに連れられて山へ行った、と教えにきてくれた」

俺の問いにユシスが微笑む。俺の危機を教えたら、ユシスはその人間に恩ができる。ユシスの気を引きたい女の子や恩を作っておきたい男たちが、こぞってユシスに教えにいくというわけだ。

「おまえも三人はやっているから、充分に強いのだけどな」

ユシスが言った。俺の自尊心が傷つかないように配慮してくれている。

「武器まで持っている九人相手ではね」

俺も乗っておく。

「六人も倒すユシス兄が異常なんだよ」

俺が言うと、ユシスが笑う。二人で山を下っていく。

「いつまでいるの？」

俺はユシスといるのが楽しみすぎて、問うてみた。

「来年の春までかな」

「え、大学ってそんな休みがあるの？」

俺は思わず驚きの声を出してしまった。

「すでに全単位を取ってしまったから、あとは教授との呪式研究を進めていくだけだ」ユシスが俺の驚きを笑うように言った。「今、俺が作っている呪式はなかなか凄いぞ。光を使って二つ考えたのだが……」

ユシスが呪式の概要を説明しだす。聞いているだけで楽しい。ユシス兄は最高だった。

「母上、僕はドラッケン族の戦士にはなりません」

断頭台に落ちる刃のように、少年は拒絶した。

少年の長い銀の髪は後頭部でまとめられている。銀色の柳葉のような眉の下に、鋼色の瞳があった。瞳には長い睫からの影が落ちる。整った鼻梁に薔薇色の唇。見る者すべてが溜息を吐くような、絶世の美姫の容貌だった。

簡素な服越しに分かる薄い胸板、細い手足で少女ではなく少年だと理解すると、見る人は二度驚くことになる。

「ギギナ、あなたはまたそういうことを言う」

机を挟んで向かい側に座る母が、呆れたように言った。

室内で、少年のギギナと母のカザリアが向かいあって座っていた。

カザリアは長い銀の髪に鋼の眼差し。簡素な服であっても、豊かな乳房に細い腰が分かる。成熟した女性の美の結晶のような、刃の女王の姿だった。右目の上下には青い炎の刺青があった。戦闘民族のドラッケン族の戦士である証明が、女の壮絶な美を際立たせていた。

二人の間には、時間を越えた鏡があるようにも見えた。ギギナが成長すればカザリアのようになるか、また別の美を含むのか、見る者が想像してしまう二人だった。

「何度言ったか分かりませんが」

カザリアが再び口を開くと、ギギナが疲れた顔となる。カザリアも何千回と言ったことの繰り返しに飽きていたが、止めるわけにもいかない。

「ギギナはドラッケン族である私と人間である夫の間に生まれました。ならばドラッケン族の戦士となる道があります」

母が言いきると、ギギナはうつむく。

「ドラッケン族の、しかも戦士になれ、って母上はよく言うけど、僕はあんまり興味がない」

ギギナは小さく弱気な声を出した。

「人や〈異貌のものども〉を殺したくないし、それを職業にしたいとまったく思いません」ギギナの唇は悲しみの声を紡ぐ。「だいたい僕は人を殴るのも殴られるのも怖いし、嫌いです。そんな僕が殺し殺される戦士に向いているわけがありません」

息子の答えにカザリアも内心では同意していた。母の視線を受けて、ギギナが顔を上げる。

「僕は家具と音楽のほうが好きです」

ギギナが言いきった。カザリアが座る木製の椅子や机も、ギギナが作ったものだった。カザリアの仕事である咒式鍛冶に必要な道具すら、息子が作ったもののほうが馴染む。家具に対する審美眼もたしかであった。

「一番向いているのはこれです」

ギギナは右手で足下に置いていた楽器を取りだす。膝の上に六弦琴を抱え、左手で弦を押さえ、右手の指が爪弾く。

口を挟もうとしたカザリアが止まる。ギギナが軽く弾いていく音楽は、カザリアもよく知る「春の訪れ」の曲だった。旋律は正確に、音階は高らかに紡がれる。音の波に声が載せられる。

カザリアも引きこまれていた。音と声の連なりは春の暖かい風と、花々が咲き誇る様子を脳裏に描かせる。

カザリアから見ても、息子のギギナには音楽における演奏と歌唱の才能がある。家具作りの腕にも冴えが見えた。どちらか、または両方を合わせた楽器職人の道に進むのが本人の希望で幸せだろうと、母にも分かっていた。

「それでも」

歌を断ち切るように、カザリアはようやく右手を掲げる。ギギナの手と口も止まる。部屋に踊る音符と歌声による幻影も消えた。

「ギギナの家具作りや音楽の才能は、母も認めます」カザリアは言葉を探すかのように続けていく。「ですが、ドラッケン族は音楽の才も尊び、世界に冠たる軍楽隊を擁しています。そこでの戦歌手をしながらの戦士、という道はどうです？」

「だから、なぜ、僕に向いていない道をそこまで行かせようとするのです」

疑問符を重ねながら、ギギナも反駁（はんばく）する。

「僕は家具職人か」少し恥ずかしそうにギギナは言った。「できるなら音楽家か歌手になりたいです。そんな僕をドラッケン族と殺しあいに参加させたがる理由はなんなのです？」

「それは」

息子の疑問にカザリアは言い返せない。ギギナが薄々と感づいていることは、カザリアにも分かっていた。だけど自分では見ないようにしている。

「その、すでにドラッケン族であなたの許嫁（いいなずけ）もいるのです」カザリアは答えを見つけるように急いで告げる。「約束を違えることは相手に失礼です。もちろん婚儀の前提として、ドラッケン族の戦士であることが求められているのです」

「え〜」

ギギナは驚きと不平の声を発した。

「でも僕、まだそういうの考えたことがないです」

「ドラッケンの里を出て人族と結ばれた私に、先方は娘さんをと言ってくれているのです」カザリアが語る。「相手は名門ハッザール家のお嬢さんです。ちょうどあなたと同じ年です」

「どういう女の子なんです？」

興味はないが、ギギナは一応聞いてみた。

「ハッザール家のお嬢さんはスカラーレといって、とても美しい少女です」

カザリアの言葉に、ギギナは少年らしく少し心を引かれた。そこでカザリアは右拳を掲げる。

「なにより同世代では男女を問わず、最強の屠竜士だそうです。竜狩り祭において、素手で竜を倒したなど、感涙します」カザリアは拳を握りこむ。「おそらく将来は私と同じく一〇八勇者になるでしょう。いえ、八騎将になれるかもしれない逸材です。結婚相手として最高ではないですか」

興奮すらともなったカザリアの熱弁に、ギギナの関心は急速に消えた。

「僕というか一般的男性は、女性を選ぶ基準に強さや腕力を入れないと思うのだけど」

「ドラッケン族には大事なことです」カザリアは断固として告げた。そこで母は少し落ちついた。「いかなることも命があってのことです。生死を決める最低限の力がすべてを担保し、可能性を生みだせます」

「だって」ギギナは母の眼差しを見られず、自分の膝を見る。「僕、怖い女の子はあまり好きじゃないです。どちらかというと、優しい女の子が好きだし」

息子の返答に、カザリアは右拳を額に当てる。

「許嫁を拒否するということは」カザリアが額から手を離し、息子を見つめる。「もしかして、ギギナ、あなたはあの」

「時間ですので」

掛け時計で時刻を確認し、ギギナは席を立つ。諦めたようにカザリアも椅子から立ちあがる。ギギナはすでに六弦琴と鞄を抱えて、部屋を歩む。金床や炉といったカザリアの鍛冶道具の前を通っていく。

「剣と月の祝福を」

カザリアはギギナの背に言葉を投げる。

「はいはい、剣と月の祝福を」

答えながらギギナは玄関に到達し、扉に手をかける。

「もうちょっと真面目に言いなさい」カザリアの声には、わずかな怒気と呆れの成分が含まれていた。「ドラッケン族の大事な手向けの言葉なんですから」

「前から思っていたのですが、言葉の意味が分かりません」

扉から振り返り、ギギナも疑問を口にする。

「なにかに立ち向かうときや別れのときに言えとされていますが、どういう意味があるのでしょうか？」

ギギナなりに言葉の意味を捉えようとしていた。

「剣の祝福という箇所の意味が分かりません。ついでになぜ月なのでしょうか？」少年の問いは止まらない。「ドラッケン族は北方民族ですから、夜の月より暖かい太陽のほうに祝福してほしいはずでは？」

「良い質問です。それはドラッケン族の始祖からの話になります。まずは」

カザリアが嬉しそうに口を開くと、ギギナは右手を掲げて止める。

「その話は長くなりますよね？」

言葉に割りこまれたカザリアは不機嫌さを浮かべようとして、止めた。

「長いですが、この際だから聞きなさい」

「いいです。分からないけど剣と月の祝福を。では僕、行ってきます」

少年は笑って身を翻す。

「またあの子？」

カザリアが心配を宿した声を出し、ギギナの反転が途中で止まる。

「なにか問題でも？」

ギギナが返すと、カザリアが黙る。

「あの子はいい子だと思うけど、その」

「分かっています。だけどあの子は違うから」

言ったギギナは六弦琴（ギタール）と鞄（かばん）を抱えたまま、部屋を横切っていく。カザリアはギギナの姿を追って、右手で肩を掴（つか）む。

「また忘れている」

母の言葉にギギナが反転すると、鞘（さや）に収まった短剣と革帯（ベルト）が見えた。少年に向け、カザリア自身が鍛えあげた短剣が突きつけられていた。

「またそれですか」

ギギナは不満そうに言った。

「僕は誰（だれ）かを傷つけたくないです」

「あなた自身を守るためです」カザリアは言葉を句切り、続けた。「そして、あなたや誰かを守り救うには、敵を傷つけないとならない場合もあります」

「理屈は分かります。だけど危ないときには大人や警察を頼ります」

ギギナなりの主張がなされた。

「それでもです」

カザリアが重ねて言って、短剣を鞘ごとギギナの胸へと押し当てる。仕方なくギギナは短剣を受けとる。革帯を腰に巻いて、背後に短剣を収める。いつまでたっても、ギギナは武器を身に帯びると居心地悪そうだった。

カザリアは両手を差し伸べ、ギギナを抱きしめる。胸に我（わ）が子を押しつける。

「え、え、え？」

母に抱擁されながら、ギギナは疑問の声で硬直していた。すぐに異常さに気づく。

「さすがにこの年だと恥ずかしいで」

続いて少年らしい気恥ずかしさから、ギギナは母親から逃れようとする。見上げた少年は母の顔に浮かぶ真剣さに戸惑う。カザリアは家具と音楽を愛し、暴力を嫌悪する我が子を否定しない。

ただカザリアには懸念があった。ギギナは美しい者が多いドラッケン族でも、あまりにも美しすぎた。世の邪悪と病と異常さが、いつまでも少年に気づかずにいるとは思えない。そしてなにより優しいことを憂慮していた。このまま音楽を続けて得られる力で身を守れるなら、それに越したことはない。猶予の時間があることをカザリアは祈っていた。

「もうっ」

ギギナが母親の手を払い、押しのける。少年の気位を尊重し、カザリアも自分の心配を心の底に押しこめる。

「では、今度こそ行ってきます」

ギギナは部屋を進む。扉を開けて、外へと出ていった。扉が閉まる。足音は遠ざかっていく。

カザリアは扉を見つめていた。見つめつづけていた。

十二章　拡大する燎原

戦争を起こせる状態が戦争を呼ぶこともある。次の戦争を防ぎたいなら、逃げる敵を刈り尽くし、敵国を徹底的に破壊することが最善である。死者は嚙みついてこないのだ。

カンスエグ「戦史問答」神楽暦十六世紀頃

眩しさに俺は目を細める。

視界に広がる白い天井。光源である左へ顔を向ける。窓から陽光が射しこみ、目に届いていた。

俺は長椅子の上で横たわっていた、ということは寝ていたのだ。

昔の夢を見ていたような気がする。起きたときに再構成された記憶かもしれない。懐かしいが、痛みをともなう。

寒い。目を戻すと、俺の胴体には毛布がかかっている。毛布の先に、自らの足先が見えた。

〈龍〉の視線から逃れるために貫き抉った傷も、ギギナの治癒咒式で完治していた。

横に右手を伸ばして、棚の上を探る。昨夜置いておいた知覚眼鏡を探し、摑む。手を前に戻し、顔に装着する。知覚眼鏡に時刻を表示させると、昼過ぎだった。

ここはどこだったかと、身を起こす。

たしか公王式典会場の地下水路を船で逃げて、アレチェイ川に出た。川からまた地下水路に入って出て、ダルガッツが運転する車に運ばれて隠れ家へと退避した。大混乱と後帝国の建国宣言とその後のことを報道で確認しようとしたが、情報が錯綜しすぎて分からないままだった。

交替で調査を続けていたが、突入組も最後には疲労によって眠りこんでいった。俺も粘って調べたが、最後には眠ってしまったのだ。

体を起こした姿勢で、口からは重い息が出た。夢の原因が分かってきた。ユシスとの再会は、精神を極度に疲労させていた。見間違いだと思いたいが無理だ。過去の傷が胃の底で痛む。

田舎の没落貴族で町長を歴任してきただけのソレル家でも三男である俺が、攻性咒式士の本場であるエリダナの七門になった。本人も信じられない出世である。ただ、攻性咒式士的には大出世であるが、世間的には知らない業界内のことで、報道でたまに見て名前と顔を見る程度である。

しかし、次兄であるユシスが大陸級の犯罪者である〈踊る夜〉になった事実は、桁が違う。

家族には世間へ知れわたる前に報告したほうがいいのだろうが、俺にはできない。事実を聞けば、真面目なディーティアス兄貴は心労で倒れ、放蕩の末に引退した父ですら卒倒してしまう事態だ。事態の先送りをしていると分かっているが、俺の許容量を超えてしまっている。

俺が知るユシスは抜群の頭脳を持ち、運動競技と武道に優れ、優しい人格者で、無駄にたどれる一族の歴史で初めて出た傑物だった。家族どころか町中が、ユシスは政治家か学者か、どんな英雄になるのだろうと期待していた。

かつての俺も、ユシスを心の底から尊敬していた。なぜユシスがああなったのか。理由は分かりきっている。アレシエルのことが、俺とユシスの間に大断層として横たわっていた。

俺はもう一度息を吐く。寝起きに考えても、妙案など出ようもない。何年も何年も考えて結論は出ないし、解決もしなかったのだ。

「はいやめー、もうやめー」

自分に言い聞かせるために、わざわざ言葉にする。体を横に向けて、床に足を下ろす。

部屋にある寝台は空だった。床や長椅子に数枚の毛布や枕があった。所員のだいたいは起きているようだ。

責任者の俺が寝過ごしている、と焦ったが、部屋の隅では毛布が膨らんでいる。毛布の端から三角耳が出ている。ニャルンがまだ寝ていた。

角度を変えて見ると、ニャルンは目を閉じてすやすや顔となっていた。人間で言えば中年男なのだが、ヤニャ人は寝顔までかわいいという反則な存在である。自分が最後に起床したのではないとダメな安心をしておく。

寝ているものを起こさないように、靴下（くつした）と靴を履く。決意するように長椅子（ベンチ）から立ちあがり、部屋を歩んでいく。進みながら、長椅子に立てかけておいた魔杖剣（まじょうけん）と魔杖短剣を手に取る。歩きつつ、腰の左と後ろに装着。先にある椅子（いす）の背にあった上着を取って歩む。袖（そで）に手を通して奥の扉に到達する。

扉を開いて、廊下を進む。ギギナが立っていた。屠竜刀（とりゅうとう）を背に装着している姿からすると、相棒も先ほど起きたばかりらしい。

銀の瞳（ひとみ）が動き、俺を見た。

「一応、暫定的な仮の指揮官のガユスが遅れてどうする」

「いるけど事情でいないことになるギギナが、俺を指揮官と思ってくれていたとは意外だな」

「ガユスは無能の詰めあわせだ。まとめ役くらいしかやれることがなかろう」

「うーん、風のようにしなやかに、自然体で軽やかに死んでほしい」

俺が返しておくと、ギギナが薄く笑ってみせた。ギギナなりの気遣いで、ユシスのことを聞かないようにしてくれている。たいした変化だが、他の気遣いの仕方が出てこない段階で死ぬべきである。

二人で廊下を歩んでいく。珍しくギギナが文句を続けない。横目で確認すると、銀の目には沈鬱（ちんうつ）さがあった。

「なに、物憂げ演出？」

「ガユスに心配される演出をする理由がない」ギギナが一言で切って捨てた。「ただ、昔の夢を見ただけだ」

　俺も昔の夢を見ていたので、偶然の一致に驚く。が、気が合うと思われると死にたくなるので黙って歩く。

　廊下の先の扉からは、多くの声や物音が聞こえてくる。扉を開いて、応接間へと足を踏み入れる。途端に音と光が押しよせる。

　部屋にはいくつもの立体光学映像が展開していた。部屋のあちこちで攻性咒式士（こうせいじゅしきし）たちが報道からの情報を検討している。間には新聞や端末を携（たずさ）えて、所員たちが行き交う。先では現地アブソリエル人であるデッピオが立ち、情報をまとめている。

「おはよう」

　挨拶（あいさつ）をしながら、俺は部屋を歩んでいく。

「ああ、ガユスさん」「ギギナさんも」「もう大丈夫なんで？」「今のところ動きはないです」「昨日は大変でしたね」「もっと寝ていたほうが」「ギギナさんもおはようございます」

　気づいたそれぞれが挨拶を返してきて、俺も各自に返していく。大所帯になると挨拶だけでも一手間だが、所内の雰囲気は良くしておきたい。ギギナは黙礼だけであり、組織運営をする気がない。

室内の各自の顔には、事態へ立ち向かう勇気と不安とが同居していた。攻性咒式士たちの士気は悪くない。さらに挨拶を交わしながら二人で部屋を進む。テセオンも電話で連絡して、咒弾の手配をしている。特攻隊長も少し前なら苛ついていただろうが、自分が今なにをすべきか分かっている。

部屋の奥では、ドルトンやデリューヒンといった隊長と、情報担当のモレディナが椅子に座っていた。反対側には現地人のアルカーバに、法院の中級査問官であるソダンが応接椅子に腰を下ろしていた。全員が立体光学映像の報道を見ながら、周囲からの報告を受け取っていた。指揮中枢から少し離れた椅子にギギナが座る。俺もドルトンの手前にある椅子の背を引き、腰を下ろしていく。

「別働隊の指揮官が遅れて申し訳ない」

「いえ、もっともお疲れなのはガユスさんですから」

返す青年の顔には拭いがたい疲労が見えた。激動の状況で、俺の事情まで気遣わせてしまっている。

「謝罪は今更だったな。皆を頼りにしている」

俺が言うと、ドルトンが笑ってみせた。先に座るデリューヒンも不敵に微笑む。俺が不在でもドルトンは全体をまとめてくれる。デリューヒンは元軍人として適切に指揮を執る。誰かが不在でも全体が止まらずに動くなら、少しは良い組織となっているのだろう。

「我々もお忘れなく」

　ソダンも口を挟んできた。別の武装査問官とは対立したが、ソダンとアブソリエルの法院は協調路線となっている。携帯に着信が来て、ソダンが見る。査問官が席を外して、連絡を受けていく。法院からの連絡はソダンが一手に引き受けている。

「楽しい挨拶はともかく、現状はどうなっている？」

　俺は椅子の背に体を預ける。ドルトンがうなずき、手元から携帯を取りだす。

「悪い知らせともっと悪い知らせがあります」

　俺はドルトンを見る。

「なーんか、話し方が俺に似てきていない？」

「参考になると、真似をしてみました」

　ドルトンが笑い、俺も苦笑しておく。青年は顔を真面目にして、情報を展開していく。

「まず、悪いほうの知らせは、後アブソリエル帝国の進軍は順調です。侵攻先の各地で反政府団体や住民が呼応しています」

「いきなりか」

　俺が思う以上に大アブソリエル圏構想は強い。各国がしっかりしないと一気にやられる。

「対するはずの西方諸国家による連合軍は、やはり足並みがそろわず、成立すら危ういようです」ドルトンがすぐに次の情報を呼びだす。「反後帝国連合軍は、もっとも強国であるナーデン王国が主導すべきなのですが、国王がそういうことが苦手で、他国の反感を抑えられないようです」

「それでも最後には成立するだろうが、大きな不安材料だな。もっと悪い知らせとは？」

「北方のジャベイラさんとイーギーさんたちから、神聖イージェス教国が後方に留めておいた軍を投入しはじめたという情報が来ました」

「神聖教国の様子見が終わり、本格的に侵攻を開始した訳か」

俺は喉の奥で唸る。神聖イージェス教国が焦って侵攻し、前線と後方の連絡ができずに苦戦してくれることを願っていたが、そうはいかないらしい。全戦線を把握して適宜戦力を投入して、突破を図るはずだ。

俺たちがもしアブソリエルで大逆転できても、ツェベルン龍皇国とラペトデス七都市同盟が陥落したらまったくの無意味なのだ。大きな情勢を動かす国家の指導者たちは、本当にしっかりしてほしい。

俺の脳裏には「こんなときにあいつがいたら」と面影が出そうになるが、慌てて消す。あいつとは相容れないし、受け入れてはならないのだ。

「あとは」俺の表情が曇ったので、ドルトンが立体映像で通信を呼びだして吉報を探す。「ええと、エリダナでヤークトーさんとラズエルの研究者、協力している博士たちが、あの演算装置を一部復旧させせました」

「ああ、あの大きな玉ころか」

俺はレメディウスとバーディオス博士による、巨大な球体演算装置を思い出す。

「イーゴン異録の解読は進むかもしれないが、ここまで急変していく事態に間にあうとは思えない」

「そうか、復旧したのか」

指揮官たちのなかで、テセオンだけが気にしていた。顔には喜びが見えた。なぜかは分からない。考えこむテセオンは放置して、俺はドルトンから全員へと向きなおる。

「では、考えることは俺たちの進退だな」

「アブソリエルから逃げだすべきかどうか、かなり迷っています。今でもです」

青年の指摘で室内の音量が下がる。作業を続けてはいるが、全員がアブソリエルでの指揮官である俺を見ていた。続行か退却か、いまだに結論は出ていない。

「先に結論から言うと、アブソリエルでの戦いを続行する」

俺は断言した。周囲から意見が来る前に続ける。

「〈踊る夜〉とは敵対しているが、厳密にはまだ後アブソリエル帝国と完全に敵対したわけではない。現状での撤退は安全だが、なにも摑めていないままではすぐに手詰まりになる」

「撤退が最善だとは思うけどね」

奥からデリューヒンの言葉が飛んでくる。

「俺も撤退策を検討してみたが、戦時中の後帝国から出ると、再入国は難しい」ユシスという難題があっても、俺なりに考えて判断を下していた。「〈宙界の瞳〉を巡る事態が動いたとき、国外からでは対応できない」

俺の指摘で、デリューヒンが苦い顔となる。元軍人である彼女が慎重になるのは正しい。だが、ここで引き下がると来た意味がないのだ。かといって、ある程度は被害を覚悟していても、全滅は最悪の事態だ。俺としても苦渋の決断になっている。アッテンビーヤとロマロト老による呪いだと分かっていても、まだ退けない。

「アブソリエルも俺たちが咒式士諮問最高法院と組んでいる以上、強くは出ないはずだ」

俺は視線を横に向ける。全員の視線を受けて、ソダン中級査問官が携帯から目を離した。

「会場から先に脱出しており、シビエッリ法務官は無事です」ソダンが答えた。「アブソリエルの法院支部にも、アブソリエル帝国軍による攻撃や捜査はないようです」

攻性咒式士たちも継戦だと納得の顔となっていく。それぞれがまた作業に戻る。そこで気づいた。

「ということは法院預かりになっている、カチュカも無事だな」

「もちろんです」

俺の確認に、ソダンが力強くうなずく。先で動いているリコリオやピリカヤも立ち止まっていた。二人は安堵の表情となっていたが、一方で罪悪感が見えた。昨日から慌ただしく動いて、カチュカのことが頭から抜け落ちていたのだろうが、仕方ないことだ。俺が目線で示すと、二人はまた情報収集に戻る。

　俺には他に確認することがある。

「エリダナのベモリクス上級法務官から紹介された、シビエッツリ法務官が協力してくれている。だが、法院全体では主流派ではない。そちらは大丈夫か？」

　俺の問いにソダンが肩を竦めてみせた。

「いずれ法院の主流派から、後アブソリエル帝国の問題に関与したのか、と詰問を受けるでしょう。ですが」

「だが、関与したのか、と過去形になる」

　俺が半笑いで指摘すると、ソダンも悪事に関与する微笑みをしてみせた。

　現状は、後帝国の建国宣言と式典の大混乱によって、膨大な情報と誤報が錯綜している。当事者であった俺たちですら全容が分からないし、後帝国どころかウコウト大陸全土が混乱している。法院の主流派が事態を摑むのは、混乱が収まってからとなる。いつ収まるかといえば、最短でも戦争状態が終わってからで、かなりの時間がある。

「それに、ソダンをここに置き、ナイアート派が俺たちを切り捨てないと証明している」

　俺が言うと、ソダンが肩をすくめてみせた。シビエッツリとベモリクスが属するナイアート派は、手を引かないと俺たちにも示している。厚情に応えておきたい。

「法院のアブソリエル支部と主流派の問題は、後回しで大丈夫だ」俺は思考の優先順位をつけていく。「世間的な問題はイチェード皇帝と後帝国だが、俺たちにとっての問題は皇帝の持つ〈宙界の瞳〉だ」

俺が言うと全員が首肯してみせた。式場で確認できたので、事態の中心は皇帝と指輪となる。

「自分と法院の現状は分かったが」俺は周囲に問う。「俺が寝ている間、あれからどうなったのだ」

部屋中にある報道画面では、式典会場の様子が見える。

「アザルリやワーリャスフ、そしてウーディース」名前を口にするには、多少の覚悟と痛みがともなう。「ことユシスはどうなっている」

ドルトンとモレディナが顔を見合わせる。モレディナが顔を戻し、口を開く。

「ご存じのように、超咒式とおそらくアザルリ自身も三つに分断され、その破片によって公王競技場が半壊しました」

モレディナが言って、右手を振る。映像が引きよせられて、俺の前で展開する。映像では、昨日いた公王競技場が現れる。

脱出して見たときもかなり破壊されていたが、現状はさらなる惨状となっていた。天井はほぼ崩落し、青空が見えている。二階席も半分以上が消失。一階に落下して、瓦礫と椅子の破片の山となっていた。

会場の端に左右に連なる三つの大穴は、アザルリの超咒式が三分割されて落下したためにできたものだ。前の対戦でアザルリのことを知るだけに、この程度の破壊で終わったのは僥倖(ぎょうこう)と断言できる。

だが、競技場にはもっと恐ろしい破壊があった。壁から床、そして反対側にある壁へと大断層が横断していた。〈龍〉による一撃、というか指一本による一撫(ひとな)での痕跡だ。

映像では断面に地下階層が見えた。地下一階から二階までは搬出口で、近衛兵(このえへい)や業者が往来していたのだろうが、すべてが破砕されて瓦礫となっている。断層の底は見えない。帝国が俺たちへと追っ手を放つにも、あの断層によって崩落の危険性があって不可能だったのだ。

考えても恐ろしい。物理無効で、戦術核攻撃にすら耐えると豪語されたドルスコリィの結界ごと、会場を破壊していた。

「あれは、人類が想定する物理力を超えた大きさと力にすぎます」

苦い声でモレディナが報告する。先には、リコリオや他の攻性(こうせい)咒式士たちの顔が見えた。そろって恐怖に怯(おび)えがあった。誰(だれ)もが知りながら、誰も口にしない存在と、俺たちは出会ってしまったのだ。

俺の体に振動。震源地を探すと、右手が振動していた。違う。震える膝(ひざ)を掴(つか)む右手が動かされていた。俺は恥とは思わない。

俺も、あれを見てしまっていた。〈龍〉の瞳を見てしまったものは、心の奥に恐怖が刻まれる。

〈長命竜〉たちは強敵であるが、知勇を尽くし、罠を重ねたことで、死にかけながらも何度か倒せた。

しかし〈龍〉は違う。誰も言わないが、倒せる可能性がどこにも見当たらない。アッテンビーヤとロマロト老という超咒式士が命がけで立ち向かい、ようやく俺たちを逃がしたことが精一杯なのだ。

あれが外に出たら人類と世界が終わる。出る前に止めるしか手がない。

だが〈龍〉に立ち向かうどころか、想像しただけで、体が震えてしまう。膝から右手を離して、拳を握る。膝を殴りつけて震えを強引に止める。

次に俺は右手を掲げる。振ってみる。再び振ってみる。なにも起こらない。

「以前から脳の具合に疑いはあったが、ついに発病したか」

ギギナが悲しそうな表情となって言った。なるな、言うな。

「いや、振ったらニドヴォルクが出てくるかなと」

続けて振っている右手の中指には赤い〈宙界の瞳〉が嵌まっている。魔女ニドヴォルクの複製体は、あれから出てこなくなっていた。ギギナは俺を呆れ顔で見ている。

「振って出てきたら、ニドヴォルクは埃かなにかだろうが」

「似たようなものだろう」

答えて、俺は手を止める。ニドヴォルクの複製体は実体ではなく〈宙界の瞳〉を利用して意識を複写した、立体光学映像だ。出てこないとは分かっていても、腹が立つ。

目を向けると、ドルトンが苦笑していた。モレディナも微笑んでいた。リコリオらの表情も和らいでいた。稚気からの言動だが、これでいい。国家や戦争と大変な事態に決まっているが、余裕なく対応していては事態に流される。どこかで笑っておく必要がある。

「今こそ〈長命竜〉で〈賢龍派〉の反逆者であるニドヴォルクにこそ、聞きたいことが多々ある。しかし肝心なときに出てこない」

「それに関しては、前に魔女が示した、イーゴン異録の解読の進展を待つしかない」

ギギナが言ったことが正論だが、エリダナの学者たちと、ヤークトー次第で予定がまったく立てられない。

「話が脱線しすぎた。続きをお願いしたい」

俺はモレディナへと言葉を向ける。

「事件についての報告を続けます」モレディナが語る。「報道からでは、アザルリの生死は不明。ウーディースとワーリャスフについては言及がありません」

「アザルリは死んでいてくれるといいのだがね」

最後の部下二人を殺害され、とくにアザルリを憎むデリューヒンが言った。ウーディースことユシスの咒式は強力だった。そしてワーリャスフもいる。二人を相手にしたら、アザルリであっても殺されている可能性が高い。

「しかし、死体が出るまでは、生きている可能性を考えておいたほうがいい」

俺なりの現実主義で仮定しておく。

「アザルリが生きているなら、デリューヒンには悪いが、ワーリャスフへの牽制の駒となってもらいたい」

可能性を探っていくと、俺たちが採れる道は少なくなっていた。

「俺たちの戦力では、後皇帝と組むワーリャスフとウーディースのどちらかを相手にするだけで精一杯だ」俺は言葉を紡ぐ。「どちらかだけなら、まだ突破が可能だ。しかし、後皇帝は昨日の暗殺未遂でもう人前には現れない。皇宮も親衛隊と近衛兵による防御が固められる」

昨日が最初で最後の機会だったかもしれないと、今さらながらに思う。だが、なにもできなかった。無力感を振りはらって話しつづけるしかない。

「〈踊る夜〉を通して、後アブソリエル帝国は〈黒竜派〉とも協力関係となっていました」モレディナが俺を見る。「これは国際法違反であるし、電子の海で告発をして世論から攻めますか?」

モレディナの提案を受けて、俺は一瞬だけ考える。結果、首を小さく左右に振る。

「戦争状態の国家が犯罪者や〈異貌のものども〉と組んでいると指摘しても、なんの意味もないだろう」

俺の指摘で、モレディナが息を吐く。アブソリエルの人々は帝国の復活に酔っている。他国のアブソリエル系人種も後帝国による人類統一、さらに救世のお題目を支持するものが出てきている。宣伝戦で初手を取られたことが大きい。

西方制覇をなしたなら、後アブソリエル帝国こそが大陸と世界の正義の基準となってしまう。

「俺が寝てしまったあとの動きは？」

「後皇帝イチェードは、早朝に一度だけ健在な姿を見せています」

モレディナの報告が続き、手を振って映像を呼びだす。病院から出てきて車に乗りこむ場面だった。額に包帯を巻いた姿で、イチェードが映っていた。

「後皇帝は、式典に対する反逆こそが、後帝国の正当性、そして後帝国主導による人類の団結の必要を示すと発表していました」

長そうな会見をモレディナがまとめてくれた。式典で言われていたことだが、一見もっともらしい主張とはなっている。

「イチェードは包帯姿だが、おそらく負傷はないな」

苦笑とともにギギナが評した。

「あの場面で後皇帝は完全に守護されていた。〈踊る夜〉は後皇帝を失わないために必死で、だからこそアザルリも退けられた」

「後皇帝が負傷した、とすることで、反逆者たちが悪であると世界に示すための演技だろう」

その場にいた俺たちだから言えることだ。各国の首脳は裏を考えるが、一般には悲劇に耐えて正義を求める後皇帝の姿と捉えられる。イチェードも多方面からの印象操作をやってくる。

「国内の宣伝戦では、新聞や報道局を全力で使える後帝国側が有利だが、国外は？」

俺が問うと、モレディナが情報を提示する。各国と報道は後アブソリエル帝国の再征服戦争を認めず、侵略戦争だと断定していたが、それだけだ。ただし一部のアブソリエル系民族は支持をしていた。やはり神聖イージェス教国という脅威が大きすぎて、各国のどこも実際行動に出られないのだ。

「これはアーゼルに任せよう」

俺が言うと、モレディナが手を振って、通信を起動させた。アーゼルと相談をしていく。宣伝という情報戦の他にも、報道のアーゼルからの情報や見方は必要となっていくだろう。俺は再び会議に目を戻す。

「他に動きは？」

「昨日の事件の影響か、アブソリエル軍の進撃が一時停止しています」

ドルトンが報告してきた。

「おそらく〈龍〉の一撃は、皇帝と〈宙界の瞳〉に依存しているからだろう」

俺なりに後アブソリエルの戦略を考える。

「アブソリエルは〈龍〉の一撃を奇襲として使っていたが、昨日で正体が明らかとなった。今後は大きな行動に出ず、西方諸国への圧力をかけて瓦解させていくだろう」

イチェードが〈龍〉と手を組んだ事実は大きい。大きすぎる。

「時間が経過すればするほど、後アブソリエル帝国は〈龍〉が使える、という事実が浸透していく。西方諸国家軍の士気は下がり、厭戦気分が広がる。扇動から内乱すら起こる」

言ってみたが、俺には違和感が出てくる。違和感とはなんだ、どこにある。少し考えてみたが、分からない。

「超兵器での大逆転は、軍人がまず避ける夢物語だ」従軍経験があるギギナが言った。「しかし、先に〈龍〉の二撃で、ウコウト大陸の西の要所であるガラテウ要塞とイベベリアの首都が陥落している。膨大かつ精強な後アブソリエル軍はまったくの無傷だ」

同じく元軍人のデリューヒンがうなずく。

「周辺の西方諸国のどれかが抵抗したとしても〈龍〉の一撃を受け、後帝国軍の進撃で崩壊する。となると、最初に後帝国の前に立ち塞がる、または連合軍を立ちあげる国が出にくくなっている」

デリューヒンの指摘で、ギギナが息を吐く。

「イチェードが言ったように、西方諸国は自分ではまとまりにくい」ギギナが断言した。「西方諸国の大部分が経済的に斜陽で破綻しかけていて、民族や移民問題に文化と伝統の喪失と、国民も不満が多い」

各国の状況を絡めての戦況分析がギギナの口から出てきた。戦争以外の面も見えているらしい。ギギナは右手を掲げた。

「各国からアブソリエルへと進軍しても、すでにイベベリアとネデンシアが陥落している。西方諸国のほとんどが、正面と横合いから挟撃を喰らう位置となった」掲げられた右手へ、ギギナは自らの左手の拳を当てる。「後帝国は諸国にいる不満分子を扇動し、反乱も起こさせるだろう。西方諸国家は後手後手となる」

西方諸国にある元々の問題に、後アブソリエル帝国の軍隊と〈龍〉と、そして大アブソリエル圏というお題目に内乱という多方向からの攻撃が予想されている。

「西方諸国の活路があるとしたら、連合軍を組んで一大決戦を挑み、アブソリエル軍を撃破する道しかない。だが、集まれば〈龍〉の一撃が来る」ギギナが組みあわせていた両手を離していった。「この構図になった時点で、西方諸国は詰みとなっている」

ギギナが断言した。元軍人二人の分析は、ナーデンとマルドル、ゼインとゴーズの連合軍が成立しにくいとしていた。成立しても主導権争いでまとまらない。なんとかまとまったとしても〈龍〉によって連合軍が敗れる可能性が高すぎることが俺にも分かった。

西方諸国の敗戦と併合は少し先か、その先かでしかないのだ。

「この予測には疑問符がひとつつく。後アブソリエル帝国は〈龍〉と組んだことで、大きな軍事的優位を握った」

ギギナが問いを発した。

「だが〈龍〉は先にツェベルン龍皇国に対しては、オキツグの殺害だか行方不明だかを起こして、明確な敵対関係だ。そして大陸最強国家であるラペトデス七都市同盟の白騎士殺害ともなれば、仇敵となっている。その〈龍〉と後帝国が組むのは、超大国二つを同時に敵にする戦略上の不利だ」

ギギナの指摘を今まで考えていなかった。両陣営の同盟か協力関係は強力だが、組むことで敵も増やしている。

「両者を退けた〈龍〉の力が、それでも優越するとしているのだろうが、そんな手を取るだろうか」

「〈龍〉はたしかに超武力であるが、両大国、なによりラペトデス七都市同盟を仇敵とするのは悪手にすぎる。七都市同盟は現在こそ沈滞しているが、いずれ立ちなおる。最強国家が復活すれば、必ず後帝国を苦境に陥れる」

ギギナが厳しい予測を出した。続いてデリューヒンが口を開く。

「後帝国は現在の戦争で神聖イージェス教国が勝つと踏んでいるのだろうけど、見通しが甘いのでは?」

「アブソリエルは西方諸国の併合までで止めるのかもしれない。対イージェスで弱った龍皇国と七都市同盟に譲歩を迫るまでが目標だったら、ありえる」

俺も予想してみるが、疑問が湧いてきた。

「いや、違うな」

俺の自問自答にギギナたちが注目してくる。

「今まで考えたことは、人の都合で〈龍〉側にとってはどうでもいいことだ」俺なりの疑問を口にしてみる。「〈龍〉は完全解放のために〈宙界の瞳(ちゅうかいのひとみ)〉を欲している。後皇帝は〈宙界の瞳〉をいずれ渡すことで〈龍〉と取引している、のかもしれないが、訳が分からない」

実際の言葉にしながら、考えをまとめていく。

「〈龍〉が解放されれば、人類世界が終わる。つまり後皇帝が最終的に〈宙界の瞳〉を渡すわけがない。だとすれば、なぜ裏切りが分かっている相手と〈龍〉は協力しているのか」

最大の疑問が湧(わ)いてくる。

「イチエード後皇帝と〈龍〉と〈踊る夜〉と、さらには神聖イージェス教国とで、利害が相反している。騙(だま)しあいだろうが、最初に各自が納得できる名目上の取引があるはずだ。それがまったく見えない」

俺の問いが、指揮官たちの輪と部屋へと放たれる。

室内には沈黙。この場にいる誰(だれ)も答えを出せない。

前提として、一万年を超えて生きている生命体は、我々(われわれ)と同じような思考にはならない。先に〈古き巨人(エノルム)〉の〈怨帝(えんてい)〉が数百年規模の視野で人類が地上の覇者ではなくなる、と予想したように、超長期的な思考となるはずだ。それでも着地点が見えない。

「〈踊る夜〉はなんのために後帝国に協力し、そして〈黒竜派〉と〈龍〉を仲介したのでしょう」

ドルトンが問いを放つ。途端にそれぞれが予測を述べていく。

議論を聞きながらも、俺は黙っていた。問題が多岐にわたって大量にあるため、ひとつの違和感を取りだしても、核心ではないような気がする。気がするだけなのかもしれないが。

俺は前に目を戻す。立体光学映像の報道では、司会の男が式典の事件や後皇帝の宣言を再び解説している。

報道司会の前の机に、脇から紙が置かれる。司会が一読し、手に取る。顔を前に向けた。

「後アブソリエル帝国皇帝、イチェード陛下による最新の会見が開始されるようです」

司会は平然とした表情を作ろうとしていたが、表情と声に興奮が滲んでいた。他のアブソリエル系、そして各国の報道局も同じような反応となっていた。

「中継がつながります」

司会の言葉とともに、映像が切り替わる。アブソリエル系の報道局が一斉に同じ映像になる。白亜の柱と白い壁が続く。皇宮の一室が広がる。連なる席には、背広の重臣や軍服に勲章が並ぶ高級軍人たちが着席していた。民間や外国の記者や報道陣は一切入っていない。アブソリエル国営放送による中継となっており、各局もその映像を参照している。

昨日、六大天の二人の反逆があり、さらに一人が皇帝派の演技から反逆をしたので、当然の処置だ。

重臣や軍人たちの先には、会見用の演壇が設えられていた。演壇の後方には、正式に後帝国皇帝を名乗ったイチェードが立つ。背広に背外套(マント)を羽織った略装だった。すでに頭の包帯は取り払い、歴戦の武人皇帝の威厳を示していた。

「先日の式典では、反逆者が出て、私の命を狙い、帝国建設に異議を呈(てい)しました」

　イチェードが重々しい声で告げた。

「反逆者たちは、栄えあるアブソリエル六大天のうちの三人の攻性咒式士(こうせいじゅしきし)でした。元々反対派とはいえ、私の意図と後帝国の意味が分かっていなかったと言えるでしょう」

　イチェードが語る声に責める様子はない。自分を狙った相手への憎悪や殺意が見えない。威厳といえばそうなのだが、恐ろしい。

「ですが、先日示したように、我々後(われわれご)アブソリエル帝国(ていこく)は〈龍〉ゲ・ウヌラクノギアと協定を結んで、反逆者を排除しました」

　名前が出た瞬間、リコリオが息を呑(の)む。部屋にいる新入所員たちは喉(のど)の奥で悲鳴を発している。

　おそらく映像を見ているものたちのほぼすべてが、同じような状態になっているだろう。国家の指導者で〈龍〉の名を公衆の面前で口にしたものは、おそらくイチェードが史上初めてではないかと思われる。イチェードはありえない。ありえないからこそ、ありえない覇業をなしている。

「〈異貌(いぼう)のものども〉の脅威を示して連帯を呼びかけたものが、その最強者とその一派の力を使うことに、論理のねじれがある」

ギギナが厳然と指摘した。

映像のイチェードが再び口を開く。

「そして連帯のための最小限とはいえ、犠牲はすでに他でも多く支払われています。ネデンシア、イベベリアは、後公国(ごこうこく)の臣民でありながら、混乱に乗じて独立したと言い張る国家群です。ですが、先ほど再統合を果たしました」

イチェードが言いはなった。先に知っていることだが、二カ国の併合の事実はやはり衝撃である。

「最小限の犠牲ですが、やはり犠牲は犠牲です。これ以上の犠牲を避けるため、ここで世界の脅威に対して協力しない西方の国々へと降伏勧告を行(おこな)いたい」

イチェードが言った。二カ国併合によって、西方の攻略は可能だとする発言は、事実となるだろう。

「先日は妨害行為によって私の主張が止まりましたが、続きがあります。我々は単にアブソリエル帝国を復興したいわけではありません。人外の脅威に対抗するだけではありません」

イチェードが淡々と語る。俺にとって、この流れはまずい。

「〈異貌のものども〉も同じ星の生物であります。大部分はたしかに人類と敵対しています。ですが竜は人類と同じような知性を持つ知的生命体です」

イチェードは俺の予想した最悪の言葉を述べていく。

「手始めに〈龍〉とその〈黒竜派〉の助力を、後アブソリエル帝国は取りつけています。可能ならば〈異貌のものども〉で知性を持ち、社会を形成する諸族とも連携を取っていくつもりです。可能であれば〈大禍つ式〉に〈古き巨人〉とも交渉します」

イチェードは淡々と語っていく。

「〈異貌のものども〉に和平や共存が受け入れられなければ〈龍〉とともに、後帝国が討伐する」

イチェードの発言が続き、止まる。

「我々が作る国は、汎人類連合として、そして汎知的生命体連合としての後アブソリエル帝国だと宣言します。この星で長く続いている戦いを終わらせることはできませんが、緩和することを目指します」

皇帝の宣言が響きわたる。一拍遅れて、演壇の前に並ぶ重臣や軍人たちが立ちあがり、万雷の拍手を響かせる。横顔には涙目となっているものもいる。歓呼の声が広がっていく。

室内には沈黙が満ちるが、外からは別の歓呼の声が聞こえる。

「皇帝陛下万歳！」「後帝国万歳！」「人類万歳！」「〈龍〉を味方につけたなら、もう大丈夫だ！」「後アブソリエル帝国は世界を、全知的生命体を主導する！」「正義の戦争だ！」

室内にいてもはっきり聞こえる。報道を見ていた市民たちは、イチェード皇帝の壮大な計画に熱狂して街頭で叫んでいるのだ。

　まずい流れだ。皇帝の大義は人類だけではなく、この星の危機だとしている。人類だけではなく〈異貌のものども〉でも知的生命体との連帯という、輝かしい大義を掲げている。そして真の敵は不和と戦乱だとしていた。

　輝かしいほどの大義と理想であるだけに、反論しにくい。だが、またも俺の内心は反対する。

　先日の演説からの、イチェードへの違和感が強まっていた。命を狙われたことにまったく激昂も動揺もしない。これほどの大義を宣伝しながら、イチェードの青い瞳には温度が宿っていない。すべてをまるで他人事のように語っていたのだ。

　外から歓呼の声が続く。テセオンが舌打ちをして窓へと歩み、紗幕を閉じていく。外からの音は消えたが、薄闇のなかで報道からの歓呼の声が続く。報道局も再び沸騰しているのだ。モレディナが手を振って、音を小さくしていく。

「我らはどうなるのでしょう」

　横合いからリコリオが問うてきた。危機はさらに増している。人類と知的生命体の守護者となったイチェードから〈龍〉の部分開放を可能とする〈宙界の瞳〉を奪えば、俺たちはアブソリエルの敵となる。

「それは」

　俺は口を開き、そして強引に閉じた。言ってはならない言葉を封じて、別の言葉を探す。

「さらなる情報を集めて、立て直すしかない」

言ってみた俺自身も信じられない言葉だった。翻訳すれば、どうしたらいいかまったく分からないので、決断を先延ばしにしようと言っているようなものだ。

「ガユス、それでいいのか」

ギギナが言ってきた。見ると、相棒にしてドラッケン族の剣舞士は言葉を続けない。言外の含みは俺にも分かっている。ユシスとのことが俺の判断を誤らせているのではないかと、遠回しに問うているのだ。

おそらく俺の判断は誤っている。即時退却で、他の誰かが事態をなんとかすることを待つのが賢明だろう。それが一般人にできる最善手だ。分かっているが、ここまで関わって傍観者に徹することはできない。アッテンビーヤとロマロト老の呪いだと分かっていても、逃れられない。

「いや待て」遠いことばかりで直近の問題を忘れていた。「国内の有力な反対者を打ち倒した後帝国は、後顧の憂いなく併合戦争の最終段階に入る。最初にすることは」

言っていて気づいた。

「逆転の手が消される」

岩を削った通路は廊下となって伸びていた。岩の床は所々で濡れている。壁の割れ目から漏れた地下水が、通路を横断している箇所もあった。

かつてアブソリエル各地に数万もの炭鉱があり、跡地となって放棄された。アーデルニアにあるこの場所も石炭が掘り尽くされ、放棄された。今では誰も使っておらず、知るものも少ない。しかし、岩盤の天井には配線が渡されており、転々と連なる電球が橙色の光を連ねていく。岩の通路には、足音が連なって反響する。足音の間には人々の声が遠く聞こえる。

「まだだ、まだアブソリエルは救える」

巨漢が岩の廊下を歩んでいく。左手で魔杖剣の柄を握っての歩みとなっていた。剛毅な男であっても、不安の動作が出てしまう。

「だが、ブレオムよ。我々はすでに最大の賭けに敗れているのだ」

傍らを行く長身の男が答えた。顔には不安の表情が貼りついていた。腰の魔杖剣も揺れている。六大天の一角であるアッテンビーヤの副官だった二人が、地下通路を歩んでいく。

「アッテンビーヤさんとロマロト老に、ドルスコリィ氏という隠し球まで倒されている。我らはすでに最大戦力を失った。計画が破綻した以上、どうするべきか」

「ダンガーディオの嘆きは分かる」

進みながらもブレオムが言った。ダンガーディオが同僚の横顔を見る。ブレオムの目には怒りと恐怖があった。

「〈踊る夜〉の関与は分かっていたが、三人も勝てると踏んでいた。実際にあのまま押せば勝てただろう」

歩むブレオムも言葉を句切った。

「だが〈龍〉が出てきた」

ブレオムの述懐に、ダンガーディオも恐怖を思い出す。

「〈龍〉はどうしようもない。オキツグにファストが止められないのなら、地上の人類と〈異貌のものども〉の誰であっても止められはしない」

「イチェードは、二十年もの信頼を培っていたドルスコリィ氏にすら内密にしていた。〈踊る夜〉と組んで、歴史資料編纂室を使って、あの奥の手を進めていたのだ」

二人は怒りをこめて現状を確認していく。状況は絶望的であった。神話の〈龍〉の一撃は、先に大陸最強剣士と人類最高の騎士を消し去り、先日また結界ごと六大天を葬った。

「だが、やるしかない」

恐怖に囚われていても、ブレオムが断言する。

「このままだと後アブソリエル公国が消え、アブソリエル帝国の伝統も完全に潰える。我らが止めなければ、誰も止めない」

「ブレオムとダンガーディオは、それぞれアブソリエル帝国貴族と騎士の末裔であったな」

二人が自然に動く。通路の左を中年男が歩んでいた。眼鏡に背広の男は大柄ではないが、確固とした足取りで廊下を進む。指摘されたブレオムの顔には、不満があった。

「アブソリエル帝国の貴族や騎士だから、伝統を重視しているのではない。アブソリエルという民族と文化が存続するかどうかの問題だ」

「ロムデアもロマロト老の仇を討ちたいだろう」

ダンガーディオが眼鏡の男に問うた。二人の言葉と眼差しを受けながらも、ロムデアは歩みを止めない。

「ロマロトの息子として、ロマロト派は私が率いる」進みながらのロムデアが答えた。「だが、父の仇を取る以上に、アブソリエルという民族と文化の先を考えている」

ロムデアの声には重みがあった。

「後皇帝イチェードによる後アブソリエル帝国はすでに成立してしまった。〈異貌のものども〉を利用するだけならいいが、よりにもよって〈黒竜派〉と、そして〈龍〉と組んでしまった。なにより〈踊る夜〉どもと手を組むなど絶対に許されない」

歩むロムデアの眉間には、懊悩の亀裂が刻まれていた。

「このまま侵略戦争を続ければ、アブソリエルは帝国どころか、千年の悪名を背負って消滅する」

「事態は最悪。具体的にはどうするかだ」

ブレオムの問いにロムデアが考えながら歩む。

「まず反後帝国である国内団体と連携していく」

ロムデアが語る。

「先に亡くなったドルスコリィ氏の事務所は、遺志を継ぐビュレイに従って動いている」

ロムデアが言った。

「計画露見を防ぐために、ドルスコリィ氏が公王ではなく、アブソリエルを第一として組織を作っていた。それでも二割ほどの離反者が出ている」

「二割で済んで上々とするしかないな」

ブレオムが苦い顔となる。ドルスコリィの薫陶と、ビュレイが継承者としてまとめたからこそ、二割の離脱で収まっている。現在ここにいる反後帝国の一団が親衛隊の追撃を最低限にできたのも、ビュレイからの情報の成果であった。

「ビュレイが率いた元ドルスコリィ派とはあとで合流する」

ロムデアが数えあげていく。

「他には、国内政党では共合党、民声党の一部が賛同している。アブソリエル人民戦線、一星社、反帝連合、全大連なども参加する。先日の父やアッテンビーヤやドルスコリィ氏の抵抗で、我らを反後帝国の旗手として認めることとなった」

ブレオムがうなずく。対してダンガーディオの目には懸念の色が宿っていた。

「過激派の組織まで引き入れることに懸念が出るのも分かる。だが、後帝国相手に我らは手数が足りなすぎるのだ」

ロムデアが言った。

「国内と軍内部に反後帝国派は見つけられなかったのか。軍隊であっても、後アブソリエル帝国に強い危機感を抱くものがいるはずだが」

ダンガーディオが問うた。

「ビュレイが協力者を探し、首都と地方の部隊には接触を開始している。いくつかはこちらにつくだろう」

「他にも使える武力があるのではないか」

歩みながら、ブレオムが問うた。

「六大天の現場にいた、外国の攻性咒式士たちはどうだ」ブレオムが問いを重ねた。「最近〈踊る夜〉の一角を倒した、ギギナにガユスがこの国にも来ていた。この事態に関わっているなら、引きこめるのでないか」

ブレオムの発案に、ダンガーディオがうなずく。ロムデアの目にも希望の色が浮かんでいた。

「後帝国の式典という惨劇で彼らは生き残った。実力に強運がある」ロムデアが語る。「なにより脱出路を用意し、勝てないときは被害を最小限にして退却した。判断力がもっとも評価できる」

指揮官であるロムデアの答えに、二人も同意していた。

「先にアッテンビーヤ氏と対面したときに結論は出ている。彼らはあくまで〈踊る夜〉と指輪に関して動いている」

歩みながらダンガーディオが答えた。

「おそらくは〈龍〉を止める手立てが指輪にあるのだろう。しかし、アブソリエルを救うためには動かない」

ダンガーディオが言葉を紡ぐ。

「聞いたかぎりでは、目的が違っても道筋が重なるときには協力する、という結論だった」

「親衛隊の別の姿である歴史資料編纂室調査隊。なにより〈踊る夜〉は、どうしても武力で突破しなければならない」ロムデアが言葉を接いだ。「強力な攻性咒式士が少しでも多く必要だ」

「ならば、なぜ彼らを頼らない」

ブレオムが前に出る。隣からダンガーディオも前に並ぶ。

「今なら、彼らも皇帝と後帝国の脅威を理解しているはずだ。目的は違うが、道はほぼ重なっている」ダンガーディオは強い言葉を重ねていく。「なによりアッテンビーヤ殿とロマロト老が救った恩がある。彼らも協力要請に応えてくれるはずだ」

「そうしたいが、時間がない」

ロムデアは苦渋の顔となり、顎で前方を示す。ブレオムとダンガーディオが見ると、通路の先からはより強い光が零れていた。ロムデアが先導し、男たちが通路の終点に向かう。

四方を岩壁に囲まれた広大な空間に三人が出た。かつてあった炭鉱が掘り尽くされ、大広間のようになっている。天井が高いため、壁と床に通路と同じような照明が設置されていた。

切り出された直方体や立方体の岩塊が、壁際から広間に転がっている。間には椅子や木箱に、百人ほどの男女が座っていた。全員が腰に魔杖剣や魔杖短剣を差すか、魔杖槍を携えていた。背広や積層甲冑を着込む。足下には兜や盾が並ぶ。

左右や後方の壁際には、座れなかったものたちが立っている。後方にある廊下には、入りきれなかったものたちが連なっていた。全員が歴戦の戦士の顔だった。

「主要なものは集まっているな」

ブレオムが言って、歩んでいく。そろったのは、アッテンビーヤとロマロトの咒式士事務における、高位の攻性咒式士たちだった。アブソリエルにおける反後帝国派のうち、最大戦力の二派が集結している。

ロムデアとブレオム、ダンガーディオが歩んでいく。三人の足音が広間に反響する。全員の前で止まる。指導者となったロムデアが全体を見回す。

「後帝国、そしてイチェード親衛隊の追撃を逃れて、よく集まってくれた」

ロムデアが言うと、全員が起立する。全員が大国アブソリエルでも、最強とされた攻性咒式士事務所の面々であった。顔には覚悟と決意が並んでいる。

「まず先に戦死したものへと哀悼の意を捧げる」

ブレオムの言葉で、一同の顔に緊張が宿る。万全の脱出路を用意していてなお十数名が戦死していた。昨日起こった事件から、両事務所の攻性呪式士たちは首都を脱出せず、地下に潜伏して反撃の機会をうかがっていたのだ。

間を取ってから、ブレオムが再び口を開く。

「先日、我が父ロマロト、そしてアブソリエルを体現してきたアッテンビーヤ氏と、長年潜伏してくださった忠勇のドルスコリィ氏が、後皇帝暗殺に向かったが、惜しくも戦死した」

ロマロト派は、ロマロトが所長で指揮官であった。だが、反後アブソリエル帝国の思想は、息子であるロムデアが主導していた。三人の指揮官が倒れたあとは、自然とロムデアが主導者となっていた。

「ここに百人もの高位の攻性呪式士の主力部隊がいる。他にも三百人ほどの中位攻性呪式士が外で動いている」ロムデアが語る。「ドルスコリィ派の残存兵をまとめるビュレイたちを含めれば、五百人を超える戦力となる」

ロムデアが右手を横へと動かし、坑道にいる全員を示していき、左で止まる。

「我らは通常では大きな戦力ではあるが、後アブソリエル帝国軍には対しては小さな力だ」

ロムデアの言葉は、全員が胸に抱く不安を言い当てていた。いくら高位の攻性呪式士をそろえていても、数百人規模なのだ。どうあっても、百万を超える後帝国の再征服軍には勝てない。そして首都だけで数万人の兵士、皇宮を守る数千もの近衛兵を撃破して、後皇帝の元へとたどりつくこともできない。

「後皇帝だけを討って、アブソリエルの破綻を防ぐという短期決戦は失敗した。長期的な戦いには時間がない」

しかし西方諸国家が団結しても、一大決戦を挑めば〈龍〉に破られる。団結しなければ各個撃破という結果しか見えない。決着の時期は近い。長くても一カ月以内、早ければ数週間以内で終わると、誰もが予想していた。

「我らは間の作戦を取る」

ロムデアが全員へと向き直る。

「すでに協力政党二つによって世間に議論を起こし、学生がさらに市民へと支持を広げている。これらで機運を高め、先のルゲニアのように革命を起こす」

ロムデアの声に全員が耳を傾ける。

「後帝国の迷妄打破の最初にして最大の機会は、西方諸国との一大決戦だ。後帝国としても防衛に必要な兵以外の全兵力を戦場に投入するだろう」

ロムデアによる、短期と長期の間で取れる計画が語られていく。

「首都が最小限の防衛となったとき、軍の協力者が地方で蜂起し、基地と基幹道路を封鎖。後帝国軍の集結を防ぐ。そして数万から数十万人の市民の圧力で首都を行進。公王宮へ乗りこみ、占拠する」

ロムデアが語る。

「後皇帝の身柄を確保。退位を迫り、後帝国による戦争を停止させ、アブソリエル民族と文化を存続させる」

ロムデアの計画に、攻性呪式士たちがうなずく。

「正攻法だが」

ブレオムが懸念を表明する。

「戦勝を続けているかぎり、国民の過半数は後帝国を支持するはずだ。だからこその、アッテンビーヤさんたちの強硬策だったのだ。上手くいくのか？」

「後帝国が決戦に勝利して熱狂が最高潮に達してしまえば、もう全面的敗北にいたるまで国全体が止まらない。だから決戦が起こる前にやるしかない」

不確実性を理解しながらも、ロムデアが断言した。ブレオムにダンガーディオ、そして攻性呪式士たちも、機会が一度しかないと理解した。

「厳しい戦いになるな」

ダンガーディオも覚悟の言葉を吐いた。

「そして〈龍〉と〈踊る夜〉を引き入れたことで、アブソリエルは千年の悪名を気にするどころではない」

先ほど止めた言葉をロムデアが続けていく。

「利用しているつもりの後帝国が〈龍〉に利用されているなら、完全解放が狙いだ。成就されたらそこで人類が終わる」

　ロムデアの言葉で、炭鉱跡地の広場に静寂が広がる。ことは後アブソリエル帝国が成立し、大陸大戦の引き金になり、アブソリエル民族と文化が消滅するという心配ではすまなくなっていた。人類という種族の存亡すら見えているのだ。

「皇帝イチェードは西方諸国を制覇し、後帝国成立までが狙いだろう。さすがにツェベルンやラペトデスと和睦して、一定領土の確保で停止するのだとは推測できる」

　ブレオムが問いを差し挟んだ。

「だが〈踊る夜〉たちはそれぞれ魔人に妖女といっても、人間だ。〈龍〉の世界となって人類を絶滅させれば、やつらも死ぬ。利益もない。なにを考えているのかも不明だ」

　ブレオムの問いは、ダンガーディオにロムデア、この場にいる攻性咒式士たちの問いでもあった。

「いろいろと都合があるのだよ」

　老人の声が伽藍に響いた。即座に攻性咒式士たちが魔杖剣を引きぬき、盾を掲げ、一方向へと向く。

　炭鉱跡の広間の左隅に一同の視線が集中。木箱に老人が腰掛けていた。中世風の衣装では渦巻きが踊る。顔の左右に巻き髪が下がっていた。

「ワーリャスフっ!?」

伽藍に、百名の攻性咒式士の怒声と疑問の声が響いた。瞬時にワーリャスフを中心とした半円の包囲網が形成。盾が並び、魔杖剣と魔杖槍が連ねられる。切っ先や穂先には色とりどりの咒印組成式が灯る。

百もの刃と咒式を向けられているが、ワーリャスフの顔には緊張感など浮かばない。右肩の赤い小鬼を手で追いはらっていた。

「なぜここにワーリャスフが」

刃を向けながら、ブレオムが問うた。

「二千四百五十六回目」

謎の数字を告げたワーリャスフは欠伸をしかけて、口を閉じる。

「皇帝が使う歴史資料編纂室調査隊と言ったか、あれらが優秀でな」

退屈そうにワーリャスフが言った。

「前々から、反後帝国派になると見て、お主らの隠れ家を調査していた。で、先ほど判明して儂が飛んできたというわけだ」そこで老人の顔に笑みが浮かぶ。「説明する儂、超親切。敬え」

ワーリャスフの毒の笑みがあった。

「おまえたち〈踊る夜〉はアブソリエルでなにをしようとしている」

爪先を動かして間合いを詰めつつ、ダンガーディオが問うた。必殺の魔杖剣はワーリャスフに向けられている。

「儂は親切だが、それを答えてやるほどに親切ではない」

「さすがにおまえほどの怪物は、叩きのめして拷問を加えても答えないだろうな」

魔杖剣を引いて、ブレオムが必殺の咒式を紡ぐ。ダンガーディオも魔杖剣を正眼に構え、腰を落とす。ロムデアは双剣を引いて召喚咒式を展開。百人の攻性咒式士たちも半円の包囲網を縮めていく。

「我らは一命を賭してワーリャスフを倒すのみ」

「それは三千八百五十四回目」

言った老人の右肩から、赤い顔が出る。禿頭に額から短い角を生やした小鬼だった。老人の右肩に両手をついて笑っている。

「おまえ、なぜここには出て、六大天との戦いのときには出なかった」

ワーリャスフが不愉快そうに自らの右肩にいる小鬼へと呼びかける。

「そりゃ決まっていますよ」

老人の右肩で、赤い小鬼が意地悪な笑みを浮かべる。

「あの三人との戦いはワーリャスフ様が死ぬかもしれず、自分も死ぬかもしれなかったからです」

小鬼の言葉にワーリャスフが口を曲げる。小鬼の嘲弄の目が攻性咒式士たちを眺める。

「だけど今の状況で、死ぬ可能性がどこに?」

小鬼の底意地の悪い目と言葉で、攻性咒式士たちの間に敵愾心が満ちる。対して木箱に腰掛けたワーリャスフは構えもしない。

ロムデアが奥歯を噛みしめる。六大天や過去の英雄勇者でも倒せなかった相手を、自分たちが倒せるのかという疑念が渦巻いてしまっている。

「ワーリャスフは歴史の怪物だが、不死身でも無敵でもない」

魔杖剣を構えたブレオムが、一歩を踏みだす。

「千五百四十八回目」

ワーリャスフが数える。

「必ず倒せる」

謎の計測にも怯まず、ダンガーディオが魔杖剣を構える。

「二千七百五十六回目」

「全員が命を捨てよ。ワーリャスフを倒すために」

「二千八百十四回目」

「先ほどから、なんだその数字は」

謎めいた言葉に我慢できず、ブレオムが問うた。

「二千九百五十四回目」そこでワーリャスフが疲労の息を吐いた。「察しが悪いの。数字は二千年でその言葉を儂が聞いた数だ」

座ったままでワーリャスフが答えた。

「といってもあまりに多いなと途中から数えたので、何割引かとなっているがの」

ワーリャスフの目には紫電が宿る。ロムデアたちは、我知らず一歩引いていた。数千回も同じことを聞いている相手がいるということは、事実が分かってくる。

「おまえたち、というか今の世界は儂を舐めておる」

木箱から立ちあがることもなく、ワーリャスフが言った。

「二千年の間、儂は勇者や英雄、賢者や魔法使いどもと戦い、狂信者の刺客に暗殺者、東方の忍者にまで命を狙われた。教会や法院に追いまわされ、特殊部隊の突入を受け、凶王ともやりあってきた。王国や帝国の勇将や知将や名将が率いる軍隊とも争った」

老人の顔に悽愴の笑みが浮かぶ。

「現代でも十二翼将に七英雄、先日は六大天とも死闘を繰り広げた」

ワーリャスフは単なる歴戦を超えた、恐るべき人類史を語っていく。

「それらのすべてに勝利とはいかんが、儂は生きぬいてきた」

老人の周囲の空間が歪む。攻性咒式士たちの上体が後方へと引かれる。

気圧されての動作ではない。ワーリャスフが放つ膨大な咒力が空気分子へと干渉し、物理的な圧力となって押していたのだ。抵抗力がある攻性咒式士たちの肌にまで干渉が及び、総毛立っていた。

莫大な呪力波が炭鉱跡地の大伽藍を圧し、広がる。床の埃が舞い、小石が揺れる。

歴戦の精兵を自負するアッテンビーヤ派とロマロト派の攻性呪式士が、恐怖を感じはじめていた。

古代中世だけではなく、現代呪式文明におけるツェベルン龍皇国やラペトデス七都市同盟といった大国の軍隊とすら激突して、ワーリャスフは逃げおおせていた。

ワーリャスフは二千年という、神楽暦と同じくらい古い、怪物中の怪物。いわば二千年も世界を敵に回して今なお健在なのである。

「高位呪式士百人に囲まれる、など、儂の二千年のうちでは危機とはとても言えぬ」

老人の発言で、攻性呪式士たちの背に悪寒が突きたてられた。

ワーリャスフがようやく立ちあがり、両手を掲げる。右手には小鎚、左手には魔杖剣が握られていた。老人から放たれる呪力がさらに圧力を増し、烈風となって空間に吹き荒れる。

ロムデアやブレオム、ダンガーディオの髪や裾がはためく。

「二千年の悪意を見せてやろう」

ワーリャスフという形をした絶望が動いた。

十三章　掌に残った欠片

人間が戦争を起こすのではない。戦争が人に起こさせる。冗談のように聞こえるが、私にとっては事実である。なぜなら戦争が始まる原因を誰も説明できないからである。

ネデンシア人民共和国第四代総統ヨバルク　皇暦四七九年

　ビルの一階から二階の壁へと大穴が連なる。三階から上は、砲弾咒式により崩落していた。ビルの前にある道路のアスファルトには、爆裂咒式によって擂り鉢状の大穴が穿たれている。穴からは白煙がたなびく。

　続く街路から左右にある公園や敷地には車輌が横転するか、逆さとなって転がる。車体のいくつかは炎上し、赤い炎と黒煙を吐きつづけていた。間には折れた魔杖剣や魔杖槍、真っ二つとなった盾、咒弾の空薬莢が散乱する。

破壊の嵐の先では、大量の血痕が広がる。血の海に千切れた手や足、頭部と人体の部品が転々と落ちていた。甲冑ごと引き裂かれた胴体から、大量の血と桃色の内臓が零れる。小腸は冬の大気に湯気をあげる。

無惨な死者たちの顔で、目は恐怖に見開かれていた。

最後の死体の先、路上には中世風の衣装の老人が立つ。襞襟の上には、縦横に皺が刻まれた老人の顔が鎮座する。目は市街地に散乱する死者たちを見つめる。

「儂を舐めるなと言ってみたが」

ワーリャスフの口からは疲労の息が漏れた。

「儂に初手を取られたが、撤退しながら抗戦、また撤退しながら抗戦し、罠に誘いこんできた。最後は四散して、一人でも多く逃がそうとした」

死者たちを見据えながら、ワーリャスフが独白していく。

「さすがアブソリエル六大天の部下たちだの。儂の人生でも、無名の戦士たちにこれほど苦戦したことはない」

二千年を生きる魔人が賛辞を述べた。よく見れば襞襟の一部には刃で切られた痕跡があり、衣装の右袖も焦げていた。ワーリャスフに刃や呪式を掠めさせた呪式士がいたのだ。

「でも、結局はワーリャスフ様の勝ち」

右肩からは、赤い小さな影が出る。赤い肌に額に角を持つ小鬼の姿があった。小鬼の顔には漫画のように過剰な邪悪の表情があった。

「どうせなら、ワーリャスフ様が負ければ良かったのに」

小鬼が言うと、老人が右手で右肩を払う。赤い小鬼は素早く背中へと逃げていく。

「だって、ワーリャスフ様が負けて死ねば、死ぬ人が減るよ～♪」逃げながら赤い小鬼が歌うように言っていく。「二千年前からの哀れな老人の夢なんて、誰も望んでいない～♪」

「うるさいわい」

ワーリャスフの右手が、左肩から出た小鬼の額を弾いた。大仰に痛がって、小鬼は背中から腰へと逃げた。

「叶わぬ夢かもしれないと分かっている。分かってはいるのだが」

ワーリャスフが追う手を止めて前に戻す。目も前に戻り、再び戦場となった市街地を見渡す。広がるのは死体と破壊。アブソリエルの市民たちは避難しており、動くものはなにもない。建物や廃車からの火炎が揺らめくだけだった。

「これで後帝国皇帝イチェードの最大の敵と、その残党を殲滅できた」

「一応は皇帝陛下と呼んでおいたほうがいい」

老人の右から、青年の声が投げられた。ワーリャスフは声の主を見つめる。赤い髪は周囲にある炎のように熱風で揺れていた。ウーディースは倒れた石材の破片に腰掛けていた。刃を前に立てて、柄頭に両手を重ねていた。

青い目が街路を見ていた。

「ここはアブソリエルの首都アーデルニアだ。どこで誰が聞いているか分からぬ」

ウーディースの言葉は冷静だった。青い目と赤い髪が氷炎のような対比を見せていた。彼にしても無傷とはいかず、衣装に破れや焦げ目があった。

「誰もおらんが喃」

相手の言葉を皮肉ととって、ワーリャスフが答える。前方には炎の音以外は静寂。百体近くもの死者たちが転がるだけだった。

「私が聞いている。少なくとも、組んでいる相手に敬意を示すだけで危険が避けられるなら、そうしておいたほうがいい」

指摘しながらウーディースが魔杖剣から左手を離す。手は左から正面、右へと示していく。ワーリャスフは目で青年の指先を追っていく。

戦場となった市街地の先には、ビルや住宅の建物が連なる。遠景には小高い丘が見える。頂上には白い壁。アブソリエル後帝国建国によって、公王宮から皇宮となった建物と尖塔の群れがそびえていた。

「首都にいる数百万人のほとんどと、数万の首都防衛軍。さらには近衛兵に親衛隊。そして見渡せる光景のすべてが、アブソリエルだ」ウーディースが慎重に言葉を連ねる。「このすべてを敵に回したら、いくら〈踊る夜〉の首魁、ワーリャスフであってもただではすまない」

「どうも儂は長生きしすぎたようだの」

ワーリャスフの言葉と眼差しには、わずかに痛みの色が含まれていた。二千年の寿命をこめた悲しみだった。一転して瞳の悲しみが拭い去られる。

「しかし儂の失礼とやらも、汝、ウーディースよりはかわいいものだろう」

老人の目はウーディースから、その背後へと目を向ける。ウーディースの背後には、二十メルトルほどもある巨像が二体、並んで建つ。

後アブソリエル公国の各地にある、帝国を作った太祖、初代皇帝アブソリエルの神像。そして後公国の建国者であるイェプラス公王の像だった。二体を並べることで後公国は帝国の後継者であることを、各地で主張しているのだ。

そのうちの一体、アブソリエル公王像の宝冠をいただく頭頂部から、重厚な衣装の胸板、腹部を横断し、股間までが縦に両断されていた。傾いだ左半身に、両断された右半身が載って、止まっている形となる。

傾いだ像の断面からは、融解した岩が橙色の液体となって、斜めに零れていく。零れた雫は、巨像の太腿から膝、脛に流れていた。足下には溶解した雫が溜まり、蒸気をあげていた。

白煙の間で十数人が倒れている。全員が胸や首、腰のあたりで両断されていた。切断面は黒く炭化している。炭が剝落した部分からは、赤く沸騰した肉が覗いた。

ワーリャスフが先ほど見た光景は驚威だった。ウーディースが放った光の翼が、退却する攻性呪式士たちを両断し、背後にあった巨像も溶断したのだ。

「反逆者を倒すためならば、後皇帝陛下も理解を示すだろう」

ウーディースはこともなげに言ってみせた。

「物は言い様だな」

右手で顎鬚を撫でながら、ワーリャスフは傍らの青年を眺めている。目線は魔杖剣の柄頭を握る、ウーディースの右手にそそがれていた。中指には指輪が嵌まっている。環が抱える宝玉は、青から紺、赤や橙が混じりあう、奇妙な色合いを見せていた。

「汝が持つのは〈宙界の瞳〉の一種なのか模造品なのか分からん。指輪から引きだしている、その強さは訳が分からぬ」

指輪を見つめるワーリャスフの眼にも、指輪の色が映る。同じくらいの興味の眼差しで青年の横顔を見る。

「後皇帝には後皇帝の、そして我らには我らの目的がある」老人の目は、感傷を排した鋼の眼差しとなっていた。「この段階では、せいぜい互いに利用しているのだと思わせておこう。我らは」

「計画への疑問がある」

石材に座したままのウーディースが、刃のような言葉を差し挟んだ。発言を断ち割られたワーリャスフは指輪から青年へと眼差しを戻す。ウーディースの知覚眼鏡の奥に、青い眼があった。男の目は疑念の深い青となっていた。

「ワーリャスフは〈大禍つ式〉の二派に〈古き巨人〉の鉄巨人に〈黒竜派〉、そして〈龍〉とまで交渉した」

ウーディースの声には疑問が滲んでいた。

「だが、後皇帝は、おまえと我らの手に負える存在なのだろうか」

「汝も陛下と言わなくなっておるな」

ワーリャスフが笑って答え、そして表情が止まる。眼には疑問と疑惑が渦巻いていた。

「いや、分かっているつもりで分かっていないことを分かっている、といった程度であろう。この二千年、王や帝王、知将に猛将に名将、勇者に魔術師、賢者に賢人たちを見てきた」

ワーリャスフもかねてからの疑問を検討していく。

「その儂をもってしても、あのイチェード後皇帝は少し訳が分からぬ」

老人は言葉を続けずに沈黙。炎と風の音だけが響く。相手の言葉が続かないことに、ウーディースが眼を向ける。

戦場に立つのは、二千年を生きる人類史の怪物。〈踊る夜〉を主導してきたワーリャスフだった。

老人は、周囲から断絶していた。人間や風景、そして時代からも断絶しているようにも見える。二千年前の救いの御子と十二聖使徒の時代から、ずっとただ一人であったような姿だった。

そしてこれからも一人なのだろうと思わせた。

老人が口を開く。

「だがしかし、なさねばならぬ」

ワーリャスフは力をこめて断言した。息は蒸気となっていた。

「夜を踊らせるためなら、どのような不条理も制御してみせる。儂にすら手に負えない〈龍〉や、理解不能の後皇帝とすら踊ってみせよう」

ワーリャスフの言葉は、口から吐かれる炎となっていた。意志の炎は瞳にも宿り、ウーディースを見つめていた。

「儂からすれば、汝も同じく理解できない存在である」

突如として、ワーリャスフが右へと回転。左へと体を曲げる。斜めとなった顔で、ウーディースを覗きこむ。逆さに垂れた中世風の白髪の間で、二千年の眼差しがあった。瞳はウーディースの内面を推し量ろうとする、暗い暗い洞穴であった。

「汝、ウーディースの本名はユシス・レヴィナ・ソレル。あのガユスとかいうものの兄らしいな」

傾いたワーリャスフの息が、ウーディースの顔にかかる。

「戦争と国家間の暗闘の世界にいた私の素性を、よく調べたものだ」

「それこそが儂がずっといた世界だからな。それでも多大な犠牲と対価を支払い、何年もかかってたどりつけた」

言った老人の灰色の目は、さらにウーディースとその内面の奥底を見ようとする。常人なら耐えられないほど恐ろしい、老人の眼差しであった。

「幼少期から学業に運動に呪式(じゅしき)にと優れた成績を残し、果断にして冷静、そして人をよくまとめる。青年時代に故郷を救い、郷土の英雄どころか、世界で活躍することを期待されていた」

ワーリャスフは逆さのままで、相手を見据えつづける。

「しかして、その青年は突如として消息を絶つ。再び所在が判明したときには、戦乱と国家間の裏世界で暗躍する〈アイビス極光社〉でウーディースと名乗っていた。ほどなくして組織の長(おさ)のアイビスを殺害し、乗っ取る。同社はより恐ろしい組織となり、拡大しつづけた」

解剖医のように、ワーリャスフがウーディースの過去を並べていく。

「影の世界を渡りに渡り、ついには儂に接触。〈踊る夜〉への参戦を望んだ」

ワーリャスフの目には、長年組んでいる相手への疑惑が浮かんでいた。左手がウーディースの前に掲げられる。数々の指輪が嵌(は)まった老人の指が開閉する。

「儂は汝などいらぬと殺害に動いた。だが、汝との死闘で左腕を持っていかれ、脳の半分が吹き飛ばされた」

「こちらは内臓の半分と左手と右足を吹き飛ばされた」

岩塊に座したウーディースが笑って答えた。知覚眼鏡(クルークブリレ)の奥にある青い瞳には、過去を懐かしむ色は浮かんでいない。凍土の氷か海の底のような青さがあった。

「死闘の末に、汝は組織の人員と資金の協力、そしておもしろい目的と提案を出してきた。そこで儂は汝が〈踊る夜〉に参加することを認めた」

ワーリャスフが死闘の結果を語り、相手を見据える。

「だが、汝が述べたことがすべて事実とは思っておらぬ。本当はなにを求めている？」

「かつての過去を捨て、二度目の世での新しい自分を生きているだけだ」ウーディースは相手以上の疑問の目となっていた。「こちらこそ、終盤の手に入ったというワーリャスフは信用できない。いや、我らを裏切るような奇怪な言動となっている」

連帯相手であるウーディースの告発であっても、ワーリャスフは動かない。青年は魔人を正面から見据えている。

「先のゴゴールはアブソリエル帝国最後の大法官だった。〈踊る夜〉のなかでも、是空大僧正と並び、もっともワーリャスフとつきあいが長いと聞いた」

ウーディースが指摘する。ワーリャスフは興味もなさそうだが、青年は言葉を連ねる。

「後公国による後アブソリエル帝国の建国は、アブソリエル法の復活を願うゴゴールの悲願に一致しており、両者は協力関係となっていた」

ウーディースの指摘に、ワーリャスフは意図を載せない微笑みを見せた。語っていくウーディースの青い眼は鋭利な眼差しとなっている。

「ゴゴールは、後アブソリエル帝国成立のために必須である、かつて帝国領土であったネデンシア人民共和国の弱体化へと向かった」ウーディースが過去を振り返り、検証していく。「そこでミルメオンという、現人類で最高峰の呪式士の一角と対決した。結果は無惨に倒された。いや、どこかへ消えてしまった」

ウーディースが言うと、ワーリャスフの逆さの顔が戻っていく。元の姿勢に戻ったワーリャスフは顎髭を撫でる。

「あれは、ミルメオンの呪式は訳が分からぬな」ワーリャスフの声と表情には心からの疑問があった。「最後の特攻を仕掛けたゴゴールがミルメオンに躱された、と思ったら消えた。死んだのかどうかも分からぬ」

「ミルメオンは難敵にすぎるが、問題はそこではない」

ウーディースがワーリャスフの言葉の迷走を止めた。

「たしかネデンシア総統の暗殺と政権崩壊の任務を誰にするかで、ゴゴールに任せたのは、ワーリャスフ、おまえではなかったか」

ウーディースの告発が続く。

「見ようによっては、準備が完了したなら、残るものたちで計画を完遂できる。ならばアブソリエルに真剣なゴゴールが死ぬように仕向けたとも言える」

「それはさすがに儂を疑いすぎじゃろう？」

ワーリャスフはこともなげに言ってみせた。

「優しい優しいワーリャスフはゴゴールの後詰めに、イルソミナスを送っている」

「それは私がやったことだ」

ウーディースが指摘した。ワーリャスフが笑う。

「そうだったかい喃。二千年も生きていると、いろいろ忘れてしまうものでな」

「もうワーリャスフ様ったら、曖昧老人なんだから」

左肩から赤い小鬼が出て、笑う。老人も笑う。両者が楽しそうに笑う。ウーディースの顔には不快感がかすめる。

「悪意にしろ不手際にしろ、どう申し開きをする」

「なんの申し開きをせよと？」

ワーリャスフは心外だといった顔でウーディースを見つめる。眼は再び二つの暗い洞穴となっていた。

「そもそも我ら〈踊る夜〉は互いを信頼しあう関係ではない」ワーリャスフの裂け目のような口が血染めの言葉を連ねる。「前にも言ったように、それぞれがそれぞれの目的のために一時的に手を組んでいるだけだ。目的のためなら相互の邪魔や罠は当然。それを見抜けずに敗死したなら、そいつが悪いとしか言いようがない」

平然として二千年の魔人が述べた。

聞いていたウーディースの顔には厭わしさが浮かぶ。ワーリャスフが言うように〈踊る夜〉は信頼の同盟ではない。構成員は〈世界の敵の三十人〉に数えられる、大陸中に指名手配される超凶悪犯か、それに準ずる悪名を馳せるものたちばかりである。

異常にすぎる〈踊る夜〉でも、ワーリャスフは飛び抜けて異質であった。自分が作ったハイパルキュを〈踊る夜〉に入れて密かに手駒を増やし、多数決のときは票数を操作した。先には盟友と言ってもいいゴゴールを、遠回しに処分したとしか思えない。

ウーディースの疑念を、ワーリャスフは気にした様子もない。

「なにより今は〈異貌のものども〉の三勢力、四派閥に、後アブソリエル帝国の皇帝とも組んでいる。儂は自分以外の誰をも信じないが大連帯となっている。いずれどこかで連帯が崩れるにしても、その寸前までは個々の利益を求めてもよかろうて」

ワーリャスフの右手が上がっていく。数々の指輪が嵌まる右手が、周囲の惨劇を示す。

遠くからは警報。二人の魔人が背後へと顔を向ける。音は死体と破壊の先から流れてくる。戦場となった市街地の遠景、ビルの谷間に青と白の警察車輌と濃緑色の装甲車が併走してきている。通常のアブソリエル警察と、戦時の治安維持のための軍隊が急行してきているのだ。双方に連携がなされていないので、我先にと急行している。

「儂らをどうにかできた警察など存在しないが、説明もめんどうだ」

ワーリャスフが前へと進む。ウーディースも腰掛けていた岩塊から立ちあがる。大地に刺さる刃を抜いて、旋回。腰の鞘に戻す。

欠伸をしながら、ワーリャスフが歩んでいく。ウーディースは左へと進む。

「皇宮はあちらだが、どこへ行く」

立ち止まって、ワーリャスフが問うた。ウーディースは歩みを止めない。ビルとビルの間へと向かっていく背中だけが見えた。

「こちらはこちらで別件がある」

「ああ、あれか」

ワーリャスフの右手は白髯を撫でてみせる。

「無理だと思うがの」

珍しくワーリャスフが制止の言葉を発した。

「汝の事情は曖昧にしか知らん」老人の声は悲哀の色を帯びていた。「だが、年寄りなりの経験からすると、間に誰かの死が挟まった事情は、どちらかの死でしか解決せん」

「それでもだ」

ウーディースは答弁を断ち切るように言って、再び歩みだす。着信音。青年は連絡に耳を傾ける。

「なんだと」

珍しく驚きの声を発した。

「分かった。近くまで行く。途中からは単車で行くので用意しろ」

ウーディースは飛翔咒式を発動。爆風が周囲に広がり、粉塵を巻きあげる。青年の姿は急上昇。高空で直角に軌道を変え、飛翔していく。途中で爆音。音速を超えて空を渡っていく。

「あやつが慌てるのは珍しい」

ウーディースの移動を見上げて、ワーリャスフはつぶやく。

「あれもあれで隠し事が多いようだの」

ワーリャスフが目を地上に戻し、戦塵が舞う通りを歩んでいく。炎と死体と破壊の街角の先には、遠く公王宮が見えた。

左の肩からは再び赤い小鬼が顔を出す。

「ワーリャスフ様、ウーディースは危険すぎるんじゃないの？」赤い小鬼が主人の危機を楽しむように言った。「あれは絶対嘘をついているよ。そのうちワーリャスフ様と対立するよ」

「あれが最後には儂を殺す気なのは分かっておる」

歩みながらワーリャスフが答えた。

「だが、あれがいないと儂も死んでいた場面がある。最終局面までは使いたい」

「ワーリャスフ様にはご友人もご家族も、愛するものもいない。組む相手も敵しかいない♪」

赤い小鬼が嘲笑う。ワーリャスフの右手が払うと、小鬼は背中へと逃れる。

ワーリャスフはとくに反論しないまま、歩んでいく。警報が近づいてくる。

「儂の友と、もっとも愛するものはもう全員死んだ」

老人の唇が一言を漏らした。再び出てきた赤鬼が問おうとすると、ワーリャスフが右手を振って背外套を翻す。まるで自分の表情を隠すための動作にも見えた。

老人の姿は混乱の市街地から消えていった。

後アブソリエル公国から帝国となったが、町並みが急に変わることはない。

変化といえば、ビルや建物に新しい後帝国旗が掲げられているくらいだ。戦時下だが、アブソリエル内の街路には、以前と同じ色とりどりの車が行き交い、雑多な人々が歩む。以前と変わらぬ行動を続けられることが、後アブソリエル帝国の余裕と、そして現状の絶対的優位を示している。

首都の外の衛星都市アデオには、車の群れが行き交う。車の流れに、俺たちアシュレイ・ブフ&ソレル呪式士事務所の車の一団も混じっている。一団は車列を抜けて、郊外に到達する。工場街に入るが、操業停止しているらしく静かなものだった。車はひたすら首都へと戻る道を進む。

「ガユス、この決断でいいのか」

車の駆動音の間を抜けて、隣の席に座るギギナの鋼の声が放たれた。

「アッテンビーヤとロマロト老、ドルスコリィが死亡した時点で情勢は絶望的だ。それでも三派の残党と手を組むことが、最後の手だった」

　苦々しさをこめて俺は言った。後部座席には攻性咒式士たちがそろっている。

「だが、その反後帝国勢力の旗頭が、先ほど〈踊る夜〉たちによって全滅した。俺たちと法院という外部勢力に、もう国内で組める相手が残っていない」

　俺の言葉で車内には沈黙が広がる。車窓からは建物が消え、荒野が見えてくる。工場街を抜けたようだった。俺としては良くない沈黙だと感じ、口を開く。

「勝ち目がないときは一目散に退却だ。まずは首都アーデルニアの法院支部へと逃げこみ、残りと合流する」

　俺の方針に、向かい側の席に座るソダンがうなずく。

「現在の後アブソリエル帝国は、大帝国になるか少し大きな王国で留まるかの大勝負の真っ最中です」ソダンが分析した。「そんな賭けの途中に、咒式士最高諮問法院という厄介な敵を増やさないはずです」

「心理分析官らしい発言がようやく出たな」

　俺は笑みを止めて、ソダンを見つめる。

「ソダン中級査問官が分析したのは、後アブソリエル帝国か後皇帝イチェードか、どちらでしょう?」

「それは」

俺が丁寧な問いを向けると、ソダンが黙りこむ。

後帝国の成立は代々の準備もあるだろうが、イチェードの強烈な意志力に依るところが大きい。前の診断ではイチェードは正常で、ここまでの大戦争を起こす心理的源泉が分からない。正気と狂気のどちらが大戦争や大虐殺を起こすのか、人類史でも結論は出ていない。

「話を戻して、撤退には大賛成するし、そう判断する前の一時退却案にも賛成する」車の最後尾席からデリューヒンが口を挟んできた。「だけど撤退の前に問題があるのでは？」

「というと？」

先にいるリコリオが疑問を返す。横にいるテセオンも疑問に同意するようにうなずく。

まずデリューヒンが右手を顔の前に掲げ、人差し指と中指を足として進ませ「これが私らね」と示す。次に左手を掲げて「こちらが法院ね」とした。

「後皇帝は戦争中で、私らなんかどうでもいい。だけど歴史資料編纂室調査隊、こと親衛隊はそう思わない」デリューヒンが言って、俺たちを示す右手が指で歩んでいく。「奴らが法院との問題を起こさないように邪魔者を消すなら、首都へ私らが戻る時期を狙ってくるんじゃない？」

デリューヒンの右手は、左手に到達する前に落ちた。

「全滅させて証拠を消し、知らないうちに行方不明となった、とするのが敵の最善手だ」

隣からギギナが補足した。

「逃げるにしろ体勢を立て直すにしろ、首都の法院への合流が必須だ」

俺の宣言とともに、車内には再び沈黙。車内には車の駆動音と道路からの振動だけが伝わる。

車窓の外には、アデオの街の郊外も消えた。荒涼とした山と、点在する廃屋しか見えなくなっている。俺たちが無事に法院へと戻れる可能性は低くはない。なにごともなく通してくれ。

車内の誰も話さない理由も、少しでも静かにして見つかる可能性を低くしたいという表れだ。

俺の祈りが通じたのか、なにごともなく車は進む。音。俺たちの先の席で、モレディナが通信咒式を操作している。横顔には焦燥感が浮かぶ。

「通信途絶！　何者かによる妨害ですっ！」

車内にモレディナからの警告が飛ぶと同時に、轟音と車体の右から衝撃。車が浮いた。俺や攻性咒式士たちも椅子から跳ねる。車内の天井まで、通信機器や装備の箱が飛ぶ。車体が落下すると同時に、俺や咒式士たちも通路に落ちていく。同時に重力に従って携帯が跳ね、魔杖剣や盾が転がる。横倒しになった箱から、咒弾や封咒榴弾が散らばっていく。

跳ねてきた箱を受けて、リコリオが呻く。倒れてきた盾がテセオンの頭に当たり、怒声が放たれる。

「ははは、運が悪いやつらめ」

「いや、ガユスさん、それ」

弾薬の箱を押しのけながら、リコリオの目には恐怖。左手が俺を指差す。

もちろん俺の襟元と左手首に、それぞれ魔杖短剣が刺さっている。壁に留めていた魔杖短剣が衝撃で外れ、留め金が取れて鞘から抜けた刃が刺さるのは、不運にすぎる。さらに防刃織維の襟元、袖と手袋の間に刺さるなど、不運も極まっている。

「そんな運の悪すぎるガユス先輩が好き〜！」

車の揺れに乗じて、ピリカヤが俺に抱きつこうとしてきた。無事な右手で押しのけておく。動脈を切らないように、俺は戻した右手で左手首に刺さった刃を抜いていく。痛い。襟元、首筋に刺さった刃は本当に危険なので、車内の揺れが収まった瞬間に抜く。おおお、痛すぎる。傷口はすぐに治癒咒符で塞いでおく。実にしょーもない死が、すぐ近くを通りすぎていった。だが、人はこういうことで死ぬ。車体がまた揺れて、現実に戻る。

衝撃の原因を見る。右前の扉が内側へと歪んでいる。車窓の外では、右の林の梢を越え、大小の銀の群れが高速飛翔してくる。

「回避しますっ！」

ダルガッツが車の速度を上げる。車の屋根の後部に三連続の重い着弾音。一瞬後に車の後方で炸裂音。後方からの爆風で車が揺れて、また進む。〈矛槍射〉の投槍による狙撃と〈鍛澱鎗弾槍〉による砲撃だ。

「モレディナ、こちらも通信妨害っ！　敵位置確認っ！」

俺が言うと、モレディナが魔杖剣を右の車窓から出して、咒式を発動。切っ先から放たれた呪力が右斜め上へと上昇。車窓からも、地上一〇〇メルトルほどの高空で閃光となって破裂した瞬間が見えた。

モレディナによる電磁雷撃系第五階位〈阻電五里霧中〉の呪式は、電波通信で予想される周波数の電波を放射し、範囲内の通信を阻害する。相手もこれで増援を呼べない。攻撃の手数からすると、敵は小部隊。増援なしで対決か、一端引いて援軍を呼ぶか。後者を選んでくれ。

「次弾来ますっ！」

モレディナの声で全員が衝撃に備え、再び車体への着弾によって前の扉が大きく歪み、車が揺れる。俺は戻した右手を見る。〈宙界の瞳〉は俺への呪式攻撃をある程度防ぐはずだが、反応しない。俺が死ぬ可能性はあっても指輪に危害はないと判断しているのか。ニドヴォルクも出てこないし、とにかく役に立たない。

車体に呪式攻撃が着弾。投槍を受けて強化窓硝子に亀裂が入る。砲弾を受けた右中程の装甲が内部へと歪む。だが、呪式攻撃は車内には抜けない。

「呪式士最高諮問法院が用意した車はっ！」揺れる車内でソダンが言った。「戦車なみの装甲に呪式干渉結界ですから！　そう簡単にやられませんよ！」

ソダンが得意げに言うが、落ちてきた装備の箱を受けて、床を這っている。たしかにダルガッツの運転技術があっても、法院の車でなければ即死していただろう。敵の射撃と砲撃の数と精密さは特殊部隊仕込みなのだ。

狙撃と砲撃咒式の豪雨のなか、車体をダルガッツが必死に制御。車を蛇行させて、被弾を最小限に抑えていく。

「現状、俺たちを狙っている暇人は、歴史資料編纂室の調査隊だろうな」

「後アブソリエル帝国の親衛隊がついに！」「やはりっ！」

俺の答えに、テセオンやリコリオたちの声が飛ぶ。揺れる視界のなかで、先を行く仲間の車の三台が見えた。三台の車の右側面にも爆裂咒式や投槍咒式が着弾していく。

車の傷とモレディナの探査で、相手は進行方向の右から咒式砲火を放っている。発射地点を逆算し、地形を探る。車が進む砂利道の左は傾斜が続く。右には並木が点在している。ほとんどが広葉樹で冬には葉を落とし、遮蔽物にはならない。木々の先にはなだらかな草原が広がる。遠景には林が現れ、高台へと続いていく。

高台の木々の間から光が見えた。続く咒式砲火が、俺たちの先の車の横手に着弾。土砂を巻きあげる。

爆煙のなかから、右の高台に目を戻す。木々と茂みの間に、装甲車が並んでいる。車の間で青い制服を着た男たちが盾を並べ、上に魔杖槍を連ねていた。即席の咒式狙撃と砲兵隊が俺たちに向けて咒式を放ってきているのだ。

俺たちの車はとにかく道路を逃げていく。先頭を行く車の前で大爆発。爆煙と土砂が舞いあがり、重力に引かれて落下していく。先の三台は左右に分かれて爆発を回避し、停車していた。

白煙の間から見ると、道路には大穴が開いていた。装甲車だから耐えられたが、アスファルトには大穴が穿たれてしまう。

爆煙の先には、また別の装甲車が道を塞いでいる。三台の砲塔に光。咒式の砲弾が発射。ダルガッツが車を左折させて、緊急回避。連なる三つの砲弾は背後の道で連続炸裂。轟音が後方から響いてくる。前方の装甲車の両脇で随伴歩兵が盾と魔杖槍を掲げ、咒式を連射してくる。進路は塞がれていて、右後方からは砲撃され、完全に挟まれてしまっている。

ダルガッツが車を操り、道から左の傾斜へ逃れる。激しく車体が揺れるが、傾斜を下ることで敵の砲火が車の上を過ぎていく。

先に分かれた車も反転。ダルガッツの車へと追随して坂を降りてくる。傾斜の左に広がる荒れ地を四台が一列となって進む。左に林があり、逃げ場がない。

「三〇メルトル先、林へ入る道へっ！」

ヤコービーが叫ぶと、ダルガッツが即座に反応。車が林の間にある道へと逃げこむ。後続車も続く。車は曲がる道に沿って蛇行していく。車体で突きでた枝を折りながら、進んでいく。

俺は車内から背後を振り返る。木々の先にある土手の道路の上に、追ってきた敵が姿を現す。進路を塞いでいた装甲車だ。屋根が開いて、射手が出ていた。魔杖剣を構えてこちらへと投槍咒式を乱射している。蛇行しているため、林の木々を破砕するだけで直撃しない。

「背後を取られっぱなしでは、この車でも保ちませんぜっ！」

運転席からダルガッツが叫ぶ。

「右に一五〇メルトル進むと、廃工場がありますっ！」

地図を見ていたヤコービーが叫びを返す。狙撃が車体をかすめる音が連続で響く。

「逃げきれない。そこで迎撃しよう」

俺の指示でダルガッツが運転環を回し、急右折していく。俺たちの車の右側面から後部へと呪式の雷と火炎が追いすがるが、後方に着弾していくだけ。

他の三台も続く。リコリオが後ろの窓を少し開いて、狙撃魔杖槍を突きだす。銃撃呪式を連射。相手の車の前面窓に着弾、亀裂が広がって視界を塞ぐ。続いて左右の前輪まで当てていく。見事な精密射撃だが、こちらと同じく防弾硝子に装甲された車体、防弾タイヤには効果が薄い。

「代われっ」

リコリオを押しのけ、テセオンが窓から上半身を出す。魔杖長刀から数列の刃を放つ。〇と一の数列が走り、左右にあった木を通り過ぎる。刃が戻ると同時に木々が道へと倒れていき、跳ねる。丸太の群れが追っ手の進路を塞ぐ。相手は減速し、倒木の左右に分かれてこちらの追跡を続けてくる。

ダルガッツの運転で最低限の被弾で避けているが、たまに着弾して揺れる。

「親衛隊ほどの精鋭にしては下手な待ち伏せだし、数も足りない」

元軍人であるデリューヒンが疑問を放つ。

「アブソリエル最精鋭の部隊なら、私たちの力を測り間違えない。最低でも、現状の三倍」デリューヒンが計算していく。「我々のエリダナからの戦いを見れば、五倍の人員は用意するはず」

デリューヒンの計算は、俺の計算とも合っている。軍人は敵を効率的に倒すが、俺やギギナは自分より格上にすぎる強敵、そして〈異貌のものども〉と戦いつづけてきた。肩書きや経歴以上の強さがあると、計算してくるはずなのだ。

「歴史資料編纂室は、アーデルニア全土で反乱者の残党を探している。その小隊のひとつが、偶然で俺たちを発見しただけだろう」

跳ねる車のなかで、俺も答える。

「そうか」威嚇射撃を続けるテセオンの目に理解の色が浮かぶ。「相手はここで俺たちを倒すか、取り逃がすしかないのか」

今もっとも勢いがある咒式士事務所が相手でも、勝てるか相打ちにできると踏んだからこそ敵はやってきている。どちらにしろ逃がしてはくれない。

「ありやしたっ！」

ダルガッツの叫びで前へと目を戻す。前方左に、緩い坂が続いていく。傾斜の終点には、金網に囲われた敷地が姿を現す。錆びた廃車に朽ちた貯蔵棟。四階建てほどの工場が広がっている。

「あそこなら高所が取れるし、遮蔽物が多い。先に陣取ったほうが有利だ！」

俺の指示でダルガッツが車を左へと走らせていく。後続の三台も続く。坂を上った瞬間、咒式砲火が坂に着弾して削っていく。土砂は吹き飛ぶが、全員が金網の間にある門を抜ける。

先にある工場と岩山の間で、俺たちは車から飛び降りる。それぞれが大型魔杖剣や小箱に入った弾薬、盾を運びだしていく。

同時にダルガッツらが運転する四台の車が、その場で急旋回する。車が一列になって岩山と工場の間を塞ぐ。ダルガッツたちが降りてくると、車は即席の陣地となる。

俺やデリューヒン、ドルトンは、紡いでいた咒式を瞬時に展開。車の前と間には〈斥盾〉の咒式によって防壁が立ちあがっていき、城塞が生まれる。

完成した瞬間、坂を上ってきた相手の狙撃や砲弾咒式が車や防壁に着弾。金属音と轟音が連続する。耐えきれず、一枚目の防壁に穴が穿たれる。しかし、裏に重ねていた第二の防壁が受けとめる。

支えているデリューヒンやドルトンもさらに防壁を重ねる。さすがに精鋭兵の咒式火力は桁が違うが、二重三重となった防壁は抜けない。

防壁が敵の攻撃を防いでいる間に、俺は後方へ手を振る。魔杖剣を鏡にして見ると、後方ではリコリオが工場へ全力疾走していく。モレディナも追っていく。

俺とデリューヒン、咒式士たちは防壁の間から魔杖剣を突きだす。敵は装甲車の脇から大盾を連ねて前進してくる。こちらも投槍に火炎、爆裂に砲撃咒式を連射する。敵が掲げる大盾に咒式が降りそそぐ。何発かには耐えたが、盾が砕けると人員ごと吹き飛ぶ。俺はすぐに弾倉を交換して猛射を続ける。

応射が来ると、俺は防壁の裏に引く。着弾の音と振動が背中から響く。後方にある工場の足下にある梯子へ、狙撃用魔杖槍を背負ったリコリオが飛びついた。大急ぎで登っていく。続いて探査咒式に優れるモレディナが梯子にとりつき、追っていった。

俺は防壁から出て、前へと射撃を行う。再び防壁の裏に戻ると、リコリオたちが工場の四階の屋上に到達。モレディナが観測手となり、敵の位置を示す。リコリオが即座に伏せて狙撃体勢を取る。〈遠狙射弾〉の咒式による弾丸では、防弾に重装甲の相手には効果がないと、咒式を変更。穂先に組成式が展開し、発動。

前方からは爆音。リコリオの狙撃が、坂を上がってくる敵の先頭の車に着弾。防弾装甲に大穴が穿たれ、車が旋回。炎上しながら停止。後続車たちは背後で急停止。防壁の咒式が展開し、止まった車から生存者が出ていく。

壁へとさらなるリコリオの咒式狙撃が着弾。分厚い〈斥盾〉の壁が撃ち抜かれ、吹き飛ぶ。破片に巻きこまれて、咒式士たちが転がっていく。背後に着弾して爆音とともに土砂が巻きあがり、落ちていった。

リコリオが先ほどまで使っていた〈遠狙射弾（バル・バト）〉は、対人狙撃咒式（じゅしき）。人は倒せても、防弾装甲（そうこう）をされた装甲車や重装甲の兵士には通用しない。

対して、先ほどから発動しているのは化学鋼成系第四階位〈遠狙射物砲（バル・バトース）〉の咒式。五〇口径、一二・七×九九ミリメルトル弾を、音速の三倍半から四倍の速度で放ち、一から二キロメルトルもの射程を持つ。そこらの咒式士の積層甲冑（せきそうかっちゅう）だろうが装甲車だろうが撃ちぬく。もし人間に命中すれば、人体を両断するほどの破壊力を持つ。

屋上のモレディナの指示でリコリオが連続射撃。坂の途中で止まった敵の装甲車や防壁に、狙撃で穴を穿（うが）っていく。防壁ごと敵が吹き飛び、倒れていった。狙撃手はまだ人間を殺害できないが、充分だ。

射撃の爆音とともに、伏せたリコリオの魔杖槍（まじょうそう）が跳ねあがる。威力が高いだけにリコリオの腕力では抑えきれない。しかし、上からの圧倒的な狙撃は、敵の頭を抑えてくれている。敵兵は最初の装甲車による突入を断念。残る四台が工場の敷地から後退していき、林にまで下がっていく。

上からの援護がある間に、俺たちも動く。左の工場はモレディナの精密誘導によるリコリオの狙撃が砲台となって、接近を許さない。工場の前にはドルトンたちが走りこみ、防壁を構築して陣地を作る。

坂道の上で工場の敷地を示す金網が立ち塞（ふさ）がる。先にある工場棟と岩山の間の正面は並べた車が防壁となる。デリューヒン率いる重量級と軍人たちといった防壁咒式の使い手たちが、防壁を重ねて前線を構築している。

前方に爆裂の花が咲いていく。敵は一気に爆裂咒式を連ねて、金網を吹き飛ばしていった。煙を貫いて、破壊力の高い砲弾が連打されてくる。防壁が耐える。だが、連続着弾で穴に穴が連なり、大穴となる。崩壊する前に次の〈斥盾(ジルド)〉による防壁が立ちあがって、砲撃を防ぐ。

中央はデリューヒンたちが応射して、射撃戦となっている。互いの防壁が削られ、また構築されていく。凄(すさ)まじい消耗戦が続く。

「歴史資料編纂(へんさん)室の調査隊が、ようやく俺たちに襲いかかってきてくれた」

砲声の間で、俺は拳(こぶし)を握って好機だと示す。元軍人のリューヒンたちを率いるデリューヒンが疑問の顔となっている。

「どういうこと?」

「これで相手を捕らえれば、後帝国における〈宙界(ちゅうかい)の瞳(ひとみ)〉の情報を手に入れられる」

「理屈としてはそうだけど」

「正面で耐えてくれ。あとは右翼からでなんとかする」

デリューヒンの弱気な発言を無視し、俺は歩んでいく。敵は強いが、坂の上という地の利と個々の戦闘力と人数はこちらが有利。小細工なしに力で押しきる場面だ。

装甲車の右端(はし)、岩山との間にある防壁の背後に、所員を集める。俺とギギナといった主力、

ニャルンにピリカヤという高速部隊、そして攻撃力も高い切りこみ隊長のテセオンにアルカーバがそろう。後詰めとしてグユエ、ヤコービーも参加している。

防壁と車の間から前線を見る。相手は左へ進軍。盾と防壁を連ねて、工場の敷地を進む。左の屋上のリコリオから対物狙撃が連射され、盾と防壁を撃ちぬく。さらに中央のデリューヒンとリューヒンが火炎咒式を放って、敵が防壁の間を移動することを許さない。

連続砲火で敵の頭を抑え、視界が奪われた瞬間、右翼の俺たちが突撃を開始。進む俺から先制の〈爆炸吼〉が発動。トリニトロトルエン爆薬が盾の列の隙間で炸裂。盾が耐えきれずに砕け、数人の兵士と千切られた手足が宙に舞う。

爆煙のなかを、俺たちは咒式を乱射しながら吶喊。相手も咒式を放ちながら左折し、迎撃してくる。

咒式の嵐のなかを、盾の群れが突撃してくる。先頭に立つギギナは屠竜刀を引いて、突進していく。ギギナを頂点とした三角形の陣形で俺たちも進軍していく。爆煙で互いによく見えないが、咒式を放ちながら距離が詰まっていく。

右のアルカーバが火炎を盾で受け、耐える。盾の裏から返す俺の〈爆炸吼〉で、敵前列を盾ごと吹き飛ばす。

白煙のなかに光の線が見えた、瞬間に俺の左肩を熱線が貫く。激痛だが、体が両断される前に右へと飛んで、着地。前にアルカーバが入って盾を掲げて防御。熱線が盾の表面で火花を散らす。切断しきる間に、二人で逃げていく。熱線で切り裂かれた肩を、俺は呪符で強引に塞ぐ。煙が充満して不可視の熱線が見えたので、逃げられた。俺はお返しに爆裂呪式を放つ。大盾の壁で防がれるが、追撃は止められた。周囲はもう大乱戦となっている。

先頭を走るギギナの後ろ姿が見えた。背中に両肩から腕の筋肉が隆起し、渾身の屠竜刀が一閃。盾ごと背後の兵士を両断。装甲と血と内臓の間を、後列から兵士たちが抜けてくる。火炎をまとった槍の穂先を、ギギナが回避。屠竜刀が翻って、右下から左上へと疾走。槍の柄ごと兵士を両断。刃は止まらない。盾ごと敵の頭部を貫き、旋回する。敵兵の装甲された手足が飛んでいく。

血と肉の驟雨の間に、後列の紫電をまとわりつかせた雷の槍の群れが見えた。仲間の死を前提として、砲撃を準備していやがった。呪式は俺たちに届く。

舌打ちしたギギナが跳ねて、射線を屠竜刀で塞ぐ。屠竜刀の幅広の刃がいくつかを防ぐが、ギギナの右脇腹、左腰に着弾。甲殻装甲の表面で火花をあげながら、背後へと抜ける。剣舞士の左足が颶風となって、相手の右側頭部へ命中。足は相手の頭ごと半回転。地面へと兵士の頭が叩きつけられ、兜が歪む。内部の頭部が圧搾されて即死。

ギギナも負傷で足が止まる。一瞬の隙に敵兵が突撃してくる。今度は俺の〈鍛澱鎗弾槍〉が発動。タングステンカーバイドの砲弾が飛翔。掲げた盾を破砕し、装甲に命中。穴が開くどころか腹部が消失し、両断。砲弾は後方にいた兵士の頭部を消失させ、飛翔していった。

「戦車砲をこの距離で受ければ、個人装備では防げない」言った瞬間、俺は思い出した。「翼将イェスパーとアザルリは防ぎやがったな」

強敵たちのことを思い出しながら、俺は爆裂咒式を連射する。ギギナも俺の援護で体勢を立てなおし、再び屠竜刀を旋回。敵兵を斜めに両断し、再び乱戦を切り開いていく。

俺たちの横撃に合わせて、正面を守っていたデリューヒンたちが前進。正面はリプキンにリドリという重量級と、元辺境警備隊であるリューヒンと部下たちがそろい、防御と打撃力に優れる。敵部隊の先頭と激突。武具と盾、装甲と兜が激突する凄まじい音が響く。

重量級の軍人たちの突撃を受けても、調査隊の戦列は揺るがない。薙刀に大斧、大鎚が振るわれるが盾と武具が受け止める。前と左からの挟撃であっても、親衛隊は崩れない。

前衛が左右に分かれる。空いた空間を後列からの咒式猛射が放たれる。ギギナの左肩が炎上し、右脇腹が槍に貫かれる。爆裂咒式は屠竜刀の表面で炸裂。爆風だろうが剣舞士は耐えた。

余波で右にいたグユエが倒れる。追撃の咒式で腹部に槍が突きたつ。

即座にギギナが左手を伸ばす。グユエの後ろ襟を掴んで背後へ投げる。ギギナも下がりながら射撃から突っこんできた敵兵を倒す。俺も火炎咒式で敵の前衛を焼きはらい、ギギナを支える。

火炎を突き破るいくつもの影。下がったギギナを仕留めに強引に出てきた。敵はこちらの戦力の中心が、ギギナの打撃力だと理解しはじめた。

左からのテセオンの数列の刃が走るが、相手の刃が受け止めて火花を発する。テセオンが進路変更し、縦横無尽に刃を振るって敵の進軍を止める。後退したギギナは、重傷のグユエに治癒咒式を発動。そのギギナも重傷で、トゥクローロが治癒咒式を施すという、大急ぎの事態になっている。

「龍皇国の〈竜の顎〉に、ピエゾ連邦共和国の〈霜の手〉に、ハオルの〈黒槍部隊〉とやりあってきたが」

グユエを治療しながら、ギギナが屠竜刀を掲げると、甲高い音と火花。敵の狙撃咒式を弾く。俺は角度から計算して、狙撃咒式を放った相手へと〈矛槍射〉を返す。当然のように盾で弾かれた。

「今回の部隊はひと味違うな」

肩の痛みを堪えて俺が言うと、砲弾が防壁に炸裂。火炎が走っていく。俺たちとデリューヒンで挟撃し、リコリオの狙撃で頭を抑え、ギギナが刃を振るったことで、敵の死者は二十人近く出ている。壊滅状態でも、敵部隊は崩れずに戦いつづける。

「歴史資料編纂室こと、親衛隊は洒落にならない」

傷の痛みに耐えながら、俺も咒式を連射して弾幕を張る。

「決死隊はどこでもあるが、遭遇戦でやってくるほどの忠誠心はもはや狂信だ」

弾倉が空になり、交換。俺にできた隙に即座にギギナが前に出る。屠竜刀を前に掲げて、振りおろす。空中を飛翔してきた砲弾を刃が捉え、切断。衝撃で刃が跳ねあがることを力で強引に抑えた。

分断された砲弾が刃の角度に導かれて左右に分かれて飛んでいく。分かたれた砲弾は、わずかにギギナの両肩の装甲を掠めて粉砕。白い両肩から出血させていた。治療を受けていたグユエも、剣舞士を見上げて目を丸くしている。俺の負傷の痛みもどこかへ飛んだ。

俺や仲間たちも何回か見ているが、信じられない。弾丸を切る咒式剣士は多い。だが、砲弾の切断となると違う。切ったあとの断片の直進を防ぐために、着弾の瞬間に刃を捻る技と超反射神経がいる。

「あれが炸裂弾頭咒式だったらギギナは死んでいるからな。あと基本的に良い子は真似するな」

「反撃だ」

俺の忠告を無視して、再びギギナが前線へと進んでいく。剣舞士は右手一本で屠竜刀を旋回させる。受けた刃ごと、兵士の頭部から脇腹まで両断。長柄に左手が添えられて刃が逆回転し、反対側の兵士の鼻から上が吹き飛ぶ。刃は左右上下に跳ね回る。兜や甲冑や盾ごと、人体が切断され、血と肉片が散る。

「久しぶりに多数相手のギギナを見たけど、あれは」

左右の戦線で戦うテセオンやデリューヒンたち前衛が、言葉を続けられなくなっていた。

高硬度の鱗に強靭な体組織を持つ、巨大な竜を倒すための刃が屠竜刀である。常識外れに巨大で重い刃の一撃は、人間の装備では防げない。規格外の巨大質量が超高速かつ超技術で振り回されたなら、ギギナの間合いは死の空間となる。

敵兵が数で押そうとするも、間合いに入った瞬間に一撃で切断されて数の優位が発生しない。防御も攻撃もすべてが両断されていく。

ギギナとの攻防が発生する相手は、すでに翼将などの規格外の人間か〈異貌のものども〉の上位種族だけになっている。後皇帝の親衛隊は鋼の忠誠心に強さを持つ集団だが、現時点の小隊規模の戦力ではギギナを倒せない。

呪式を放ちながら、俺も前進する。治療を終えたグユエも並んで走る。

「ギギナさんって、人類なんですか？」

「たまに疑わしい」

グユエの問いに、俺は肯定と否定をしておく。

ギギナが刃を振るい、大盾の群れごと部隊の前列数人を両断する。陣形が崩れた所へ、待っていたピリカヤが低い姿勢で突撃。装甲された右手が伸びて乱舞。

指先だけは素肌の指に触れられた兵士が昏倒。振り下ろされる刃を飛び越え、回転しながら相手の後頭部に触れて着地。触られた兵士は大地を這って剣を振るが、呪式は見当外れな空へと飛ぶ。ピリカヤの右手を回避すれば、左手の魔杖剣が無情に切り裂いていく。

行動不能となった相手を、後続のアルカーバやヤコービーが刃を振るって絶命させていく。

　ピリカヤの反対側では、ニャルンが四足獣の姿勢で疾走する。跳躍と早さで来ると見て、敵兵が盾を連ねる。
疾駆するニャルンは咒式を発動。青い六角形がニャルンの口に咥えられた魔杖刺突剣から、全身へと広がっていく。そして六角形の連なりが膨張。内部にいるニャルンも巨大化。虎のような大きさとなって疾走。

　ニャルンの姿が消えた。
あとには轟音。盾と装甲が鮮血とともに吹き飛ぶ。人間の手足と内臓の破片が散っていく。
肉片の先には、巨大な黒い猛虎の姿があった。生体強化系第五階位〈黒虎咆山月鬼〉の咒式によって、ニャルンが虎になった姿である。ただの虎であっても爪牙によって人間を引き裂くが、身体能力を数十倍に強化された猛虎は止められない。

　猛虎となったニャルンが轟と吠え、姿が再び消失。次に現れた瞬間、兜ごと兵士の頭部が消え、赤い霧となった。前脚の爪の一撃は切断ではなく、消失させる。回転した手は兵士の胴体を左から右へと駆けぬける。前脚の爪の幅だけ、胴体が消える。上半身が下半身の上に落ちて、そのまま後方へと倒れた。

　接近戦は危険だと、近距離でも射撃戦を開始する。ニャルンに火炎や投槍咒式が命中した、と思った瞬間には、黒い虎は射撃手の前にいる。残酷な一撃で三人の頭部や胴体が消え、血の霧となった。

以前のニャルンは俊敏性を活かして跳ねて刺す戦い方をしていたが、ギギナに敗れてからは、地上戦も取り入れるようになった。そして〈古き巨人〉の落とし子たるヌエンバとの戦いで、超剛力をも見せていた。上下に跳ねる奇襲か、超剛力か、猛虎かと戦い方を自在に変えられるのだ。今この事務所で最強の前衛はギギナだが、次はニャルンとピリカヤ、デリューヒンとテセオンが並ぶだろう。

ギギナの刃が嵐となって敵陣を切り刻む。開いた場所に俺の爆裂咒式が炸裂する。ニャルンの猛虎が駆け、ピリカヤが敵を封じていく。デリューヒンの魔杖薙刀が旋回して切り刻み、テセオンの数列の刃が敵を貫く。俺が集めた仲間は死闘を何度も越えたために、強すぎるのだ。

刃と咒式の乱舞が止まっていく。工場の敷地には兵士たちの死体が転がる。内臓や血は冬の寒さに湯気をたてている。無惨な光景だ。

残る敵兵はすでに三人。周囲を俺たちが取り囲む。魔杖剣や魔杖槍、魔杖斧に魔杖鎚、魔杖長刀に魔杖薙刀には、各自の必殺の咒式の組成式が灯っている。兵士たちの額には赤い光点。実際効果はないが、リコリオの狙撃が狙っていると光線で示している威圧だ。

「降伏しろ」

刃と咒印組成式を突きつけながらも、俺は静かに宣告する。

「捕虜が一人だと嘘をつかれても分からないが、三人も捕虜がいれば相互の情報を照らしあわせて正確性が増す」

いいのだ。

言外に殺す理由は俺たちにないと示しておく。事態の解決まで法院の牢にでも入れておけば

「残念だが」

中央の男が魔杖剣を構え、宣言した。顔には誇り高い微笑みがあった。

「小隊であろうと、親衛隊の誰一人として、イチェード陛下と後帝国を裏切ることはない」

他の二人も同じ顔となり、盾と魔杖剣を掲げて引かない。

「だろうな」

俺は息を吐く。俺が捕虜となっても、仲間は売らない。親衛隊ともなれば、拷問や薬物で裏切りを強制される前に自決するだろう。

三人は俺へと向かって走りだす。テセオンの数列の刃が伸びて、右の男の胸部を貫通。男は数列を手で摑み、巻きつける。テセオンが数列の刃を引けない。抜けた左の一人へとギギナの屠竜刀が繰りだされる。左肩から右脇腹までの断面で、上半身と下半身が倒れていく。

死にゆく二人を捨て駒にして、残る一人が抜けていた。大地を蹴って飛翔。狙いは俺だった。指揮官を殺し、少しでも後皇帝の利益のためにという必殺の攻撃だった。

だが、飛翔斬りの男の左右から、銀線が延びる。刃を握る右手と体にチタン合金の縛鎖が絡まり、相手の刃は空中で停止。そのまま大地へ落下。男は左膝をついて耐える。

左右からの〈剛鎖〉の鎖の先は、リドリとリプキンの両手に握られていた。巨漢のランドッ

ク人兄弟の剛力による縛鎖を、兵士は振りきれない。

捕らえられた男は、右足を一歩前に出す。続いて左足の一歩を歓める。リドリとリプキンが足を踏ん張り、踵が大地を削る。そこで男の歩みは終わった。どれだけ強い兵士が死を覚悟しても、剛力の二人にかかれば完全停止させられる。

動けない男で唯一残った左手が閃いた、瞬間に背後からピリカヤの右手が触れる。

途端に男は前のめりに倒れ、左手は大地に向けて魔杖短剣を突き刺し、雷撃咒式を無意味に放つ。

ピリカヤは手早く動き、男の魔杖剣や封咒榴弾といった装備を解除。小物入れと通信機らしきものを手に取り、立ちあがる。戻ってきて、俺の傍らで反転。どうですか、という顔をしている。

本当に〈不可思議視建国〉の咒式は触れたら終わりで、強力にすぎる。触れられたら、不思議の国症候群を起こして、距離感や平衡感覚のすべてが狂う。しかもピリカヤが解除するか気絶するまで続く精神操作咒式だ。たとえ魔人アザルリであろうと作用から逃れられなかった。

俺がうながすと、ピリカヤは歩いていく。奪い取ったものを、上から下りてきていたモレディナに渡す。分析してもほぼなにも出ないだろうが、ないよりはいい。

前に目を戻す。リプキンとリドリが、倒れた男の両腕と胴体と両足に〈剛鎖〉の咒式を重ねていく。チタン合金の鎖で幾重にも巻かれていき、まったく動けない状態にする。

受け取ったものでも、携帯や手帳を眺めていたモレディナが俺を見た。

「歴史資料編纂室調査隊、第十四部隊、小隊長ラーヒル・ヴェグ・サレオン。偽名でしょうが、階級で嘘をつく意味がありません」

奪取した男の通信機を解析して、モレディナが言った。

「部隊を指揮し、他のものの行動と合わせると、彼がこの小隊の指揮官で間違いないでしょう」

「ならば得られる情報も少しはあるだろう」

俺は生存者の前へと向かう。一定の距離を保って、立ち止まる。魔杖剣を突きつける。なにが起こっても反応できるように、俺の手持ちで最速咒式である〈雷霆鞭〉の咒式を点灯させておく。雷光の組成式は相手にも見えているはずで、威嚇効果があるはずだ。

「後皇帝と〈宙界の瞳〉についていろいろと語ってもらおう」

俺は問いかける。転がった指揮官は答えない。小隊長とはいえ、後アブソリエル帝国親衛隊だ。あまり時間をかけると、連絡が途絶した部隊があると、他の部隊が集結してくる。

「そこであたしの出番」

ピリカヤが出てきた。装甲に覆われた右手ではなく、左手を掲げる。

「右手は〈不可思議視建国〉の咒式だけど、さて左手はなんでしょう?」

ピリカヤの目が指揮官を見下ろした。転がる小隊長は目を見開く。指を開閉させる左手の咒式の正体をピリカヤは告げない。俺も知らないし、それでいいのだ。自分の意志に反して秘密を話す呪式（じゅしき）かもしれない、と相手が思ってくれれば、情報が零（こぼ）れてくる可能性がある。

鎖（くさり）に縛られた体勢で、小隊長は左手を避けようと必死に後退していく。ピリカヤは左手を掲げたまま前進する。まだ肩の傷は痛むが、俺も魔杖剣（まじょうけん）を掲げたままでついていく。拘束されて転がる相手に反撃する手はないが、警戒は必要だ。

「もう一度聞く。後皇帝と〈宙界の瞳（ちゅうかいのひとみ）〉についてなんでもいい、話してくれ」

重ねた俺の問いに相手からの返答は来ない。親衛隊（しんえいたい）には尋問も脅しも通じないと再確認するだけだろう。俺はピリカヤの右肩に手をかける。

「もう撤退し」

「分かった。私が知っていることは」

転がる小隊長が言葉を発し、俺はピリカヤの肩を摑（つか）んだまま思わず前のめりになる。が、止まる。男の表情から怯（おび）えが消え、小隊長の服の下からわずかに青い光が漏（も）れていた。

自爆呪式、と判断した瞬間、俺はピリカヤの腰に左手を回し、背後へ飛翔（ひしょう）。空中で〈斥盾（ジルド）〉を足下へと発動し、盾（たて）とする。先の敵兵に見えるのは爆裂呪式でも〈曝轟蹂躪舞（アミ・イー）〉で強力すぎる。重傷、いや、この距離ではどう防いでも死ぬ。

小隊長から閃光（せんこう）。同時に横から来た白い光の帯が、小隊長と呪印組成式に激突。一瞬にして両者を焼き尽くし、駆けぬけていく。光の先端はどこまで伸びていき、遠景にある工場に激突。コンクリ壁を貫き、背後にある山に激突。爆発。

光線の熱波によって、着地した俺やピリカヤ、駆けよってきたテセオンが背後へと押され、踏みとどまる。かなり離れていても、袖（そで）や背外套（マント）を掲げて防がないとならないほどの熱量。熱波によって破片が飛んでいき、後方の車に着弾する音が続く。

眩（まばゆ）い光の帯が急速に細まり、熱波が弱くなっていく。光の先端は工場の壁に大穴を穿（うが）っている。断面の下から赤熱した雫（しずく）を大地へと垂らして蒸気をあげていた。

大穴を見ると、内部の機械や先の壁まで貫通している。工場の背後にある山は惨状だった。土壌や岩が熱に耐えきれずに融解して沸騰（ふっとう）。下生えや木々が炎上していた。

「助か、ったのか？」

刃（やいば）を放とうとしたテセオンが止まっていた。他の面々も防御や逃走を止めていた。今の自爆での〈曝轟蹂躪舞（アミ・イー）〉は危なかった。高性能爆薬と量からして、爆心地に近い俺とピリカヤ、テセオンは、ほぼ確実に死んでいた。他も数人は死亡していただろう。

自爆で俺たちまで殺そうとするなど、親衛隊は危険すぎる。

恐怖が去ると、俺たちの前を横切る光の帯が戻っていく。全員の目は自然と下がる光の帯を追っていく。

光は死闘があった工場の敷地を越えて、出入り口に戻る。光は魔杖剣に導かれ、男の背中へと帰っていく。光翼が折りたたまれていき、消えた。

眩い世界が急に暗くなったように見えた。光の咒式を放ったのは、長外套（コート）姿の男。流れる炎のような長い赤髪は、汗で額に貼りつく。唇は荒い息を吐き、肩が上下している。掲げた右手が握る魔杖剣も切っ先が震えていた。全力疾走から咒式の発動だが、疲労するほどではないはずだ。知覚眼鏡の奥には、氷点下の青があった。

命を救われても、俺には感謝する気が起きない。

「ゆ」

口は迷うが、心が怒りを覚えていた。

「ユシスぅうっっ！」

俺は抱えていたピリカヤを後方に押しやり、前に出る。右手に握った魔杖剣〈断罪者ヨルガ〉を突きつけ、左手で腰の後ろから魔杖短剣〈贖罪者マグナス〉を引きぬく。

ヨルガの切っ先には〈電乖闘葬雷珠〉の咒式を紡ぎ、マグナスでは〈重霊子殻獄瞋焔覇〉の咒式を超高速展開してく。右の刃で紡がれるプラズマが周囲を電離させていく。左からは射出を待つ超々高熱の予兆だけで、熱波が溢れる。俺の手持ちで最速の雷速咒式と、最大破壊咒式の同時展開をするほどの憎悪と怒り。

「ちょ、先輩、それは危なっ」

背後からピリカヤが腰に縋りついてきたが、足の一振りで下がらせる。

後帝国の式典では見た瞬間に撤退するしかなかったが、今は違う。目の前に、俺の兄、そして仇敵がいるのだ。

「許さない」

俺の眦と口の両端が上がっていく。本当に腹の底からの怒りと憎悪が沸き起こってくる。

「ユシスユシスユシス、ユシスよユシス、おまえだけは許さない」

俺の口からは怨嗟の声が零れて止まらない。

「妹を、アレシエルを死なせたユシスは許さない！」

俺の激怒と憎悪と殺意が、今までになく咒力を膨張させている。ピリカヤやデリューヒンやテセオン、そしてギギナすら止められない。誰にも止めさせない。

「つい先ほどおまえの命を救ったのは私だが」

上体を起こしながら、ユシスが言った。俺とよく似た青い目が知覚眼鏡越しに見える。怒りと悲しみが入り混じる氷の目だった。

「たしかに自爆咒式から俺を救ったのはユシスだ。ならば生かしてもらった命で最善のことをなす。それはおまえの死だ」

双剣を構えたままで、俺は前へと進んでいく。

俺の右を行く長身。ギギナが進み、俺とユシスとの間に立つ。

「邪魔をするなギギナ。これは」

「どのような因縁が実の兄弟間にあるのか知らぬが、時間切れだ」

ギギナが言って、右手を掲げる。長大な屠竜刀が工場を示す。

「通信封鎖をしようが、戦闘の音が大きすぎた。山も燃えている」ギギナの刃が工場の先の山を示す。「すぐに付近の住人から警察へ通報され、そこから歴史資料編纂室の部隊が集まってくる」

言われて俺も工場から街道へと目を向ける。地平線の先に砂塵が見えた。単に都市間を移動する車かもしれないが、どちらにしろここで戦いがあって親衛隊が全滅したことは伝わる。時間とともに俺たちの逃走路が狭まる。

ユシスの才能は幼少期から知っているし、現在の実力は先ほどと後皇帝の式典でも見た。戦えば俺や仲間が多く死ぬ。下手すれば全滅もありえる。道理としてここは引くべきである。分かってはいるが。俺はユシスから目が離せない。突きつけた両の刃も動かせない。

ユシスが〈踊る夜〉といるときは倒せない。殺すなら一人でいる今しかない。

「だが、しかし」

自分で自分に言い聞かせる。俺は両の刃の咒式を停止し、一歩下がる。目線は外さないが、刃を下げた。

「全員退却だ」

嚙みしめた歯の間から、苦渋の末の言葉が出た。私怨のために、同僚や部下を危険に晒すわけにはいかない。もしユシスを倒せても、時間経過と戦闘の音で歴史資料編纂室の大部隊に見つかる。退却以外は全滅だ。

背後からはタイヤの音がし、横で車体が止まる。ダルガッツが車を回してきた。他の車もやってきた。次々に部下たちが乗りこんでいく。あとは俺とギギナだけだ。

俺はユシスから目を離さないように歩み、剣と短剣を鞘に収める。二人同時に車に乗る。扉を閉めると、すぐにダルガッツが車を発進。工場の裏口へと向かっていく。他の三台も続いてくる。

俺は車の背面の窓を見る。外ではユシスが歩いていき、工場の入り口に横倒しとなっていた単車を起こし、跨がる。右手が一振りされると、魔杖剣から〈緋竜七咆〉が発動。ナパームの火炎が、大地に転がる死体、そして工場へと燃えうつる。

証拠隠滅がなされていくことを確認すると、ユシスの単車が発進していく。工場前の傾斜を下り、姿を消していった。

俺は車内へと目を戻す。全員が俺とユシス、〈踊る夜〉のウーディースの兄弟関係について疑問の目を向けている。すでに兄であり、仇敵と説明はしているが、それ以上は言わなかった。全員が俺に問いたいが問えないといった空気だ。しかし今の俺は心の整理がつかず、説明できない。

車窓から見える景色からすると、車は首都から外れた方向へと走っている。一直線に向かわず、迂回してから首都に向かうという偽装進路だ。地図士ヤコービーの指示でダルガッツが運転すれば、敵を適切に避けて帰還できるだろう。

俺は足で床を蹴る。車内のものたちが俺を見るが、空虚な愛想笑いをしておく。

腹立たしいことに、ユシスが俺の命を救った事実も分かっている。

ユシスと〈踊る夜〉は現在、後アブソリエル帝国と歩調をそろえている。後皇帝の手足である親衛隊を殺すなど、ユシスにとっては立場を悪くする愚行だ。裏切りが露見したなら、いくらユシスと〈踊る夜〉でも、後帝国と対立して生き残れる訳がない。

命の危険を侵してまで、なぜ俺を助けたのか。

俺の右手は喉元に触れていた。息苦しい。過去からの首輪が俺に、ユシスに、そしてイチェードや人々に絡みついているような気がしてならない。我々に嵌まる首輪から伸びた鎖の先には、なにがあるのか。

俺と疑問と謎を乗せて、車は首都へと進んでいく。

十四章　北辺戦記

戦争は適切な時期に適切な場所へ、敵より強く多い兵を配置できれば、必ず勝利する。ただし、情報は常に不確実で、人と金と時間と資源は有限ゆえに、常にすべてを万全にできた者は歴史上誰一人としていない。

アルメイダ・バハ・ベランキア「戦争概論　第五巻」神楽暦一六三八年

アレトン共和国とツェベルン龍皇国の国境線、アンバレスの地は最終局面を迎えていた。

戦線の南端では、雪原にある岩地の間で、龍皇国の最終防衛線が構築されていた。大地に咒式による鋼や岩盤の防壁が立てられる。数百もの兵士が魔杖剣や魔杖槍を握り、遮蔽を取って待機していた。

防壁の間には火竜や戦車、装甲車がうずくまり、防壁と火砲の備えとなっている。左の斜面と右にある丘にも兵員を配置されていた。前方と左右に展開する兵士たちの顔には、緊張があった。

最終防衛線の後方には平地が続き、小高い丘と森が再び現れる。木々が茂る丘の中腹には帷幕が並ぶ陣地が構築されていた。

木々の間にある帷幕の下では、人々がせわしなく作業をしていた。知覚眼鏡や知覚仮面の情報将校たちが、各部隊からの通信と情報を処理しつづけている。

「第四〇三中隊、連絡途絶！」

一人の将校が戦況を報告すると、他からも声があがる。

「レグーニン少佐が戦死！　第四〇一中隊が壊滅！」「左翼第六二二連隊が戦列を支えきれず後退しています！」「右翼第六二四尖角竜部隊、第六三八火竜部隊も後退！」「飛竜部隊は半壊！　敵は旧式砲火ですが、数が多すぎます！」「ロロン隊が後退っ！」

師団全体を指揮する本部では、連絡将校たちの悲痛な報告が連ねられる。

中央に立つカダク准将の灰色の目に、深い苦悩があった。

准将の判定では、兵士個人の練度や士気、装備に戦術では龍皇国軍が優越する。普通に戦えば、どの国の軍隊にも容易に敗北などしない。大陸最強国家である、ラペトデス七都市同盟にも互することができるだろう。

神聖イージェス教国の戦い方は異様にすぎた。奴隷兵は畑から湧いてきているかのように、次から次へと来る。そして死を恐れずに突撃してくる。

仲間の死体すら踏み越え、また踏み越えたものすら踏み越えて四方から迫ってきていた。絶えざる奴隷兵の津波に対して、精鋭である龍皇国軍も苦戦していた。

現状の神聖イージェス教国の軍勢は、先に戦った陣容ではない。教国十六聖こと枢機将のニニョスが率いる、第十五軍の先陣だった。本隊が到着する前に叩こうにも、先陣ですら膨大にすぎた。

「ロロン隊、連絡途絶！」

通信兵の悲鳴のような報告で、カダク准将の目が見開かれる。

「敵の一部は一キロメルトル圏内に来ている！」

本陣の前方右、五〇〇メルトルで展開する最終防衛線に悲鳴と怒号。兵士たちが吹き飛ぶ。装甲車や戦車が爆発し、炎上する。火竜の首から胴体の側面に、十数本の投槍が突き刺さる。火竜は口から火炎を吐きながら横転し絶命。銃座も炎上。防壁が倒壊していった。

倒壊と火炎の間の先、崖下から人影が現れる。粗末な兜と甲冑。手には魔杖剣が握られていた。続いて同じような兵士たちが雪原に次々と登ってくる。

「神のために！」

「神のために！」

「すべては神のためにぃいいいいっ！」

奴隷兵が口々に唱える低音の聖句が、呪文のように響く。全員の上に薄く青い量子結界が広がっている。電波や熱や咒力探知を防ぐ咒式が展開し、索敵を防いでいた。教国軍は各地で龍皇国軍を数で圧倒する。一部が索敵を回避しながら丘の本陣正面にまで迫っていた。

　丘の左右に展開していた龍皇国部隊が即座に反応。中央の雪原へと向かいながら、咒式を連射。投槍が奴隷兵の頭部を射貫く。爆裂によって空中へと手足や内臓が散る。火炎に奴隷兵が焼かれていく。熱線が奴隷兵の頭や首、胸板を両断する。

　奴隷兵の先頭は、左右からの咒式によって薙ぎ倒されていく。咒式火砲に続いて龍皇国の両翼が距離を詰め、奴隷兵の流れに激突。左右からの精鋭の刃は、盾や鎧ごと奴隷兵を切り刻み、粉砕していく。

　奴隷兵の大波に対して左右から刃を突き立てても、大きな流れは止まらない。教国軍は敵本陣を目指して怒濤の進軍を続ける。

　津波の奥には光輪十字印の旗と騎兵、重装甲をまとった僧兵たちが見える。中央には先鋒の指揮官の姿があった。僧服に甲冑の司教将が、もはや無用と隠蔽咒式を停止。

　全軍へと死の進軍を命じた司教将へと、遠くからの咒式狙撃が集中。銃弾も投槍が奴隷兵を薙ぎ倒していくが、中央集団の手前で青い量子となって散る。僧兵たちが魔杖槍を掲げ、咒式による干渉結界を展開。本陣への咒式攻撃を許さない。

　他の僧兵たちが、魔杖長槍の穂先を龍皇国軍へと向ける。咒式が展開。発射。砲弾咒式が丘の森へと着弾。木々を薙ぎ倒し、丘の斜面を穿つ。

射撃のうちいくつかの咒式が帷幕へ着弾した。龍皇国軍の数法咒式士による結界が数発を防ぎ、青い量子散乱を起こさせる。

たまたま前砲撃に重なった一発の砲弾咒式が結界を抜け、帷幕の傍らで炸裂。土砂と爆風が帷幕をはためかせ、カダク准将の横顔に吹きつける。情報将校たちは盾や機器で爆風から身を守る。

木々の間の陣地に立つ歴戦の軍人は、顔や服についた土砂を拭うこともしない。右手を腰の左へと這わせる。五指が使いこまれた魔杖剣の柄を握る。

「各人、ここが死に場所だ」

静かな言葉とともに、カダク准将が魔杖剣を抜きはなっていく。

「一秒長く敵を止めれば、一秒龍皇国と家族や友人を長らえさせる」

カダクの剣が丘から前方へと向けられた。決死の指揮官に続き、周囲の将校や護衛たちも刃を抜く。左右後方に展開していた遊撃隊の数百人も、本陣の丘の中腹へと集まる。

数百人が本陣の前に咒式による防壁を構築。間から刃と穂先を前へと突きだす。

前方の雪原では、左右からの挟撃を奴隷兵たちの波濤が粉砕。津波となって進軍しつづける。背後には延々と奴隷兵の波が続いていく。軍靴が大地を踏みしめる音と聖句の連なりは地響きとなっていた。

丘の中腹で、龍皇国軍本陣は迫りくる死に縮こまっていた。咒式による砲火を放とうとしたカダク准将が目を見開き、停止した。兵士たちも前方に広がる光景に目を見開き、硬直していた。

丘にある本陣の前方では、一面に奴隷兵と前衛部隊が広がる。死闘の遠くに見える丘や林や峡谷にも黒く蠢くものが見えた。

雪が降る丘を越え、林や森を抜け、峡谷を奴隷兵が進軍してくる光景だった。龍皇国軍の北方方面軍一万は被害を出しながらも数倍の敵軍を打ち倒した。しかし、後続の奴隷兵が尽きることはなく、続々と進軍してきている。

北の小国であるアレトンはすでに崩壊したが、先にいる龍皇国軍への大軍が投入されていた。進軍する神聖イージェス教国軍の総数はどれほどになるのか、想像もつかない。

カダク准将らは、丘の中腹にある陣地、木々の間で息を潜めている。情報将校や兵士たちも死を前にして武器を握りしめて硬直している。指揮官は一秒でも長く耐えろとしたが、これほどの大軍の進軍を一秒でも止められるのか。

丘に到達する寸前に最大火力をぶつけて少々の数を減らすしかできない、とカダク准将たちは覚悟を決めた。

奴隷兵たちの最前列が丘の手前に到達する、寸前に音が流れる。

戦場に似つかわしくない軽やかな旋律は、空からの雪と陰鬱なイージェスの聖句を貫き、雪原に舞い踊る。

木々と防壁の間にいるカダク准将は、音が放たれる左へと顔を向ける。神聖イージェス教国側も指揮官が速度を落とす。奴隷兵たちも進軍速度を緩め、聖句を止めて、右へと注意を向ける。

戦場の横手にある岩の斜面の先、頂上に人影があった。雪が降るなか、逆光に遮られた姿は椅子に座しているように見えた。

人影が握る竪琴によって奏でられる旋律が、戦場へと流れてきたのだ。

「君たちに音楽も美も分かるまい」

竪琴を奏でながら、斜面の上に座す人影が語った。

建物は、夕方の赤の静けさに沈んでいる。

四階建ての建物は木々に囲まれていた。アリネス貿易という会社の倉庫として使われているそうだ。

連絡を取った法院が、首都の手前で俺たちに用意してくれた場だ。アリネス貿易という会社は実在し、老舗の貿易会社である。しかしアリネス貿易は法院の出資を受けてできた会社で、隠れ家として使われることとなっている。

俺たちは、アリネス貿易の従業員が知っている倉庫の奥、特別に分断された隠れ家に潜んでいる。外からは従業員がいるようにしか見えないだろう。目を窓から室内へと戻す。

「というわけで、モレディナが調べたところ、俺たちへの手配は警察、軍、市民と一切されていない」

会議室で俺は全員へ向けて、現時点での情報をまとめておく。

「後皇帝は決戦を控えていて、俺たちなど目に入っていない。先の親衛隊の襲撃は偶発的なものだから、連絡もできず、追っ手も来ていない」

俺は息を吐いた。

「あとは各分隊長の指示に従って、それぞれ明日の撤退準備に移ってくれ」

言いながら俺は席を立つ。テセオンら徹底抗戦派は不満顔となっていたが、すでにアブソリエルからの撤退は決定した。所員たちも動き、部屋は一気に騒然とする。

「車を回しておけ」「アルカーバ、法院から連絡が来ている」「デッピオはヤコービーと組んで、退路を選定」「そうだ、メッケンクラートさんに連絡しておかないと」「俺にですか?」「最重要秘匿回線を使えってよ」「ダルガッツはどこだ」「今度はエリダナまでの退路だ」「ラルゴンキンさんにも」「ニャルンさん、この状況でなんで寝はじめるの!?」

所員たちの言葉と行動が錯綜しはじめる。

俺も現地アブソリエルでの指揮官としていくつか指示を出し、ピリカヤを押し返し、所員たちの間を抜けていく。庭に面した硝子扉の前に立つ。

俺は両開きの硝子扉を開き、外に出る。夕方の大気が冷えていた。

隣にはギギナが続いていた。俺は無言で敷地を進む。木々の間にある小径を連れだって歩み、駐車場の横を通っていく。脱出用に使った車が、ダルガッツによって塗装を塗り替えられている最中だった。

偽装作業中のダルガッツと目が合い、俺はうなずいて返す。先にはまた小径が続いていく。

「便利な施設だが、よくもこんなものが複数あるものだ」

ギギナが言わないので、俺が言っておく。法院の隠れ家はすでに二カ所目である。

「ガユスが去ったあと、他にもあるのかとソダンに聞いた。法院の支部がある国には必ず十数カ所はあるそうだ」

「呆れる答えだ。おそらく同様の施設が龍皇国や七都市同盟、神聖イージェス教国にすらあるのだろう」

なんとなく歩いたが、壁が途切れていた。敷地の外に出る。雑木林があった。とくに止まる理由もなく、二人で進む。

「法院は巨大な組織だとは思っていたが、巨大にすぎる。自前で軍隊を運用して大陸中に派遣できる事実も理解できる」

「咒式原理や階梯認定の権利を抑えている利益は大きいということだ」

俺も笑っておくしかない。法院は咒式技術の初期に設立され、特許を多く持つ。しかし、各種認定や許可の権利がとにかく大きい。俺たちの階梯認定も、実は法院が認可した協会が認定する資格である。不愉快だが、事実として他の資格は公的に世間的にほぼ通用しない。俺たちもかなりの額を法院に支払っていることになる。

「そして最高諮問法院とあるように、十字教の教皇、法王の許可を得ての立場を取っているため、権威も強大ときている」

「その法院の力を持ってしても、今の後アブソリエル帝国には抗しがたい」

歩きながらのギギナの言葉が夜に重く響く。

「各地に分散して展開する武装査問官は集められない。周辺から集めたとして十数万。百万を超える正規兵に、徴兵に予備役まで動員して百三十万にまで膨れあがった後帝国軍の相手にはならない」ギギナが分析する。「法院は国家以外では最強武力だが、国家と戦争をする力はない。戦う理由もない」

ギギナが言うように、強い集団と、強い軍隊はまた違うのだ。

俺とギギナは、二人で木立と藪の間の小径を歩みつづける。林の周囲には無人の倉庫や工場が点在しているが、どこにも灯りはついていない。

俺の足が止まる。ギギナも止まった。結論はひとつ。

「ここは退却の一手だ。状況が悪いどころではなく、打開策がなにもない」俺は相棒へと目を向けた。「先ほどはギギナからの反対はなかったが、いいのか？　突撃案でも出ると思ったが」

「自分で信じてもいないことを言うな」

　ギギナの声に迷いはない。

「大帝国の首都から王宮に数十人で攻めこんで、皇帝を殺すか拘束して〈宙界の瞳〉を奪う。歴史上のどんな愚将でもしない作戦だ」

　ギギナから俺へと鋼の眼差しが向けられた。

「退却は、攻性咒式士にはよくあることだ。ただ現状で撤退することの問題は」ギギナの言葉には、苦みが含まれていた。「その後がどうにもならないということだ」

「分かっている」

　俺も素直に言うしかない。俺たちが退却しても大勢に影響はないかもしれないが、後帝国が西の超大国となり、あの〈踊る夜〉はなにかをしでかし、恐るべき〈龍〉が完全復活する可能性が高まる。

　予想できても、俺たちにできることがない。生きられる時間が少し長くなる程度の選択しかなくなっている。好機を待っていたが、親衛隊と敵対してしまうという時間制限が来ていた。

　俺とギギナは郊外の雑木林で立ちつくしていた。

「道はもうひとつある」

　夕闇迫る雑木林に、声が響く。

　予想していたので、俺は驚かない。体ごと方向を変え、声の主を見る。

樹木の幹に青年が背を預けていた。流れる炎の髪。知覚眼鏡の奥にある青の瞳。俺に似た、そして少し年長となった顔。

「ユシスっ！」

俺は右手で魔杖剣を抜剣し、左手で魔杖短剣を腰の後ろから抜く。予想していても、怒りが湧く。ギギナも柄と刃を連結させ、屠竜刀を構える。

調査隊から逃走した俺たちを追跡してきたのか。いや、俺たちは追跡を最大警戒して進路を何度も変えて、ここに来た。追跡できるわけがない。

「疑問の答えは簡単だ」

ユシスが右手を掲げて、俺を示した。違う。先にある木立の小径、そして駐車場を示していた。ここまでの逃走に使った車が並んでいて、塗装が塗り替えられている最中だった。

「光翼咒式の隙に、発信器を車につけさせてもらった」

熱風で飛ばされた破片に混じっていたのか。あとで外させるしかない。

「わざわざ出てきてくれるなら、手間が省けた」

ギギナが一歩前に出る。屠竜刀が旋回し、前で止まる。

「〈踊る夜〉の首魁の一角をここで片をつけておけば、世のためになるし、私も楽しい」

ギギナの冷徹な宣告とともに、屠竜刀の刃を止めたまま、腰が落ちる。一刀で倒す必殺の構えとなって、歩を進めていく。

「先ほどおまえたちの命を助けたのは私だ」ユシスが言葉を連ねた。「この場所について、他の〈踊る夜〉には伝えていない。完全に私用で来ただけだ」

ギギナの間合いに近づいていても、ユシスは平然と言った。俺と似た声に腹が立つ。

「貸しひとつか」

苦渋（くじゅう）の声でギギナの構えからの歩みが止まる。ドラッケン族で剣舞士（けんまいし）ともなれば、義理堅い。とくにギギナは、命の借りを持ちだされたら軽々しく動けなくなる。

「それでなんの用だ」

恩はありながらも、俺は冷淡な声で問うた。

「その男に聞かせていいのか？」

ユシスの声が夕闇（ゆうやみ）に響いた。ギギナについて、これからする兄弟の話を聞かせていいのかと問うていたのだ。

俺とユシス、アレシエルの話は、かつてはクエロ、そしてジヴーニャにしか知らせていない。ギギナに聞かせていいかというと、俺は迷う。

「殺しあいにならぬなら、私は引く」

言いすてて、ギギナが後退しはじめる。

「ギギナはそのまま残れ」

険しい声で俺は相棒を呼び止める。

「俺たちの話しあいの結果によっては」自分なりの覚悟を決める。「ユシスか俺、またはその両方を斬(き)れ」

　俺の言葉でギギナの後退が右前で止まる。横顔には最大級の疑問の表情が浮かんでいた。

「どういうことだ」

　ギギナが問うてきたが、俺は前方にいるユシスから目を離さない。刃(やいば)も鞘(さや)に納めない。呪印(じゅいん)組成式も灯(とも)ったままにしている。

「ユシス、なぜすべてを捨てて、町から、家族から去った」

　長い間に止まっていた問いを俺は放つ。

「おまえは成績優秀で運動もできて人気者で、町一番の青年だった。俺にも優しくしてくれた。父も町長を継がせる気はなく、もっと大きな世界で政治家か軍人、英雄になるだろうとしていた。ディーティアス兄貴もそう思っていた」

　俺は過去の苦渋(くじゅう)を嚙(か)みしめる。

「それがなぜ〈踊る夜〉などに」

「私が良い道を選べなかった理由は、ガユス、おまえがもっとも知っているはずだ」

　ユシスは言葉を断ち切った。兄の言葉は俺を打ち据える。それでも問わねばならない。

「なにより、なぜアレシエルを死なせた」俺は絶対の怒りを込めて放つ。「おまえは」

　言葉が途切れたが、続けるしかない。

「アレシエルはおまえも慕っていたのに」

　俺の問いが放たれ、どこにも届かずに落ちた。ユシスが口を開いた。

「アレシエルは、父と長年にわたって別居していた母が連れてきた妹だ」ユシスが言いはなった。「母は妊娠後に別居したと言ったが、どう見ても俺たちとは父違いの妹だろう」

　ユシスの言葉によって、複雑な家庭像が思い出されていく。

「それに、おまえもアレシエルを愛していた」

　ユシスの言葉は、俺の胸に短剣となって突き刺さる。一度も会ったことがない少女が妹だと紹介されても、俺たち兄弟は妹だと思うことができなかったのだ。それがすべての悲劇と惨劇の始まりだった。

「だからアレシエルは死んだ」

　ユシスの血染めの宣告が放たれ、俺の胸に新たな痛みを生む。

「アレシエルの喪失を口にするな」

　俺が今まで言及しないようにしていた過去をユシスが掘り返し、俺は反発する。かつての痛みと怒りが腹の底で渦巻く。

「そして他人事のように言うな」

　俺は前へと一歩を踏みだす。やはりユシスは倒さねばならない。

「原因は俺にある。だが、責任はおまえにも多少はあるのだ」

ユシスの宣告は、一言一言が俺の心を抉る。

「分かっている。アレシエルの死の何割かは」俺は自分に甘くしすぎた。「いやほとんどは俺の責任だ」

前に向けていた刃は、切っ先を下げてしまう。意志力で再び掲げる。

私情はあるが、ユシスを倒すことは〈宙界の瞳〉をめぐる戦いに大きな優位をもたらす。

ユシスはウーディースとして、黒社会のアイビス極光社を独力で乗っ取り、ついには〈踊る夜〉に参入した。

現在のユシスは、いくら俺が歴戦を重ねてきたとしても、おそらく単独では勝てない相手だ。だが、今はギギナが隣にいる。

左右の木々の間に、人影が見えていた。仲間たちが騒ぎに気づいて包囲網を築きはじめている。先にある木立の裏から、リコリオが狙撃姿勢を取っている。茂みにはニャルンが潜む。デリューヒンにテセオンは、ユシスの背後に兵員を並べている。ドルトンは背後にピリカヤとともに潜み、俺が襲われたら即無力化へと動こうとしてくれている。

「俺の罪は分かっている」自分なりに返す。「ユシスを倒し、罪を少しでも贖う」

「私を殺せるとして、その後のガユスはどうする?」

ユシスの問いが飛んできた。はいはい、よくある問いですね。

「俺の気が済む」

「分からないのか。気が済んだおまえの罪はどう贖うのだ、と聞いている」

「そ、れは」

　積年の恨みに前のめりとなっていたが、ユシスの言葉は俺を硬直させる。謝罪しようにも、アレシエルは死、いや、思うことすら苦しいので、この世を去ったと言い換えておく。誰にもどこにも償う方法などない。

　現在の俺には守るべきものが多い。妻と生まれてくる二人の子供と、部下と事務所がある。死で償うのは安易にすぎるし、愛と責任が多すぎる。それらがあるからといって放置するのもまた別の罪だ。

　アレシエルだけではない。俺が起こした数々の罪がある。どう贖えばいいのか。

「ガユスからの話を聞くのはここまでだ。今からは私の話を聞いてもらおう」

　ユシスが語り、右手を前に伸ばした。掌を上に向け、五指は空中を、俺を摑むかのように曲げられていた。

「ガユスよ、私の元に来い。私の戦いにはおまえが必要だ」

　一瞬、意味が分からなかった。分かりたくなかった。やがて脳が理解を強制していく。潜んでいる仲間たちにも動揺が広がっていく。腹腔に怒りが満ちた。

「なにを言っている！　なぜ〈踊る夜〉などに俺がっ！」

　口から怒りのままに言葉が放たれた。俺の激烈な怒りも、ユシスには微風にもなっていなかった。

「反発は分かる。だが、話を聞け」

ユシスの悠然とした態度は崩れない。反応が分かっていての申し出なのだ。

「私、ユシスがおまえを必要としている」

ユシスの右手の五指が空中を握る。俺を摑もうとする動作だった。

「私とアイビス極光社の計画にガユス、おまえも参加してほしい」

「どこをどうしたら、俺がそんな提案に乗ると思える」

俺が言うと、拳の背後にあるユシスの青い目が雑木林を見渡していく。ギギナにドルトン、デリューヒンにテセオンに所員たちを確認していって、戻る。全員がユシスの目を見てしまった。

俺や家族、アレシエル、町の人々を魅了し説得してきた目だ。その眼差しが最後に再び俺へと向けられた。

「ガユスだけではない。私はアシュレイ・ブフ&ソレル咒式士事務所とその人員、関係者のすべてを受け入れたいと思っている」

ユシスの発言は衝撃的だった。横にいるギギナは理解不能といった表情をしていた。包囲陣のドルトンやデリューヒン、テセオンたちといった幹部たちも戸惑っていた。

「だからなにを言ってい」

「〈踊る夜〉ではない。私の元に来い」

ユシスは、自分と〈踊る夜〉を切り分けているが、理解できない。

「たしかに私は〈踊る夜〉に参入している。だが、参加しているそれぞれが独自の目的を持つ。〈宙界（ちゅうかい）の瞳（ひとみ）〉を欲していたものもいる。連帯とも言えない連帯をなしている集団にすぎない」

ユシスによって語られる〈踊る夜〉の内情は推測したとおりだが、より悪い。

「役目は分担していたが、ワーリャスフが一応の主導者だ」

ユシスの言葉に嘘（うそ）はない。世間的に、そして実際に俺や俺たちが見ていても、ワーリャスフが首魁（しゅかい）であろう。

「私は計画に必要な人員と資金と物資を集め、具体化する役目となっている」

ユシスはワーリャスフの参謀として計画の実現を支えていたこととなる。〈踊る夜〉は単に呪力に優れた怪物たちが集ったわけではない。それぞれに組織力や資金力を持つものが参戦しているのだ。

「〈踊る夜〉は私と一心同体ではない。先に述べたとおり、別の目的があり、その手前までは協力している。そのため、私とガユスとその組織とは手を組める余地があるはずだ」

「組める余地などない」

俺は即座に反論した。

「世界を敵に回して、いつまでも生き残れる訳がない」

「今の世界は私と〈踊る夜〉を敵としている。だが、我々は今後アブソリエル帝国と組んで、この世界そのものになろうとしている」

ユシスが返してきた。

「後アブソリエル帝国は西方諸国制覇をなす。それに協力してきた我らを敵とする、人々や国家とやらはどこにいる？」

ユシスの言葉は、もはや誰も笑い飛ばせなくなっていた。〈龍〉の力を借りられる後アブソリエル帝国が西方制覇をなしたなら、超大国となる。神聖イージェス教国の南下がどこまで進むか分からないが、龍皇国と七都市同盟は大きく領土か力を失うと予想されている。

二つの事情が重なり、世界各国の軍事と政治地図が塗り替えられたとき、後アブソリエル帝国は中心のひとつとなる。帝国の成立に重大な協力をなした〈踊る夜〉とユシスを責めるものなどいない。

俺の背に怖気が走る。事態が成立してしまったら〈踊る夜〉とユシスによる〈宙界の瞳〉を使った計画を止められるものもいなくなるのだ。

「俺、と、俺たちを引きこみたがる理由はなんだ」

なんとか俺は自分の本心から遠い、そして客観的に見てもおかしくない疑問点を引きだす。

「この戦いには我らが勝つ。だからガユス、おまえを敵対勢力に置いて死なせたくない」ユシスの顔には痛切な悲しみがあった。「しかし、おまえは断ってしまう。私への憎しみと、なにより妻子や仲間、知りあいのために断る」

「当然だ」

俺は答える。予想していただけにユシスの顔に動揺はない。

「だからガユスとその家族、知人、事務所ごと、後アブソリエル帝国が保護すると、後皇帝に提案している」

ユシスの言葉が、包囲している咒式士たちの胸に響いてしまっていた。

俺も咄嗟には答えられない。情勢は後アブソリエル帝国の優位で、今後が保障されるとなると、損得計算ではユシスに従うほうが正しいのかもしれない。

所員の顔を見ていく。ギギナの背中は無言。元軍人のデリューヒン、密輸業者のデッピオはユシスに従う演技をしてくださいと合図を送ってきた。テセオンは悪いやつとは組まない、と反対を顔で示した。ドルトンも目で強く反対してきた。

他の所員たちはそれぞれの思惑が表情に出ていた。過半数は拒否の姿勢だが、二割ほどはユシスの提案に傾いているように見える。実力と傾向で選んで忠誠心を育成した咒式士たちだが、やはり敗北と死は恐ろしい。大きすぎる話になると、安全だと思えるほうに行きたくなるのだ。

俺はユシスを見据える。

「あまり俺と俺たちを舐めるな」

俺の口からは、静かな怒りの拒絶が出てきた。

「有利不利はここでおまえを倒せば変わる」

俺の言葉で、後帝国追従派の面々の顔が変わっていく。〈踊る夜〉という〈宙界の瞳〉を求める協力者を倒すだけで、後アブソリエル帝国の今後が変わる可能性があると気づいてくれたのだ。

ユシスへの包囲の輪が一段階縮む。

「だが、俺が知るユシスが勝算なくここに来ているとは思えない」

俺の問いかけに、ユシスがうなずく。

「私は私の罪を自覚している」右手を回転させながら、ユシスの言葉が連なる。「ガユスもガユスの罪を知る。それでも、我らの罪を贖う方法がある」

ユシスの右手が挙がっていく。魔杖剣は握られていないが、周囲の警戒からの緊張が増す。呪式と刃が発動寸前となる。

ユシスの拳から人差し指が俺へと向けられた。

「私の元に来ればアレシエルを蘇生させられる、としたらどうする」

ユシスの一言で、大気が硬直した。あまりの衝撃で俺の呼吸も途絶していたことに気づき、ようやく吐いて吸う。

「な、にを言って」

俺の口から迷いの言葉が出た。

「死者の蘇生など、できるわけがない！」

激怒で誤魔化すように俺は言葉を発する。

「これだけ進んだ咒式文明でも死者の蘇生はできない！　特殊体質に莫大な咒力と膨大な研究によって、不老や不死に近いものはいたが、死者の蘇生はできない！」

俺の脳裏には、愛しき死者たちの顔が浮かぶ。アレシエルだけではなく、ジオルグにアナピヤもいる。俺に従ったために戦死していった、ウォンコットにガイン、アラバウにミゴースたち。数々の戦友に知りあいに犠牲者。アラヤ王女。他には敵とはいえ尊敬すべき点もあったレメディウスやウォルロットを思い出す。誰も、誰一人として生き返ってくれない。

故郷の墓標の下、棺のなかでアレシエルは眠っている。すでに肉体は白骨化し、棺も壊れて土に埋もれているはずだ。意志を宿す脳も腐敗して消失している。

「だが、蘇生した一例をおまえは知っている」

俺の弾劾にも、ユシスの指先と表情は揺らがなかった。眼差しと指先は俺が構える魔杖剣ヨルガ、を握った指、にある指輪を示していた。赤い宝玉が不吉な輝きを見せた。

「そう魔女ニドヴォルクだ」

ユシスは名前を特定してみせた。

「竜、それとも彼女というべきか分からないが、あの存在は完全に死んだが、死ぬ前に自分の記憶を〈宙界の瞳〉に転写して第二の自分として復活させた。この現象は蘇生させたと言えるのではないか？」

「そ」

それはそうだと言いそうになるが、唇を噛みしめて堪える。俺は刃ごと指輪が嵌まる右手を背後に引いた。ユシスが俺の事情に詳しいことも驚きだが、指摘には真実性がある。だけど違う。

「ニドヴォルクは本物の〈長命竜〉で、おそらく夫の準長命竜であるエニンギルゥドの力を借り、かなりの準備をして、なおかつ〈宙界の瞳〉というありえないほどの咒式具の力があり、自分を転写できたのだと推測できる」

自分を説得するように、俺は説得した。

「アレシエルは」名前を言うだけで胃と心臓が痛い。「俺とユシスのせいで死んだ。ニドヴォルクのような力も準備もないまま、懸命な救急手術も功を奏さず、埋葬された」

俺は苦渋をこめて吐きだした。

「そして転写されたアレシエルは、あくまであのときのアレシエルの複製だ。本当のアレシエルではない」

ニドヴォルクという実例を見たからこそ言える。複製は夫が生きているときに複製されたが、肉体性がないためか一部の感情や機能が欠落しているようにしか見えない。

さらに魔女は夫を殺した俺たちに憎悪や殺意がないとしていた。内心を偽っているだけかもしれないが、生前のニドヴォルクではありえない態度だ。だとしたらアレシエルを転写しても、同じような複製体にしかならない。そこで俺は重大な勘違いに気づいてきた。

「一例として提示しただけだ。私は、アレシエルを蘇生させられるとした、と言った」

俺が黙っているので、重ねてユシスが言った。

「転写ではなく、アレシエルという人格が死の瞬間に保存され〈宙界の瞳〉の力で、蘇生できるとしたら?」

ユシスの言葉で、俺は現在に戻る。アレシエルは、正確には俺の腕のなかで死んだわけではない。駆けつけた人々によってアレシエルは病院に運ばれ、大手術を受けてなお助からなかった。あのとき、誰かが人格を保存していたとしたら。

「いや、ありえない」俺は自らが望む甘い迷妄を打破する。「田舎の町長の娘にそれほどの超咒式を施す理由がなく、あの場に超がつくような咒式士はいなかった。病院側もそんなことが起こったとは報告していない」

「実例もある。そして可能だと私は言っている」

俺の反論にユシスが答えていく。

「そのせいで私の人生はあるべき道から外れ、このような」

言葉を続けられずにユシスは目を閉じ、静止した。彼にも俺と同じかそれ以上の悔恨と心痛があるのだ。

俺も何千回も当時のことを考え、今また思い出している。瀕死のアレシエルの手術は町医者のランスグ先生が駆けつけたが、傷が深すぎた。同じ町内からウシギ医師も来て、看護師が六人も参加した大手術だ。

手術の甲斐もなく、アレシエルは死亡した。手術のあとにユシスは俺の前に現れ、悲しい別れから姿を消した。経緯は奇妙で不可解なのだ。

再び開けられたユシスの青い目は、俺を直線で見据えた。

「詳細はガユスが私と組んでからだ」ユシスが問うた。「私を信頼するか」

「信じない」

俺は即答した。

「実例があり、もしかしたら可能かもしれない。しかし、ユシスを信じられない」

「ガユスとその仲間を救ったのにか」ユシスが悲しい瞳で訴えた。「証拠は隠滅したとはいえ、後皇帝の親衛隊を殺害したのは、私にとっても危険だったのだぞ」

ユシスの声には怒りがあった。そして信じたくないことに、兄からの愛情めいたものが感じられた。言葉ではなく、ユシスは行動で俺への愛情を示していたのだ。

今まで俺は多くの場面でなにが真実か、どう判断すべきか分からなかった。しかし今回は本当に分からない。ユシスの言動には真実があると感じられる。だけど、どこかに虚偽と伏せている真相があるように思えてしまう。命がかかった場面で読みきれないことは死を意味するため、真実はどこかと必死に探る。

迷った末にギギナを見た。初めて答えを求めて見てしまったといってもいい。俺の相棒はどう思い、判断するのか。

ギギナの横顔にも痛切なものがあった。

「蘇生は、そのアレシエルという人物だけではなく、他のものにも可能なのか？」

ギギナがユシスに問いを投げかけた。俺は驚いていた。相棒は即断で斬ると言いだすかと思ったが違った。ギギナにも生き返ってほしい誰かがいるのだ。

ユシスはゆっくりとうなずいてみせた。

「アレシエルについては人格の保存が確立されているため、蘇生のための咒式技術と咒力量の問題があるだけだ。他には脳が完全保存されている場合も可能だが、これは死者の復活でもなく再生だ」

ギギナの問いにも、ユシスは丁寧に解説していく。

「それ以外の死者の蘇生など不可能だと言いたいのだろうが」ユシスの青い目が迷っていた。「〈宙界の瞳〉をそろえた場合の力なら、絶対に不可能とは言いきれない」

ユシスの言葉に、咒式士たちの顔には動揺が表れていた。ドルトンは師を、モレディナは恋人を、デリューヒンは部下たちを失っている。この場で戦友を失っていないものはいないのだ。

死んだ人間を蘇生させられる可能性が無ではないというだけで、俺たちは大きく揺らいでしまっている。愛するものの復活は、人類の悲願のひとつであると言ってもいい。

「アレシエルを蘇生させるためなら、私はなんでもやる。事実としてここにやってきた」

掲げていた右手を、ユシスが再び握りこむ。

「必ず叶えてやる」

言い終えてユシスは右の拳を下ろした。最初から最後まで、兄は武器に手をかけていない。

「今決めなくてもいい。また答えを聞きにくる」

ユシスは反転した。先で退路を塞いでいたデリューヒンやテセオンたちが思わず俺を見た。このまま帰すのか倒すのか判断がつかないのだ。俺にもできない。

木々の間をユシスが進んでいき、デリューヒンとテセオンが道を空けてしまう。所員たちも退いてしまった。もしユシスが愛するものを蘇生させられるなら救世主だ。誰も道を塞ぐことなどできない。

ユシスは孤影で小径を進む。

「ここで討つべきだ」

ギギナが疾走していた。屠竜刀が長槍形態となって放たれる。

「ガユスと他はともかく、おまえにだけは交渉が通じないと思っていた」

ユシスの背中から、光が噴出する。光の翼が木立の間を伸びていき、落下。ギギナの屠竜刀と激突。凄まじい光と熱が放射されていく。屠竜刀は、ユシスの光の翼に拮抗し、ギギナが踏みとどまる。

光と火花が激しく散って、剣舞士が前に進めない。屠竜刀が赤熱していく。ギギナの顔から剝き出しの肩へと火膨れができ、衣装が焦げていく。直撃しなくても、近くにいるだけで超高熱は人を殺せるのだ。熱波で木々の梢が揺れ、咒式士たちも大地に刃を突きたてて耐える。

熱に耐えきれずに大気が爆発的に膨張。ギギナが後方へと吹き飛ぶ。黒煙と白煙をまといながら空中で回転。着地して両の踵で大地を削っていく。俺の傍らでようやく止まる。

火傷を負ったギギナが前を見据える。屠竜刀が赤熱し、融解寸前だったが、むしろよく耐えた。

薄れていく白煙の間に、ユシスの姿は消えていた。風切り音に導かれて、俺たちは顔を跳ねあげる。夕空を切り裂いて、斜めの線が描かれていく。飛翔していくユシスは弾丸のような速度だ。空で旋回し、爆音。

首都アーデルニアの方向へと、点となったユシスが遠ざかっていく。美しい光の翼と熱が、飛行機雲を生んでいく。

「今なら狙えますっ！」

前方ではリコリオが膝をついて狙撃姿勢。狙撃用魔杖槍の穂先は空中を去っていくユシスに狙いを定めている。横ではモレディナが電探咒式を展開し、正確な狙撃を援護している。

今なら数百メルトルの距離で、リコリオの狙撃の腕とモレディナの索敵でなんとか当てられる。後方からの狙撃を防ぐのは、ユシスが超呪式士でも難しい。即死しなくても、重傷で落下する。落ちてきたところを集団で襲えば倒せる。

俺は前に進む。左手は、リコリオの狙撃用魔杖槍の切っ先を抑えていた。狙撃手が光学照準器から目を離す。

俺の制止は自分でも信じられない行動だった。慌てて、俺は左手を払う。

「撃て」

俺は言ったが、照準から目を離していたリコリオが迷う。言動が一致しないのだ。

「撃て。ユシスを、ウーディースを撃ち落とせ」

俺が言うと、リコリオが照準に目を戻して再びの狙撃姿勢に戻る。穂先が動いていき、止まる。モレディナが先に電探咒式を停止した。リコリオが照準器から目を離し、魔杖槍を下ろす。

「無理です。地平線の先に行ってしまいました」

俺の知覚眼鏡の望遠機能でも、ユシスの姿はもう見つけられない。

分かっている。俺の判断以前に、他の咒式士たちもユシスを止めようとはしなかった。〈宙界の瞳〉が失われた愛するものを蘇生させられるかもしれないと聞いてしまった。その方法を知るとするものを倒すことを、迷ってしまったのだ。

「なぜ迷った」

治癒呪式で全身から蒸気をあげながら、ギギナが問うた。火傷が消えていく顔に、俺を咎める眼差しがあった。

「先ほどのユシスの言葉は重大すぎて、俺個人の即断では決められない。メッケンクラートや同盟したラルゴンキンへの連絡も必要だろう」

俺は言っておく。自分への言い訳のためだけではなく、ユシスの言葉に迷いためらった攻性呪式士全員のための言葉だった。

「あれは、殺せるときに殺しておかないとならぬ相手だ」

ギギナが言って、目を前に向けた。自らが握る屠竜刀があった。光の翼を受けた部分が灼熱の赤に染まっていた。竜の鱗を貫く屠竜刀が融解寸前だったのだ。

「かつてウォインカ島での英雄大虐殺で、賢人ルーストスと剣豪オオノ・センキが敗れたほどの相手だ。我らは千載一遇の好機を逃した」

言い捨てて、ギギナは反転。屠竜刀を肩に担いで歩んでいく。ギギナの言い分は正論だが、他の攻性呪式士たちは違う受け取り方をしているだろう。

今できることはひとつだ。

「法院に戻って、撤退か前進かを考えよう」

俺が号令をかけると、止まっていた攻性呪式士たちが動く。俺も刃を納めて、歩きだす。所員たちの顔には内心の揺れが見えた。俺とメッケンクラート、ラルゴンキンが話しあえば、全体方針として〈宙界の瞳〉の謎の解明と、付随する〈踊る夜〉との対決が決定されるだろう。

だが、個々の所員たちはどうか。

交渉の余地があるとして、ユシスの言葉に誘われてしまうものがいるかもしれない。今歩んで撤退指示を出している、俺自身が揺れてしまっているのだ。

立ち止まって、振り返る。ユシスが去っていった首都の方向を見つめる。

ユシス兄さん、あなたはいったい、なんなのだ。

ちらちらと降る雪の間で、太陽の位置が変わる。戦場の奴隷兵たち、相対する丘の中腹の龍皇国軍の兵士たちが、斜面の上を見る。

頂上は陽光を背負って逆光となっていた。坂の上にいる人物は、戦場には似つかわしくない姿だった。豪奢な貴族の服、黄金の髪に氷の瞳。車椅子に座る男は、弦鳴楽器を左手に抱えていた。弓のような台座に二十九本の弦が張られた竪琴は、戦場にはありえない物品だった。なにより戦場より遠いのは、あまりに優雅で典雅な男の微笑みだった。

「あれは」「まさか本当に」「来てくださったのか」

丘に陣取る龍皇国軍の間にざわめきが広がる。カダク准将は口を引きむすび、そして開いた。

「レコンハイム公爵閣下か！」

指揮官の声には援軍の喜びと、同量の畏怖(いふ)が滲(にじ)んでいた。周囲の将校や兵士たちも同じ態度となっている。

死を恐れないはずの、奴隷兵たちの足が止まっていく。イージェスの指揮官は唇(くちびる)を嚙(か)みしめる。殲滅(せんめつ)すべき正面の龍皇国軍師団の本陣を無視し、奴隷兵の進路を変更。兵士の濁流は側面の坂に出現した相手へと右折していく。

奴隷兵を従えて進む指揮官の横顔に、大軍を率いる余裕などない。心底からの恐怖と焦りがあった。

神聖イージェス教国や北方諸国で、バロメロオ・ラヴァ・レコンハイム公爵を知らないものはいないのだ。

膨大な数を誇る教国の軍勢は、北方に恐怖の名を馳(は)せる。だが、教国軍は、龍皇国の軍神バロメロオと戦神オキツグ、七都市(ななとし)同盟の白騎士ファストと六英雄によって、南進を何十回も阻まれていた。

斜面の上にいるバロメロオが一人なわけがなく、伏兵がいる。しかし、大軍で侵攻できている今こそ、積年の恨みを晴らす機会。なにより最大の敵への恐怖が、教国軍の進軍方向を変えさせていた。

バロメロオの指が踊り、弦を爪弾(つまび)く。奴隷兵どころか龍皇国軍すら見えないかのように、竪琴を奏(かな)でる。

右折した奴隷兵たちは斜面の足下に到達。神の名と聖句を唱えながら、駆けあがっていく。攻性呪式の必中距離が迫っていても、坂の上のバロメロオは優雅な旋律を続ける。指先が竪琴の旋律を変えていく。

「それでは北の野蛮人たちに、大作曲家イハーサの協奏曲五番を贈ろう。通称は『三つの波の歌』だ」

バロメロオの独奏に、高音の笛の音と低音の弦の音が加わる。

馬上の指揮官が思わず振り返る。右折した奴隷兵たちの後列も振り返る。音は反対側、斜め後方から響いてくる。

平原では横笛と四弦琴の音が響く。先から現れたのは一千もの人影。盾と魔杖槍を持ち、呪式馬に跨がる騎兵だった。兵は様々な髪に瞳の色をした少年少女たちだった。

騎兵の背後には、盾と魔杖槍を連ねた一千の歩兵が従う。全員の額には認証印が刻まれていた。

音楽は、先頭の二騎から奏でられていた。馬上の少女が横笛を吹く。少年が四弦琴へ弓を這わせて奏でていた。

「バロメロオ様の竪琴は本っ当に上達しないなぁ」

四弦琴を弾きながら少年騎兵が語ると、少女が笛から口を離す。

「美を好むけど美を作れないお方ですから、評価は差し控えましょうよ」

笑う少年と少女と、背後に続く全員が見目麗しい〈擬人〉という、人形兵団の姿だった。

少年と少女はバロメロオの側近として悪名高き、エンデとグレデリだった。

岩地では、先鋒の指揮官が大慌てで右折から左折へと戦列を変えていく。グレデリが横笛の音を昂らせ、エンデが弦を弾く。背後の歩兵たちの魔杖槍から砲弾咒式が放たれる。タングステンカーバイドの砲弾の群れが超高速飛翔。

戦列を戻そうとする奴隷兵たちの角に着弾。盾や装甲を貫き、手足や内臓が空中に弾ける。

「さあ、バロメロオ様のために、戦場での協奏曲五番第三楽章を奏でよう」

エンデとグレデリが雪を蹴散らして坂を駆け下りる。〈擬人〉の騎兵たちも槍を携えて吶喊していく。

神聖イージェス教国軍の指揮官は、坂の途中で右折させた兵団をさらに左折させる。無理にでも陣形を変えながら咒式の雷撃を放つ。エンデとグレデリは馬を左右に揺らして、砲火を回避。疾駆の速度が上がる。

背後の騎兵たちに雷撃の豪雨が直撃するが、青い量子散乱を起こして散っていく。〈反咒禍界絶陣〉による咒式干渉結界が騎兵たちを覆って、守護していた。現代咒式戦争において、軽い質量の咒式攻撃は無効化されやすいのだ。

咒式を防いで弾きながら、エンデとグレデリが率いる騎兵は坂を駆け下りて突進。奴隷兵たちが陣形を変えていく箇所へ衝突。

騎兵の槍(やり)が奴隷(どれい)兵の盾(たて)ごと胸板を串刺しにする。刃(やいば)が振られて、首を刎(は)ねる。切断された手が空中を飛ぶ。雷撃が舞い、火炎が吹き荒れる。すでに無効化が間にあわない、咒式(じゅしき)と刃の近接戦闘となっていた。強制徴兵された奴隷兵が、泣き叫びながら死んでいく。

〈擬人(クンスツ)〉たちは刃と咒式で奴隷兵を削っていく。人形たちは笑っていた。虫を殺す子供の、そして黙示録(もくしろく)で悪を滅ぼす天使のような、清らかな微笑(ほほえ)みだった。

奴隷兵の左折が騎兵に中断させられ、戦列の角が切り刻まれる。微笑みの騎兵たちは一撃を食らわせ、右から左へと抜けていく。

騎兵の背後から現れたのは、盾と槍を連ねた歩兵の群れ。並べられた魔杖槍(まじょうそう)の穂先から、猛烈な射撃が放たれる。騎兵に切り刻まれた奴隷兵の戦列を、砲火がさらに打ち砕いていく。砲撃によって砕けた戦列へ、魔杖槍を連ねて歩兵が突撃。槍(やり)が振りかざされ、穿(うが)ち、貫いていく。

変幻自在の戦術に奴隷兵たちの戦列は乱れに乱れる。ただただ人形兵団が押し、崩していく。

大混乱の中心で、指揮官である司教将が必死に陣形を立て直そうと怒声(どせい)をはりあげる。後方の人形たちをまず防がなければ、全体まで崩壊するのだ。

「私も囮(おとり)ではない」

背後からの声に、指揮官が振り返る。

最初の斜面の上には、車椅子(いす)のバロメロオが変わらずにいた。車椅子に左手で竪琴(たてごと)を抱えて、右手で演奏を小さく続けていた。

「この曲の通称は、三つの波の歌であると言ったであろう」

公爵の左右には整然と人影が並ぶ。甲冑姿の少年少女たち。別の〈擬人〉兵団が連なり、魔杖槍と魔杖剣の刃を構えていた。坂の下へと向けられた刃や穂先に組成式が紡がれていた。教国の先鋒指揮官が、恐怖に目を見開いた。バロメロオが再び竪琴を小さく爪弾く。

合図とともに人形兵団が射撃を開始。右折から左折した奴隷兵の上に、砲弾に投槍、雷撃に熱線が降りそそぐ。砲弾が人体を貫通と同時に破砕。爆裂が引きちぎる。業火が焼き払っていく。

斜め背後からの強襲と坂の上からの砲火によって、奴隷兵が恐慌状態に陥る。後方に下がれず前にも出られず、右往左往し、動けなくなっていた。混乱する一団へと次々と咒式が降りそそぎ、血と肉の塊へと変えられていく。

前方に展開する華麗な用兵を、龍皇国軍本陣とカダク准将は呆然と見ていた。丘の手前を、敵に一撃を加えて離脱した騎兵たちが走る。先頭を駆けるエンデとグレデリが本陣に気づく。カダク准将へと、槍を携えた手を胸に当て、頭を軽く下げて一礼した。

「戦場にて失礼」

無機質な人形の笑みでエンデが挨拶を放った。隣で騎乗する少女のグレデリが天使の無慈悲な笑みを返す。

「バロメロオ様とモルディーン猊下以外に頭を下げる必要はなくてよ」

「それもそうか」エンデが納得した。「じゃ今の挨拶はなしね」

〈擬人〉たちは子供のように笑ってみせた。絶体絶命の状況から救われたカダク准将と龍皇国本陣の面々だが、苦い顔を並べる。

グレデリとエンデの二体が、馬頭を反転させていく。追随する〈擬人〉の騎兵隊も旋回。一団は銀の槍を連ねて、一本の巨大な三角錐となって高速進軍。

騎兵の槍は、左後方の歩兵と右からの砲撃に対応している奴隷兵の側面に突入。奴隷兵たちが言葉通りに粉砕。鮮血とともに、肉に内臓と人体の破片が宙に舞う。人形騎兵たちの刃と呪式が中央部に到達。

防御結界を展開する僧兵たちに襲いかかり、一瞬で突破。中央の司教将が魔杖鎚を抜いて、エンデの槍を受ける。金属音と火花が散る。司教将を守ろうとする僧兵に聖騎士たちへ、グレデリと率いられた騎兵隊が突撃をかける。

本陣付近での死闘は、雪と土煙のなかに消えていく。

右からのバロメロオの砲撃、左後方からの歩兵、前からの騎兵によって自在に切り刻まれ、奴隷兵が屠られていく。鏡に乱反射する光のような用兵に、神聖イージェス教国軍の指揮系統と士気は完全に崩壊していた。

本陣のカダク准将と龍皇国兵は、構えていた魔杖槍を下ろしていく。すでに勝敗は決している。彼らが参加しても、人形兵団の完全連携の邪魔になるだけなのだ。

坂の上で車椅子に座るバロメロオは、指揮をするように右手で魔杖竪琴を掻き鳴らす。砲撃が大太鼓の連打となって轟く。兵士が振るう槍が銀の音譜と化し、騎兵が突撃して楽章を区切る。奴隷兵の悲鳴が高音の旋律として響き、苦鳴が低音の音階を奏でる。

戦場は、バロメロオによって奏でられる協奏曲となっていた。

「あれが軍神か」

カダク准将の唇が苦い感慨を漏らした。

「古典的な金床と鉄槌戦術ですが」カダク准将の横で情報将校が感嘆の声を発した。「鉄槌に金床をぶつけて、その金床が炸裂するなど、無茶苦茶にすぎます」

将校が言うように、バロメロオは相手がもっとも恐れる自らを囮にした。自分を目指して相手の戦列が変更された瞬間、背後から主力による咒式砲撃と騎兵突撃を加える。さらにバロメロオと囮が背後から攻撃する。突撃をして抜けた騎兵が戻って側面へと一撃を与え、混乱した相手を粉砕したのだ。

「こんな戦術が、現実に成立するなんて！」

将校の驚きの感想を、カダクは肯定しない。

「華麗だが、残酷だ」歴戦の師団長が語った。「いや、残酷ですらない。彼らには心がないからこそできる戦術だ」

カダクの言葉の先、戦火の間を騎兵となったエンデが駆けていく姿があった。血染めの魔杖槍の先には首が掲げられている。指揮官を討ち取り、首を掲げて敵軍の士気を下げていっているのだ。古代中世の戦士の振るまいで、現代戦の作法ではない。ないが、有効だった。

　指揮官の死を見た奴隷兵の脳裏で自分の死が重なり、恐怖が増大していく。本陣の指揮系統は壊滅。逃亡兵も出て、教国の戦列は乱れに乱れる。人形たちは隊列から逃げるものすら倒し、一人も逃さない。

　戦場を見下ろす坂の上で、バロメロオは魔杖竪琴を弾きつづける。右手が跳ねて、二十九本の弦の上で踊っていく。演奏と指揮をするバロメロオは優雅な微笑みを浮かべているが、額には一筋の汗が流れる。

　カダク准将にもバロメロオの超戦術を支える呪式が理解できた。一万の〈擬人〉たちの全員が、バロメロオによって思考を連結されている。完璧な戦術は、完璧な兵士を完璧に動かすことによって成立する。一万人の視界と動作を制御し、呪力を伝達して一万人分の呪式を展開させていたのだ。

　車椅子の台座の下にある超巨大宝珠が超演算で補助をしているが、バロメロオであっても容易な作業ではない。バロメロオの心身を犠牲とする兵団なのだ。

　大陸最強の名を侍衆と白騎士団と分けあう、人形兵団が猛威を振るう。完全な連携の〈擬人〉たちは、奴隷兵を屠っていく。まったく無意味に人が貫かれ、切断され、死んでいく。死体はさらに馬蹄で踏みにじられていく。呪式の炸裂音の間に、怒号と、そして多くの絶叫が響きわたる。

「神のためには死ねる、かもしれないが」

後列にいる奴隷兵の一人が首を左右に振って、つぶやいた。見開かれた目は恐怖に支配されていた。

「人間ではなく、人形に殺されるのは嫌だ！」

奴隷兵は戦意を喪失し、反転。残る右後方へと逃げだしはじめる。他のものたちも顔を見合わせる。

他の奴隷兵たちも、人形兵団に蹂躙される前列を見捨てて後退していく。一人の恐慌状態が周囲の十数人に伝染した。続いて数十人が逃走しはじめた。勝ち目なしと見た数百人が動けば、千人単位での逃亡が始まる。

強制徴兵された奴隷兵でも、狂信や精神制御咒式や投薬を受けたものは死をも恐れないとされる。しかし、先鋒の指揮官は死亡し、洗脳が解除されていた。正気に戻れば、人形たちのあまりの無慈悲さに本能的な死の恐怖が呼び起こされる。

奴隷兵の逃亡から、先鋒全体が潰走を始めていた。

逃げていく奴隷兵の後尾に坂からの砲撃と〈擬人〉の歩兵が追撃。騎兵は猟犬のように逃げる相手を刈っていく。

奴隷兵たちが逃げる先に土煙。後方からは大群が進軍してきていた。武装した奴隷兵たちの間には、数々の光輪十字印の旗が立つ。

四方から集まってきた神聖イージェス教国軍の後続だった。奴隷兵の歩兵の波の先に、馬上の指揮官が立つ。後続の指揮を執る大司教将は、先鋒が退却してくる光景を驚きの目で見つめていた。

逃走する先鋒は、続いてきた大軍と激突。進もうとする兵と逃げだしている兵が入り乱れる。逃げる兵たちの背後には、呪式砲火が襲いかかりつづける。後退する兵が援軍を押しのけようとして、さらなる大混乱が起こる。逃げてきた奴隷兵の恐慌が援軍にも感染しだす。

混乱の教国軍の前を、砲撃を続けながら人形兵団が進軍していた。

砲火を放ちつづける魔杖長槍の並びの中央に、車椅子と座る男の姿があった。馬を下りたエンデとグレデリが、背後から車椅子を押していく。

座るバロメロオは竪琴を構え、音楽を奏でつづける。二十九本の弦の上で右手が複雑に踊る。

「イハーサの協奏曲五番の第三章に、絵を加えよう」

軌跡は赤い光の尾を曳いて、楽譜のように呪印組成式を紡いでいく。

背後に控える恐れ知らずのエンデとグレデリの顔に、畏怖の表情があった。周囲の騎兵や歩兵の魔杖槍からの砲撃も停止。左右に広がって、追撃に備える。

バロメロオの手先で、呪式が完成。数法式法系第七階位〈天獄地獄一〇八景〉の呪式が周囲に展開していく。

「絞首刑となった異端の画家、カジェーシャ作『地獄第二層、黒縄地獄』よ、顕現せよ」

バロメロオの紡ぐ組成式から赤い光線が飛翔。雪が降る曇天を飛翔し、奴隷兵たちの頭上を疾走。赤い光を地上から見上げる奴隷兵たちが、さらなる恐慌状態に陥る。

赤光は上空で曲がり、垂直に落下。逃げる奴隷兵と増援の本隊が押し引きしている間、雪の大地に着弾。

雪原に亀裂が走り、砕けた。奴隷兵が騒ぎ、逃げ、盾に隠れる。軍馬が嘶き、前脚を掲げて怯える。

大地の亀裂の間から黒が溢れる。黒は線となり、蛇行して地上から空へと噴出していく。黒い線は十数、数十、数百。そして千を越えて放射状に溢れる。

近くにいた奴隷兵が悲鳴とともに、腰を抜かして倒れる。別の奴隷兵は味方を押しのけて少しでも離れようとする。着弾点からの黒を避けようと逃げまどい、兵は大混乱に陥り、無力な群衆となった。

空へと広がる線は黒い縄だった。周囲には熱気が放射されている。黒い縄は高温を帯びており、周辺を熱波の渦に巻きこんでいた。

空中の灼熱の黒縄は黒雲となって円盤状に人がる。直径はすでに五〇〇メルトルに達していた。

広がっていた黒縄のうち、一本が弾け、熱波とともに地上に落下。

逃げまどっていた奴隷兵の右肩に着弾。装甲を融解させて貫通。一気に左脇腹まで抜けて跳ねる。黒縄に両断された上半身が落下。下半身が倒れる。断面は高温に焼かれて炭化し、蒸気をあげていた。炭化した肉の間から、熱せられた血が噴出する。

バロメロオの呪式による惨禍を見た、奴隷兵からは悲鳴と絶叫。進軍しようとした奴隷兵も後退。とにかく黒縄の下から逃れようとする。黒い縄は高温と強靭性で、一撃で装甲と人体を両断する。

逃げまどう奴隷兵の群れへ、空中に散っていた千もの黒縄たちが落下。

数十もの縄の群れが、豪雨となって垂直に落下。奴隷兵の兜に着弾。脳を貫き、股間へと抜ける。体内から高熱で焼かれ、極限の苦痛で男は絶命。そこかしこで、同じく頭や肩や胸から串刺しとなった兵隊たちが蒸気をあげていた。

別の地点では数十もの黒縄が斜めに落下。軌道にいた数十人が逃げられず、頭部や胴体や手足を両断される。人々を打ち据えた黒縄が横へと跳ねる。縦より水平の一撃が大量の人体を両断していく。切断された数百もの奴隷兵の首や内臓、手足が空中に舞う。

別の地点では、黒縄が縦横無尽にうねる。縦に動いて奴隷兵を盾や装甲ごと両断。横に動けば首を刎ね、胴体や手足を両断する。

生存者は一目散に散り、後列の間に逃げこむ。黒縄の一本が鎌首をもたげ、跳ねる。奴隷兵が追跡に気づき、味方を押しのけて奥へと逃げる。

黒縄は押しのけられた奴隷兵の胸を貫き、左に曲がる。最初の男は右へ逃げていた。死の矢印は、立っていた別の男の腹部に命中。蒸気とともに背中から抜ける。黒縄は右へと曲がって追随。左へ逃げる男を追って、進路にあった盾を構える青年の頭を貫通。沸騰する脳漿を散らせながら、左へと飛翔。

逃げつづける奴隷兵が首を背後に向ける。執拗に自分を追ってくる黒縄に気づき、恐怖で目を見開き、絶叫する。叫ぶ口へと黒縄が着弾。内部で直角に曲がり、脳髄を沸騰させて、頭頂部から抜けでる。即死できずに、奴隷兵は手足を痙攣させて苦しむ。

傍らにいた奴隷兵が腰を抜かして、その場に尻餅をつく。老兵は首を左右に振る。

「これは異教が伝えている、地獄だ」

見開かれた目には極限の恐怖があった。見えるのは口から頭部を貫かれて、なお死ねない奴隷兵による死の痙攣の光景。

「神聖イージェス教の天国は見たことがないが、異教の地獄は地上に溢れてしまっている」

つぶやく老兵にも二本の黒縄が向かう。老人の両目を貫通し、後頭部へと抜けていった。

各兵士に様々な死を与えながら、黒縄は荒れ狂う。崩れた先鋒の生存者千人と、後方から来ていた数千人の前列が、黒縄による直径五〇〇メルトルの範囲で地獄に叩きこまれていた。切り刻まれ貫かれ、焼かれ、奴隷兵が死んでいく。

後方では、車椅子のバロメロオが魔杖竪琴を奏でていた。イハーサの協奏曲五番第三章が最高潮に達していく。

「先鋒と後詰めの合流は阻止した」旋律の間にバロメロオの冷淡な声が響く。「あとは存分に遊んであげなさい」

バロメロオが告げると、左右から騎馬のエンデとグレデリが進む。背後には〈擬人〉の歩兵たちが盾と槍を連ねて進軍。潰走状態の奴隷兵を駆逐する騎兵と合流していく。

異なる兵科が足並みをそろえ、黒縄地獄から逃れてくる奴隷兵へと襲いかかる。先鋒も援軍も地獄に怯え逃げまどうだけで、生ける亡者でしかなかった。追撃する〈擬人〉たちの刃と呪式が、事実としての亡者へと変えていく。

神聖イージェス教国の先鋒部隊は潰走からの壊滅。援軍の前列は、バロメロオの準戦略級呪式によって完全に崩壊。中央で師団を率いていた大司教将も死亡。後列はすでに逃げはじめていた。

バロメロオは百体ほどの〈擬人〉とともに残っているが、進軍はしない。

戦場の大勢は決していた。先鋒と援軍の主力が壊滅し、神聖イージェス教国軍の全体が敗走しだしている。左右に展開している他の部隊が駆けつけても、敗軍の恐慌が伝染していくだけとなる。統率がある軍隊としてまとまるには、かなりの時間がかかる。あとは人形兵団によって各個撃破されていくだけとなったのだ。

「公爵閣下、援軍をいただきありがたく存じます」

後方から、カダク准将と本陣の数百人がやってきていた。もはや丘の中腹にある本陣を守る意味はないと降りてきたのだ。

軍人たちは魔杖剣(まじょうけん)を構えたままの姿勢で、前の戦闘を見据えている。傍(かたわ)らに立つカダク准将を、車椅子(いす)のバロメロオは見ない。

「いつもは十六位のグルキオ枢機将(すうきしょう)と部下たちが相手だが、新規の十五位のニニョス枢機将は引き継ぎ連絡を受けていないようだな」

降ってくる雪より冷たいバロメロオの蒼氷(そうひょう)色の瞳(ひとみ)は、前方の戦いを見つめていた。戦いというより一方的な虐殺となっていた。

人形兵団の追撃に、逃げ散る奴隷兵たちは死んでいくだけだった。

神聖イージェスは膨大な兵を抱えるが、指揮官の育成が追いついていない、という評がある。膨大な数の奴隷兵と正規兵である僧兵や聖騎士の精強さで押している間は強いが、一度敗走しだすと脆(もろ)く、立てなおしが困難となる。しばらくは敗走と大混乱が続く。

「私に感謝する必要はない」バロメロオが冷淡な声を紡(つむ)ぐ。「完勝するために、本陣まで敵が迫る時期を待っていた。あの瞬間だからこそ、相手も功を焦ってくれた」

バロメロオの冷淡な言葉に、将校たちの刃が龍皇国(りゅうおうこく)公爵へと向けられる。バロメロオの周囲の〈擬人〉たちも魔杖剣を龍皇国軍の生存者へと向ける。

両者の間で緊張が高まる。仲間たちの死を座して見ていたと言われては、龍皇国軍の将校た

ち も引けない。〈擬人〉たちは主君を守るために冷たい刃を構える。切っ先には咒印組成式が点滅しだしていた。

カダク准将が手を掲げ、将校たちを抑えた。

「公爵閣下の策がなければ、我々は死んでいた」

カダク准将も冷静に答える。各地で圧倒していた敵軍でも、前衛が本陣攻略のために伸びきり、岩山に挟まれた隘路に入った。あの瞬間だからこそ敵前衛を壊滅でき、徹底的な敗報が広がり、援軍の進行速度を遅らせる。全員が理解していたが、理解していてなお反感は出る。

「本陣の我々が倒れれば、北方方面軍第七八師団の全体が壊滅していた。感謝こそすれなにも責める気にはなりません」

指揮官の分析に、将校たちは苦々しい表情となる。苦渋の決断で刃を下げていく。どれだけ残酷で冷淡だろうと、バロメロオは戦果に誠実なのだ。

「だが、これで終わりではない」

バロメロオが言うと、カダク准将がうなずく。周囲の軍人たちも厳しい顔となっていた。

「第十五位枢機将であるニニョスと本隊はまだ来ていない。今倒した軍は、ニニョスが率いる全軍の指の一本、その爪にすぎない」

バロメロオの言葉によって、軍人たちが押し黙る。

神聖イージェス教国の膨大な人口から選抜された十六枢機将は、十二翼将や七英雄に匹敵する咒式士にして指揮官。枢機将は一人で十万人の奴隷兵を率いることが通常とされている。

今回は神聖イージェス教国の国是をかけた大戦争であり、動員はさらに増えていると予測されている。今倒せたのは、先陣の数千人でしかない。集結しつつある他戦線の援軍を撃破しても数万人程度を撃退したにすぎない。

逃げた奴隷兵は再編され、十万単位の本隊と合流して再進軍してくる。相手の様子見の指先に対し、バロメロオの奇策と人形兵団という完全軍隊の奇襲で初戦を制しただけなのだ。

「そして第十四位枢機将のメルジャコブが、援軍として向かっているという情報が入っている」

雪の間から放たれるバロメロオの情報に、カダク准将が怪訝な顔となる。

「メルジャコブとは、聞かぬ名ですな」

「戦争に反対した三人の枢機将の粛正で、抜擢によって十四位に昇格した新指揮官だそうだ」

退屈そうにバロメロオが答えた。

「枢機将二人が来るとなれば、最低でも兵数二十万人が相手となる。さらに増援もありえる」

バロメロオの言葉で、カダク准将の顔に緊張が浮かぶ。将校たちは絶句していた。二十万人の大軍は、今までの国境の小競り合いを越えた空前の規模だったのだ。

対して龍皇国軍は、バロメロオが率いる人形兵団が一万人で、カダク准将と第七八師団の残兵は数千人ほど。勝敗以前に、戦線を支えられないほどの戦力差となっている。

神聖イージェス教国にとって、十万規模の軍隊ですら、下位枢機将による一方面軍。他の上位枢機将は、より大量の軍隊を率いて北方諸国を蹂躙している。

手足となる将軍や佐官や士官が足りなくても、十六聖と呼ばれる十六人の枢機将の力と奴隷兵の数による暴威は、大津波となって各国を侵食している。

「現時点では、どの国も神聖教国の南下を止められていない」

バロメロオの声が続く。

「そして龍皇国軍も他の数カ所で教国の進軍を受け、同時に後アブソリエル帝国へと備えている」

バロメロオの指摘は、援軍は自分たちが最後であるというものだった。カダク准将と軍人たちは厳粛な顔でうなずく。

「どうあっても十四、十五枢機将の神聖教国軍はアレトンとの国境、ここアンバレスの地で止めねばならない」

バロメロオが言って、車椅子が前に進む。親衛隊である〈擬人〉たちも、盾と魔杖槍を構えて進んでいく。

「枢機将の本隊と合流する前に、できうるかぎり敵を叩いて減らしておく」

公爵が背中で語る。

「その間に敗軍を再編せよ。戦いはまだまだ続く」

バロメロオと人形兵団の背中を見ながら、カダク准将がうなずく。

他の北方戦線が落ちても危機で済むが、アンバレスが落ちれば一気に戦線が崩壊して、龍皇国内に退かねばならなくなる。要所を一万の〈擬人〉と翼将筆頭に就任したバロメロオ、そして数千の残存兵で北辺の要所を守らねばならないのだ。

ここが岐路として、カダク准将も各方面へと必死の指示を出す。将校たちが走りだし、通信を再開。残存兵を集めにかかる。

再編の途中でカダク准将の動きが止まる。将校たちが問おうとして、同じく止まった。軍人たちは再び先を見る。曇天から雪が降る下で、敵を追撃していく人形兵団が見えた。激戦地の手前で、車椅子のバロメロオが魔杖竪琴を爪弾いていた。遠景では、黒縄地獄の咒式が荒れ狂っていた。これほどの死と破壊をもたらす翼将と人形兵団に、神聖イージェス教国軍は向かってくる。いくら奴隷兵が殺されようと、神聖教皇は進軍を止めないだろう。

カダク准将は後方へと向きなおる。将校たちへと指示を出しながら、再び歩きだす。

左右の残軍の再編を早め、可能なら人形兵団を援護させる必要がある。今は少しでも奴隷兵を減らし、その後の枢機将本軍との戦いを有利にするしかない。

カダク准将は信心深いほうではないが、内心で神に祈った。

神聖教国が神の国を自称していることを知っていて、なお祈るしかないほどの苦境は、始まったばかりなのだ。

十五章　私とあなたが作る境界線

家族の微笑(ほほえ)みに子供たちの笑い声。友人たちとの悪ふざけに真剣な語らい。うまい料理に酒。歌と音楽、絵に踊り。くだらないとされる日々を慈(いつく)しめないものは、生きているだけの死者となる。

トラフーリエ「愚行録」同盟暦(どうめいれき)二一九年

「だから六大天が倒れてこちらに勝ち目はないって」

撤退論は、デリューヒン一派と後衛系から出ている。

「撤退には来た意味も未来もない。逃げてもいずれ来る戦いを避けてどうする」

抗戦論はギギナとテセオン、前衛系から出ている。

「でも、事態が変わる可能性もあります。ここは時期を見てもいいのではないでしょうか？」

待機論はドルトンや後方支援系から出ていた。

「いずれも遅い。皇宮に突撃してでも即刻打破すべきです」

法院のシビエッリ法務官やアルカーバなど、アブソリエル人からは過激派意見が出てきた。会議室で四方向からの議論が飛び交う。前で議長役をしている俺は椅子に座ったまま、天井を見ている。

首都アーデルニアに戻り、法院へと直行して即会議となったが、日を跨いでも議論百出でまとまらない。現地指揮官である俺が決断を下せばいいが、どの方針もそれなりに妥当性を持っている。どれがもっとも生存と成功の可能性が高いかを考えたが、ふと結論が出た。目を天井から会議室へ戻す。

「方針は事態が動くまで待機だ」

俺が言うと、各派閥がそれぞれ不平と賛意を示す。ドルトンの案の採用だが、名前を出すと迷惑がかかるので、あくまで俺の決断として通す。ほとんどの所員の不満を受けて、俺は笑っておく。

「ここでこうしていることが、そのまま待機を追認していることだろう？」

俺が問うと「それはそうだけど」とデリューヒンが閉口する。テセオンは足を机の上に投げだして不服を表明。ギギナは道理だから仕方ないといった態度だ。シビエッリも苦笑して同意を示した。

俺は席を立って会議室を出る。

扉の背後ではまだ議論の声が続いている。止めておけと言いたいが、気が済むまでやらせるしかない。後ろの扉が開き、ギギナが出てきた。

歩きながら俺は問う。

「議論に参加しないのか」

「合理的な全体方針が出たなら、それに従うだけだ」

ギギナは素っ気なく答えた。

俺とギギナは法院の廊下を歩んでいく。考えることは多い。事態が好転するのを待つにしても、時間の限界はある。現状はまだ待機していられる。だが、最悪の最悪は、後帝国がツェベルン龍皇国に侵攻しはじめると、国外脱出が不可能となることだ。退路が断たれる以前に脱出しなければならないが、限界の見極めは難しい。

窓の外、敷地に人影が連なる。法院の武装査問官たちが全身鎧に魔杖槍と盾を構えて訓練をしていた。一糸乱れぬ動きで槍を繰りだし、盾をそろえる。使命感を持って動く精兵で見事である。再び戦いたくない相手だ。

目を離して進むと、角からソダン中級査問官が見えた。向こうもこちらに気づいてやってきた。

「会議はよろしくないようですね」

俺の表情を見てソダンが見抜いてきた。心理分析官でなくても分かることではあるが。

「歴史資料編纂室の追跡は続いているのか？」

ギギナが問うと、ソダンは小さく首を左右に振る。

「いいえ、ギギナさんたちが戦った部隊は連絡もできずに全滅したので、他へと情報は行っていないようです」ソダンが語った。「むしろ連絡が絶えた部隊を倒した相手を、他の部隊が捜索しているようで、首都外に向かっていますね」

「俺たちと編纂室部隊が入れ違いになった訳か」

遭遇戦が少しだけ事態を好転させていた。首都で俺たちを探している相手はいないということになる。

シビエッリに相談があるというソダンと別れて、ギギナと廊下を進む。宿舎の方向に向かって角を曲がる。歩いていくと窓から中庭が見えた。小柄な人影が二つ見えた。リコリオとピリカヤが並んで立って、右を見ていた。

「あ、ガユスさん」

リコリオから声をかけてきた。

「あの、ちょっと見てほしいものが」

リコリオが口に手を当てて、俺を呼ぶ。廊下にある扉を抜けて、外に出る。リコリオとピリカヤのほうに寄っていくと、先には少女が立っていた。

ゴーズの少女、カチュカだった。

「ガユス先輩、見て見てこれ」

カチュカの肩にピリカヤが手を当てて、前に押しだす。白いシャツにスカート、上着は毛皮の縁取りがされていた。靴も暖かそうな縁取りで合わせている。金の髪の毛も綺麗に編まれていた。

「とってもかわいいね」

俺は思わず褒めると、カチュカがはにかんだように微笑み「ありがとう、ございます」と小さく言った。カチュカはその年頃の少女らしい服装になっていた。やはり女性組が適任だ。

「私の見立てでございます。お褒めくださいませ」

ピリカヤが執事のように恭しく左手を胸に当ててみせた。

「一人でやったように言うな。僕も服選びを手伝っただろうが」

隣でリコリオが不満そうだったが、ピリカヤの目には氷点下の青があった。

「リコリオの服選びは、なにからなにまで田舎の男の子感覚だから、一個も採用してねーよ」

ピリカヤが切って捨てた。

「そういえば」リコリオはカチュカを下から上まで眺める。「僕の選んだ服がひとつも採用されていない!?」

リコリオは衝撃を受けたように一歩下がる。カチュカは二人の漫才で少し笑っている。リコリオも演じていたようで、ピリカヤとともに笑っている。良い傾向だ。

「これぱかりはピリカヤが偉い」

俺が褒めておくと、ピリカヤが嬉しそうに体を左右に揺らす。いつものように飛びついてこないのもカチュカの前だからだ。あれはあれで気を遣える。

再び俺はカチュカへと目を向ける。俺が知る少女より年下で、胸が痛む。

俺は息を吐く。

「そうだな、現状の俺たちには差し迫った脅威がなく、ひたすら待機だ。しかもとくにやることがない」

俺は案を考えた。

「カチュカさえ良ければだが、外に出て遊んでみるか?」

俺の問いに、カチュカが戸惑う。自分の家族と知りあいが亡くなって間もない。原因であるアブソリエルの首都に出ることに迷いと、罪悪感があるのだ。しかし服選びすら法院内部で服屋を呼んでのことだ。少女がずっと敷地内にいて陰鬱になっているのも事実なのだ。

言い方が下手だったので、言いなおすべきだ。

「俺とギギナ、他の者も気詰まりでね。こちらは外出するけど、ついてくるかい?」

あくまで俺たちが外出したくて、カチュカはついでだとしておいた。これなら気も軽くなり、罪悪感も抱きにくい。

「いや、私は訓練をして待」

事実を言おうとしたギギナの胸を肘でつついて止めておく。本当に気が利かない男だ。俺は目線を少女から外さず、微笑みつづける。

今度はカチュカも笑顔でうなずいてみせた。

アレトン共和国の南端とツェベルン龍皇国国境線に跨がる、アンバレスの上に曇天が広がる。朝から降る雪は大地を白く染めていく。白いはずの雪原には鮮血の赤があちこちに点在していた。

轟音と爆音のなかを、盾と魔杖槍を携えた神聖イージェス教国兵が進む。砲弾咒式が炸裂して、盾ごと奴隷兵が吹き飛ぶ。血と肉の雨の下を、奴隷兵たちが絶望の表情のままに進軍する。別の場所では鮮烈な赤と悲鳴。奴隷兵が火炎に包まれて絶叫をあげる。消火しようと雪原へと転がるが、ナパームの火炎は水や雪では消えない。他の奴隷兵も助けない。火炎に苛まれる奴隷兵はすぐに動かなくなった。

金属の悲鳴とともに、無限軌道が逆回転していた。咒式戦車が雪原を後退していく。戦車に合わせて、魔杖槍に盾を構えた随伴歩兵たちも下がっていく。

戦車の上部で砲塔が動く。砲身の先で紡がれた咒印組成式から、砲弾咒式が発動。タングステンカーバイド砲弾が飛翔し、雪原の稜線に着弾。雪ごと土砂を吹き飛ばす。

下がっていく戦車の足下で大地が爆発。地雷呪式（じゅしき）によって左の無限軌道が吹き飛び、履帯（りたい）が撒（ま）き散らされる。巻きこまれた左の歩兵たちも頭や腕を引きちぎられて倒れる。右の無限軌道の動力が生きているため、戦車は緩い回転を始める。右や後方にいた歩兵たちは巻きこまれまいと逃げる。

戦車が停止。装甲（そうこう）の間から火炎が漏（も）れる。戦車の砲塔（ほうとう）の蓋（ふた）が開き、黒煙が吐きだされる。緊急脱出のために修道騎士が姿を現す。息を吸おうとした瞬間、狙い澄ました投槍（とうそう）呪式の群れが殺到。兜（かぶと）ごと頭蓋（ずがい）を貫通され、修道騎士の上半身が後方へ倒れる。

追撃から逃（のが）れようと、戦車は片輪で後退を開始する。空を切り裂く颶風（ぐふう）。鈍（にぶ）い音とともに、戦車の側面に大穴が穿（うが）たれる。

敵からの砲弾が戦車の装甲を貫通し、内部で炸裂（さくれつ）。戦車内部にいた砲手や装塡（そうてん）手、操縦手は砲弾によって体を裂かれていった。苦痛のなかで何人かは生きていたが、砲塔や履帯が吹き飛び、大炎上。鋼鉄の棺桶（かんおけ）のなかで火葬されていった。

血染めの雪原の先では、大軍が後退していた。各地の前線が崩壊し、奴隷（どれい）兵や修道兵が退却していた。一人の血染めの奴隷兵が背後へと振り返る。後方の丘の稜線が発光していた。

雪原を後退していく奴隷兵たちが次々と気づいて足を止め、空を見上げる。

曇天（どんてん）に青い数十、数百もの線が描かれる。先端には、鈍色（にびいろ）の紡錘形（ぼうすいけい）。化学錬成系第六階位〈絨毯轟瀑落弾（グラシラ・ボラス）〉の呪式による地雷爆弾の群れが、三角形の編隊を組んで空を飛翔（ひしょう）していた。

雪原では、飛翔する死を見てしまった奴隷兵たちが逃げまどう。平原に深く積もった雪に足を取られて走れず、また転んでいく。

空中の死神たちが角度を変え、急降下。雪原と兵士に一〇〇キログラムを超える先頭の爆薬が着弾。大地を揺るがす大爆発。雪や土砂が吹きあがる。間には千切られた奴隷兵の手足や内臓が散る。

悲鳴をあげる奴隷兵たちへ、後続の数百もの爆弾が着弾していく。大地を揺るがす大爆発と轟音が連なる。雪と土砂と赤が巻きあげられ、落下する。爆煙がたなびいていく。

雪が爆風と熱で吹き飛ばされ、黒い大地となっていた。穿たれた数百もの大穴の内外には、奴隷兵の肉の断片が散乱していた。

爆撃から遠かった地点では、両腕を失った奴隷兵が膝をついて泣き叫んでいた。顔の鼻から上を鉄片で削り取られた男が「見えない、見えない」と大地に這いつくばっている。腹から零れる小腸を両手で戻そうとする青年は、途中で動作を止めて倒れる。

被害を出しながらも、軍の主力が爆煙や猛火の間を後退していく。指揮官が下がりながら、追ってくる敵を見据える。

爆煙の間を人影が進んでくる。兜の下には、黄金や茶色や赤の髪に青や緑の瞳。整った美しい顔。額には認識票が並ぶ。美々しい〈擬人〉の群れは、右手に魔杖剣や魔杖槍を握り、左手の盾を連ね、粛々と進軍する。

人形たちの白い頬や衣装には返り血が散っている。握った刃も血に濡れていた。人血の赤に彩られた人形たちは、凄愴の美を見せていた。

恐怖に奴隷兵たちが浮き足立つ。指揮官と一部の奴隷兵たちが踏みとどまり、砲火を放つ。人形たちが掲げる盾が投槍や雷撃を受け止め、弾く。多少の呪式が盾の間にある兜や甲冑に命中し、人形が倒れる。損害が出ても陣形は崩れず、進軍は止まらない。

先陣の人形たちは足を速める。早歩きは疾走となっていく。最後には雪原を進む自動車の速度となった。高速追撃に、最後尾にいた奴隷兵たちは逃げきれないと、覚悟とともに反転。魔杖槍を連ね、突きだす。先端から投槍や雷撃呪式が放たれる。

投槍呪式が〈擬人〉たちの盾や甲冑に弾かれる。人形たちは美貌に微笑みを浮かべて距離を詰めていく。

先頭の人形が空中へと跳ねる。呪式を連射する最後尾の奴隷兵の胸に、両足で着地。刃で兵の胸を貫く。後方にいた奴隷兵が、爆裂呪式を放つ。死にゆく奴隷兵ごと爆裂呪式が炸裂。

血と肉と爆風の間を、少年の人形が跳ねていた。呪式を放った奴隷兵が恐怖の顔となる。左目に魔杖槍の穂先が刺さる。人形の手が押しこみ、後頭部から切っ先が抜ける。槍ごと死体を振って、痙攣する死体をさらなる呪式砲火への盾とする。

死体から飛翔する人形は、微笑みとともに槍を振り下ろす。奴隷兵の後頭部を貫通し、即死させる。

「クソ人形がぁああっ！」

後方にいた奴隷兵が、紫電をまとう魔杖槍を突きあげる。空中にいる人形を雷撃の槍が貫くはずが、空しく紫電を散らす。空中の少年の左足を、別の少女人形の左手が摑んで急制動をかけて回避していた。

大地の人形が腕を引くと、少年が引きもどされる。少女が引いた動作のまま後方へと回転。少年は大きな半径を描いて戻ってくる。長い槍の先には電磁雷撃系第五階位〈雷電伸長鎗〉の咒式が展開。プラズマの穂先が伸びていく。

円弧を描いたプラズマの刃は、槍を引きもどした奴隷兵の盾に激突。激しく火花をあげながら、盾と背後にある胴体ごと両断。沸騰する鮮血と焦げた内臓を撒き散らし、上半身と下半身が飛んでいく。

少女人形による少年の旋回は止まらない。半径一〇メルトルほどのプラズマの刃が逃げる奴隷兵たちへと襲来。超高熱の刃が、盾に甲冑に兜、武具を溶断。肉体を切断していく。

他の〈擬人〉たちは戦列をそろえ、長い槍を一斉に突きだす。逃げおくれた奴隷兵の胸板が四方から貫かれる。人形たちが槍を掲げていく。

数本の槍で串刺しになった青年からは、鮮血が零れる。下にいる〈擬人〉たちは白い額や頰に血を浴びて、赤い斑模様に染まっていく。

殺戮を繰りひろげている〈擬人〉たちの顔には笑みが浮かんでいた。敵軍に対する憎悪も怒りも殺意もない、清らかな天使の微笑みであった。

軋む鋼と大地の音。人形の背後、雪の丘を越えて、無限履帯が現れる。上には装甲と呪式干渉結界。半球状の砲塔から伸びるのは巨大な魔杖砲。砲身の刃には呪印組成式が描かれている。

龍皇国が誇る、八六式呪式化戦車が威容を現す。左右には同じ戦車が並んでいく。数百台の戦車が砲塔を丘の下へと向けていた。呪印組成式が連なり、死の輝きを放っていた。

数百もの砲身で呪式が発動。轟く砲声とともに劣化ウラン砲弾が放たれ、奴隷兵たちに着弾。肉体を四散させ、哀れな兵士たちが死んでいく。

逃げまどう奴隷兵が影に沈む。思わず振り返ると、上空から振ってくる巨体。金属の足が奴隷兵たちを踏みつけ、大地に突き刺さる。

血と肉の粘塊となった奴隷兵の上で、曲げられた膝が伸びていく。装甲された太腿に腹部、胸板。腕の先には魔杖槍が握られている。頭部の排気口から蒸気のような息が漏れる。人工の赤い目が戦場を見回す。

十数メルトルの金属の巨人の威容。〈擬人〉たちが操る、甲殻呪兵だった。長大な魔杖槍の穂先には〈錬成〉の呪式が発動。穂先のさらに先に、金属の刃が伸張していく。巨大な刃が振られる。地上の奴隷兵が冗談のように両断されていく。圧倒的な物理力に、人間が草のように刈り取られていった。

回転しおわった穂先の切っ先には爆裂呪式が紡がれ、発動。逃げていく奴隷兵の間で炸裂。

雪と土砂ごと、奴隷兵の肉体が吹き飛ぶ。

先陣の巨人に続き、僚機が着地して、地響きを連ねる。十数機が到着し、同じく巨大な武器を振るっていく。

奴隷兵の応射に対し、再び甲殻咒兵が膝を曲げ、伸ばして跳躍。土砂を巻きあげて数十メルトルを飛翔（ひしょう）し、また別の奴隷兵たちの上に着地し、十数人を肉片に変えていく。後続機も次々と跳ねていき、兵士たちを踏みつける。着地した巨人たちが武具を振るい、奴隷兵を両断し、粉砕していった。

神聖イージェス教国軍は、散々に切り裂かれていた。奴隷兵たちは敗走していく。修道騎士たちが逃亡兵に「逃げるな、戦え！」と怒鳴る。しかし大多数の奴隷兵の逃走は止まらない。全体が潰走（かいそう）しはじめていた。

崩壊しはじめた軍に、左からの重低音。

現れたのは赤い鱗（うろこ）の連なり。巨体を支える強靱（きょうじん）な四肢（しし）に長い尾が波打つ。長い首の先で、太古の恐竜のような顔が並ぶ。赤い瞳（ひとみ）に真紅（しんく）の瞳孔（どうこう）。

戦場でもっとも恐れられる、数十頭の火竜（かりゅう）部隊が出現していた。火竜たちの背には竜騎兵が跨（また）がる。騎兵が魔杖槍を掲げると、火竜たちの顎（あご）が上下に開かれる。口内では、すでに化学錬成系第三階位〈緋竜烈咆（ハボリュス）〉の咒印組成式が完成していた。

竜騎兵の魔杖槍が前へと下ろされると、火竜たちが咒式を発動。口の前からナパームの緋色（ひいろ）

の火炎がほとばしる。火炎は雪原を疾走し、奴隷兵たちを呑みこみ、数百メルトルも伸びていく。面制圧の〈緋竜七咆〉と違い、遠距離まで届く軍用咒式は雪原に数十もの火炎の線を描いていく。

業火の間で奴隷兵が逃げまどう。火竜たちは前進を開始。雪を踏みしめながら首を左右に振る。疾走していく火炎により、広大な雪原が瞬時に火炎地獄となる。

奴隷兵が猛火に焼かれて死んでいく。火炎の直撃を防ぐか回避した奴隷兵が逃げようとして、倒れる。口を開閉するが、広範囲の火炎で空気中の酸素が消費されつくされていた。喉を両手で掻きむしっての酸欠で倒れた。転がる兵士も無情の炎で焼かれていく。

咒式砲撃から〈擬人〉歩兵と戦車と甲殻咒兵による人形兵団が敵軍を圧倒し、粉砕。さらにカダク准将が率いる北方方面軍、第七八師団の残存部隊が左右から噛みつき、神聖イージェス教国軍の被害を広げていく。

朝から始まった、神聖イージェス教国軍対バロメロオと龍皇国北方方面軍の戦闘の大勢はすでに決していた。教国軍は右翼に中央、左翼と破綻した戦線から無秩序に後退し、撤退戦を開始していた。

後方から咒式射撃をしていた奴隷兵の戦列で、一人が武器を投げ捨てた。反転して、雪原を逃げだす。

逃げていく奴隷兵の頭部が、赤となって吹き飛んだ。頭部を失った奴隷兵が垂直に膝をつき、前方へと倒れた。脳と下顎の歯が雪原に零(こぼ)れた。続いて逃げようとしていた、奴隷兵たちの足が止まる。

首なし死体の先には、咒印組成式、そして機関部から硝煙をたなびかせた魔杖剣(まじょうけん)があった。魔杖剣を握るのは、鈍色(にびいろ)の装甲(そうこう)に身を包んで馬に跨(また)がる修道騎士だった。

「逃げるな、戦え！」

騎馬の修道騎士が叫ぶ。兜(かぶと)の十字の間から見える目には、恐怖があった。

「本陣が逃げる時間が必要だ。だから神のために戦え！　逃げたなら地獄行きだ！」

最初の修道騎士に続いて、他の騎士が叫ぶ。後方には重装備の修道騎士団が戦列を作っていた。非常時に逃亡兵を許さない、督戦隊としての役割を示しはじめたのだ。

奴隷兵たちの顔には泣き笑いが浮かぶ。一人が反転して前に向きなおる。次々と逃げようとした奴隷兵の列が反転。魔杖剣を掲げ、盾(たて)を摑(つか)んで前へと進む。咒式を放って壁となる。

彼らにとっては人形に殺されるか、修道騎士団に殺されるか、死に方を選ぶしかない。どうせ死ぬなら、死後に天国へ行くために前の敵と戦って死ぬほうがましなのだ。

咒式を放ちながら進む奴隷兵のうち、一人の青年の脳裏には、疑問が浮かんでいた。進んでも引いても死ぬような地獄に、なぜ神は自分を遣わせたのだろうか。神聖イージェス教国軍が勝利しても、自分は奴隷兵から解放されるわけでもない。ただの咒式学の学徒が、政治犯として奴隷兵にさせられただけなのだ。

轟音。左からの火竜部隊が火炎を吐く。疑問ごと、青年は火竜の火炎に呑まれる。全身の皮膚が一瞬として炭化。骨に火炎が達する前に、脳が沸騰した。

疑問に答えを得られることもないまま、青年の意志は地上から永遠に消失した。


左右に開かれていく門を抜け、俺たちは外に出る。

敷地と違って風が吹いて寒い。止まっているわけにも行かず、一団で歩道を進む。

左を歩くピリカヤが俺の手を握ろうとしてくるが、長外套の衣囊に入った左手は鉄壁の防御である。

右手はさすがに自由にしておく。右側ではリコリオが歩む。リコリオは、ゴーズの遺児であるカチュカの手を引いている。カチュカも俺たちについていくということにすれば、出歩けるのだ。

俺たちとカチュカは、アブソリエル風の服を着ている。外からでは誰がどの国の人間など分からない。ギギナだけは無理だが、ドラッケン族の傭兵がアブソリエルに雇われていないはずがないので、目立たない。

背後から法院の門が閉まっていく音が響く。拒絶の音に聞こえるのは俺の被害妄想だ。今は味方、のはずだ。事情ゆえに、すべてを確率で考えないとならないことが嫌になる。

俺の外出は、単に気晴らしではない。首都アーデルニアからアブソリエル国民の空気を摑んでおきたいのだ。

アーデルニアの通りには、普段どおりに人々や車が行き交う。たまに街角に装甲車と兵士が見えるくらいだ。目に見えて分かる街の兵数の減少は、いよいよ西方諸国家との決戦が近いということだ。以前と変わった点としては、建物や街角に掲げられた後公国旗の数が激増している。後帝国旗の製作が間にあわず、まだ後公国旗なのだ。旗特需も発生するのだろう。

俺たちは連れだって街を歩いていく。

「綺麗な街ですね」

俺の横からカチュカが言った。ようやく気づいたが、鉱夫集団で育ったはずだが、カチュカは柔らかい物腰で言葉遣いだ。おそらく良い家族で、カチュカは資質としてかなり聡いのだ。

「ああ、綺麗なことは綺麗だ」

アブソリエルの首都、アーデルニアの街は、改めて見ると美しい。縦線の入った大理石の石柱は、頂点に獅子や竜の飾り頭があった。石柱が円弧を描く屋根を支える。典型的なアブソリエル帝国時代の建物がいくつか残っていた。

すべて残存している訳もなく、残っているアブソリエル様式を活かし、または模倣して現代の街並みを作っている。歩道も美しく伸びていく。歩道の植木も等間隔に配置され、街は整然としていた。

「アーデルニアはアブソリエル帝国の副都だった。しかし帝国崩壊時に諸侯の戦場となって、多くが破壊された」

ギギナが歴史を解説しはじめた。

「初代公王が尽力して再興し、歴代公王が引き継いで整備して再生したということだ」

「たまに妙に博識だな」

俺が言うと、ギギナが鼻を鳴らす。

「家具は建築に通じ、建築は歴史に従う。それだけのことだ」ギギナの目が前へと戻る。「それゆえこの街並みはアブソリエル帝国時代をほぼ再現しているらしい」

「ああ、だからこんなに綺麗なんだ」

リコリオやピリカヤたちは、街並みを眺める。五百年も前にあった、人類史でも最大版図の帝国の街並みが幻視できるようだった。

「アーデルニアを上空から見れば、公王宮を中心にし、同心円状に街が造られている」歩きながら、俺は感想を述べた。「外から中心部へと直進できないようにされているのは、龍皇国の首都である皇都リューネルグと同じだが」

そこで俺の言葉は止まる。余計なことだ。

「違いがあるの？」

デリューヒンから問いが来た。軍事的見地からは同じだから、気になるのだろう。

「違いは、アーデルニアは美しすぎることだ」

俺の目は街の美しさを皮肉だと見ている。

「これほどの美しさは、厳格な景観規制をし、新規の建物も店も様式をそろえているからだ」

俺なりに言った。「つまり余計なものはなく、野放図な建築や発展ができない」

自然と結論は出てくる。

「美しいがゆえに、アーデルニアは再建されたその時からずっと止まっている」

俺が言うと、それぞれの目にアーデルニアが別のものに映っているだろう。呪式原理が生まれた時代の後アブソリエル公国は、帝国の後を継ごうと進取の場となっていた。しかし歴史が積み重なるうちに、歩みを止めてしまった。

現状は、アブソリエル帝国という過去を本当に蘇生させようとしている。アーデルニアの美しい街並みからは、歴代アブソリエル公王たちの思想が見て取れるのだ。

前からは音が聞こえてくる。歩いていくと、音は強まっていく。四つ角に出ると、音が爆発していた。

後アブソリエル帝国が生まれたことで、首都は祝祭に沸いている。街角には人々が溢れていた。叫び、喜びの声があがる。小太鼓に大太鼓、喇叭に木管楽器が演奏されていく。鍵盤まで持ちだして、音が奏でられる。音楽に合わせて人々が唱和していく。

音と歌はアブソリエル国歌だった。唄う人波は歩道から車道に溢れ、車の通行はほぼ不可能となっていた。

右を見ると、傾斜の道が続く。

「後アブソリエル公王宮、今や皇宮へと向かう道か」

ようやく事態が分かってきた。平気かとカチュカを見るが、少女は呆気にとられていた。

坂道の左右の建物の上からは、誰かが紙吹雪を撒いている。誰かが喇叭を吹いて後アブソリエル公国国歌を奏でると、人々が肩を組んで唄う。また別の場所でも国歌が演奏され、唄われ、騒音となっている。先の二つの戦勝とそれにともなう二国の併合も大騒ぎだったが、今回はさらに上回っている。

道路の上空に橋が渡されているが、国旗と建国祭の垂れ幕が横断している。横断幕は道路の先に連なっていく。

足下である道の左右では、臨時の屋台が軒を並べている。甘い、辛い、各種香辛料とそれらが混じった匂いが漂う。人々も飲み物や食べ物を買っては、歩きながら飲み食いをしていた。屋台は波のように延々と続いていた。

「すごい、ですね」

リコリオがつぶやいた。

「帝国復活にアブソリエルの民は喜んでいるわけだ」俺なりに感慨を述べていく。「建国以来の悲願が達成されつつあるなら、祝祭ともなるのだろう」

「しかしアブソリエル帝国から現在まで生きているアブソリエル人など、数えるほどだろう」

ギギナが矛盾を指摘した。俺とギギナの会話はアブソリエルへの疑問となっていた。

「先に倒されたゴゴールなら悲願だろうが、他は帝国時代を体験したことはない。なにかで見て聞いてそう思っているだけだ」

「悲願といっても、後公国の王室と、伝統や保守主義派だけのものだ。おそらく元々は国民の二、三割程度の夢だ」

俺の言葉は苦みを帯びてくる。ギギナが顎で周囲を示す。浮かれ騒ぐ人々が見える。

「だが、二国の併合に成功しての後帝国成立となれば、国民の大部分の夢となる。少数派となった人間は、危険性が分かっていても黙る、表面的には支持の演技をして見えなくなる」

これから戦勝を重ねると、さらに支持は増えていくだろうが、危険にすぎる。俺も自分が応援する蹴球の競技団が優勝すると嬉しい。だが、自国が戦争で勝った場合はどうだろう。

後アブソリエル帝国の広大な版図を忠実に復活させるとしたら、龍皇国や七都市同盟まで征服せねばならない。現実的には西方諸国家をまとめたあたりで、各国と折りあいをつけて帝国の復活とするのが限度だろう。

しかし、イチェードと国家が限界を見計らって適度な戦果で止めようとして、国民が許すだろうか。熱狂を制御できずに限界以上に戦えば、兵站線が切れ、敗戦に敗戦を重ね、全面的な潰走が始まる。アブソリエルという国家が崩壊する。

そこで俺もようやく気づけた。カチュカは暗い顔となっている。家族や知人を失って強姦（ごうかん）未遂までされて、アブソリエルそのものが怖いのかもしれない。

「俺たちのつまらない話はここまでだ」俺はカチュカの左肩にそっと右手を置く。「今日くらいは楽しもう」

俺が言うと、カチュカは黙っていた。

「大丈夫だよ」

俺はカチュカの手を強引には取れないため、リコリオにうながす。リコリオが少女の手を引いてくれた。一団は喧騒（けんそう）の坂道へと足を踏み入れる。道路の中央、居並ぶ屋台の前に少女を立たせる。

「欲しいものがあれば言ってくれ」

俺が言うと、カチュカは嬉（うれ）しそうな顔をして、店を見回していく。おそらく、自分に気を遣った俺に対して、嬉しがっている演技をしてくれているのだ。俺は知らないふりをして、歩きだしたカチュカについていく。空元気でも、続けているうちに本物になるかもしれない。

歩くカチュカの背景で、ピリカヤが「あたしもあたしも」と挙手して繰り返し跳ねているが、無視。

立ち止まったカチュカが「じゃあ、あれをひとつ」と手で店のひとつを示してみせた。素朴な林檎飴（りんごあめ）の屋台だった。俺は屋台の前にカチュカを連れていく。台の上には林檎飴が串に刺さって並べられている。林檎を飴の皮膜が包み、宝石のような輝きを帯びている。

「らっしゃい」

台の先で店主の中年男が作業の手を止め、威勢の良い声で迎える。目は俺たちを見た。

「お、これはお兄ちゃんと妹さんかな」

「姫と護衛の騎士だよ」

店主のおふざけに、俺もふざけてみせる。赤毛の俺と金髪碧眼(へきがん)のカチュカで兄妹というのは難しいからだ。

「で、おいくつ用意しましょう」

「林檎飴をふた」

俺が言いかけると、背後から「あたしもあたしも！」とピリカヤがうるさい。ニャルンも「吾輩(わがはい)も、吾輩も」とうるさい。リコリオは一歩引いて遠慮している。

「ああ、ではお姫様とその他で五つ」

俺が注文すると、店主がうなずく。台から林檎飴を引きぬいたとき、俺は笑って右にある林檎飴を指で示す。

「それではなく、こちらをもらおうか」

俺の指摘で店主が苦笑する。林檎飴は傷んだ林檎を誤魔化(ごまか)して売ることもあると、これはクエロからの知恵だ。カチュカには良いものを与えたい。俺は店主から受けとり、カチュカに渡す。入れ替わるようにピリカヤ、ニャルンがやってきたので、渡していく。リコリオは遠慮した。俺は林檎飴の串を手に取って、投げる。リコリオは慌てて受けとる。

「遠慮するな」

俺が言うと、リコリオもようやく納得の表情となる。攻性呪式士であろうと年頃の少女たちで、そう扱うべきときがあるのだ。横を見ると、ギギナはすでに別の屋台の鳥肉を囓っている。デリューヒンは酒杯を掲げて不要としてみせた。

目を戻すと、カチュカが赤い宝石を囓った。しゃくしゃくと林檎を囓っていく。

「おいしい」

少女は微笑んでみせた。

「気に入ってくれたなら、こちらも嬉しいね」

背後から店主の声が響く。店主のほうへ俺は目を向ける。

「なんたって、アブソリエル帝国が帰ってくるのだから」

店主は笑う。答えずに俺も林檎飴を囓る。

カチュカはゴーズ人で、俺はツェベルン人だ。しかし大きくはアブソリエル系人種となるので、同国人に見えて当然だ。

アブソリエル国の民は排他的ではなく、同系列人やアブソリエル帝国に賛同するものには寛容なのだ。多民族を抱えていた帝国の伝統的態度であろう。彼らにとっての敵は、一度はアブ

ソリエル公国人となりながら、別個の国を作った人々となる。

俺は飴と林檎を齧りきった。残る棒をどうしようかと迷っていると、店主が目線で示した。店の傍らにある屑籠へと棒を投げる。カチュカも林檎飴を食べおえ、棒を屑籠に落とす。

「アブソリエルのお嬢ちゃんには、もうひとつおまけだ」

台の先で、店主は微笑んで、新しい林檎飴を差しだす。カチュカが止まっていた。少女が俺を見たが、断るのも変だとうなずいてみせる。カチュカは受けとり、考えこむ。

俺は善意の店主に礼を言って、一団とともに歩む。俺の横では、カチュカがうつむいて歩む。目には疑問が渦巻いていた。

カチュカの戸惑いは、自分がアブソリエル人であると思われていることだろう。ならばアブソリエル系人種であるゴーズやイベベリアやネデンシアという区分は、国が違うだけのことではないかと、内心で問うているのだ。分かるだけに、俺は無理にでも明るくいきたい。

「昼食代わりだ。他も食べ歩きをしていこう」

俺はさらに要望を聞く。カチュカが笑って、店を回っていく。俺はお姫様の注文をすべて買っていく。反転して、両手にある飲食物の山を少女に示してみせる。

カチュカは一部を受け取って、焼きそばに肉叉を突き刺し、回して口に入れる。飲みこむ。もちろんピリカヤやリコリオにも屋台の食べ物を与えていく。ニャルンの催促は、俺よりおそらく年上なので無視したい。しかし俺を見上げるニャルンの目は潤んでいた。

結局買ってニャルンに差しだす。ヤニャ人の猫みたいな外見は反則である。

ギギナやデリューヒンも出店の飲食物を買って、食べながらついてきている。俺自身も紙杯の果汁を飲みながら歩いていく。合間に紙杯と同時に握る紙袋に右手を入れる。指先が触れた紙の包装から熱が伝わる。

引きだすと、アブソリエルの伝統料理である、ブリュックが冬の大気に湯気をあげる。揚げた小麦粉の包みだ。湯気ごと包みを囓ると、内部の挽肉とソースが口内に溢れる。辛みと甘みが混じる、繊細な味が舌の上で踊る。

隣を行くギギナも同じくブリュックを頬張っている。カチュカが俺を見ていることに気づく。袋からブリュックを取りだして、差しだす。両手で受け取った少女が礼を言って、ブリュックを囓る。目が見開かれた。

「これ、すっごくおいしいです」

少女は素直な感想とともに、ブリュックを食べていく。俺は分かっているとばかりに、リコリオにも渡す。リコリオはそんなに驚くことはないだろうと食べて、驚き顔となる。

「え、これ本当においしい」

「そうなるだろうな」

俺は笑っておく。

「ここに来て思うのですけど、どうしてアブソリエル料理はおいしいんですか?」

リコリオが聞いてきた。他愛ない雑談もいいだろう。

「観光案内に書いてあったが、アブソリエル料理は元々アブソリエル皇帝のための宮廷料理だ。そして、狂帝インシャロニアスの死の食卓を起源に持つ」

思い出しながら、俺は答えていく。ブリュックを齧る。

「皇帝は味にうるさく、前と同じ料理を好まず、宮廷料理人が次々と解雇された。最後には前と同じかまずい料理を作った料理人を死刑にした」

ブリュックを飲みこみ、俺は歴史を思い出していく。

「百人もの宮廷料理人たちの仕事は、命がけとなった。ウコウト大陸に広がるアブソリエル帝国の版図、または交易先から新しい材料を入手し、海外の料理人の料理を必死に学んでいった。結果としてアブソリエル料理は洗練されていった」

坂を歩きながら、アブソリエル料理の説明をしていく。

「狂帝の死後も、大陸最高の料理人たちは歴代皇帝に仕えた。アブソリエル帝国崩壊時に、料理人たちは各地へ散ったが、多くは後アブソリエル公国に付き従った。当時の宮廷料理がここアブソリエルに伝わり、発展していったそうだ」

俺の説明に、リコリオやカチュカはブリュックを食べながら納得の顔を並べていた。

「暴君の所業が」リコリオがブリュックを飲みこむ。「ウコウト大陸料理の本流である、アブソリエル帝国料理の産みの親というのは、皮肉な史実ですね」

「世の中、なにがどうなるか分からな」

俺は考えもなく答えて、語尾を止める。アブソリエル皇帝の系譜の直接ではないが間接的影響で、身内を皆殺しにされたカチュカがいるのだ。自分の身に起こったことが、あとで良いことになるなど言ってはならない。

カチュカは気づかない様子で、ブリュックを食べていく。気づかないふりをしてくれているのだろう。

他愛ない話をしながら、人々の間を抜けて坂を上っていく。紙吹雪は降りしきり、屋台の列も続いていく。あちこちでアブソリエル国歌が斉唱されている。俺の足は紙吹雪を踏みしめて進む。

「あ、あれを」

手を掲げたカチュカが前に一歩を踏みだす。濡れた紙吹雪を右足が踏んで、滑る。

転びそうになったカチュカが、空中で止まる。俺の手と、別の二つの手が支えていた。左右から通行人の女性と青年が支えたのだ。

「大丈夫か？」「危なかった」

青年と女性はそれぞれ言ってカチュカを立たせる。俺もカチュカを引いて立たせた。

「ありがとうございます」

俺が言うと、カチュカも「ありがとうございます」と頭を下げる。

「今は大騒ぎで大変だから、足下に気をつけてな」「可愛い子、元気でね」

青年と女性は、それぞれの方向へと去っていく。知りあいでもなく、ただの親切な他人たちだった。

人波のなかに、親切な男女は消えていった。カチュカはその場に立ち尽くしていた。俺は前に出て、カチュカを見る。

「どうした？」

少女の目は見開かれ、疑問に溢れていた。喧騒の坂道で、カチュカだけが孤独に立っていた。

俺は問うてみる。

「分からない」

カチュカの唇が動き、疑問を紡いだ。

「この国は私の住んでいるゴーズより、立派でお金持ちでぴかぴかしています。住んでいる人たちも、ゴーズより優しくて親切でした」

少女の実感が零れた。目は俺を見上げた。

「そんな国の人たちが、なぜ私たちの家族を殺したの？　国境で銀を取ったけど、ゴーズの土地だったのに」

少女の悲痛な問いだった。俺も一同の誰も答えられない。喧騒のなかで、カチュカと俺たちだけが静寂に包まれていた。

「私は怖い」カチュカの唇が震える。「あんないい人たち、おじさんおばさんやお兄さんやお姉さんが、戦争になると殺しにくる」

カチュカは暗い目で語った。

「同じアブソリエル系人種で、国が違うだけなのに。分からない」

カチュカの問いは、一連の事態の一面の核心を衝いていた。アブソリエルはゴーズとの国境で挑発行為を行い、戦争の大義名分を作ろうとした。ただそれだけのためにカチュカの家族や知人は殺されたのだ。そしてアブソリエルの辺境警備隊の死など、もう戦争に関係ない。大きな流れは決定され、大帝国と皇帝位の復活が宣言されたのだ。

後帝国の侵略は、二国併合で終わるはずがない。アブソリエル帝国の後裔を名乗る西方国家は多いため、正統後継者だという大義名分での征服戦争は続く。帝国の滅亡になんの責任もない現代人が殺され、また殺される。殺されつづけるのだ。

「君と君の家族に起こったことは、もう起こさせない」

ようやく俺の口が動いた。

「俺たちが止める、かもしれない」

カチュカに向けて、俺は言いはなった。

「断言、できないのでしょうか？」

「残念ながら、俺たちは少々強いだけの攻性咒式士がそろっただけだ」

俺は真剣な顔で言った。事実、自分たちになにができるのかという疑問は常についてまわる。だが、その疑問を忘れ、使命感に酔って死ぬことはできない。

「それでもできることをやる。それだけは約束する」

俺が言うと、カチュカがうなずく。

「約束、ですか」

「ああ、俺は約束を」

そこで言葉が止まる。ユシスが俺に教え、アナピヤに果たすはずだった三つの約束を、俺はどれも守れなかった。ギギナも同じことを思ってか、横顔には寂寥感があった。

それでも俺たちは、俺は断言しないとならない。

「守る」

断言すると、カチュカが微笑んだ。実現の可能性が少なくても、俺たちの覚悟を汲んで微笑んでくれたのだ。ここ数日で気づいたが、カチュカは聡い。控えめな態度だが、他人の内心を察する能力が優れている。

先では、ギギナが腕組みをして立っていた。首を斜めにして、銀の眼差しが俺を見ていた。

「珍しく断言したな」

「するに決まっている」

俺は答えて、進む。一同も進み、止まる。屋台の峡谷と人波を抜けて、交差点に出た。

前方の道は坂となっているため、先まで見える。今まで来た道と同じく屋台と横断幕と人波が連なる。坂を進むごとに、建物も立派なものが増えていく。祭りや喧騒もそこまでは達していない。

俺は交差点で先を見据える。高級住宅地を従えた丘を視線でたどっていく。頂上には、白亜の宮殿が点となって見える。

何度も見た、後アブソリエル帝国皇宮、今や後皇帝となったイチェードがいる場所だ。

俺の横で骨折音。見ると、ギギナが左手に握った鶏の太腿を齧っていた。骨ごと砕かれた白い肉から、湯気があがる。白い歯が肉を嚙み、飲みこむ。

「今までも死闘だったが、今回は国家丸ごとが相手だ」

丘の上を見据えながら、ギギナが宣戦布告のように語った。

皇宮には後皇帝イチェードと親衛隊や近衛兵。さらに〈踊る夜〉の一派がいる。

俺たちが〈宙界の瞳〉の奪取を目指すなら、必ずやつらと死闘となる。奪取に成功しても、逃走路では首都の市民の大多数が敵となる。しかし到達への道筋はいまだ見えない。

俺もブリュックを齧る。皇宮を睨むことしかできなかった。

携帯に振動。見るとドルトンからだった。提案が来ていた。

「という次第である以上、ここでの計画は我(われ)らに一任しつづけていただきたい」

嘲笑(あざわら)うような赤子のような、奇妙な声が風に流れていく。

人語を発したのは嘴(くちばし)だった。青い頭部から胴体を持つ、孔雀(くじゃく)であった。緑の尾羽が風に揺れながらも、屋根瓦の円錐(えんすい)に器用に立っている。円錐の反対側には、双頭の亀が這(は)っていた。双頭はそれぞれの高さで西を見つめている。

二体がいるのは、地上から百メルトルもの高さ。アブソリエル皇宮(こうぐう)の外れ、双子(ふたご)の塔でも東の先端であった。

双子の塔の反対側、数十メルトル離れた西の塔には巨大な影が居座っている。

前肢(まえあし)に後ろ肢、巨大な胴、垂れた長い尾まで蒼氷(そうひょう)色の鱗(うろこ)に包まれていた。背には蝙蝠(こうもり)のような翼が畳まれている。長い首の頂点には爬虫(はちゅう)類にも似た頭部が座す。頭頂部には王冠のような、禍々(まがまが)しい角が並ぶ。

巨竜(きょりゅう)は、塔の円錐の屋根に跨(また)がるように四肢(しし)を乗せている。細長い塔は頑丈であったが、竜の重量に耐えきれるわけはない。繊細(せんさい)な重力制御かなにかしらの呪式(じゅしき)が発動しているのだ。

巨竜は悲愴(ひそう)竜ピエティレモノという名を持つ。かつて海を越えたブリンストル女王国に恐怖を撒(ま)き散らし、悪名を馳(は)せた。〈長命竜(アルター)〉を超える、二千二百歳の巨竜。現在は〈黒竜派〉の八方面軍の一角にして、アブソリエル方面を預かる竜であった。

背後のやや低い位置にある二本の塔に、二頭の竜が控える。右の塔には赤い鱗の火竜(かりゅう)がうずくまる。左の塔には、緑の鱗の毒竜が長い体を絡ませていた。護衛の竜であっても〈長命竜〉に近い、それぞれ七百から八百歳の強大な竜たちであった。

護衛の竜が子供に見えるほど、ピエティレモノは桁違いに大きい。二千二百歳級の悲愴竜は地上において無敵に近い存在であった。

悲愴竜の顔の側面にある目は、反対側の塔の異形たちを見据えていた。

「返答はいかに?」

東の塔から孔雀が再びの問いを重ねた。

「安心するがよい。我らは最初からの不干渉の約定に従うまでだ」

ピエティレモノが厳かな声で答えた。

「〈龍〉の一部解放がなったゆえに、余裕があるようですな」

孔雀が声を投げかけた。悲愴竜は長い口を歪める。笑ったかのようだった。

「白騎士から奪取した指輪は、そちらにとって大いに一助となったようですな」孔雀の頭部の側面に目はなく、穴があった。「なるほどなるほど、それが検証できたなら、我らが公爵閣下と陛下にも都合が良い」

孔雀は独白で納得しはじめた。

「今回の策が成就すれば」

亀の左の頭部が笑う。

「我々も諸派の頂点に立つことができる」

右の亀の頭部が溺れるような声を出した。

悲愴竜の後方の塔にいる二頭の竜は、不愉快そうに尾を打ち鳴らし、毒を帯びた蒸気の息を吐いた。ピエティレモノが一瞥すると、竜たちは不満の動作を即座に収める。

ピエティレモノが前へと目を戻す。

「では、そろそろあれらを切り捨てるのか」

悲愴竜の問いかけに、孔雀が頭部を高く掲げる。暗い穴となった目の奥に、青の鬼火が見える。

「あれらもいろいろと役だってはくれました。ですが、我々のほうが先約でしてな」

「時期が来た。あれらはもういらぬ」「いらぬ」

孔雀の声に、双頭の亀が唱和する。二体の唱和にピエテイレモノは不快そうに息を吐く。

「では、不干渉協定が終わる時点まではごきげんよう」

慇懃無礼な言葉を残し、孔雀は長い尾ごと反転。円錐の屋根から飛び立ち、落下していく。双頭の亀も歩み、屋根の端から落下する。二体は下への螺旋軌道を描いて、去っていく。皇宮の屋根の間に落ちていき、見えなくなった。

交渉相手が去り、塔にいる二頭の竜が息を吐く。

「僭越ながらピエティレモノ様に申しあげます」

右後方の塔にいる火竜(かりゅう)が声をあげた。背後も見ずにピエティレモノが尾を動かし、発言の許可を与える。火竜が頭を下げ、口を開く。

「あれらは今のうちに片付けるべきかと存じます」

火竜が懸念の言葉を発した。左の塔に絡まる毒竜(どくりゅう)もうなずき、同意を示した。

「厄介な相手が不在のうちに、あの二体を排除することに我も賛同いたします。今なら我らが〈宙界(ちゅうかい)の瞳(ひとみ)〉を独占できます」

二体の竜がそろって闘争の意志を表明した。ピエティレモノは部下たちの勇武に目を細める。

「約定の破毀(はき)は、サイデルベス様より禁じられている」

ピエティレモノが評してみせた。七夜(なな や)竜サイデルベスは〈黒竜派〉を代理としてまとめており、意志を無視することはできない。

「第一に、あれらが演算装置の代わりを果たし、呪力(じゅりょく)のための犠牲を大量に出してくれたお陰で、二回も実験できた」悲愴竜が愉快そうに笑う。「三回目は偽装までして、他の〈異貌(いぼう)のものども〉や人も大いに勘違いさせられただろう」

ピエティレモノの計画は順調であり、二頭の竜たちに不満はない。

「それでもやはり指輪は惜しいです」

二頭の護衛はより大きな戦果を求めていた。

「あれさえあれば、さらに計画は進みます」

竜たちの言葉に、悲愴竜は息を吐いた。

「なによりあやつらと戦うなと命を受けた。説明によって我も納得した」

悲愴竜の声に警戒の色が強まる。

「それほどに強いのですか？」

左後方から毒竜が疑問を呈した。

「強いが、強いだけなら我らにとってなんら問題はない。ただしあれらの一体の咒いは特殊でな」

ピエティレモノが告げていく。

「そこらの竜でも絶望的だが〈長命竜〉に近い汝らは、絶対に戦ってはならぬ。苦痛を超えた苦痛の果てに死ぬこととなる」

ピエティレモノの述懐に、護衛たちが身を竦める。二頭の竜の目は、孔雀たちが去っていた皇宮を眺める。アブソリエルに他の〈異貌のものども〉が浸食できていない理由が推測できた。

一方で竜たちにも疑問が出てくる。

「人や〈異貌のものども〉がどう策動しようと、我らには〈黒淄龍〉様がおられる」

ピエティレモノが断言した。背後に控える二頭の竜は、そろって頭を下げた。竜たちであっても〈黒淄龍〉ことゲ・ウヌラクノギアの名前は軽々しく出せない。敬称のみで最大敬意を示す。

「やつらと手を組んだ訳ではない」ピエティレモノが首を高く掲げる。「アブソリエルの指輪はあやつらか、別の者が持っていても構わない。今はな」

ピエティレモノが言うと、二頭の護衛の竜が頭を下げる。今回での〈宙界の瞳〉の奪取は危険に見合わないと、当初の推測に従うのみだった。

「なにもかも手に入れようとすると失敗する。第一にして最終目標へと着実な一歩を進める。それが竜だ」

眼差しは遠く北を見つめた。

「我らの任務は終わった。あとは〈黒淄龍〉様が存分に楽しまれるであろう」

ピエティレモノの背で蝙蝠の翼が広がる。羽ばたくと咒式が発動。円錐の屋根から前肢、続いて後ろ肢が離れる。空中に巨体が浮遊し、長い尾が垂れる。続いて後方の塔の火竜も飛び立つ。毒竜も塔を螺旋状に上昇していき、頂点から放たれる。

羽ばたきとともに滞空するピエティレモノは、一気に高空へと飛び立つ。二頭の護衛も羽ばたき、また長い体をうねらせて追っていく。

三頭は蒼穹に消えていった。

「この世に美しい死などないな」

バロメロオの唇から感慨が漏れた。公爵の前では人形たちが報告する、戦場の映像が展開している。血と内臓、骨と脳漿が零れる酸鼻な映像がひたすらに中継されていく。

バロメロオは竪琴を爪弾き、前線の人形たちを動かす。効率的に徹底的に〈擬人〉たちは敵を殺戮していく。

「正規兵や騎士たちは職業としての聖戦とやらで、悲惨に死ぬ。奴隷兵はやりたくもない戦いに押しだされて、無惨に死ぬ」バロメロオは詩を詠うように死を語る。「戦争を好まぬ私も、いずれあのように死ぬだろう」

独り言が続いていった。

「生きていることが、まず美しくないことだな」

アンバレス戦線における龍皇国の本陣は、戦場の南端、林の中にあった。雪を被った木々の間からは、自らが指揮する人形兵団や、連携している北方第七八師団の残存兵すら見えない。敵軍である神聖イージェス教国第十五軍も見えない。

木々の間から見えるのは、丘から遠い雪原。その果てに赤々と燃える地平線だけだった。遠い戦場からは遠雷のように響く砲火の音や悲鳴が途切れない。

バロメロオは、アレトンの地での北方方面軍をまとめ、総指揮官となっていた。レコンハイム公爵として、いつものように車椅子に座す。車輪の下にある大地には、ゴフラル織りの毛足の長い絨毯が広がる。

バロメロオの上には、赤地に飾り金糸が縫われた半球状の天蓋が掲げられる。天蓋は梢の間を抜けて降ってくる雪を防ぎ、縁からは豪華な紗幕が左右と後方に垂らされ、寒さを防ぐ。簡易天幕のなかで、公爵の右手が魔杖竪琴を爪弾く。美しいが、今一歩足りないと誰にでも分かる音律だった。

奏でるバロメロオの指先が一瞬止まり、横へと差しだされる。

中近世風の侍従衣装を着た少年型の〈擬人〉が進みでて、杯を両手で恭しく捧げる。バロメロオが受けとり、杯を唇に当てる。少し呑んで〈擬人〉に返す。考えこんで、口を開く。

「ラフール産四七一年ものかな」

前を見ながらバロメロオが言った。〈擬人〉は微笑む。

「正解です」

侍従の〈擬人〉からは冷徹な答えが返ってきた。

「バロメロオ様は、美と美酒と美食の判定は完璧でございますね」

「判定だけだ。私はなにひとつ美を作れないからな」

答えたバロメロオの右手が、再び魔杖竪琴に指を這わせる。

「できるのは、無粋な戦争に少しの美を沿えようと、未熟な腕を振るうだけだ」

公爵は退屈そうに魔杖竪琴の弦を鳴らす。新たな咒式波動が広がっていく。

近世宮廷のような風景は、バロメロオと天幕の直径四メルトルの円の内だけだった。天幕の周囲には精鋭たる〈擬人〉の護衛が、完全武装で立つ。同じく〈擬人〉が乗る甲殻咒兵も、膝を曲げて雪林の間に巨体を沈めている。

バロメロオ本陣の傍らには、指揮下に入った北方第七八師団の司令部が設置されていた。帷幕ではカダク准将や幕僚たち、通信兵が必死に指令を出し、戦況を摑もうとしている。司令部には、各地から圧勝の報告が続く。油断せずにカダク准将が追撃命令を出し、兵たちがまた全部隊へと伝えていく。

「勝敗は決した。あとは追撃でどれだけ倒せるかだな」

ようやくカダク准将が息を吐いて、椅子に腰を下ろす。司令部の幕僚や情報将校たちも息を吐いて、椅子に背を預け、または机に突っ伏す。あとは前線部隊が押しに押して戦果を拡大するしかない。

若い幕僚の目が先を見る。華麗な天蓋の下には、車椅子に座るバロメロオの姿があった。

「レコンハイム公爵閣下は、とても戦場にいるようには見えませんね」

若い幕僚が、思わず言ってしまった。

「戦場や地図も見ていない。どうやってあれほどの指揮を可能としているのか」

他の幕僚も素直な感想を言ってしまった。椅子に背を預け、カダク准将は再び息を吐く。援軍からの反撃で、士官たちの陰鬱が晴れて余裕が出てきていた。

「おまえたちも、レコンハイム公爵であるバロメロオ閣下の噂は聞いているはずだ。閣下と戦場をともにするなら、今のうちにあの技と人形兵団の特性を知っておくべきだろう」

　椅子に座したカダク准将は、先にいるバロメロオへと目を向ける。

「閣下は高所からの目視や、図面や映像で戦場を睥睨する必要がない」

　カダクの言葉で幕僚たちに驚きが広がる。

「一万体の〈擬人〉たちが、閣下の目と耳、手足となっている。車椅子に座して、戦場の隅から隅までが分かっておられるのだ」

「戦場全体に咒式を展開し、一万体と接続、されるということですか!?」

　幕僚たちの間に驚きが広がり、すぐにバロメロオの帷幕を見る目も畏怖へと変わる。翼将たちは地上最強の咒式士集団のひとつだが、規模が想像を絶していた。

「戦域全体に広がる、一万もの〈擬人〉を操る並列思考など」情報士官がようやく問いを発した。「人間に可能なのでしょうか」

　情報士官の問いに、カダクは首を左右に振る。

「一般に言う並列行動は同時に見えて、高速で思考を切り替えているだけだ」カダクの首が止まる。「バロメロオ閣下がやっていることはそれに近い」

「ではどうやって」と当然の疑問が情報士官たちからやってくる。

「バロメロオ公爵閣下は、一瞬で一万の五感を受けとり、一万もの指示を出している。秒間億や兆を越える超演算能力が、文字通りの一糸乱れぬ完全軍隊を顕現させる」

カダク自身も信じられないほどの事実を、なんとか語っていく。

「もちろん巨大な演算宝珠と、副官としてのエンデとグレデリで超演算を分担しているが、それでも全体の意志は閣下のものだ」

カダクの言葉に、幕僚本部は静まりかえる。常軌を逸した規模は、常軌を逸した能力によって支えられていたのだ。

「それは一万人が完全に同調して動くということになりますが」情報士官は再び衝撃を受け、結論を導いていく。「そんな完全軍隊に、同数で勝てる指揮官は存在しません」

「だからこそ、北方においてバロメロオ公爵は軍神、オキツグ殿は戦神とされて、龍皇国の双璧の守護神なのだ」

カダク准将の目が右へと動く。自然と幕僚たちも目で追う。

「匹敵するのは七都市同盟の白騎士率いる騎士団や、他の六英雄の兵団くらいとされる。だが、あの国の北方戦線は、ここより悲惨で過酷な戦場となっていると聞く」

カダク准将の目には雪の山々しか見えない。先にある七都市同盟の北辺全域が、他の神聖イージェス教国方面軍の南進を受けている。神聖教国も精鋭軍団を投入し、対する七都市同盟の五英雄は足並みがそろわず、建国以来最大の危機となっていた。

白騎士ファストの死と、魔術師セガルカが病床に伏すことがなければ、神聖教国は南進など開始しなかっただろう。

「最強国家である七都市同盟の軍は、大きく苦戦している。龍皇国も北の双璧の片方であるオキッグ殿が〈龍〉の次元の穴に巻きこまれ、行方不明となられている。だからこそ、バロメロオ閣下も似合わぬ共闘を我らとしておられるのだ」

カダクたちの視線の先で、バロメロオはいつものように典雅な姿で戦場にいる。幕僚たちも公爵を見る目が違ってきていた。

バロメロオは最高の相棒であるオキッグを失い、いつもの倍以上の負担を一身に引き受けているのだ。想像を絶する速度で精神を削っていることとなる。それでも彼は魔杖竪琴を爪弾き、葡萄酒を飲んで銘柄を当てて遊んでいるように見せている。

友軍を不安にさせないための演技だという理解が、士官たちに広がる。

「あの方がそれほど熱い人だったとは」

情報将校が言った。幕僚たちもバロメロオを尊敬の目で見ていた。情報将校はカダクの側に寄っていく。

「バロメロオ閣下は気難しい方です。それほど譲歩されるということは、戦況がかなり悪いのでしょうか」

情報将校の声は小さく、囁きとなっていた。

「ここの戦場は閣下のお力で押しもどせている。しかし、これから先の勝ち筋が見えない」

カダク准将も小さい声で返した。

「北の双璧たる守護神たちには、役割があった。主にバロメロオ閣下が人形兵団で受けて、オキツグ殿と侍衆が縦横無尽に突撃をなし、足軽が蹂躙し、何倍もの敵軍を破ってきた」

カダク准将の目はバロメロオから外れない。公爵は葡萄酒を口に含みながら、追撃の指揮を執りつづける。

「神聖イージェス教国軍も聖戦として、国の興亡を賭けた戦を仕掛けてきている。教国が敗れれば、今後百年は起きあがれぬ大戦争だ」カダク准将が言葉を連ねる。「今はバロメロオ閣下と人形兵団でなんとか留めているが、後詰めが来たときが怖い」

「神聖イージェス教国は、まだ軍団を展開できるのですか」

情報将校が目を見開いた。アンバレスに展開している軍隊だけで膨大な数なのだ。

「この大戦では、十六聖こと枢機将たちのうち、十二人とその軍団が防衛と侵略で動いている。残る四人の枢機将とその軍は戦況が悪い戦線へと投入されてくる。まずはここ、国境線上のアンバレス戦線に来るはずだ」

カダク准将の言葉で、情報将校が目を前へと戻す。遠い前線では、黒煙が立ちこめ、爆音が響いてくる。今は追撃しているが、新たな敵が必ずやってくる。

「オキツグ殿の代わりは我らにはできぬ。だが、バロメロオ公爵閣下の指示を受けて動いていれば、ご負担を減らせる」

カダクが言って、並んで立つ情報将校の右肩に左手を載せる。

「それまでは休んでおけ。この戦いは長い」

カダク准将や幕僚たちの先では、バロメロオがまた酒杯を握っていた。大真面目（おおまじめ）な顔で人形相手に「ランブルの四五四年もの」と答えていた。〈擬人（クンスツ）〉が「また正解です」と答えていた。

バロメロオが微笑（ほほえ）み、竪琴（たてごと）を爪弾（つまび）く。

「それは三音目から半音ほど間違っています」

側近のグレデリの冷酷無比な指摘が来て、公爵は渋面（じゅうめん）を作った。

「ひはいひはいひはいひはいひはい」

薄暗い部屋に、痛みを訴える男の声が響く。

「ひはいひはいひはい、ひはいよおおおおおお」

男の不明瞭（ふめいりょう）な悲鳴が撒（ま）き散らされる。部屋には、埃（ほこり）が積もった床や転がされた紙箱が見える。

壁際には、鉄枠の棚の輪郭が並ぶ。どこかの地下倉庫の一室だった。

天井から下がる旧式の電球の光が、部屋の中心を照らす。橙（だいだい）色の光が、下にある奇妙な物体を浮かびあがらせる。床の上に鉄枠と強化樹脂による、透明の箱が安置されていた。一辺二メルトルほどの立方体であった。箱の下面には車輪が設（しつら）えられ、移動させやすいようになっている。

透明の箱の内部には、赤黒い肉の塊があった。全身の皮膚が剝がされて剝きだしとなっているが、手足が切断され、胴体と頭部だけの肉塊となった人間だった。箱の四方から伸びた鎖が胴体に絡まり、固定していた。

頭部では鼻と耳が削がれて、無惨な穴となっている。目も抉られて赤黒いふたつの穴が並ぶ。口の歯もすべて抜かれて、神経が引きだされていた。痛みのために腫れた舌で泣き叫ぶと、前に倍する痛みによって男の悲鳴が大きくなる。

「ひはいひはいひはいひはいひはいひはい〜」

叫び動くことが痛みを増すと分かっていても、男は泣き叫ぶことを止められない。長い長い叫びと鎖が揺れる音が続き、ようやく止まった。

腫れた舌の傍らを抜け、口からは四本の触覚が出てくる。続いて半透明の小指ほどの蛞蝓のような生物が這い出てきた。〈肉喰い〉と呼ばれる咒式生物の忌まわしい姿だった。長い胴体を引いて蛞蝓は顎へと這う。剝きだしの痛覚を刺激され、男の叫びが再開する。

叫びによって穴となった男の目や鼻や耳、下にある性器の穴や肛門から、血と粘液が零れる。粘液をともなって数十もの蛞蝓が出てくる。数十匹の軟体動物が表面を這い、肉を囓っていく。同時に体内では数千匹の〈肉喰い〉が蠕動をはじめ、肉や内臓を食い荒らす。

「あ〜〜〜〜〜〜〜〜〜〜〜っ」

人間の限界を超えた激痛に、男は声なき絶叫をあげる。痛みの凄まじさで、肉塊の尻からは液化した糞便が零れる。性器があった場所にある穴からは尿が噴出した。汚物は立方体の床にある金網からさらに下に落ちるか零れていった。機械の作動音がして、糞尿が処理されていく。

肉の背中には数十もの管がつながれていた。管の内部には水分や栄養分などの薬剤が流れて、肉塊へと定期的に注入されている。管の反対側は箱の後方にあるいくつかの機器につながれていた。機械は血圧や心音など各種の数値を表示している。

機械の画面に今は水分が足りないと表示される。途端に機械からの水が管を通っていき、男の背中に到達。喉を通らずに体内にある胃へと水分を届けた。生命維持装置は万全に作動していた。糞尿の処理は単に機械を順調に動かすための処置であった。

男の内外を食い荒らす〈肉喰い〉は、男の咒力を喰って肛門から万能細胞を排泄する。内臓や肉の傷が修復されていく。どれだけ苦しくても、最低限の生命活動が維持される仕組みであった。

痛みがやや緩和されて、男の叫びが止まる。

肉塊となった男を閉じこめた箱の前には、事務用の椅子が置かれていた。青年が座している。赤い炎のような髪の下では、知覚眼鏡の奥にある青い瞳が男を見据えていた。

「生体生成系第五階位〈叫喚殺々処獄〉の咒式は、今日も順調のようだな」

青い目は、苦悶する男へ作用する咒式の出来に満足そうだった。青年は〈踊る夜〉の一角にして、ウーディースことユシスであった。

「最初のころにやった、鎖につないで指から手足を切って目玉を抉り、鼻や耳を削いでは治癒呪式で治す、という拷問は手間がかかる」箱と激痛に苦しむ男を見ながら、ユシスは苦労を思い出していく。「私がいるときだけ可能で、不在の時間に苦しめられないのが欠点だった」

ユシスが手を戻し、座る体勢を変えて、長い足を組む。

「だが、一年前から導入した、ハオル王国の拷問師に伝わる拷問呪式は素晴らしい」両手を前に差しだして示す。「二十四時間の苦痛を与え、さらに一年も続けられる安定性がある。あの国には敬意を表しておくべきだな」

ユシスは物思いから戻り、眼差しは再び眼前で震える肉塊を捉える。

「最近、久しぶりにガユスと会った。私とおまえの因縁に関わる、あのガユスだ」

ユシスは肉塊に話しかけているようにも、自分へと話しかけているようにも見えた。箱の内部で肉塊の男は再び呻きはじめた。肉体が修復されたので、蛞蝓たちが活動を再開。穴という穴から軟体動物が這いでてきた。蛞蝓たちが皮膚を食い破り、体内へと戻る痛みで、肉塊が叫びをあげる。

「バッゴ、おまえが私に囚われている時間と、ほぼ等しくガユスと会わなかった。あいつは」

ユシスが言葉を止めて、返事を待つ。箱の内部にいる、バッゴと呼ばれた肉塊は答えられない。痛みに細かく体を震わせ、無音の悲鳴をあげつづける。

「ああ、痛すぎて私の言葉を聞いている余裕などないのか」

ユシスは息を吐き、右手で左腰の魔杖剣に触れる。引き金を絞って、組成式を発動。拷問咒式を一時緩和する指令が出た。即座にバッゴの内外での蛞蝓の活動が弱まり、止まった。バッゴの歯のない口は荒い息を吐き、端から涎を零す。

痛みが緩和されたことで、バッゴはようやく前に男が座っていることに気づけた。ユシスも椅子から男を見据える。

「はんれ」

歯のない口で、バッゴは問いかけた。

「はんれほんらほろを」

「なぜこんなことを、か」

男の言葉をずっと聞いていたため、ユシスは翻訳が可能となっていた。

「それはおまえが一番よく知っているだろうが」

ユシスの顔から薄笑いが削げ落ちた。憎悪に吊りあがる青い目に炎が灯る。

「おまえが私とガユス、アレシエルにしたことは許されない。未来永劫、どの世界であろうと許されない」

ユシスの声の圧力で、バッゴが押し黙る。殺すだけでは足りないと、ユシスは数年越しの拷問を続けている。殺意を超えた莫大な憎悪と怨恨がバッゴを圧していた。

「ほへ」

箱の内部から、バッゴは恐る恐る問いを切りだした。

「ほへ、いふほへふふふの？」

「あれだけのことをやって、自分の拷問がいつ終わるのか気になるのか」

ユシスの目に深い海の底の悲しみが宿る。どれだけ拷問しても、バッゴは反省も謝罪もできなかった。道理をいくら言い聞かせても変わらず、いつも自分の苦痛と過去の言い訳を叫ぶだけだった。

初期は、バッゴのような存在は知的能力が低いためか、人格の歪みか、心や脳の病気ゆえか、遺伝と環境の割合はどうなのかと考えて調べたが、答えは出ない。当時からバッゴはそういう人間であると分かっていたし、今でも変わることはなく、この先も同じであろう。何千回と再確認したことに、ユシスは重い息を吐いた。

「その呪式はおまえの呪力を喰って発動する。呪力の元であるおまえの命が尽きたら、呪式も止まる」

「ほへ、いふひへふの？」

バッゴは自分の死期を問うた。ユシスは不機嫌そうに口を開いた。

「ハオル王家の事例では、おまえのようになった対象を一年苦しめたが、行軍に連れていけず、途中で放棄したそうだ。餓死する一カ月くらいは続いただろうな」

「はほ、ひっはへふ、ひっはへふ！」

肉塊からはあと一カ月という期限への希望の声があがる。椅子に座るユシスの目の温度は変わらない。

「ハオル王家軍は、対象を放棄するまでの一年間は水と栄養を与えて生存させていた。バッゴ、おまえもそうやって手当されてこの数年を生きている」

ユシスが淡々と語っていく。

「その箱はおまえを生かしつづける仕組みで、私とともに各地を移動させていた。しかしその作業も今日で終わりだ」

ユシスの通告に、バッゴの喉が鳴る。地獄の激痛から解放される、自らの死が近いという喜びを示す。効果を確認して、ユシスは残忍な微笑みとなる。

「私は今日から医療業者と永代契約を結んだ。私が死んでも、業者が定期的におまえへと水と食料を与え、死なないように薬剤を投入する」ユシスは毒の言葉を連ねていく。「それでも足りない緊急時には手術や咒式治療が施される。発狂して意識が飛ばないように、向精神薬などの処置もされる。業者が死んでも、別の担当者が来る。仕組みを整えるのに莫大な金銭と手間がかかったが、惜しくはない」

「ほへっへほへって」

バッゴの口からは絶望の声があがる。

「おまえの寿命が尽きるまで、この拷問は続く。生命維持装置による完璧な介護と業者による定期点検、さらには咒式による処置で、おまえの寿命も長く続く。あと百年は生きられるだろう」

「ひゃっ」

あまりの長さに、バッゴは言葉を失ってしまった。

「もちろんこの場所は、元々地震や洪水が来ない土地を選んである。事故や災害での死など許さない」

ユシスは椅子から前のめりになる。

「あと百年、その苦しみを受けよ」

「ひぃいやらああああああああああああああああああ」

バッゴが絶望の悲鳴をあげる。

「やあらあああああ、ひにはひ、ひにはい。ほろひへほろひへっ!」

バッゴの絶望を確認して、ユシスの笑みも消えた。無言で席を立つ。左手で左腰にある魔杖剣の柄を摑み、引き金を絞る。組成式が発動し、バッゴへと向かう。緩和されていた咒式が発動を再開する。

「ぎひいいいあああああああああああああああああああああ」

バッゴは凄まじい叫びを放つ。全身の内外を再び蛞蝓が食い荒らしはじめたのだ。人間に耐えられる限界を超えた激痛が発生した。背後からつながる管に鎮静剤が流れ、バッゴへと投入される。意識喪失で痛みを遮断しないようにされ、男の悲鳴が一際高くなる。

無惨な悲鳴を背後にユシスは反転。薄暗い部屋を歩んでいく。奥にある金属扉を開き、出ていく。後ろ手に扉を閉めた。悲鳴は扉越しに響く絶叫となっていた。

扉の前では左右に通路が広がる。右側には、ユシスを待つ黒背広の三人の男たちがいた。アイビス極光社でも、バッゴの移送と管理を任せられていたものたちだった。

「あとは我(われ)らと業者にお任せください」

男の一人が真剣な顔で言った。

「ウーディースさんはアブソリエルに集中してください」男が言葉を重ねた。「なにが目的なのかは分かりませんが、願いが果たされることを祈っております」

男が両手を重ねて、祈りを捧げた。他の二人も同じ動作で敬愛するユシスの悲願成就を祈った。

「ありがとう」

ユシスは部下へと軽く頭を下げた。男たちは恐縮する。上げられたユシスの顔で、目には覚悟の色が浮かんでいた。

「どうあっても、後顧の憂いはここで消しておきたかった」ユシスは唇(くちびる)を噛(か)みしめる。「これから先は、私であっても生きて帰れるか分からぬほどの戦いだ」

ユシスは息を吐いて過去と決別するように、身を翻(ひるがえ)す。部下を残して、ユシスは一人で廊下を歩きはじめる。

「百年か」

通路を歩みながら、ユシスが独白した。

「百年もこの世界が続くのだろうか」

扉の奥からは、バッゴの壮絶な悲鳴が聞こえる。聞こえつづけていた。

あと百年、叫びが絶えることはない。

十六章　背信と反逆と

歴史の裏切りに深い理由はない。
今やれば相手を殺害でき、取って代われるというだけで頻繁に起こる恒例行事である。
モクガラ・アバドバ「背信者列伝」神楽暦一六三二年

アブソリエル帝国様式である、縦縞の切れこみが入った白い柱が立つ。石の柱は回廊に沿って、等間隔で並んでいく。柱が支える白い天井と床に敷かれた紫の絨毯が奥へと伸びていく。後アブソリエル公王宮から皇宮となっても変わらない、清潔で美しい宮殿であった。

回廊の紫絨毯を踏む足音が連なって響く。中世風の衣装を着た老人と、赤い髪をなびかせた青年が進んでいた。

回廊の途中では、兜に甲冑に盾を構えて完全武装した護衛兵が左右に立つ。長い槍を交差させて、二人の進路を阻む。

ワーリャスフが顎でうながすと、護衛兵が槍を上げて道を開く。ワーリャスフとウーディースは槍の間を平然と進む。

兜の下にある護衛兵の顔は表情を見せない。親衛隊員は、どれほど不満であろうが外に見せない訓練を受けているのだ。相手が世界の敵とまでされた〈踊る夜〉であっても、皇帝が認めた客人なら反応してはならないのだ。

命令がどうあろうと、親衛隊からの敵意と嫌悪感が放たれる。気にせずワーリャスフとウーディースが歩んでいく。

「お主が珍しく時間に遅れたが、なにをしておった」

ワーリャスフが問うた。横を行く、ユシスことウーディースは平然とした顔で進む。

「雑事だ」

「雑事とな」ワーリャスフが納得したような顔をしてみせた。「ということにして、弟のガユス、その仲間どもを引きこもうとしておったのだろう」

平然と老人が予測してみせた。ウーディースはユシスの表情で微笑んでみせた。

「分かっていて聞くのは意地が悪いな」

「もうあいつらを軽くは扱えないからの」ワーリャスフの右手が白い顎髭を撫でる。「小隊とはいえ、歴史資料編纂室調査隊こと、イチエード親衛隊との遭遇戦で圧勝しおった」

老人の言葉に、ユシスの足が止まる。老人も歩みを止めた。皇宮の廊下で、両者の間には見えない紫電が散る。

「おまえの差し金か。あれは私に一任すると、合意したはずだが」

「儂は裏切る瞬間までは約束を破らぬ。実際なにもしておらん」

　ワーリャスフは心外だといった顔で答えた。

「現時点で赤の〈宙界の瞳〉まで儂が手に入れると、厄介な〈長命竜〉や〈大禍つ式〉や〈古き巨人〉どもに狙われる。〈踊る夜〉の連帯も壊れる」老人が疲れたように述べた。「だから放置が現状の最善態度で、他には情報を漏らしておらん」

　悩むようにワーリャスフが言った。

「だが、親衛隊はあやつらの業績を知り、数ある皇帝への脅威のひとつとして認識しはじめた。排除のために動いている部隊のひとつが、あやつらと遭遇するのは必然だの」

　ワーリャスフの言葉によって、ユシスの目にはわずかに紫電が宿る。老人は横からユシスの目を覗きこんだ。

「後帝国が明確に敵視しなくても、遭遇すれば戦闘となる。危険から守るために、汝、あれを引き入れようとしているのだろう？」

　ワーリャスフの眼差しと問いにユシスは答えない。青年が再び回廊を歩きだす。ワーリャスフも歩みを再開する。

「前に聞いたが、そもそもアレシエルとやらの蘇生は可能なのか？」

「二千年の魔人が、他人の家族に興味があるのか？」

ユシスが問い返す。ワーリャスフの目には興味の色が表れていた。

「条件を満たしたとして、田舎の町長をやっているような没落子爵家の娘に、なんのために超呪式での蘇生準備を施す？」

ワーリャスフの問いは、誰もが抱く疑問点であった。ユシスの唇は迷っていた。やがて開かれた。

「それが可能なのだ」

ユシスが断言した。

「だから大問題となる」

相手の言葉の意味が分からない、といった表情をワーリャスフが浮かべる。

「それはどういうなぞなぞだ？」

「それに一度、おまえは完全な死者の蘇生を見ているはずだ。二千年前に」

ユシスが逆に問うた。今度はワーリャスフが固まった。老人の目が見開かれる。

「お主それは」

「十二聖使徒は見たはずだ。〈宙界の瞳〉の力の一端、奇跡を」

「それ以上は言うな」

老人の鋭い声が相手の言葉を遮った。二千年の魔人の目には、怒りと、そして怯えが含まれていた。

「あれは、あれのせいで儂がこのような」声には積年の思いが宿っている。「イェフダル、今はアザルリと名乗るあやつも離反したのだ」

「ワーリャスフよ」

老人の嘆きを、今度はウーディースが止めた。知覚眼鏡の奥にある青い目には、最大級の警戒の光があった。

「公王宮、いや皇宮はこのような建造物であったか？」

指摘を受けてワーリャスフも前へと目を戻す。前に来たときの回廊とは違っていた。公王宮の時代は、床や壁や柱まで白と青が基調であった。皇宮となってからは、白と黒と灰色が多くなっている。老人が背後を振り返ると、白と青の公王宮が伸びていた。再び前に目を戻す。白と黒と灰色の皇宮が広がる。廊下の絨毯も青が失われていき、灰色、暗灰色、最後には黒になっていた。ワーリャスフの目に楽しそうな光が宿る。

「奥から改装している、というわけではなさそうじゃな。あと」

「そう、回廊の長さもおかしい。あきらかに伸びている」

前にも来た回廊は数十メルトルだったが、前後に延々と柱が連なって百メルトルを超えている。両者にも理解しがたいことが起こっていた。ウーディースが肌に痛みを感じる。ワーリャスフも髯に感じていた。

回廊の奥からは微量の呪力(じゅりょく)波が流れてきていた。隠蔽(いんぺい)呪式で隠そうとして漏(も)れてしまうほどの、莫大な呪力が発生している。

二人の魔人が進むにつれ、廊下の絨毯(じゅうたん)の色は彩度を落としていき、黒い地点に到達する。壁や柱や天井も彩度を失っていき、白と黒と灰色の建造物になっていた。

ワーリャスフとウーディースは、不自然に延長された回廊の奥に到達する。何度も来た公王(こうおう)の間の白と青の大扉も、黒一色に変貌していた。大扉の左右に控えているはずの兵士も消えていた。前触れもなく、大扉が軋(きし)む。左右に大扉が開いていく。

開いた扉の先に公王の間が広がる。以前とは違い、白と黒と灰色の正方形が格子模様となり、広間の床を埋めつくす。廊下からの黒い絨毯が伸びていく。壁や広すぎる部屋を白い柱が支えていた。左右に広がる一面の窓は、白と黒の格子模様の紗幕(カーテン)で閉ざされている。

広大な部屋の天井の中央には、水晶を模した照明が下がる。煌(きら)びやかな光が部屋を照らしていた。

無音。広間には将軍や大臣、そして護衛の親衛隊(しんえいたい)すらいなかった。ワーリャスフとウーディースの背後で、広間の扉が戻っていき、閉ざされた。

再びの静けさとなった。

照明の直下には、巨大な円卓が置かれている。直径八メルトルもある机の上には、立体光学映像が展開している。

映像が示すのは、ウコウト大陸西方の地図だった。縮尺されているが山は高さを持ち、川が流れている。森林地帯には小さな木々が表示されていた。市街地には建物が再現されており、拡大していけば街角まで見える。地図の上空には雲が流れて、雨が降っている地域もあった。

地図の大地は、後（ご）アブソリエル帝国（ていこく）の紫色の版図で染められている。軍の侵攻とともに色が広がり、現実と同期していた。先に併呑（へいどん）した二国を薄い紫に染め、濃度を増している。他の国にも点在する紫は、敵国に潜ませた勢力と同調する民衆を示していた。後アブソリエル帝国の影響力は深く密かに広がっていた。

侵攻を防ごうとする西方諸国の軍隊が、色とりどりの駒（こま）として示されていた。駒の大きさが部隊規模に比例している。各国で合意がされていないのか、各軍の連携がないままの進軍と戦線となっていた。

対する後帝国軍もガラテウ要塞（ようさい）付近で展開している。現実の動きに連動して、両軍の駒も動く。相手の西方諸国も同じような盤面を見ていることが予想される。

地図では、いくつかの地形やいくつかの部隊が現れては消えている。戦場の霧や摩擦という概念は通信や監視技術の発達で減じているが、同時に電波や咒力妨害措置も発展している。現在でも自軍を隠し、敵軍を捜す戦いは続いていて、全容を摑（つか）むことは誰（だれ）にもできない。

地図を一目見れば、誰にでも分かる。後帝国が喉元（のど）に刃（やいば）を突きつけているナーデンを陥落させれば、あとの国々では防ぎきれない。なにもしなくても連鎖崩壊して後帝国に併呑され、ウコウト大陸西部の覇者が決する。すべてを呑みこんだなら、窮地にある龍皇国や七都市同盟に匹敵するか、より強力な超大国が誕生する。

地図の先と円卓を囲む数十もの席に、今は誰も座っていない。ユシスはウーディースとして円卓の先へと目を向ける。

先には三段の階段が作られている。最上段の背後にある壁に、先ほど発表されたばかりである、後アブソリエル帝国の巨大な紫の国旗が翻る。

帝国旗の前にある玉座に座すのは、軍服の上に外套を羽織った男だった。後アブソリエル帝国を建国した、イチェード後皇帝その人だった。

後皇帝イチェードの右手は顎を支えて、肘掛けに肘をついていた。頭上にある公王と皇帝の略冠は銀と黄金の色で輝いている。

明星の帝国の主の青い目は、一点にそそがれていた。玉座の先、円卓の上に展開する立体光学映像の地図、ウコウト大陸の情勢と戦況を眺めている。ワーリャスフとユシスことウーディースの入室に気づいているはずだが、後皇帝の反応はない。

地図を浮かべる円卓の前にまで進み、ワーリャスフが立つ。ウーディースも並び、頭を下げて一礼を示す。ワーリャスフも溜息を吐いて、渋々ながらの一礼をする。

頭を戻して二人が待っていても、イチェードからの言葉はない。無言を保つ玉座の主を見上げて、老人が口を開く。

「我々《踊る夜》は、王太子時代の陛下の壮大なお考えに賛同し、微力ながらも長年にわたって支援をしてきました。陛下と我々の播いた種が今、見事に実ろうとしています」

ワーリャスフが机の上の立体地図の変化に気づく。軍を示す駒たちが動いていく。ナーデンにゴーズ、マルドルにゼインといった各国軍は個別行動を起こしていたが、一点を目指して動いていた。最初の動きは陽動で、合流しようとする意図が見えてきた。

敵軍の動きをワーリャスフは気にしない。集まれば《龍》の一撃で薙ぎ払って、そこで即決着であるのだ。

いくら待っても皇帝からの返答がないため、ワーリャスフが進む。ウーディースも続く。皇帝の玉座へと続く階段の前で、二人が止まる。皇帝の目は代わらず、卓上にある大陸の地図を見下ろしていた。

仕方なくといった態度で、ウーディースが半歩踏みだす。

「こちらからは前回に提案した約定、式典で騒動に関わったが害をなしていない咒式士ガユスとその一派、家族たちの恩赦と保護をいただきたい」

ウーディースがユシスとしての願いへの答えを求めた。続いてワーリャスフが口を開く。

「儂からは、そろそろ約束の再確認をしたく存じますが」

皇帝を値踏みするように、ワーリャスフが問うた。

「後アブソリエル公国に伝わる白の《宙界の瞳》を儂らに貸し出すとした約束の時期を、そろそろ明確にしていただきたい」

ワーリャスフなりに敬意を示しているが、取引に対する焦燥感があった。

「なにしろ〈宙界の瞳〉はこの世を支える五頭の大いなる〈龍〉と〈古き巨人〉の皇と帝、〈大禍つ式〉の王たちが作ったとされています」ワーリャスフが自分の記憶を言語化していった。「数十万年前、もう少し正確性を求めるなら、二十万年前だとされています。空から色とりどりの輪が降りてきたという古代人の壁画は、おそらく〈宙界の瞳〉のことでしょう」

数千年を生きる魔人の目には、二十万年を夢見る色が宿っていた。

「〈宙界の瞳〉を作ったはずの〈龍〉に〈大禍つ式〉に〈古き巨人〉たちが求め、争っています。彼らにも予想外に強い力を秘めており、自分たちのものにしたいが、他勢力に渡せないという、よくある争いでしょうな」

滔々と語っていたワーリャスフの声が止まる。

壇上の玉座に座すイチェード皇帝の目が動いた。地図越しに二人の〈踊る夜〉を見下ろした。氷の眼差しをワーリャスフが耐える。ウーディースも長く相対してきたが、皇帝の目は年々冷たさを増している。

ワーリャスフは再び口を開く。

「少なくとも〈宙界の瞳〉には〈龍〉を部分解放する力があります。〈龍〉の一撃による西部諸国連合軍もしくは諸国の撃破がなれば、その時こそ貸し出しの時期としていただきたい」

ワーリャスフが要求をしおえた。老人とユシスがイチェード皇帝を見上げつづける。

「要望のうち、まずガユスとやらとその仲間の保護はしないが、攻撃もしない。好きにしろ」

段上の玉座からイチェードの重々しい声が響く。

「寛大なお言葉に感謝します」

皇帝の返答に、ウーディースが安堵の息を吐いて、頭を下げる。

残るワーリャスフが答えを待つが、二千年の魔人は悪寒に襲われていた。様々な暴君や独裁者、大量及び連続殺人犯、果ては〈長命竜〉や〈大禍つ式〉や〈古き巨人〉とも相対し、交渉してきたワーリャスフの経験が、最大級の危険信号を発する。老人は軽く膝を曲げた。

「そして現時点をもって〈踊る夜〉との契約を果たし、終了とする」

皇帝の宣言が、広間に振り下ろされた。言葉の大斧で切りつけられたかのように、ワーリャスフの膝が沈む。

「そ、れは、ど」二千年の魔人が言葉に詰まった。「ういうことでしょう」

ワーリャスフが問い返した。すでに全身に咒式干渉結界を身にまとい、両手には咒印組成式を展開している。貴人の前では非礼中の非礼な行動であるが、老人に迷いはない。ウーディースも右手で左腰の魔杖剣の柄を握り、腰を落としている。

「汝らの協力でたしかに〈宙界の瞳〉の解析は進んだ。先のルゲニアの狂信者たちの二歩三歩先に達しているだろう」

玉座からイチェードはなんの感情もこめずに答える。

「単体の指輪の研究は続けるが〈宙界の瞳〉をこれ以上集めれば〈龍〉の完全解放に近づき、さらに〈古き巨人〉や〈大禍つ式〉を呼ぶ」

イチェードは右手で顎を支えたままの姿勢だった。

「汝ら〈踊る夜〉との協力はここまでだ。ご苦労、下がってよい」

皇帝の言葉は大鎚となって振り下ろされた。

「それは我らに続き〈黒竜派〉をも裏切るということになりますぞ」

ワーリャスフが低い声で問うた。

「〈黒竜派〉は通常呪式では〈長命竜〉数十頭に、さらに数千歳級の猛者の命を消費せねば〈龍〉を呼びだせなかった。竜たちは、白騎士から奪った紫色の〈宙界の瞳〉でようやく犠牲を半分にできていた」

淡々と答えるイチェードの声が広間に響く。

「後帝国が持つ白の〈宙界の瞳〉で犠牲はさらに半分となったが、それでも看過できぬ多さだ。完全解放のための手法の究明が終わらないうちは、あちらから我ら後帝国と結んだ手を放すことはできない」

イチェードがワーリャスフたちを眺める。

「対して、すでに〈踊る夜〉とは初期の契約を果たした」

後皇帝による断絶の宣告には感情が宿らない。

「我らを用済みと」

ワーリャスフの反論にも、皇帝の表情も姿勢も変わらない。

「契約を果たしたと言ったのだ。汝らに資金と物資、技術提供をし、隠れ家に特別通行証などを手配し、国際手配からも匿(かくま)った。白の〈宙界の瞳〉の研究もさせ、義務もすでに果たしている」

玉座から皇帝が言いきった。ワーリャスフは反論しなくなった。

「ここで終わりということですかな」

息を吐き、疲れたようにワーリャスフが一歩下がった。ウーディースも後退する。皇帝は歴戦の勇武の人だが、二人の魔人なら制圧可能。イチェードが持つ白い〈宙界の瞳〉の奪取もできる。

しかし皇帝が二人の反逆を予想していないわけがない。だとすればなにかの対処がある。

「それでは我らは失礼いたします」

「退去は待っていただきたい」

声とともに、皇帝の傍(かたわ)らにいた影が進みでる。絨毯(じゅうたん)を爪(つめ)で引っかくように進み、止まる。緑の尾羽根が床につき、冠を持つ青い頭部の孔雀(くじゃく)だった。目に瞳孔(どうこう)はなく、黒い穴が穿(うが)たれていた。孔雀の嘴(くちばし)が開かれた。

「そろそろ我々の出番ですゆえ」

ワーリャスフにウーディースもよく公王宮で見た孔雀だったが、言語を話していた。

孔雀の首が掲げられ、垂直に嘴が上昇していく。変身とともに咒力が放射されていく。ワーリャスフとウーディースは後方へと跳ねる。老人と青年の肌が咒力によって粟立っていた。それぞれの長年の経験と死闘を越えてきた感覚が、最大級の危険信号を発していた。

咒力が収束すると、緑の長外套の裾が床まで届き、前を閉じていた。

頭頂には、青い円筒のような絹帽子を頂いている。下にある顔は、丸い二つの穴の目に、長い嘴を模した白い仮面となっていて表情は見えない。

「形式番号二一一、百目纏いプファウ・ファウ侯爵と申します」

プファウ・ファウ侯爵が名乗りをあげる。

怪人の傍らから亀が前へと進む。停止と同時に岩塊のような甲羅が膨張しながら上昇していく。甲羅は六角形の目にそって分割され、豊かな胸と細い腰と女性の体を覆っていく。

肩には、頭部が二つ並ぶ。左は黒髪に美貌の女であった。右の頭部は球体の水槽となっていた。水槽の内部には脳に目に鼻に口が揺れていた。

「形式番号三〇九」と美女が言えば「迷宮のトタタ・スカヤ大総裁である」と水槽の表面に来た口が名乗る。

伯爵級で大総裁の任にあるトタタ・スカヤが、右手に握る魔杖鎚を前に掲げ、下ろす。石突きが宮廷の絨毯（じゅうたん）を通して、石床を叩（たた）く重々しい音が響く。左手には苦悶（くもん）の顔の人面、大盾（おおだて）が構えられていた。

プファウ・ファウが嘴を開閉させ、笑い声を発した。

「あと一体、形式番号二〇九、狂乱のガズモズ大侯爵がいるのですが、別の場所にいて不在です。全員でのもてなしができず申し訳ない」

青い外套（がいとう）を震わすような一礼をしながら、プファウ・ファウが言ってみせた。トタタ・スカヤは二つの頭部で哄笑（こうしょう）を重ねる。

ワーリャスフとウーディースの顔や全身に、咒力が圧力となって押しよせる。二人の魔人の横顔には緊張感があった。

「〈大禍つ式（アイオーン）〉は実力と誕生順ごとに番号を与えられている。人間が便宜的に爵位をつけたが」

ワーリャスフの唇（くちびる）から不快感とともに言葉が連なる。「三〇〇番台の伯爵は〈大禍つ式〉の主戦力。二〇〇番台の侯爵ともなれば〈大禍つ式〉の将軍、いわば一軍を率いる存在」

ワーリャスフは苦みをこめて吐き捨てた。

「それぞれの形式番号で上から十体までは大、と尊称がつくらしいが、それが関わっていたのか」

ウーディースが言葉を引き取る。

いくらワーリャスフが二千年を生きる元聖使徒、そしてウーディースが超咒式士であっても、気圧(けお)されるほどの呪力(じゅりょく)を二体の異形は放っていた。

　プファウ・ファウ侯爵(こうしゃく)が、玉座の前に立つ。トタタ・スカヤ大総裁が横に並ぶ。

「我(われ)ら〈大禍つ式(アイオーン)〉の〈享楽派(ヴォルスト)〉は、イチェード皇帝陛下と後(ご)アブソリエル帝国(ていこく)と」

　プファウ・ファウが左手を振る。翻(ひるがえ)る青と目玉模様の外套(がいとう)の先で、玉座の皇帝が示される。

「汝(なんじ)らより前に組んでおります」

　仮面の嘴(くちばし)から、プファウ・ファウ侯爵が勝利宣言を放った。

　ワーリャスフは唇(くちびる)を噛(か)みしめる。帝国の後継者という自負と現実の落差に苦しむ、後(ご)アブソリエル公国(こうこく)とその戦力。白の〈宙界(ちゅうかい)の瞳(ひとみ)〉の所在。そして有能かつ、大きな心の傷を持つイチェード王太子。三つの組み合わせはあの時期しかなく、目的に利用できると〈踊る夜〉は取り入った。

　同じことを考えたものが〈大禍つ式〉にいて、自分たちより先に組んでいた。差はおそらく数年、下手(へた)をしたら数カ月かもしれないが、致命的な遅れとなっていた。

「本当にここで我らと手を切り、しかも殺害するおつもりですかな」

　険しい声で、ワーリャスフは皇帝へと確認した。

「汝らは関わりすぎた。そして外へ放つには危険すぎる」

　玉座からイチェード皇帝が答えた。

「私と後帝国を使って〈踊る夜〉が凶事をなそうとしていることも、最初の出会いから分かっている。処分は皇帝として当然である」

「お分かりなのか」ワーリャスフが強い声を放ち、異形たちに指先を向けた。「我らはまだ人間。しかし〈禍つ式（アルコーン）〉たちは異種族で、交渉はできても、本質的に信頼関係など築けませんぞ」ワーリャスフが念を押す。〈大禍つ式〉の先にいる後皇帝の表情や態度に変化はなかった。

「私にとっては、人間も〈禍つ式〉も変わらない」イチェードが静かな声で宣告した。「誰（だれ）もなにも信用などしない。約束の範囲で、都合の良いほうを都合の良いうちに使うだけだ」

皇帝の言葉に、二千年の魔人の背に悪寒（おかん）が走る。ウーディースもようやく前々からあったイチェードへの違和感の正体を理解した。イチェードの心は、もう人のものではない。狂気でもない。〈大禍つ式〉たちとすら違う、異質なにかとなっている。

「さすがイチェード皇帝陛下。古代のマズカリー王やアブソリエル帝にも匹敵する、帝王のお心をお持ちです」

プファウ・ファウが返答するが、声には理解不能であるという響きがあった。トタタ・スカヤの双頭もイチェードを軽視しない。

懸念を払うように、プファウ・ファウ侯爵が青い外套を翻す。白い背広の袖（そで）と右腕が現れ、鉤爪（かぎづめ）のような右の五指が掲げられる。

「我らと皇帝陛下の間に、信頼関係はありません。ですが契約は絶対であるのが〈禍つ式〉という種族の性質。その一点に信頼が置かれていると理解します」

プファウ・ファウが告げると、トタタ・スカヤの二つの頭部がうなずく。

「我らと皇帝陛下の契約のひとつは、白の〈宙界の瞳〉に寄ってくる、別の〈宙界の瞳〉の所有者からの指輪の奪取である」

トタタ・スカヤの水槽にある口が宣言した。プファウ・ファウの嘴の仮面が動く。目の穴に宿る青い鬼火の目が、階段の下に立つワーリャスフとウーディースを見下ろした。二人がそれぞれ所有する指輪が彼らの最初の狙いなのだ。

「いつか来るとしていた、仮想グラッシケルとオクトルプス戦として行けるか？」

問いかけながら、ワーリャスフの右袖から小鎚が滑りおち、指が握る。左手が旋回し、止まる。五指には魔杖剣が握りしめられていた。

「一体ならともかく、二体とも能力は不明。分が悪い」

答えとともに、ウーディースの腰の左と背後から双剣が抜刀。ウーディースが魔杖剣を交差させて構える。二人が反目し疑念を抱きあっていたことなど、瞬時に消えていた。

「戦えば我らのうち、両方、そして確実にどちらかは死ぬ」ウーディースは慎重な分析を続ける。「あと一体の大侯爵がこの場にいないなら僥倖だが、虚偽であって奇襲を喰らうと厄介だ」

「若いのに、見立ては儂と同じじゃの」

死地にあっても、ワーリャスフが笑って言った。

「いったい、どこで儂に匹敵するような目を得る戦歴があったのか」

「この状況で、よく笑えるな」

ウーディースは前の〈大禍つ式(アイオーン)〉二体から目を離さず、三体目も警戒している。

「二千年も戦っていると、何百回も〈大禍つ式〉や〈長命竜(アルター)〉や〈古き巨人(エノルム)〉の猛者(もさ)との戦いがあったからな」ワーリャスフが言葉を紡(つむ)ぐ。「半分は勝った」

「残り半分は？」

「逃げたっ！」

ワーリャスフが反転。中世風衣装の背後から圧縮空気と火炎が放射されて、超高速で逃走する。一瞬遅れて、苦笑しながらもウーディースが背中から光翼を生やし、追随する。

両者は二重螺旋(らせん)の軌道で謁見(えっけん)の間を飛翔(ひしょう)。立体光学地図の上で急旋回。狙いは右にある宮殿の庭への窓。

視界を紫の絨毯(じゅうたん)が覆(おお)う。ウーディースが魔杖剣から放った〈爆炸吼(アイニ)〉が、紫の絨毯を散らし、石床を破砕。しかし穴が穿(うが)たれただけで貫通しない。

二人は空中で急停止。火炎と光が下に噴射し、空中浮遊。窓は消え、一面の床となっていた。天井には、巨大円卓と立体光学映像の地図。二人の空中での安定が崩れる。視界からの情報に逆らって、右へと炎と光を噴射して姿勢を制御する。右からかかる重力に逆らって、ようやく水平に立つ姿で姿勢が安定する。

ワーリャスフとウーディースの視線は、迷わず下へと向けられた。

深く長く広間が続いていく。終点には階段が続き、玉座が見えた。重力を無視するかのように、垂直方向に直角となった玉座で皇帝イチェードが頬杖(ほおづえ)をついて座る。前にはプファウ・ファウ侯爵(こうしゃく)とトタタ・スカヤ大総裁が直角に立つ。

巨漢のトタタ・スカヤが右手の魔杖錫(まじょうしゃく)を掲げる。先端では、虹(にじ)色の咒印(じゅいん)組成式を展開していた。

二人が見ている間にも、下にある玉座は遠のいていく。左右の壁から階段が生えて、床である壁面に到達する。天井である円卓と地図も遠のいていき、間に廊下が形成されていく。十字印をいただく円錐(えんすい)の屋根が出現。尖塔(せんとう)が四方から現れ、互いを貫通して抜けていく。

ウーディースが魔杖剣を掲げて咒式を急速展開。化学錬成系第七階位〈重霊子殻獄瞋焔覇(バー・イー・モーン)〉の咒式が発動。転位してきた核融合の一部である熱と光と衝撃波が、尖塔に命中。融解して貫通。先にある壁に着弾。抜けた炎が、続く壁や床や天井を貫いていく。

眩(まばゆ)い光が収まる。連なる穴は断面から融解した雫(しずく)を垂らし、炎上している。火炎が貫いた最後の壁の先は、長い長い廊下が続いていて、果てが見えない。廊下の床には照明が並び、核融合咒式の余波ですべて破裂していた。天井には焼け焦げた応接椅子(ソファ)に机が散乱。花瓶(びん)の破片が散っていた。

壁の穴の手前では左から右、先では下から上という重力となっていた。

ウーディースの前で壁が動き、穴が塞(ふさ)がれていく。壁は別の階段となり、上から下へと連なっていく。

「これは」

動きつづける風景のなかで、ウーディースが驚きを口にした。黒と白の廊下の奥に、トタタ・スカヤ大総裁が立つ。

「超定理系咒式超越階位〈建立大禍津万魔殿〉の咒式よ」

下にいるトタタ・スカヤ大総裁が、妖女の口で宣言した。

「すでに皇宮にして皇宮にあらず。我らの魔宮となったなら、いかに汝らでも簡単には出られぬぞ」

〈大禍つ式〉の球形水槽にある口が笑って言った。

ワーリャスフは唇を嚙みしめる。おそらく皇宮全体がトタタ・スカヤの咒式の支配下。皇宮の数万から数十万トーンの質量を操っているなど、人間とは咒力の桁が違う。それぞれの場所の重力も違うとなると、空間そのものが延長され支配されている。

ワーリャスフたちは、交渉をしにきたと見せて、皇帝の身柄を抑えて〈宙界の瞳〉の奪取すら考えていた。対する皇帝側は奥の手を用意し、罠のど真ん中に誘いこんでいた。

下からトタタ・スカヤ大総裁とプファウ・ファウ大侯爵が飛び立つ。トタタ・スカヤは砲弾となって急上昇。プファウ・ファウは青い外套を閃かせ、超高速で上昇してくる。

「ワーリャスフ、やるしかない」

ウーディースが下へ向けて双剣を構える。両の切っ先に、それぞれ違う系統の咒印組成式が浮かぶ。

「生きて出られたら、奇跡じゃの」

小鎚と魔杖剣を交差させ、ワーリャスフが答えた。

「人であり、思い出があるかぎり、奇跡は起こりませんよ」

プファウ・ファウが仮面の嘴を開く。口の内部では、咒印組成式の光が放たれる。

爆音と重低音が魔宮に轟いた。皇宮の外には響かない。

アレトン共和国とツェベルン龍皇国に跨がるアンバレス地方に、夕暮れの赤が落ちていく。紀元前から雪と霧に閉ざされた、雪国の大地と岩山と針葉樹がひたすら続く。すべては夕暮れの赤以上の赤で染まっている。雪を溶かすほどの炎が広がっていたのだ。

猛火の間には、おびただしい数の大穴が穿たれている。穴の底には埋み火が灯り、黒煙がたなびいていく。

戦場の大地には、軍団旗や教国旗が大地に落ちて、雪と泥に踏みにじられていた。間には多くの死体が散乱している。頭が吹き飛んだ奴隷兵が横たわっていた。傍らには、上半身と下半身に分割された奴隷兵が転がる。他には黒く焦げた大地と同じく、炭化した奴隷兵が投げだされている。
戦車の無限軌道に踏み潰され、顔や胸や腹が陥没した死体が無惨に散らばる。奴隷兵たちの死体の先では、全身甲冑の修道騎士が倒れていた。背中には装甲を貫いて投槍が刺さり、兜の隙間からは吐血が零れて雪の大地に流れていく。軍の主力である修道騎士たちも多くが倒れていた。

惨状には人間以外の死骸も点在していた。現代咒式戦闘を支える軍馬や火竜、飛竜も亡骸を晒している。神聖イージェス教国軍の膨大な死体が、雪原と荒野に散乱していた。

反対側には、数は少ないが少年や少女の死骸が転がっていた。手足の断面からは赤い人工血液が漏れる。腹部からは人工臓器が零れていた。額には印が刻まれ、上にある頭部が断ち割られている。割れ目からは、砕けた量子演算装置も見えた。人工の少年少女たちは、微笑みを浮かべていた。

死骸は〈擬人〉だった。咒式先進国では労働、そして戦場で使われることもある。しかし美しい少年少女型の〈擬人〉の兵士を戦場で見かけることはない。ただし北方、対神聖イージェス教国戦線においては、よく知られた光景だった。

バロメロオ・ラヴァ・レコンハイム公爵が使う人形兵団と騎士団は、ツェベルン龍皇国の北方戦線という長い長い戦線の最重要地点を担う。〈擬人〉たちは着任から数十年、神聖イージェス教国軍と戦いつづけていた。見目麗しい〈擬人〉たちが、一体で数倍から数十倍もの兵士を殺害する恐ろしさを知らない北方人はいないほどである。

北国の夕空には飛竜の群れが飛ぶ。上に跨がる竜騎兵が魔杖槍を突きだし、地上への咒式爆撃を行う。爆撃は地上の教国兵に降りそそぐ。盾が吹き飛び、装甲ごと兵士の肉体が弾ける。

飛竜たちより高い空を、鈍色の咒式の弾頭が飛んでいく。戦場の先に着弾し、爆発。遠く砲声と轟音、悲鳴に怒号が響いている。

広大なアンバレス地方の各地で、撤退していく神聖イージェス教国の軍勢と追撃する人形たちの戦いが続いていた。

戦場の教国軍は全体が後退していた。奴隷兵が盾を連ねながら下がる。重武装の修道騎士が咒式を放ちながら退却していく。龍皇国側の咒式砲火を受けて倒れるか、盾や防壁、干渉結界で防いで撤退に撤退を重ねる。

前線部隊の遥か後方では、独立した部隊が粛々と後退していく。僧兵、修道騎士たちが退路を歩んでいた。長く伸びた軍勢は総勢一万人。すべての前線部隊は、この一万の中核部隊、本陣を無事に退避させるために捨て石とさせられていた。

本陣部隊に先行して、騎馬の修道騎士の数人が進んでいた。右にも左にも斥候が出て警戒している。

一万の兵の上空では黒い影がいくつも旋回している。羽毛の翼を持つ鷹は、生体生成系第四階位〈飛翼鷹目〉の咒式による、人造の鷹であった。

別の空では、鋼の翼で尾の後方から圧縮空気を噴射して影が飛翔していく。化学鋼成系第四階位〈鐵翼鷲目〉の咒式によって作られた、鋼の空中警戒装置であった。咒式の鷹と斥候たちが伏兵を警戒し、安全な退路を探していた。

一万の本陣の先頭では、数百人ほどの一団が退却を続けていた。鈍色の甲冑を着込んだ最精鋭である聖堂騎士たちが騎馬で進む。他は僧衣の上に甲冑を着込んだ修道騎士や修道兵、僧兵たちの群れだった。死闘に次ぐ死闘が繰り広げられる戦場であっても、彼らは戦塵や血に汚れていない。

一団の中央では、空に向けて三本の旗竿が斜めに掲げられている。光輪十字印旗に神聖イージェス教国旗、そして第十五軍団の旗だった。

三つの旗を大地に落としたものは死罪とされているため、撤退中であっても掲げられている。軍旗が示す第十五軍団は、十万を超える兵を擁する枢機将ニニョスの一軍であった。

一万の兵がニニョス軍の本陣であり、先頭で軍団旗をいただく数百人が司令部隊と護衛であった。

本陣の中央には、咒式馬に跨がった数十騎が進む。僧衣の上に甲冑をまとった、大司教将に司教将たちであった。諸国が恐れる神聖イージェス教国軍の指揮中枢だったが、そろって顔色が曇っていた。彼らが乗る咒式馬の足取りも弱々しいものだった。

撤退する中枢部隊の中央で馬が進む。騎乗するのは赤帽子に黒い僧衣、鈍色の積層甲冑をまとった男だった。腰に差した華麗な魔杖剣が、馬の動きに合わせて揺れる。

赤帽子の下には、第十五軍団を率いるニニョス枢機将の長い顔があった。ニニョスは普段から暗い顔をしているが、今はさらに陰鬱となっている。

馬上のニニョスが前を見る。前方には雪を抱いた針葉樹の森。右には雪原。左には湿地帯が広がる。すべてに夕日の赤が足されていた。

馬を進めながら、ニニョスが右手を掲げて左を示す。傍らを行く司教将が疑問の顔となるも、すぐに通信をつなげる。斥候と監視の鷹たちからの連絡を受け、先を行く聖堂騎士たちが進路を変更。ニニョスが示した左の道へと進む。中枢部隊が左寄りの進路となり、後方の一万の本陣も追随していく。

雪解けの湿地帯を斥候が走り、中枢部隊が足を踏み入れる。馬蹄が冷たい泥を踏みしめていく。徒歩の兵たちの足は泥にまみれる。後方の本隊も追随して湿地帯を進む。

軍勢が進むと、右後方の雪原で地響きが起こる。雪原に亀裂が入り、広がる。雪を支えていた氷が割れ、青白い断面を見せて陥没していく。崩壊する大地の間からは水飛沫が跳ねる。

雪原と見えたのは、湖の上に氷が張って雪が降り積もった危険地帯だったのだ。もし退路を最短距離としていれば、大軍の重みで割れて水死するものが出ていた。

大司教将や司教将が息を吐く。聖堂騎士たちもうなずく。ニニョスの地勢読みはたしかであり、幾多の戦場で勝利をもたらしてきたのだ。

知将らしさを見せながらも、馬を進めるニニョスの顔にある翳りは去らない。

「なぜ十三万という大兵団である我ら第十五軍団が、一万数千しかいない軍勢に、ここまで押されてしまうのだ」

枢機将ニニョスの口が不満混じりの疑問を零した。もっとも重要な戦場は、最強国家であるラペトデス七都市同盟戦線である。当然、神聖イージェス教国でも上位の七将が向かっている。そして次に重要な龍皇国戦線を指揮する四将のうちの一人に、ニニョスが任命されている。難敵に勝てばさらなる出世の機会となる、はずだったが違っていた。

「龍皇国の横陣に対し、我ら神聖イージェス教国は右翼を前にした斜陣で南下した。地勢と軍の配置的には優位のはずだった」

ニニョスが今日の戦端から振り返っていく。

「先陣となった右翼が先制するはずが、北方軍の残党と、そして人形兵団に挟撃された。大量の奴隷兵と農奴兵、修道騎士団の最強部隊が、一瞬で壊滅した」

ニニョスの顔には、敗戦を理解できないといった表情があった。副官の大司教将二人、幕僚である十数人の司教将たち、そして護衛の聖堂騎士たちも同じ表情となっている。

中枢部隊の全員の脳裏には、朝からの理解不能な戦場が描かれていた。今現在の自分たちが敗走している原因が分からないのだ。

「我が軍の左翼は前進どころか、中央の崩壊を防ぐために援護へ動かすしかなかった。左翼はありえないほど的確なバロメロオの超呪式で打撃を受け、敵右翼に追いたてられた」

馬を進めて、ニニョスは苦い言葉を紡いだ。

「あとは崩壊した右翼から中央軍まで敵に押しこまれ、指揮系統が崩壊した。孤立した左翼は切り取られ放題となった。各軍は、司令官である大司教将の各個判断で敗走をしていくばかりになっている」

枢機将は疑問を放ったまま、馬を歩ませていく。傍らを行く、馬上の大司教将や司教将たちは答えない。聖堂騎士や修道兵たちも聞こえていない演技で馬を進める。

ニニョスは自他ともに認める慎重派である。今回の命が下る前から、神聖イージェス教国の頭痛の元である、龍皇国北方方面軍の戦略や戦術を知るために、歴代の枢機将たちの資料を読みこんできていた。

だが、龍皇国軍と半年ほど戦っていた、前任者のグルキオ枢機将が粛正で処刑されていた。結果としてニニョスには、直近の敵の情報が手に入らなくなってしまった。わずかな空白期間ができただけで、以前のバロメロオと人形兵団への対策が通じなくなっていたのだ。

馬上のニニョスが背後を振り返る。雪原には火炎の稜線が描かれていた。夕空は戦場の炎の赤に染まっている。

初手で挟撃を受けた右翼は半壊。呪式の打撃からの先頭で左翼も半壊。切りこまれた中央軍は前衛を残し、ニニョスたち指揮官と本陣が後退する時間を稼がせている。初撃で万単位の被害を出し、また撤退戦で万単位の死者が出る。

背後を見ているニニョスの顔に苦みが足される。足止めされているどころではなく、敗戦の可能性すら出てきていた。

情報担当の司教将が通信を受けて、馬ごと枢機将へと向きなおる。

「斥候（せっこう）より報告。前方に岩山があり、退路をどうするかと問うてきています」

司教将の報告で、ニニョスが前へと目を向ける。雪原の先にいる斥候の聖堂騎士たちが立ち止まる。前方には青白い雪を被（かぶ）った岩山がそびえていた。

斥候たちが振り返り、伏兵も罠（わな）もなく安全だと手で示す。連絡を受けた司教将は、飛ばしている鷹（たか）たちの視点からも確認し、追加報告をする。ニニョスは手を振って、岩山を迂回（うかい）して右へと退路を取る。

前衛の聖堂騎士団が進み、ニニョスや側近たちが続く。岩山を左に見ながら進む。一万の兵も後方を警戒しながら雪原を退却をしていく。

ニニョスの顔色は晴れない。司教将の一人が思わず前へと進む。

「戦は始まったばかりです。緒戦で様子見をし、今日になって本格的な激突となっただけです」

一人が言うと、他も追随するように口を開く。

「大司教将たちがそれぞれ打撃を受けた右翼と左翼をまとめ、順次撤退しております」「それらを再編成して次の戦いに備えるだけです」「数の優位はまだ崩れておりません」

大司教将や司教将たちが口々に勝算を述べる。いくら聞いても、騎馬で進むニニョスの顔から不安の色が去ることはない。枢機将（すうきしょう）以外の全員が、必死で目を逸（そ）らそうとしているが、戦略上の問題は巨大な岩壁のようにそびえている。

神聖イージェス教国軍の兵士たちは、建前上は信教のために戦う、としている。実情としては、本体は教国正規軍である修道騎士や僧兵であった。兵の前衛の大部分を占めるのは、徴兵された膨大な農奴兵。ついでに政治犯と宗教犯、併合した少数民族からなる奴隷（どれい）兵である。囚人を収監する費用を節約するため、処分の場として戦場へ送りこまれている。

農奴兵が主力としても、前衛として使われる奴隷兵の士気は極端に低い。部隊ごとの督戦隊による、逃げれば即死刑の厳罰と薬物によって軍の体裁を保っているにすぎない。

それゆえにニニョスは、半年前までは残っている先任枢機将たちの記録を読んで龍皇国（りゅうおうこく）の十倍の戦力をそろえ、地形の優位を取る正統な策を取っての必勝態勢で挑んだ。

初戦は驚くほど簡単に敗れた。さすがにニニョスも歴戦の将で、被害を最小限にして退却している。数の差で消耗戦に持ちこんでいけばいずれ勝てるが、被害の大きさが限度を超えようとしていた。

ニニョスの思考は堂々巡りとなり、馬を惰性で進めるしかできなかった。

「猊下（げいか）、ようやく往路で来た道に戻りました」司教将が息を吐く。「これで安心ですね」

何度目かの司教将の言葉で、ニニョスが目を上げる。夕暮れはすでに夕闇（ゆうやみ）にさしかかっている。長い思案をしすぎたと、赤帽子の下にある目が左を眺め、右を見た。手が手綱を引いて馬を止めた。

斥候の聖堂騎士は、雪原にある谷へと差しかかっていた。続く中枢部隊も細い隊列となっている。振り返れば、続く本陣も地形に合わせて雪原に伸びている。

ニニョスに続いて側近たちも馬を止め、周囲の聖堂騎士団も止まっていく。後方に続く一万の軍勢は急には止まらず、急制動が前衛から後方へと伝わっていく。盾や武具が触れあう音が夕闇に響いていった。

「どうなされました?」

副将の大司教将が問うた時点で、ニニョスの顔は蒼白となっていた。

「ここは死地だ!　全軍後退せよ!」

叫んだニニョスが手綱を引いて馬首を廻らせた。周囲の聖堂騎士たちが瞬時に展開。円陣を組んで指揮官を守りながらの後退に移る。だが、背後にいた一万の大軍はまだ停止途中であり、後退などできない。

下がろうとする本陣と、立ち止まろうとする後続部隊が、谷の入り口で大渋滞を起こす。

馬を疾駆させて本隊へと向かうニニョスの前方で閃光。雪を貫く光は爆発を起こす。

雪と土砂の壁に押されて、枢機将が下がる。聖堂騎士たちは指揮官の護衛へと向かう。

谷底の大爆発が左右へと連なっていく。爆発は左右の岸壁に到達し、弾ける。雪崩は左と右から、谷底へと目がけて落下していく。白い巨竜の大顎が閉じられていくかのような、壮絶な光景だった。

雪崩の間を、ニニョスたちは急いで撤退していく。ついに左右からの雪崩が谷底で激突し、轟音とともに大爆発。雪の渦に本陣を巻きこんでいく。

濁流の雪が谷底の前後に広がっていく。逃げきれなかった修道騎士、聖堂騎士や司教将が馬ごと白い濁流に呑まれる。人馬を巻きこむ白い流れは谷底に広がっていく。

谷底で渦巻く雪崩が勢いを弱めていき、そして止まる。雪と岩によって司令部と本隊は完全に分断されていた。

谷底側の雪が弾ける。本陣の聖堂騎士が掲げた盾が振られて、雪煙を払う。背後にはニニョスが立つ。爆発で十数人が吹き飛び、数十人が雪の渦に巻きこまれていた。

僧兵たちが展開した咒式干渉結界の青い光が、ニニョスや側近たちを守っていた。ニニョス側からは雪と岩の渦で、後続の本隊が見えない。司令部以上の被害が本隊側に出ているとは予測できる。

雪の先で大地が爆発。助けにきた兵士たちを、大地からの爆発が吹き飛ばす。上空で死体が反転し、落下していき見えなくなる。峡谷の手前で、本隊の最前列から後方へと怯えと混乱の声が響く。逃げるものと前へ出るもの、さらに救助に向かうもの、敵を探すものとが激突する音も伴奏された。

雪が降ってくるなかで、ニニョスは体ごと馬首を前へと返す。指揮中枢と本隊が分断。雪と岩で塞がれたなら、敵が来る方向は決まっている。

ニニョスたちの前方、崩れた左右の崖から音が降ってくる。

「あははは、本当に来た道に戻ってきた」「ほーら、バロメロオ様の予想退路が的中♪」「言ったとおりの時間に、言ったとおりの場所で悩んでいた」「ここでニニョスの首をとって、戦争を終わらせちゃえ」「やっちゃえ、やっちゃえ、全部を殺っちゃえ！」

爆煙を貫いて出てきたのは、武装した数十人の少年少女たち。〈擬人〉の部隊による左右の崖からの奇襲だった。

精鋭の聖堂騎士たちが即座に反応。魔杖騎士槍を振るい、投槍や雷撃や火炎咒式を放つ。〈擬人〉の何体かが貫かれ吹き飛び、感電して炎上する。人形たちは倒れる仲間を踏みしめ、谷底へと駆け下りてくる。

美しき人形の群れは、谷底にいる聖堂騎士たちの盾の列に激突。人形が魔杖槍に貫かれ、聖堂騎士たちが打ち倒される。

谷底で完全連携を持つ〈擬人〉部隊と、最精鋭の聖堂騎士が剣と咒式を振るう。双方の手足が飛び、首が落ちる。爆裂咒式によって、血と肉が吹き飛ぶ。内臓が雪の大地に零れる。

「あははははは」「きゃはははは」「聖堂騎士つっよ！」「ナデリン止まっちゃった！」「イサンも壊れた」「でも、私たちが勝つ」「とにかくニニョスの首を取っちゃえ」「殺そう！」

人形たちは仲間の死どころか、自分の死を気にすることもなく谷底への前進を続ける。微笑みながら、弾丸のような直進で聖堂騎士の列を貫いていく。

「ニニョス猊下を守れ！」「行け行け行け、死んでも行け！」「神聖イージェス教国のために死ねや死ね！」「死ねば天国ぞ！」「下がれば地獄行きっ！」「殺せ！　殺せ！」

〈擬人〉とは違う理由で死を恐れぬ聖堂騎士たちが、怒号をあげて迎撃。人の心なき人形と、人であることを辞めた狂信者の乱戦は、秒単位で死骸と死者が量産されていく。

崩落した谷の後方にある本隊はまだ救援に動けない。忠誠心の低い奴隷兵の戦列が乱れ、修道騎士たちが前に出られないのだ。

数分後には混乱が収まって、本隊が雪崩と罠を抜ける。それでも数分あれば〈擬人〉たちの誰かは、数十人の聖堂騎士の防陣を抜け、ニニョスの首を取れる。人形たちは死を計量して、効果に見合う犠牲だとして突撃を敢行する。

馬上のニニョスは、聖堂騎士と側近たちに囲まれて下がる。投槍や雷撃が枢機将の左右を抜けていく。護衛は必死に守ろうとするが、数分も防げそうになかった。無理に下がっていたニニョスの馬が止まる。

神聖イージェス教国軍は、緒戦と続く戦いで、進路の先と周辺に斥候を放って進軍していた。進路と同じ退路であり、人形たちの待ち伏せなどありえないのだ。

論理的帰結として、緒戦の前から〈擬人〉はここに隠れて前衛と本体をやりすごし、退却時まで待ち構えていたことになる。ニニョス枢機将の第十五軍団が優位な丘を取って斜陣で攻め、敗退し、ここに来る。しかも前線部隊を見捨てて本陣部隊だけで、とまでバロメロオは予想して人形を伏せていたのだ。

「これは読みなどというものではない」死にゆく聖堂騎士の鮮血を浴びながら、ニニョスがつぶやく。「バロメロオは未来予知でもしているのか」

ニニョスの前方では死闘が続く。手足が切断されようと、内臓が飛び出ようと、仲間が倒れようと、後続の人形が進む。痛みも死も恐れぬ兵団の嵐は、狂信者の聖堂騎士団を削っていく。

何人かの聖堂騎士たちが倒れ、陣形が崩れる。穴を埋めようとする後続の騎士を、爆裂咒式が吹き飛ばす。爆煙を血染めの〈擬人〉部隊が抜ける。

「ニニョスの首、いっただき〜♪」「バロメロオ様に褒めてもらえるよ！」「ボクがあの首を取る！」

三人の〈擬人〉が跳ね、馬上のニニョスへと襲いかかる。

ニニョスが裂帛の気合いを吐く。閃光となった魔杖槍が右から来た〈擬人〉の認識票ごと額を貫通。音があとから聞こえてきた。電磁加速による、人形ですら反応できない超音速の刺突だった。槍が再び消失。

次に槍が見えたときには、正面と左の〈擬人〉の胴体と胸板を両断。さらに旋回して、ニニョスは槍を右脇に携えていた。

頭部を貫かれ、上半身と下半身に分かたれた人形たちの死骸(しがい)が落下する。

「策には嵌(は)まったが、人形ごときが枢機将(すうきしょう)を舐(な)めすぎだ」

馬上のニニョスが吐き捨て、構えからまたも槍(やり)が消失。次の瞬間、閃光(せんこう)が縦横無尽(じゅうおうむじん)に描かれた。周囲から迫る〈擬人(クンスツ)〉たちを貫き、切り裂き、両断して、槍は左で止まる。美しい少年と少女たちの破片が宙に舞う。人造血液の尾を曳(ひ)いて人形たちが落ちていく。

転がる人形たちの顔で、微笑(ほほえ)みが氷結していた。ニニョスの槍の凄絶(せいぜつ)さに他の〈擬人〉たちの突撃が停止。左右に展開していく。人間の数倍から数十倍の力と速度を誇る〈擬人〉が、数体で向かってなお勝てないと判断。残る人形全員の一斉攻撃しかないと、即座に思考共有がされたのだ。

副官である大司教将たちや、幕僚の司教将たちはニニョスへの援護を止める。その場に止まり、他の人形たちへの迎撃に徹する。

神聖イージェス教国において十六聖とも言われる十六人の枢機将は、単なる軍隊指揮官ではない。呪式(じゅしき)の腕も兼ね備えて任命される、神聖イージェス教国の武の象徴なのだ。

後方で爆音。跳ねあがる雪の下から、人影たちが抜け出てくる。新手の〈擬人〉たちが武具を振りかざして突進してくる姿があった。先の人形たちでニニョスを下げさせ、孤立した地点に、さらなる挟撃(きょうげき)の部隊が伏せられていたのだ。

「なにからなにまでバロメロオめっ！」

聖堂騎士たちがニニョスの援護に向かおうとすると、先の人形たちが背後から追いすがる。反転して騎士たちが対応。盾と刃と咒式が交錯して、進めない。無援護となったニニョスに向かって、数十体もの新手の人形たちが殺到していく。青や緑の目に無機質な殺意を宿し、刃を握って枢機将へと襲いかかる。

ニニョスは投槍咒式や雷撃咒式を紙一重で回避し、馬上から魔杖槍を振るう。三体を一瞬で両断。頭蓋が割られて、大地で死にゆく〈擬人〉が爆裂咒式を発動。ニニョスは超反射で上体を反らすも、馬の首が爆風で吹き飛ぶ。

愛馬の血と挽肉とともに、ニニョスが谷底に着地。頭部を失った馬が倒れる上を、ニニョスの槍が疾走。飛んできた人形の認識票ごと額を貫通して倒す。穂先を戻して右から来た人形の胴体を両断。

下馬したニニョスへ向かって、人形たちは津波となって突撃してくる。どの〈擬人〉が倒れても、次の〈擬人〉が続く。次が倒れてもその次、という必勝必殺の特攻だった。

五体の人形が四方から襲来する。槍を握るニニョスの目には覚悟が浮かんだ。強大な咒式士であるニニョスであっても、一秒先の死が見えていた。

「はい、これで終わり」

五体の人形たちが一斉に魔杖槍や魔杖剣を繰りだす。刃の背後にある青や緑の目が破裂。人形たちの額から熱線が抜けた。

頭蓋が沸騰した〈擬人〉たちが数歩だけ進み、止まる。そしてニニョスの前や左右へと倒れていった。

胸板を貫かれたことで生存した、人形の一体が踏みとどまる。

「なにが起こ」

刃ごと後方へと振り返っていく人形の眉間に、熱線が着弾。疑問の顔のまま、量子演算脳を沸騰させ、後頭部へと抜ける。射線上にいたニニョスが一歩引いて回避する。谷底に熱戦が刺さり、雪を瞬時に溶解させ大地を沸騰させていく。

蒸気の先で人形の膝が落下し、疑問の顔のままで頭部から大地に倒れる。先にいた〈擬人〉たちの新手へ、熱線が襲いかかる。空気を裂く不可視の死の線に人形が撃ちぬかれるか両断されて、倒れていった。

「これは咒力が違いすぎるっ」

最後の人形が後方へ跳ねる。さらに跳ねて退却に移る。空中での額に熱線が着弾。下へと抜けて〈擬人〉を縦に分断。左半身が背後の崖に激突。続いて右半身がぶつかり、分断された死体が絡まりながら谷底に落ちた。

蒸気をあげる人形たちの死骸の先に、騎馬が進んでくる。騎手が握る魔杖剣の刀身と機関部からは、冬の大気へと蒸気があがる。切っ先で紡がれていたのは、電磁光学系第四階位〈光条灼弩閃〉の咒式だった。

聖堂騎士たちが残る〈擬人〉たちを破壊しつくし、ニニョスの左右と前に壁を作る。背後の瓦礫の山からは、分断されていた本隊からの修道騎士が到達。瓦礫を下って、ニニョスを十重二十重に囲んで鉄壁の守りとなっていく。

「余計な手出しでしたかな」

人形たちを倒した騎兵が咒式を停止し、魔杖剣を下げる。谷底を貧相な馬が進む。馬上には小柄な中年男がいた。男は矮躯を濃緑色の外套と甲冑で包んでいる。

毛皮の縁取りがされた赤帽子の下には、赤らんだ鼻。眼鏡の奥には眠そうな目。冴えない馬と冴えない中年男だった。

男の後方には、十数騎ほどの甲冑姿の騎兵が付きしたがう。巨漢や長身ぞろいの咒式騎士たちは、全員が緊張の面持ちとなっていた。彼らの畏敬の対象は先頭の小さな男だった。

男を先頭にした一団は、笑顔の少年少女たちの死骸の間を騎馬で通りすぎていく。中央には第十四軍団の軍旗が翻る。

先頭の男が騎乗する馬は、蹄で〈擬人〉の胴体や頭を踏み潰して進む。下から伝わる残酷な振動を、男はまったく気にしていない。

防陣の奥にいるニニョスは、苦々しい顔となっていた。

「メルジャコブ、枢機将か」

大地からニニョスが忌まわしそうに名前を呼んだ。

十七章　鍛造されし刃

一階を作らずに、二階から上の建物を作ることはできない。

ソリニデイ・アリ・ラデンデール「神学的廃棄物」後アブソリエル暦四〇一年

冬の曇天の下に、青灰色の岩山が広がる。岩山は峻険な峰を連ねていた。

アレトン共和国でも北にある山岳地帯は、昼なお暗い。動物はおらず、植物も高山限界で植生できない。数十年に一度の地形調査でしか人も足を踏み入れなかったが、国家体制が崩壊してからは誰も来ない。

アレトン共和国を縦断し、南端に向かう戦乱も遠い。荒涼とした風景に冷ややかな静謐が満ちている。

命を拒絶する冷たい山々の連なりに、一際高い岩山がそびえる。頂の前には岩地が広がる。岩地には亀裂や窪みが多数あった。巨大生物である竜が集い、去った跡地だった。

岩地には刃が刺さっていた。緩く湾曲した七四二ミリメルトルの片刃の刀身は、冴え冴えとした輝きを見せていた。刃からは機関部の鍔に柄が続く。鍔と柄に演算用宝珠が慎ましやかに並ぶ。一振りの魔杖刀は孤影となって北の地にたたずむ。

魔杖刀には、冥法村正という銘がつけられていた。刀身は東方の日薙の国でも代々続く魔杖刀匠、村正でも初代が打った魔杖刀であった。

祖国においては高名な魔杖刀だが、製造と流転の奇怪な逸話も広く知られている。

長らく続く戦乱の国で、初代村正は己の技を極めようと日々刀を打っていた。戦乱により親類縁者を失っても、なお刀を打つ村正の姿は鬼気迫るものがあり、刀匠として名を上げていった。いくつもの名刀を産みだしても、村正は研鑽を止めなかった。どのような刀にも刀匠は満足できなかったのだ。

村正は、ある日に突如として夢に現れたなにかに「一刀を以て世の闇を払うべし」というお告げを受けた。村正は目覚めると同時に、弟子たちとともに刀を打った。三昼夜を通した作業は弟子たちが次々と倒れるほど過酷なもので、最初から最後まで立っていたのは村正だけであった。

艱難辛苦の末に産まれた刀に、自身の名から冥法村正と名付けた。意を授けてきた神魔が宿っていると語り、自分どころか人の手では二度と作れないとした、生涯最高の名刀であった。

冥法村正は、噂を聞きつけた地方の武将が三年通ってなんとか譲り受けた。刀は戦場で大いに威力を発揮した。

しかし、あるとき、村正は武将の蔵から盗人によって盗みだされ、長い変転が始まる。

村正を握る盗人を殺害した剣客、が事故死によって海に流れたのを網で拾った漁師、から守り刀として受けとった復讐の姉妹、の仇討ちに協力して譲り受けた剣豪、の戦場の死体からたまたま拾った農民、の借金の代わりに受けとった職人、から買いとった商人、より略奪した侍大将、の死体から奪いあった武将たちがいた。

戦乱が終結に近づくと、武将から献上された大名、に献上を受けた太閤、より下げ渡された武将、という死にゆく友から受けとった武人へと、連々と受け継がれていった。

流転の間に冥法村正は多くの敵を斬っていき、味方には名刀とされ、敵には妖刀と忌み嫌われた。積みあげた屍山血河の果てであっても、冴え冴えとした刀身は刃こぼれもせず、美しさを保っていた。立場や感情によって移り変わる人の評価など、まったく関係ないかのようだった。

刀はついには持ち主とともに島国から旅立ち、海を渡って大陸に到達した。

所有者と魔杖刀は大陸を東から西へと流れていった。持ち主に振るわれた村正は、襲い来る盗賊や国家の警備兵や軍隊に〈異貌のものども〉を斬って斬って切り捨ててきた。刀の旅は、ウコウト大陸の西部にまで到達した。

現在の魔杖刀、冥法村正は鞘もなく、直接切っ先から大地に突き立っている。周囲には誰もおらず、ただ放置されていた。

〈黒淄龍〉によって〈宙界の瞳〉と白騎士ファストの首とともに奪取されたが、放置されていた。〈黒竜派〉にとっても仇敵が持つ品ゆえに、何頭かの竜が破壊しようとした。だが、破壊の試みはすべて失敗した。触れようとすると刃が次元の刃を発し、爪や手を切り裂いた。意地になった一頭が咒式を放ったが、頭から尻尾まで両断された。

以降は竜も無意味な危険を犯す必要はないとし、この地を去ったときに、魔杖刀を打ち捨てていった。

魔杖刀は動かない。いずれ朽ちて折れるときまで、一振りの刃であるだけだった。ただ所有者を呼びよせ、また所有者へと向かう運命とでも言うべきものがあった。

刃は真なる、そして最後であろう所有者の呼び声を待っているかのように、岩場にたたずんでいた。

冴え冴えとした刃が凛と鳴る。遠くからの咒力が荒野を抜け、岩山を越え、空を貫いて近づく。刀身が呼応するかのように振動したのだ。

咒力は空に達し、一気に降下。終点である刀身に触れた。

冥法村正が燐光を発した。

次の瞬間、一刀の姿が消えた。

アレトンの曇天を、銀流星が飛んでいく。冥法村正の切っ先が目指すは遥かな地だった。

白光が消えていく。

知覚眼鏡(クルークブリレ)の自動遮光(しゃこう)機能も解除される。ようやく風景が輪郭と色彩を取りもどす。掲げた刃や機関部からも排熱の湯気が見えない。冷たいはずの空気が熱せられているためだった。

息を吐くが、白く曇らないほど室温が上がっていた。

俺の掲げた魔杖剣の先には、空間が広がる。五〇メルトル先には、銀灰色のタングステン製の壁がそびえる。室温からして冷たいはずの金属は、赤熱していた。

分厚い耐熱金属の中央に大穴が穿(うが)たれている。穴の縁(ふち)から、赤熱した金属の雫(しずく)が滝のように零(こぼ)れていた。壁の足下に融解した粘液が堆積し、広がり、コンクリ床を侵食していく。赤熱した金属の表面で泡が弾(はじ)ける。融解どころか沸点をも超えた高温の結果だ。粘液は床を浸食している。

壁に開いた大穴も内部で赤く輝いている。輝く層と暗い五層の奥まで穴が貫通していた。金属中でも三四二二度という、もっとも高い融点を持つタングステンを重ねた壁に、超高温と衝撃波が穴を穿ったのだ。

俺が紡(つむ)いだ化学錬成系第七階位〈重霊子殻獄瞋焔覇(パー・イー・モーン)〉の咒式は、以前より温度と衝撃波を増し、今までで最高最大の出力となっている。自分で自分の咒式に少し驚いているが、顔には出さないようにしている。

前からの課題であった俺の咒力量も、多少は増えていた。初期にあった息切れや頭痛、神経系の負担はもう存在しない。同時展開に連射もかなり余裕が出ている。

なにより今あるアブソリエルやユシスに関する心の迷いが、極大咒式の発動で少し忘れられた。今だけは考えないようにと、俺は魔杖剣を下ろす。咒式の輻射熱は、自分の額からも一筋の汗を流させていた。左手で拭う。刃を旋回させて、左の腰にある鞘に戻す。

仕切りの壁の間から、背後へと振り返る。

先には最高諮問法院の制服姿のシビエッツリが長椅子に座している。法務官であり、咒式の本場である後アブソリエル公国支部長の目には、驚きの色があった。彼にしても今までにこれほどの咒式を見たことがないか、俺がそこまでとは思わなかったのだろう。

「もっとも耐久力がある標的にしたのですが、まさかタングステン層の壁が五枚も抜かれてしまうとは」

シビエッツリの声にも驚きの色が滲む。法務官の背後、射撃場の待合場所では、所員の攻性咒式士たち十数人が並んでいる。シビエッツリと同じく、驚きの目を並べ、どよめいていた。

咒式士最高諮問法院、アブソリエル支部の地下深くにある咒式射撃場がある。壁によって仕切られた三十の場に分かれて、各自が咒式を展開していた。俺の咒式は危険なので一番右の区画で、左の区画も空けてもらっての試射となった。

「それで、いろいろとやらされての計測と判定はどうなる？」

俺も結果が気になって、法務官へと向かう。手にしていた機械へと、シビエッリの目が動く。先に聞いていた各種の測定器が明滅する。立体光学映像の裏側からは、光の数字の膨大な羅列が見える。眺めていたシビエッリも、やがて納得の顔となる。顔が上げられ、シビエッリがうなずく。

「ガユスさんは、新規定による第十四階梯となります。いわゆる踏破者階級になりました」

シビエッリが言うと、周囲の咒式士たちから驚きの声があがる。同僚たちも、俺をあまり強いとは思っていなかったらしい。

「いや、わざわざ弱く見せているけど、俺が強くなっていないならおかしいだろう」

俺自身は師であるジオルグの指導を受けた仲間たちと死闘を乗り越え、師の死後もギギナとともに戦いつづけた結果、十三階梯となった。到達者階梯となってから一年は、激戦に次ぐ激戦、鍛錬に次ぐ鍛錬。成長していないほうがおかしいのだ。階梯認定は、少しだが自信の足しとなる。

計測が終わって安心した俺は、シビエッリを見据える。

「しかし、咒式士最高諮問法院も杜撰だな。長らく第七階梯を使える十三階梯を到達者階級と大雑把に認定して、それ以上は感知しないとかどうなっているんだ」

俺の唇は、世の攻性咒式士たちの不満を述べていく。

「俺たちも仕方なく、十三階梯以上をだいたい十四階梯と呼んでいた。認定機関としていい加減すぎるだろう」

「呪式技術の進歩もありますが、近年の呪式士たちの強大化は、法院の想定を超えているのですよ」

測定装置を軽く振って、シビエッリが法務官らしく答えた。

「そして呪式発明以前から呪式を使う異常人物の活動が、最近になって多く見えるようになりました。それで何年もかけ、ようやく新基準と測定法ができたというわけですので」

シビエッリの説明に、俺は肯定も否定もせず曖昧な態度で笑っておく。呪式士認定は法院の大きな利権であり、権力の源泉のひとつである。正確さを期して慎重なのだろう。

振り返って、他の射撃場の区切りを見る。半分ほどの場で、事務所の攻性呪式士や法院の武装査問官が呪式を放っている。火炎や雷撃、投槍や爆裂呪式が発動されて騒々しい。背後には椅子に座る査問官たちが並び、測定をしていた。

歩んでいくと、新人たちが査問官たちが示す結果に歓声をあげていた。ジオルグ式を継承したガユス・ギギナ式訓練で、階梯認定が上がっているのだ。歴戦をともに潜りぬけたものたちはかなり上がっていて、喜びを表していた。

現状は行き詰まっている。情報収集は続けているが、前進か撤退かの判断にまだ迷っている。前方には、先に測定を終えたドルトンが立っている。横顔には満足そうな表情があった。行き詰まって気分転換も上手くいかなかった俺たちに対して、ドルトンから方向を変えた気分転換をしてはどうかと提案が出た。相談を受けたソダンから咒式士階梯の測定との返答が来た。進路に迷う時期でもあり、俺たちは誘いに乗った。

結果として、本当に全員の気分転換となっていた。ドルトンは戦闘だけでなく士気の維持を考えるなど、要所要所を押さえている。

ドルトンが俺に気づいて軽く頭を下げた、俺も手を上げて応えておく。

歩んでいくと、射撃場の反対側は広めの区画が並ぶ。区画は分厚い壁で仕切られており、出入り口の側は一面の強化硝子となっていた。区画内に立つのは、剣士や拳士の前衛系咒式士たちだった。

内部では、兜に鎧を着せた人型の的が立たせてあった。装甲された人体を模したものだ。静止状態の的に切りつけるのは新人たちだった。終わったものから査問官に計測してもらう。あちこちで上がる歓声は、順調に昇格しているのだろう。

他の区画に行くと、床に穴があった。見ていると、的が不規則に出てきては、剣士たちが切りつけている。遊戯めいているが、斬撃や打撃の破壊力と正確性、乱戦状態での戦闘技術を見る仕組みとなっているようだ。

区画のひとつに、新人のアルカーバが立つ。右手には魔杖剣を下げていた。開始の電子音すらなく、剣士の斜め右前の穴から、人体を模した的が出てくる。魔杖剣を振るって、鎧(よろい)ごと的を切断。続いて左右から出てきた的を両断。断面の間からは、左右に後方と床の穴から球体が射出される光景が見えた。

アルカーバの刃(やいば)が二度動き、球形の的を貫通し、両断した。さらに全方位から球体が射出。気合いの声とともに、アルカーバの魔杖剣(まじょうけん)から空薬莢(からやっきょう)が排出。電磁加速された刃が一閃(いっせん)し、さらに跳ねて、疾走し、停止。切っ先が揺れて、止まる。切っ先からは蒸気があがる。

剣士の周囲には、落下音が連続。両断され貫通された、人型の的と十数もの球体が転がる。

アルカーバが息を吐き、振り抜いた刃を旋回させて腰の鞘(さや)に戻す。アブソリエル流正式剣術を学んだ元軍人は、さすがの腕前だった。アルカーバが背後へと振り返る。

長椅子(ベンチ)に座った査問官が機器で計測している。周囲では数人の前衛が計測器を覗(のぞ)きこんでいた。数値を見ていた査問官が、機器から顔を上げる。

「十一階梯(かいてい)です」

査問官の判定に、前衛たちがどよめく。十階梯になったばかりだったアルカーバがさらに昇格したことに、俺も驚く。訓練と死闘の日々は、尋常ではない速度で各自を強くしている。

区画を歩いて見ていくと、大きな部屋があった。強化硝子(ガラス)の先では、先と同じように床に数十もの穴が穿(うが)たれている。すでに倒れている人体を模した的が見えた。こちらはタングステンカーバイドやチタン合金などの硬度が高い的で、最高位の咒式士(じゅしきし)向けとなっていた。

中央ではギギナが立っていた。右手が腰から柄(つか)を抜き、回転しながら上昇。肩口で刃と連結。

前へと巨大な刃が降ろされ、軌道が変化して頭上で水平旋回。柄が伸ばされながら降ろされ、右前で停止。長槍形態の屠竜刀が、長大な姿を現す。

歪んだ平行四辺形のような刃は、あまりに長く巨大にすぎた。竜の鱗を砕き、強靭な体組織を切り裂くための凶器だった。人間に使えば数人まとめて両断する兵器となる。

予告もなく、数十の穴から銀色の物体が射出。円盤の群れは、四隅の枠内にある旋回翼で浮遊。円盤は一斉に炎を噴射。銀の嵐となって、ギギナの周囲を高速周回しだす。高速の凶器は斜めや垂直の軌道で、交差し、また離れていき、軌道を読ませない。

爆薬を積んで施設へ特攻を仕掛ける兵器が、ギギナを囲んで高速旋回している。

「あれ、爆薬は抜いているよな?」

部屋の前で測定しているソダンに聞いてみた。

「いえ、本人の希望で爆薬が増量してあります。直撃すれば、いくらギギナさんでも五、六発で死ぬと言って、止めたのですが」

ソダンが懸念の声を出す。俺は目を戻す。

室内中央では、ギギナが屠竜刀を下げたまま立っている。周囲では、銀の円盤が上下左右、反転する複雑な軌道で動いている。すべてが高速で不規則に動く手榴弾だ。

次の瞬間、銀の円盤の群れが中央に向かって収束。直線と斜めと螺旋軌道を取っての一斉攻撃。人間には把握できない速度と軌道だった。

閃光。刃が三重に連なって見えた。

　空中で屠竜刀が静止する。遅れて、無人攻撃機が慣性のままに飛んでいき、壁や床に激突。続いて天井に激突したものが落下し、床で弾けた。銀の円盤はすべて両断され、半円となっていた。断面から内部構造が露出していた。

　中央に立つギギナの左手は銀の円盤を握っていた。円盤は振動するが進めない。ギギナの表情は退屈そうだった。

　おそらくギギナは一瞬で三回転し、刃で円盤を切断。必要だからではなく、時間が余ったので最後にわざわざ左手で摑んでみせたのだ。

　神業にすぎて、見物人の誰も言葉を発しない。円盤の死骸の中央で、ギギナが左手の円盤を握りつぶし、火花が上がる。手首の返しで機械の破片を投げ捨てる。床で機器の破片が火花をあげて跳ねていき、止まる。

　ギギナは屠竜刀を旋回させ、右肩に担ぐ。顔には落胆の色があった。

「玩具とのお遊戯だ」

　ギギナによる法院の測定への評は辛辣だった。

「せめて超音速の攻撃機から超音速の弾丸や弾頭を発射し、百単位の全包囲攻撃とすべきだ。音速以下の四十四程度の全包囲攻撃など、私でなくても到達者階級なら目を閉じていても撃破できる」

ギギナは退屈そうに言った。俺も円盤を三十までは数えられたが、ギギナは正確に把握していた。動体視力が人間の域を超えている。

部屋を前に、ソダンが立ちあがる。査問官は目を見開いていた。

「信じられない」

査問官のソダンは首を小さく左右に振った。しかし、俺には最初から予想できていた。

「私が戦った、到達者を越える踏破者階級の強敵たちは、こんな遊びでは計れぬ」

ギギナはどこか寂しそうに語った。俺も同感だった。ニドヴォルクから始まった、俺たち二人の規格外の死闘の相手は、こんな判定方法など遊びにもならないだろう。

「分かりました。ですが法院も新しい判定方法に絶対の自信があります」

ソダンが確固たる声を出した。室内にいるギギナの表情に期待する成分は、素粒子一個分すらない。

「真面目にやれ」

「それがですね。実は」

ソダンの言葉の最中に、室内に銀の嵐が吹き荒れた。三方の壁と床と天井から、銀の円盤が発射。百を超える円盤から、数百もの小型弾頭が射出。一斉にギギナに襲いかかる。いくらなんでも無理である。

ギギナが屠竜刀を旋回させた瞬間、爆裂の嵐に包まれる。

爆音が轟きつづけ、正面の強化硝子が震える。轟音が遠のき、爆煙が渦巻く。

「おまえソダン」言った瞬間、体が動いた。「これは殺す気すぎるだろうが」

俺の右手はソダンの胸ぐらを掴んでいた。査問官の目は俺を見ていない。視線を追うと、室内の硝煙が去っていく。周囲の爆煙を気にすることもなく、ギギナが立っていた。剣舞士の姿は半分だけだった。

「そうだ、それでいい。今のはさすがに死の可能性が少しあった」

半分だけのギギナの口元の笑みが見えた。半分は右手が逆手に握る、屠竜刀の裏に隠れていた。背中に向けた魔杖短刀は、巨大な甲羅を展開して背面の盾となっていた。他の部分は、すべて甲殻鎧に覆われていた。爆裂の瞬間、幅広の刃を盾としてギギナが旋回し、同時に甲殻鎧と盾の咒式を展開。即死の攻撃を防ぎきったのだ。

「引っかからない、のですか」

ソダンは啞然としていた。ギギナの恐ろしさは、先のようにすべてを斬ろうとすれば死ぬので完全防御に切り替える、という判断と咒式の展開の早さだ。無理は無理と即断できるのだ。

「これはちょっと」

呆れてソダンが言った瞬間、ギギナの上に影が落ちる。俺の視界は上から下へと灰色が埋める。天井が丸ごと落下するという、逃げ場のない圧死の罠だった。重々しい金属の音が響き、俺はソダンを引きよせる。

「ソダン、早く止め」

俺の声が止まる。室内の天井の落下が、途中で止まっていたのだ。

見ると、天井の下にある薄闇ではギギナが胡座となって腰を下ろしていた。前方には長槍状態の屠竜刀が垂直に立てられている。刃は天井に深く刺さり、根元まで貫通して、機関部の前で停止。反対側の柄の石突きは、床に亀裂を刻んで深く埋もれていた。空間の高さが足りず、座るギギナは少し首を傾げていた。背後に構えたままの甲羅の盾に亀裂が走る。

「屠竜刀の切れ味が良すぎるのも困りものだな。機関部でようやく止まる」

兜の下で、ギギナの目が笑っていた。見ていたものたちが、ようやく口を開いた。

「はあああああああ!?」

攻性咒式士や査問官たちの驚く声も無理はない。厚さからすると天井落とし全体では、十数トーンもの重さがある。ギギナは部屋全体への落下で回避不能だと見ると、その場に腰を垂直に落として座り、同時に前で屠竜刀、背中の盾を垂直に立て、止めたのだ。

「結局は大がかりなお遊戯、と言ったところだな」

大質量の下で、斜めとなった顔からギギナが言った。

「こ、これは」ソダンが絶句し、諦めの息を吐いた。「法院の完敗です」

ソダンが両手を掲げたので、俺も査問官から手を離す。同時に室内の床近くまで充満していた天井も上昇していく。支えがなくなった甲羅の盾が、背後で倒れた。圧力に耐えきれずに真っ二つに折れていた。

　屠竜刀の上昇とともに、柄を握っていたギギナも立ちあがる。自分の身長を超えた時点で屠竜刀の刃を引きぬき、旋回。脇に挟んで構えてみせた。

「もうないのか？」

「やっても無意味でしょう」

　ソダンが苦笑して、強化硝子の扉が開いた。外部への被害の拡散はしない。ギギナが悠然と歩み、扉を抜けて、外に出てきた。甲殻鎧を解除したギギナへ、攻性咒式士たちが寄っていく。

「ギギナの旦那、凄すぎますぜ！」「嘘でしょ!?　いや事実なんだけど、嘘でしょ!?」「前に〈古き巨人〉を引き倒したと聞きましたが、今の今まで誇張だと思っていました！」「存在が冗談にすぎますよ」「エリダナ最高剣士って、むしろ控えめな称号ですよ！」

　前衛系はそれぞれに賛意と畏怖の目で、ギギナを囲んでいた。後衛系も興奮して、語らずにはいられなかった。彼らが今まで見た咒式剣士でも、これほどの腕前と判断力を持つ存在はいないのだ。

　俺にしても、ギギナは以前からかなり強くなったことが分かる。これは十四階梯が完全に保証されている。俺にしても疑問が湧いてくる。

「俺たちも知る、使える咒式階位での判定は概ね正しい。しかし、第七階位を使える到達者階級以上をどう判定するのだ」

「咒力量や強度、精密性に正確さ。身体的な速度や筋力や持久力、精神的な強さや冷静さに判断力と九五五の数値から総合的に割りだす新方式のほうが早いし正確ですよ」

答えながらも、ソダンが描く立体光学映像の裏側からは、光の数字の膨大な羅列が見える。

傍らには法務官であるシビエッリも来ていた。ソダンが上司を見て説明をする。シビエッリも先ほどまでの光景を見ていて、両者で検討に入ったのだ。

ソダンが操作をして、最終的な数字が出た。査問官が喉の奥で唸る。急いで上官のシビエッリへと立体映像の数字を見せる。数値を見て法務官は考えていたが、最後にうなずいた。目は前方に立つギギナを見据えていた。

「信じられないですが」

シビエッリが言葉を句切った。

「ギギナ氏は十五階梯と認定せざるをえない」

言った瞬間、咒式士たちに驚きの声が広まっていく。十四階梯は想像できるが、十五階梯となると意味が分からないのだ。

俺も信じられずに、ギギナを見る。人波のなかで、頭ひとつ高い剣舞士は悠然と立っていた。横顔で唇が動いた。

「あ、ギギナ、今こいつ、小さくよしって言いやがった」

さすがに俺も指摘しておく。攻性咒式士たちが、俺とギギナの間の視線を空ける。

「仕方ないだろうが」ギギナが自分の発言を認めた。「この一年ほど、ガユスとずっと同じ階梯であることに、私がどれだけ傷ついていたと思うのだ」

ギギナの目には真実の懊悩からの解放が見えた。腹が立つ。

「おまえ、まったく内面が成長していないな。本当に心が狭い。心がない虫と競えるよ？」

「ガユスこそ、そういうことを指摘するところが絶望的に成長していない。私の内心は放置しておけ」

俺とギギナは遠い距離で言葉の砲弾を投げあう。同僚や部下たちは笑っている。ああ、喧嘩するほど仲が良いとかそういう誤解だろう。仲が良くなる経緯は一切ないのだが、説明もめんどうである。

ギギナの計測の他にも、まだ何人かが測定している。射撃区画と格闘区画の間では、各自がそれぞれの新階梯を確認しあっていた。多少の差はあれ、全員が階梯を上げている。

「ギギナが十五階梯で俺が十四階梯。他は？」

俺は周囲を見回す。

「なんと俺、十三階梯」

テセオンが前髪を櫛で整えながら誇ってみせた。町の不良が十三階梯になるとは、世も末だ。しかし、信じられない成長速度だ。事務所で一番怖いのはテセオンかもしれない。

「私はまー妥当に十三階梯。十四階梯寄りの」

デリューヒンが報告した。元々軍人で強力な攻性呪式士だったので、妥当にすぎる結果である。

「あの、地味に十三階梯になりました」

ドルトンが長身を縮めるように、小さく挙手して見せた。デリューヒンは自分と同じ階梯という青年を、以前とは違う目で見ていた。

「そりゃドルトンもそーだろ」

テセオンが欠伸をして、親友の昇段を当然だと示した。俺も納得している。

上司のレンデンを失ってから、ドルトンは派閥をまとめ、今では全体の後方支援をしていた。単なる戦闘力の向上以上に冷静さや視野が広くなったことが、攻性呪式士としての強みとなっているのだ。全体指揮で手一杯な俺を、ドルトンの補助が支え、両輪で遠征軍が動いていると言えるほどだ。

俺は残る人員を見回していく。

「他で目立ったものは」

「はいはーい、あたしでっす」

ピリカヤが右手を挙げて跳ねてきた。そして俺の間合いに入って、左手に両手を絡めてくる。

「いや、そのお嬢さんは規格外にすぎますな」

先にいるシビエッツリが語った。

「右手の咒式を含めて、十四階梯となっています」

「十四っ」

俺の口からは小さく驚きの声が出た。ピリカヤは前衛系であり、血統による〈智天士(ヒエルビン)〉として右手で触れた相手を一発で混乱させる精神干渉咒式を持つ。強力であることは知っていたが、死闘を超えてきた俺に並ぶのだ。さらに言えば、左手の咒式は未(いま)だに見せていない。ミルメオン咒式士事務所の部隊長の末席だったらしいが、強さの底が見えない。

攻性咒式士の間には、小柄な姿があった。事務所最小のヤニャ人の戦士が立っていた。

「あ、吾輩(わがはい)も十四階梯である」

ニャルンが三角帽子の縁(ふち)を握って下げてみせた。

攻性咒式士たちの間にも驚きと納得が広がる。俺やギギナなどは納得の判定だと理解していた。直立する猫に見えるがヤニャ人は獰猛(どうもう)な種族。そしてヤニャ人の勇士であるニャルンは熟練の戦士で、おそらく事務所でも最年長。身軽さと抜群の体術に剣術、さらに身体強化咒式は〈古き巨人(エノルム)〉をも倒す剛力を持つ。

到達者階級である十三階梯が増えてきて、十四と十五階梯の踏破者階級までいる。戦力は充実してきている。

攻性咒式士たちの士気は高い。ただ、危険な点もあるので釘を刺しておきたい。

「階梯も一定の目安でしかない」俺は息を吐く。「実態として見える強さや数値で計れる強さの他に、見えない強さもある」

俺の言葉に、相棒であるギギナが刃の眼差しとなる。第一期合流組であるドルトンやテセオン、途中参戦のデリューヒンといった歴戦の猛者がうなずき、または同意の目を見せる。

「俺やギギナ、そしてここにいるものたちが戦ってきた相手で、強敵は単に強いだけではなかった」

俺の言葉に、ピリカヤやリコリオやニャルンといった第三期組がうなずく。

「凄まじい精神力や信念、狡猾さや残酷さがあるものたちだった」

続ける俺の声にも実感が宿る。単に強いだけの敵は、戦力をそろえて罠にかければいい。それ以外の強さを持つ相手に、俺と俺たちは敗れ、なんとか生き延びてきただけだ。後アブソリエル帝国を廻る状況は複雑怪奇である。戦闘力だけで解決できる事態とは思えない。

シビエッツリがうなずいた。

「なんにしろ、法院と世間は、君たちの実力を測り損なっていた」

法務官の声には賛嘆の色があった。

「当たり前ですが、あれほどの激戦を幸運だけで潜り抜けられる訳がないのですが」

シビエッツリとソダンが俺を見つめた。信じられないといった目だった。

「外見の印象とは恐ろしいな」

「うーん、実は世間と敵には、俺たちが生き残ったのは幸運だと思っていてほしい」笑いながらも俺は答えた。「相手が侮ってくれるほうがやりやすい」

アザルリのような歴戦中の歴戦の怪物は、俺の擬態すら見抜き、油断をしてくれない。オキツグにいたっては、対峙したギギナが勝てる要素すら見せなかった。侮ってくる敵なら策でなんとかなるが、超一流の戦士は過不足なく判断してくる。

「ついでに言えば、法院もこの先、俺たちに関して最大の油断をしていてほしい」

「もうあなたたちを侮り、油断する愚か者などいないでしょうな」

シビエッツリが俺の冗談に苦笑してみせた。ソダンも装置を畳む。

「そういえば、その装置というか指示式は、俺たちにも使えるのか」

俺が問うと、ソダンが装置を回してみせた。

「使えるでしょうが、どこに使うので？」

「まさに戦闘の場で役に立つ」

俺の言葉で、ソダンは一回転した装置を止める。

「あ、そうか」目にあった疑問は、瞬時に理解の色へと変化する。「簡易の戦闘力測定装置として使いたい訳ですね」

「理解が早いと助かる。装置は無理でも、指示式を複製させてもらえるなら、実にありがたい」

俺の答えで、ソダンがうなずく。シビエッツリが許可を与えて、携帯咒信機と知覚眼鏡に指示式を転送してもらう。知覚眼鏡で起動。シビエッツリに向けると、指示式が計測開始。知覚眼鏡に十三階梯から中ほどと判定が表示される。ソダンを見ると、十二階梯前半から十二階梯中ほどと表示された。シビエッツリは俺でも強さが分かるが、ソダンもなかなかの腕前だった。

「これは便利だな。瞬間的に相手のおおよその戦力が分かる」

俺はギギナにも勧めてみようとしたが、手を軽く振って拒否された。

「いらぬ。対峙して相手の技倆が推し量れぬときは、どうあろうと死ぬ」

ギギナや前衛系の接近戦においては一瞬の駆け引きや技術が左右するため、数値があまり当てにならないのは分かる。ただ全体指揮官の俺としては、概算でも情報がなにもないよりは良い。ドルトンやモレディナといった後衛は即座に導入していく。デリューヒンは少しでも情報があればいいと受け入れた。

俺はシビエッツリに向きなおる。

「これは〈異貌のものども〉も判定できるのでしょうか？」

「可能でしょう」先ほどからの俺の意外な使用法から問いを予想していたらしく、シビエッツリが即答した。「ただ、攻性咒式士にして換算して、とはなりますので正確性は保証しかねます」

「なにもないよりはいい。無料だし。無料だよね？」

冗談を言いながら、俺は知覚眼鏡の式を停止させた。いや、有料だと高そうだし。シビエッツリの法務官としての顔は、指揮官の表情となっていた。

「なんにしろ、我々の戦力が把握できました。これから先の進路を決める一助になるでしょう」

シビエッリの言葉は、俺に刺さる。戦力の充実は分かっても、状況は巨大にすぎる。事実として情勢悪化からなにも動いていない。

六大天の残党も死に絶え、反撃の手がない。どこへどう進むべきか。

アンバレスの北部にある大地に、兵団が駐屯する。負傷し、疲れた兵士たちが帷幕の間を進む。第十五軍団は瀕死の状態となっていた。

兵団の中央には丘があった。丘の頂上にもっとも大きな天幕が設置されていた。天幕の下では前面の壁が解放されていた。内部に本陣の指揮官たちが集っていた。

椅子に座るニニョス枢機将は、長い顔に不機嫌を浮かべていた。長方形の机の反対側には、メルジャコブ枢機将が椅子に座す。

二人の枢機将の背後には、それぞれの幕僚たちが並ぶ。相手が自国の枢機将と聖堂騎士団と分かっても、ニニョスの部下たちは構えを解かない。

「急いで駆けつけましたら、ニニョス枢機将猊下の救援ができて光栄です」

メルジャコブが言って、ニニョスは息を吐く。相手が気に入らなくても、礼儀は通すべきなのだ。

「救援の礼は言う。お陰でここまで退却でき、第十五軍を立てなおせた」ニニョスがなんとか言いにくいことを言った「新任の第十四位枢機将としては良い働きだ」

「いえいえ」

メルジャコブが返す。

いらぬ一言を足してしまったとニニョス自身も理解していた。メルジャコブが農民あがりの枢機将であるため、他の枢機将たちは軽んじている。ニニョスも同輩に倣って軽侮の態度となってしまったが、良い展開ではない。

誰でも分かるように、ニニョスからすれば、先任の自分が繰りあげで第十三将となって、新任の三人が第十四から十六位の将となるべきだった。しかし現実はそうならずニニョスは据え置きとなって新枢機将たちが上についた。

周囲が思い、本人も思っていることが事実でも、ニニョスは表情に出さない。メルジャコブがわざわざ忖度の言葉を放ったことは、社交辞令が下手なのか皮肉なのか、ニニョスにも読めない。

「先日のあれは、適切にすぎる救援ではないか？」ニニョスは疑念を言葉にしていった。「そもそも、そちらは対ラペトデス戦線の後詰めではなかったか？」

「枢機将長ツゲーツェフ猊下のご命令ゆえに、回されてきました。新任の将は辛いものです」

メルジャコブの答えが示す事実に、ニニョスが口を開く。

「ツゲーツェフ猊下は、私がバロメロオに敗れると予想しておられたのか」ニニョスは恐る恐る言葉を続ける。「退路のここで敵の待ち伏せを受けるとまで予想されたなら、それは何日前からなのだ」

　ニニョスの目に恐怖の色が掠(かす)める。彼はどのような強敵難敵を恐れたこともない。先ほど敗戦したバロメロオですら、強敵であると敬意は払っても恐れない。戦っての敗死なら覚悟している。

　しかし、敵よりも味方陣営の指導者であるツゲーツェフと教皇を恐れていた。ニニョスだけではなく、神聖イージェス教国軍全体が同じ内心を持っている。

　前にいるメルジャコブは、先任枢機将の怯(おび)えに肯定も否定もしない。

「ご心配しすぎですね。枢機将長猊下は龍皇国(りゅうおうこく)戦線が苦戦するだろうと、私を派遣しただけです」メルジャコブが言った。「私と精兵が駆けつけた場所が、たまたまニニョス猊下と軍の後退中だったというわけです」

　メルジャコブの言葉を、ニニョスもそのままには受けとらない。超大国である神聖イージェス教国において、枢機将の席は激烈な競争の末にしか着任できない。ニニョス自身からして、自分でも信じられないほどの努力と犠牲を払って、ようやく着任できたのだ。

　枢機将の空席ができたとはいえ、新任の枢機将は大戦の直前に昇格した。神聖イージェス教国全軍から、もっとも実力がある三人が昇格したのだ。

　メルジャコブは実力ゆえに、援軍派遣の段階で戦線の膠着(こうちゃく)か敗退を読んでいた。さらにはニニョスが取る退路をバロメロオが読んだように、メルジャコブも読んだのだ。

ニニョスは、メルジャコブを軽んじてはならないと理解した。出世競争の脅威になる相手だとしても、苦戦している現状では利用すべきなのだ。

「メルジャコブ卿は戦況をどう見る」

ニニョスに初めて名前を呼ばれて、メルジャコブが微笑む。

「そうですなぁ」

メルジャコブが横を見た。ニニョスも視線を追って、丘からアンバレスの地を見つめる。

遠景では、夕方から夜の闇が迫っていた。空の裾と雪原が描く地平線に赤々と炎が揺らめく。地平線には小さな点となった兵士たちが並ぶ。魔杖槍を連ね、盾を並べて下がっていく。曇天には砲声が轟き、飛竜たちが飛翔していく。爆裂咒式の連続炸裂も、遠すぎては光点の列にしか見えない。

見渡すかぎりの遠い雪原で、第十五軍の中央軍が、激烈な撤退戦を繰りひろげているのだ。戦線は広く、右翼や左翼は別の場所で戦っている。両軍合わせて十数万が激突する戦場全体を一望することはできない。

左翼には黒い靄が見えた。よく見れば、数百もの黒縄が天へと駆けあがっていた。空にかかる黒い縄が反転し、大地へと落下していく。

左翼の援護を挫いたバロメロオの超咒式が、再び展開していたのだ。咒式の範囲は言葉どおりの地獄が生まれ、神聖イージェス教国兵が数千も死んでいく光景だった。

戦場を見つめるニニョスの目に厳しい光が宿る。自分と本陣と主力部隊を生き延びさせるために必要だとして、前衛部隊に大きな犠牲が出ている。苦楽をともにしてきた兵士が死ぬことは、ニニョスにとって身を切られるような辛さがあった。

他国、そして自国内からも、神聖イージェス教国の枢機将は冷酷非情の怪物だと思われている。だが、違う。残酷なだけの怪物になど兵士は従わない。

「派手に負けておりますな」

メルジャコブが総評してみせた。ニニョスが戦場から目を離し、机の先の枢機将を見つめる。

「カダク准将ごときが率いる龍皇国方面軍なら、緒戦で倒す寸前となった」

「分かっております。バロメロオ公爵と人形兵団が参戦したからこその苦境です」

メルジャコブが緊張の声で言った。冴えない男の眠そうな目は鋭利な刃の輝きを帯びる。

「バロメロオ公爵は、希代の戦術家で、大層なことに軍神とまで呼ばれております」メルジャコブが評していく。「実際に、現代の五大戦術家に数えられる指揮官であるため、過剰な異名ではありません。そして旗下の一万もの人形兵団は、すべてが公爵の思考と連結されています」

メルジャコブの冷静な評が並べられた。

「両者が合わされば、現代最高峰の指揮官の作戦を、人形たちが正確に遂行することとなります。歴史上のあらゆる軍人が夢見た、完全な軍隊です」

メルジャコブが言って、戦場を眺める。敵軍の姿は見えないが、人形兵団の恐ろしさは神聖教国軍の全員が知る。先ほども伏兵によって心胆を寒からしめることとなったのだ。

　メルジャコブが息を吐く。

「あれは強いですな。今まで枢機将が歴代で七人、大司教将が四十二人も敗れました。大小で九十八度の敗北も仕方がないでしょう」

　メルジャコブの声には畏怖と賛嘆が同居していた。

「バロメロオは若い時に国内で一敗しただけで、対外戦争においてはいまだ無敗。たいしたものですな」

「感心している場合ではない」

　冷静なニニョスの言葉が割りこんできた。

「先の三将は、ツェベルン龍皇国とラペトデス七都市同盟という二大強国相手に、勝てない戦いをするべきではない、と神聖教皇聖下に進言して粛正された」

　ニニョスの言葉には苦みが含まれていた。

「教国が建国以来最大としている、この聖戦に敗れたなら、我らは不手際として粛正される。我らだけではすまぬ。指揮中枢すべてに親類縁者まで責が及ぶであろう」

　ニニョスの声と表情には苦渋が滲む。周囲の大司教将に司教将、聖堂騎士団は不安の表情となっている。他ならともかく、聖戦での敗退は全指揮官級とその親類縁者が処刑される事態なのだ。

自分たちの首を飛ばす断頭台が見えていても、メルジャコブは動揺する様子を見せない。

「歴代の七人の枢機将、または局地戦での大司教将たちの敗北は、すべて分析してきました」

メルジャコブは右手を掲げ、人差し指で側頭部を叩いてみせた。

「最初の四人は、古今東西の戦術戦略を駆使し、奇策に奇計を重ねるという涙ぐましい努力をしました」

メルジャコブが断言し、指で頭を軽く叩きつづける。

「バロメロオの華麗な用兵術を見せられたら、軍人としては競いたくもなるのでしょう。ですが、格下の戦術家が、より優れた敵と同じ戦い方で競っても、勝てる訳がないのです」

敗因をメルジャコブが断じ、指が動きつづける。

「後続の三人は、正統派の戦い方をしました。相手より多い兵隊をそろえることが戦略の王道だと、倍、三倍、四倍と兵を増やしてバロメロオと戦いました。そして敗れました」

枢機将が分析してみせ、指が止まる。

「バロメロオと人形兵団はオージェス王家の一軍にすぎず、数で押せるという判断は間違いではありません。ありませんが勝てません」

先任の将の訴えに、メルジャコブが雪原を眺める。

「より悪い事態を示すのですが、バロメロオの怪物じみた強さは、実は両輪の一方でしかありません。バロメロオと人形兵団が動くとき、最強の戦神オキッグ率いる、精強無比の侍衆が横や背後からやってきているのです。両部隊が連携したとき、死者の山が築かれました」

メルジャコブの声には緊張があった。ニニョスは苦渋の顔となり、周囲が静まりかえる。指揮官たちや聖堂騎士が黙りこむ。修道騎士や兵士たちも沈黙していた。全員の顔に浮かぶのは仇敵への憎悪ではなく、腹の底が冷えるほどの畏怖だった。

長年の度重なる敗戦からの膨大な死者は、鋼の神聖教国ですら動揺させる数だった。すでに神聖イージェス教国において、オキッグとは母親が子供を躾けるとき、悪事をするとやってくる悪鬼の名となっていた。

「だからこそ私は正統戦術と数の圧力の両方をそろえて進軍した。そして敗れた」

ニニョスは絶望の声で言った。膝の上で握られた両手は、小さく震えていた。

「人形兵団の異常な強さは、バロメロオ個人の能力に大きく依存している。兵団を動かす思考連結を妨害すれば良いと考えるだろうが、一瞬ごとに変化する咒力周波数を戦場全体では妨害できない」

ニニョスは哀しみの言葉を連ねる。

「バロメロオとて疲労し眠る。難しいが、何回かは長期戦に持ちこめた将もいる。しかし、代理のエンデとグレデリが動かす、戦力が半減した人形どもにすら我らは勝てない。一瞬だけ互角に戦えても、起きてきたバロメロオによって散々に破られる」

神聖イージェス教国軍はあらゆる手を考えて戦ってきたのだ。そのすべてが破られてきた。すでに手詰まりだった。

「我らに勝機はないということか」

ニニョスは溜息を吐いた。対してメルジャコブは動じない。

「勝ち目のない戦場なら、私が派遣されていません。そして私自身も死にたくないので、派遣されても戦わないようにします」

メルジャコブ断言した。ニニョスが思わず新任の枢機将を見る。メルジャコブスの目には難敵への畏敬はあるが、間には勝利への執念が見えた。

「今しか神聖イージェス教国が南進できる好機がありません」

メルジャコブの声が響いていった。

「まず先に聖地アルソークにてオキツグが消えて、侍衆は全力を出しきれない。戦力が足りずに、他の戦線に出向いています。モルディーン枢機卿長も外交と政治力で我らを翻弄してきましたが、消息不明となって動きを見せません」

農民あがりの枢機将は雪原へと目を馳せる。

「ラペトデス七都市同盟も、軍事と武の象徴である白騎士ファストを失いました。白騎士の死で、同盟の頭脳である魔術師セガルカが病床に伏しました。七英雄の統率者二人が消え、同盟全軍の士気が低下。我ら教国軍は押しに押しています」

メルジャコブが語る。

「これ以上の追い風は今後百年、いや永遠に吹きません。今やるしかないのです」

メルジャコブが見ている方向を、ニニョスも見る。まだ味方が戦っている戦線が広がる。地平線には赤々とした炎が灯り、爆発が連続する。

バロメロオが阻んでいる地の先には、南の大地がある。メルジャコブの目には渇望があった。ニニョスの目にも同じものがあった。配下の兵士たちの目にも飢えと渇きがあった。

南下することは、革命から成立した神聖イージェス教国の三百年にもわたる悲願であった。南にあるのは、不凍港と温暖で豊かな国土だった。同時に、神聖イージェス教による十字教の他宗派の排除と統一。政治と経済、宗教と民衆の願いが、枢機将と軍隊の勝敗にかかっていた。

ニニョスが見ると、メルジャコブの顔には決意があった。

「農奴出身の私は教国の貧困を知っています。北の大国と言われていますが、実情は最悪です」

メルジャコブが語る声には、実際に体験したものだけが言える苦難が滲んでいた。

「教国は凍土がほとんどです。現代において、凶作の年は餓死者が出るという馬鹿げた事態となっています」

メルジャコブの言葉にニニョスも反論しない。

「社会的には、宗教と身分制度で縛られています。咒式技術は頑丈さだけが取り柄です。人々は希望もなく虚ろな目で生きていて、まるで生ける死者のようです。そして」

「その先は止めておけ」

ニニョスは新任の枢機将の言葉を遮った。上層部批判は即死罪となる。先の枢機将三人は、南進を諫めただけで処刑されたのだ。

「ありがとうございます。新任だろうと同僚の死を止めようとするニニョス卿は、良き人でしょう」

メルジャコブが微笑んでみせた。

「ですが、これらの貧困と圧政は事実です」

枢機将は右手を振るう。

「農奴たちの多くは祖父母を治療できずに病死させ、父や兄や弟が餓死し、娘や姉や妹を売ってきた経験があります。私も母を医者に診せられずに死なせ、小さいころに姉が売られました。徴兵による農奴兵となって泥沼の戦いを生き延び、ここまできました」

メルジャコブの経歴は、第十五軍団の兵士たちの胸を貫く。枢機将が語った言葉は隠然とした事実を指摘していたのだ。

農奴兵や奴隷兵は貧困や圧政の結果として、地獄の戦場にいるのだ。幕僚たちはともかく、護衛の修道騎士や修道兵、僧兵も、たいして変わらない状態であった。

「これらの矛盾や不条理を解決する方法はなく、救世主はいません。ですが図体ばかり大きな大国から、超大国になれば解決できると神聖教皇聖下は判断しました」

無謀な計画であると誰もが知り、前任だった三人の枢機将も反対を提唱して粛清された。兵士たちの大部分は無理矢理に徴用されている。

だが、各員に程度の差はあれ、どんなことをしてでも、自分が死んでも、他人を殺してでも、家族や国家を救いたい。そのための戦いだと思うからこそ、なんとか踏みとどまっていた。

「我々は、すでに聖戦という大きな賭けに踏みだしています」

メルジャコブの顔には苦渋の色があった。

「膨大な農奴や莫大な政治犯であっても国民は国力の源泉です。人口という資産を大量動員したことで、我が国の企業や工場や農場や流通に支障をきたし、生産が減少し経済が後退しはじめています」メルジャコブは退路のなさを語っていく。「もしこの聖戦に敗れたなら、我が国の未来はありません。なにがどうあろうと、前に、南に進んで勝利するしかないのです」

メルジャコブの断言にニニョスもうなずく。どれだけの犠牲を払おうが進まねばならない。ここで引き返せば、百年の貧苦が待っているのだ。百年で済むというのは楽観的ですらあった。

メルジャコブは右手を戻し、握りこむ。

「この先では、進軍速度に定評がある第十三位枢機将のヘイリオン卿が、ジスカ峡谷の各地を前進しています。一カ所でも抜ければ、ヘイリオン卿の勝利となるので、龍皇国の北方方面軍は広く展開して防ぐしかなくなっています」

昇格したばかりの枢機将の目は遠い南方を見ていた。

「龍皇国軍はすでに展開限界に近く、こちらに援軍を送れないでしょう」

メルジャコブが手を振って、相手の援軍がないことを示した。

「しかし、我々もアンバレス防衛軍の残党にバロメロオと人形兵団が合流しただけで、もう手がつけられません。普通にやっても毎度のように敗れるでしょう」元農奴の目には畏怖があった。「いつもの敗北とは違い、今回の敗戦は神聖イージェス教国の浮沈に関わります。絶対に負けてはなりません」

ニニョスはメルジャコブを軽々しく扱わなくなっている。それでも疑念は出てくる。

「いかにしてこの苦境を逆転する。数十年の連敗を覆すには、よほどの」

言った瞬間、ニニョスが揺れた。椅子が震えて、座るニニョスにまで伝わったのだ。天幕の外からは馬たちの嘶きが届く。恐怖の嘶きだった。

ニニョスが丘から下を見る。丘の足下にいる後方の兵団の馬が嘶き、火竜が灼熱の息を漏らし、尖角竜たちが大地を爪で引っかく。なにかに怯えたのかと思ったが、兵士たちが踏みしめる峡谷の底が震えていた。

違う、とニニョスは気づいた。天幕や丘、アンバレス北部の大地全体が振動していた。地震かと疑問と不安が、指揮官たちと一万の軍団に広がっていく。大地の振動は強くなる。前方から近づいてきている。

天変地異のなか、メルジャコブは不敵に笑っていた。

「兵数でも戦術戦略でも勝てないのなら、こうするしかないでしょう」

メルジャコブの右手は、震源地である後方、北へと向けられる。手が示す先には青白い雪原が続く。雪原の先で黒い森林が左右に広がる。ニニョスは、前のめりとなって望遠呪式を起動した。黒い森林が揺れていた。木々の間から出てきたのは第十四軍団の軍旗。

続いて出てきた軍に、ニニョスの目が驚きに見開かれる。

「なんだと」

歴戦の枢機将は呆然とした声を発してしまった。

「そんな軍隊があるのか、いや、ありえるのか!?」

ニニョスの声には怯えすらあった。配下の大司教将や司教将、聖堂騎士団に一万の本陣も、驚きの目となっていた。

雪原へと、メルジャコブによる新生第十四軍団が展開していく。

十八章　異形なる反攻

人間には二種類いる。人を二種類に分けようとする人間、分けようとすることを単純化だとする人間、三つ以上を数えられない人間、そして自分で言ったことをすぐに忘れ、なお続けられる人間だ。

スィベリア「悲嘆」後アブソリエル暦四三年

俺の前を、リドリとリプキンが大きな鞄を担いで進む。ドルトンは書類を抱えて歩み、他からの質問の受け答えをしている。アルカーバは電話を受けて、悩み顔となっていた。

机を挟んだデッピオとヤコービーが立体光学映像の地図を見て、新しい道を検討している。先にいるトゥクローロ医師は「出番が少なかった」と言いながらも、治療器具を片付けていた。

リコリオとピリカヤは喧嘩しながらも荷物を運んでいる。

外からも声。窓から外を見ると、法院から送られてきた装備を、所員たちが車に積みこんでいる光景があった。車の上にはニャルンが座り、耳を立てて周囲を警戒している。

思い出して、自然と目が天井を見上げる。上方にある屋上で、モレディナが広範囲を監視し、敵の襲撃に備えている。

首都アーデルニアの法院施設で、俺たちは退却の最終作業に入っていた。

室内に目を戻す。行き交う所員たちの先、窓辺ではギギナが長椅子に座っている。ドラッケン族の剣舞士は屠竜刀の整備を続けていた。撤退するにしても、一戦交える可能性があるのだ。

俺は手元に目を戻し、鞄に荷物と資料を詰めていく。作業をしながらも、撤退は苦渋の選択だったと自分に言い聞かせる。後帝国の親衛隊が俺たちを敵視しだして危険性がある。〈宙界の瞳〉の問題を放置すれば、死刑が延期されるだけだ。分かっていても、事態のどこにも逆転の目がないなら逃げるしかない。

なにより俺の心が危うい。ウーディースことユシスと再会したことで、心が揺らいでいる。アレシエルを失った責任は俺と、そしてユシスにある。アレシエルのために殺すべきだが、ユシスに俺たちの命が救われている。

実の兄に、どう対処したらいいのか今になっても分からない。

手が止まる。俺の荷物はすべて鞄に収めおわった。蓋を閉めたら、アブソリエルでの戦いは終わる。あとはモルディーン枢機卿長や翼将、七英雄や世界各国の指導者たちに任せる。一般人ができることはもうない。

いくつもの謎と自分の心を押しこめるように、鞄の蓋を閉じる。騒々しい室内でも、俺だけに大きな音が響いた。これでいい、これでいいのだ。

「あの、ガユスさん」

声の方向へと、俺は顔を向ける。騒然とした部屋を背景に、声をかけてきたアルカーバが立っている。青年の顔には不安と畏怖が混じっていた。アブソリエルに来てからアルカーバは多く迷っていたが、今回がもっとも懊悩していた。

「その表情からすると、大事だな」

「知人を紹介してもよろしいでしょうか」

アルカーバが許可を求めた。俺はかつてこういう状況になった男を知っている。

「かつてのトゥクローロ医師と同じ事態、ということだな?」

遠回しに聞いておくと、アルカーバが重々しくうなずいてみせた。

「当時の事務所に私はいませんでしたが、聞くかぎりは同じようなものです」アルカーバが言った。「この状況では取れる手はこれしかないと言われ、仲介をいたしました」

青年が苦しい内心と決断を伝えてきた。俺はギギナを見た。ギギナの顔にも理解の色があった。相棒にも、アルカーバに接触し、俺たちに会いたいとする相手の正体が予測できているのだ。

「前以上に危険な相手となるぞ」

ギギナが言った。

「だろうな」

俺は笑っておく。他のものたちの顔には緊張感が宿っていた。

なんとか俺は笑ったつもりだが、上手く笑えていないらしい。

笑えるわけがない相手なのだ。

月光の下、俺たちを乗せた車が進む。

静かな街路から、車が敷地に入る。砂利を車輪が踏みしめ、ダルガッツが運転環を回す。車がゆっくりと右折し、停まる。

一呼吸。

覚悟を決めて扉を開き、俺は車の左から降りる。前には建物が建つ。色硝子の窓。縦の線が多い建築様式は、宗教施設によくあるものだ。屋根の端にある破風に蔦模様のルゲニア様式が見え、聖ハウラン派教会だと分かる。

右には続いて降りてきたギギナが並ぶ。左にはアルカーバが立つ。アブソリエル出身の青年の横顔には不安が見えた。

背後にはデリューヒンにドルトンと遠征部隊の指揮官級が続く。ソダン中級査問官も法院側の代表として来ている。

「このイデシア教会は安全なのか」

敷地を見回しながら俺が問うと、アルカーバがうなずく。

「後アブソリエル帝国であっても、聖ハウラン派教会には手が出せません」アルカーバが請け負った。「ここの教会は俺の一族が代々お世話になり、一族が司祭になることもありました。現在の司祭は俺の名付け親です。会見場所として使うため、完全に空けてくれました」

アルカーバの答えで、他も納得する。聖ハウラン派教会はルゲニア共和国に深く根付いている。ルゲニアは旧アブソリエル圏ではないため、現在戦時中である後アブソリエル帝国が手を出せば、余計な敵を増やす。聖ハウラン派教会は、中立地帯として最善の場となる。

意を決して俺は歩みだし、五人も続く。靴が砂利を踏む音が響く。

「場は安全でも、交渉自体が危険だね」

背後からデリューヒンの不安の声が飛んできた。俺は振り返らず、歩みつづける。

「俺たちが十五分前に決め、指定した場所だ。相手の伏兵や罠を防ぎ、わずかながらも、こちらに地の利がある」

俺は右を見る。教会を囲む木々と鉄柵の間からは、外の町並みが見える。閑静な住宅街、いくつかのビル。どこにも姿は見えないが、教会の左にテセオン、右ではピリカヤがそれぞれ突撃部隊を率いて隠れている。

遠くにあるビルの屋上では、リコリオの狙撃が常に周囲を監視している。さらに後方では、モレディナが相手方の通信を傍受し、熱探知その他で探査している。ニャルンが周辺を密かに進み、警戒してくれている。

時間と場所をこちらが指定したので、相手は罠や伏兵や狙撃兵を展開しにくいだろうが油断は一切しない。背後のダルガッツも車の動力を切らずに、いつでも逃走可能状態にしてある。

俺たちの歩みは、教会の正面扉の前に到着する。両開きの扉の前で、一団が止まる。

「これだけ警戒すれば、たいていはどうにかなる」俺は声を小さくする。「どうにかなる相手だとは思えないことが問題だけどな」

俺が冗談を言うと、デリューヒンが喉の奥で唸り、ドルトンが唾を飲みこむ。

相手はこちらの人数に合わせて六人で来るとしたが、周囲に人員を配置してくるはずだ。最低で高位攻性咒式士を数十人は用意してくるだろうが、百人を超える可能性もある。十数人を伏せて警戒をしても足りないくらいだ。

「不安があるなら、引き返すべきだと思うけどね」

デリューヒンが慎重派らしい意見を述べる。

「そうしたいところだが」扉の前で俺は現状に笑うしかない。「俺たちは手詰まりだ。相手も手詰まりとなっているからこそ、交渉をしたいとやってきている」

俺の指摘で、デリューヒンも口を閉じる。

「それに、ソダン中級査問官が同席してくれている」

言った瞬間、横に立つソダンが渋い顔をしていた。

「それは、ガユスさんが来てくれと言うから仕方なく」

「咒式士諮問法院が同席した場で、大立ち回りをやる相手はいないと信じたいのでね」

「それ、信じたいであって、絶対ではないでしょう」

ソダンの答えには苦渋が滲んでいた。仕方なくとはいえ、危険性が分かっていてなおソダンは同行してくれていた。

「毎回毎回、分が悪い賭けをさせられているな」

笑いとともにギギナが言い捨てた。いつものことなのだと俺は自分に言い聞かせる。弱い立場である俺たちは、常に選択の余地がない。死闘の地で選択したと思えたら、相手が用意した盤面に乗ってしまっていたことが多い。モルディーン枢機卿長を相手にしてから、盤面とその外の戦いというものを痛感していた。

「誰かの盤面に乗せられてしまったなら、盤面ごと打破する一手を模索するしかない」

俺が言うと、ギギナが鼻先で笑った。

「結論は、いつも分の悪い賭けに出るしかないと決まっている。今さら迷う必要はない」

ギギナは両手を前に出し、扉に触れる。両手で扉を左右に押し開いていく。

扉の先に教会内部が広がる。天井と左右の天窓から月光が射しこみ、室内を淡く照らしていた。左右には信徒席が波頭のように並ぶ。中央を通路が貫き、奥には説教台が置かれている。台の上には聖ハウラン派の聖典が開かれていた。

突き当たりの壁で、大きな銀の十字印がそびえる。十字印の左には苦悩の聖者、ハウランの聖像が立っていた。聖者が見上げる先、十字印に等身大の救いの御子（みこ）の像が架けられていた。中性的な御子の顔は憂鬱（ゆううつ）にうつむいていた。

俺たちは教会内に足を踏み入れる。席の間を進んでいくと、ドルトンが背後の扉を閉める音が響く。信徒席の間を進み、十字印と説教台の前で止まる。知覚眼鏡（クルークブリレ）で確認すると、予定時間まであと三分。

宗教心はないが、聖ハウランから十字印、御子像を見る。いつ見ても悲しげな顔だ。十字印の背後には、六人ずつの小さめの聖使徒像が並ぶ。十二人を見ていく。

第六聖使徒のマルブディアが目にとまる。今の知識でなら、髪型や服装は違ってもワーリャスフだと分かる。幼少時に失った信仰が続いていたとしても、二千年前の聖使徒と〈踊る夜〉の怪物を結びつけることがまずできない。

救いの御子を裏切った十三人目の聖使徒イェフダルは、当然ながら像になっていない。イェフダルであるというアザルリの顔は包帯に包まれているし、聖典の記述以上のことは分からない。

幼少時の俺も、将来は聖使徒たちと戦うなどと予想できなかった。ギギナと仲間たちも予想したことはないだろう。モルディーンが寄越した指輪のせいで、歴史の大渦に巻きこまれてしまっている。

　視線を動かして、相手が来るとした裏口を探す。部屋の右に扉があった。外のニャルンからの通信が来て、胸の携帯が震える。文書通信を確認すると、相手の車が敷地内に入ってきたらしい。人数は約束どおりの六人。少なくとも敷地内と周囲に伏兵なし。引きつづき、教会から離れた場所の伏兵を探すとの連絡があった。

「気づいたが、俺たちと相手で聖使徒の人数になっているな」

　なんとなくだが俺は言ってみた。

「そこで救世の御子役は誰がやるのだ」

　ギギナが言ったことで、全員の横顔に気づいたような表情が広がる。剣舞士の言葉は、中心は俺たちではないという指摘にもなっていたのだ。

　扉を通して物音が響く。連なる足音が聞こえてきた。途端に全員が緊張感を取りもどす。それぞれが腰を軽く落とすか、魔杖剣の柄に手を触れる。

　扉が開かれる。黒い革靴の群れが進み、十字印の手前で止まる。

　十字印を中間点とし、俺たちの先に黒背広の五人が立ち並ぶ。青年から中年の男たちの腰には、魔杖剣が提げられている。背広を着て武装した攻性呪式士の一団だ。

　背後でデリューヒンが苦笑していた。全員が長身に巨漢、油断ない眼差しに規律正しい所作となれば、軍人が丸出しである。相手は隠すつもりもないのだろう。

黒背広の群れの間から、人影が一歩を踏みだす。黄金の色の髪に、青い瞳。長身と、アブソリエル人の典型のような姿。紺色の背広に身を包んでいる。

相手が名乗る前に、俺は口を開く。

「イェドニス王弟殿下、または今や皇太子殿下と呼んだほうがよろしいでしょうか」

軽く頭を下げて、俺は略式の礼を示す。横のソダン、背後のドルトンにデリューヒンも倣う。ギギナはドラッケン族式態度、つまり無視していた。

イェドニスの青い目は俺たちを見ていた。兄であるイチェード皇帝に似た氷のような目だ。

「呼び方はお任せします」イェドニスは温和な声で告げた。「そしてアルカーバ氏には事件の関係者とだけ伝えて名前を伏せるようにしていただきましたが、話が早くて助かります」

イェドニスが穏やかな言葉を発した。イチェード後皇帝を若くした声だった。最初の印象としては温和な青年だ。背後に立つ男たちは、イチェードの親衛隊と同様に組織された、イェドニスの護衛隊という訳だ。

イェドニスの冷静な目が俺を見据えた。

「しかし機先を制したいという思惑が見えすぎるのは、交渉として良くない方法では?」

「失礼いたしました。しかし」相手からの問いに俺は謝罪をし、状況説明をしていく。「この交渉は民間人である我々が不利にすぎます。俗流交渉術の一手としてご容赦いただきたい」

俺が意味を示すと、ようやくイェドニスが微笑む。

「では、現状について話しあいをいたしましょう」

皇太子は交渉の口火を切った。

「アルカーバ氏の父君がかつての公王親衛隊に在籍しており、その縁をたどらせてもらいました」

イェドニスがまず事態の成立の経緯を語る。横目で確認すると、先でアルカーバが軽く頭を下げる。親衛隊だった父の死で、アルカーバはアブソリエル公王家を嫌悪している。自身の感情を押し殺して、アルカーバはこの会談の折衝を行い、実現させてくれたのだ。

「そして父君の死の原因がアブソリエル公王室、父と兄にあるなら謝罪したい」

イェドニス皇太子は頭を下げた。王族が他者に、しかもかつての臣下の親族に頭を下げるなど、ありえないことに意外な感じを受ける。皇太子は凡庸な王族ではない。

「いいえ、先代公王や兄君のことはイェドニス殿下にはなんら責任がありません。そこは混同いたしません」

内心はどうあろうと、アルカーバはただ耐えた。俺はアルカーバの決断を無意味にはしない。

「それで、皇太子殿下御自らが、我らに接触してきた意図はなんでしょうか」

俺から問いを向ける。

「建国と即位式会場での経緯は知っております」皇太子イェドニスが軽く言った。「ですが兄イチェードはあなたたちを敵視していない。というより、目に入っていない」

俺は息を吐く。安心するというより、事実を確認することとなった。

「巨人の目には入らないが、足下にいる猟犬たちは許さない、といった状態ですね」

推測はできていたが、ここで手札の一部を出すしかないだろう。

「我々は〈宙界の瞳〉という、皇帝が持つ指輪を危険視しています。ですが、その狙いを知らないはずの歴史資料編纂室の調査隊に狙われ、遭遇してしまいました」

「調査隊こと親衛隊は、後皇帝に少しでも害があるものを許しません。あの場にいて六大天を倒さなかった、というだけで敵とみなしたのでしょう」

イエドニスが続けていく。

「〈宙界の瞳〉について調べているなら、国防上の問題として排除にかかるはずです」

皇帝即位と帝国建国の式典で、六大天ですら皇帝に迫った。ならばなにかの偶然が重なれば、俺たちの刃と呪式が皇帝に届くと親衛隊は見ているのだ。

「本題に入りましょう」俺は言葉で切り込む。「俺たちを皇帝と後帝国の敵として取り除こうとする罠であるかもと思いましたが、ありえないとしてここに来ました」

「ありえないとした理由は？」

イエドニス皇太子は真正面から俺を見た。向こうも軽く俺たちを試している。

「仮にも皇太子が騙し討ちからの暗殺に動くなど、権威に関わる。堂々たる軍勢を率いての一大決戦こそが、皇帝や皇太子、王の戦いでしょう」

俺は指摘してみせた。イェドニスの目元と唇に微笑みが浮かんだ。

「話が早いと重ねて助かります。では交渉を開始してもいいでしょう」

皇太子は息を吸い、吐いた。背後の護衛たちにも緊張が満ちる。

イェドニスの下げられた両手で、五指は強く握りしめられていた。

「私は兄にして、後アブソリエル帝国皇帝、イチェードを廃位します」

イェドニスが断言した。言葉の衝撃が俺たちに伝わる。熱風と冷気が体を駆けぬける。

背後ではドルトンとデリューヒンが息を呑み、横手ではアルカーバが喉の奥で唸る。ソダンは信じられないといった横顔となっている。右に座すギギナは静かに息を吐いた。

会談が持ちこまれた時点で、俺は罠の可能性以上に、イェドニス皇太子側からの共同戦線の呼びかけであることを予想していた。前もって仲間たちにも伝えていたが、実際に聞くと衝撃が来る。

「そしてその助力をあなたたち、アシュレイ・ブフ&ソレル咒式士事務所に依頼したい」

イェドニス皇太子はさらなる言葉を続けた。皇太子と背後の護衛たちが、俺を見ていた。返答を待っている。

俺は用意していた問いを紡ぐしかない。

「なぜイェドニス皇太子が、兄であるイチェード皇帝の地位を廃してまで後帝国を否定するのでしょうか？」

俺は全員の疑問を代表して問うていく。

「同時になぜ我々に協力を求めるのか」

俺の問いに皇太子からの返答がない。

「答えをいただけないなら」俺は語気を強める。「我々はイェドニス皇太子殿下の依頼を受けるわけにはいきません」

「理由は？」

イェドニス皇太子は驚きもせずに問いかけてきた。俺たちの懸念も理解しているのだろうが、一方で事態を見る能力を試されている。

「まず皇太子派は、先にあったアッテンビーヤ、ロマロト老、ドルスコリィの三者による皇帝排除計画に同調していない。あれが最大の好機だったのに、どうして手を握らなかったのか」

六大天の三人による襲撃は軍隊に〈踊る夜〉という難敵中の難敵がいても、互角以上だった。そこにイェドニス皇太子と護衛隊の助力があれば、突破できた可能性がある。

「それについては、皇帝と皇太子は公式の場に同席してはならず、会場に近づけば即反乱とみなされて鎮圧されます」イェドニス皇太子が語った。「六大天の反乱については直前に打診を受けていました。しかし、私は迷った末に参加しないと決めました」

相手の言葉に、背後からは動揺の声があがる。ドルトンには皇太子の非情さだと思えたのだ。

一方で、俺には分かってきた。

「それはゲ」

即座に口を閉じる。名前を喉の奥に押しこめて、再び口を開く。

「あの〈龍〉の存在のせいですか」

俺が指摘すると、横のギギナが組んでいる両腕に力が入る。隣にいるソダンの肩が跳ねる。背後でドルトンが納得の声を発した。アルカーバは苦鳴を喉の奥で止めていた。

対面に立つイェドニス皇太子が、深く静かにうなずいた。背後にいる護衛たちの顔にも険しい表情が並んでいた。

世界地図に刻まれた〈龍〉の大破壊に対する恐怖は、この世界にいるすべての人間たちの心に刻まれている。亜人、そして〈異貌のものども〉の心にすら深く浸透している。

沈痛な眼差しで皇太子が口を開く。

「あの〈龍〉の一撃を得ることで、公王と指導者層は、後帝国建国のための再征服戦争が充分以上に可能であると決断しました」

イェドニスの顔には緊張感と畏怖が満ちていた。

「兄であるイチェードは、危機となれば〈龍〉と、さらなる契約者である〈大禍つ式〉たちを呼びます。だからこそ、六大天の反乱に加担することは自殺行為となり、参戦できなかった」

「戦争の帰趨を変えるような〈龍〉の存在の情報は、実戦では最前線で止まってしまっていた。

〈大禍つ式〉はずっと隠されていた」俺は苦い真相を再確認していく。「知らない六大天は勝算ありと反乱に向かってしまった。彼らは初見で〈龍〉と対峙し、一撃で葬られた。もし防ぐことができても〈大禍つ式〉が出ていた。どこにも勝ち目がなかった、ということですね」

事情を確認していくと、俺はイェドニス皇太子の狡さに気づいてしまった。

「あなたが教えれば、失敗するしかなかった三人の反乱は起こらなかった。生きているアッテンビーヤたちと協力できたかもしれない」

俺の声は怒りを帯びていく。

「そうしていたなら、彼らも無駄死にせずにすんだ。部下たちもその後の追撃で〈踊る夜〉によって殲滅されずにすんだ」

俺の怒りは、仲間たちにも共有されていく。アッテンビーヤとは会話をしただけ、ロマロトやドルスコリィにいたっては、会場で初めて会ったくらいだ。皇太子が知らせさえすれば、あの無惨な死を避けられたことに怒りが湧く。

「私がすべてを知らせれば、彼らと部下たちの死は避けられたでしょう」

イェドニスが語る。思わず問うた俺のほうが驚くほどの素直な肯定だった。

「ですが、我々と彼らの共闘はできませんでした」イェドニス皇太子が陰鬱な事情を述べていく。「彼らは後帝国の解体を求める。それでは足りない。私はこの大戦争を終結させ、なおアブソリエルの消滅を防がねばならない」

イェドニス皇太子の言葉に、俺も反論できなくなる。

「ならば、国内の反後帝国派の領袖として、彼らには全滅してもらうしかなかった。六大天という最大の難敵の打破によって、皇帝と後帝国は安堵する。そこにだけ反撃の唯一の機会が生まれると、私は賭けたのです」

皇太子が残酷な決断を語る。たしかにイェドニスの言うとおり、あの場に勝ち目はなく、犠牲ゆえにできた隙がある。

「アッテンビーヤ氏たちの反乱は、二十年前から先王によって伏せられたドルスコリィという鬼札を使った遠大な策でした。ですがイチェード皇帝は異世界の理を引きよせて、圧倒的な破壊力で打破しました」イェドニス皇太子の言葉が続いていく。「我らがイチェード皇帝を打破するなら、二十年の策ですら届かない。ならば今、瞬間的にできた、我らにすら予測不能な策でなければならない」

イェドニス皇太子は前に身を乗りだす。

「私が後帝国を救うために組む相手は、だからあなたたち、アシュレイ・ブフ&ソレル咒式士事務所となるのです」

「だからそれが分かりません」俺も疑問を返す。「たしかに俺たちの目的は〈宙界の瞳〉の奪取で、皇太子殿下と一部は重なるでしょう。だが、なぜ俺たちなのです」

皇太子が前のめりになるなら、俺も前のめりとなって圧力に対抗する。イェドニス皇太子は俺を見ていた。青い目は俺を直視していた。

「それはガユス・レヴィナ・ソレル。あなたの不運を信じるからだ」

「どういう、ことです？」

意味不明な言葉に、俺は問い返す。皇太子の顔には不敵さが浮かんでいる。

「まず、あなたたちアシュレイ・ブフ&ソレル咒式士事務所は、自分たちが思っているより大きい存在です」

「大きい？」

「実態がどうであるのかは関係ありません」

皇太子の青い目は鬼火となって俺を見据えている。

「あなたたちは、去年から巨大な事件に関わっている。聖地アルソークをめぐる龍皇国と七都市同盟と〈賢龍派〉の戦争の回避。ウルムン共和国のドーチェッタ政権の転覆」イェドニスが俺たちの死闘の経歴を並べていく。「ピエゾ連邦共和国の通貨危機からの民族分裂と独立。ハオル王家からハオル共和国への移行。ルゲニア共和国の独裁体制の崩壊後に起こった、新政府からの新新政府の成立」

イェドニス皇太子が、俺たちが関わってきた大きな事件を列挙しおえた。だが、皇太子の評価は見当外れだ。

「それはモルディーン枢機卿長やレメディウス、ウォルロットやアラヤ王女などがやったことで、我々はなにも事態を左右していません」俺は心情を述べるしかない。「事実として、なにもできなかった」

激変の原因となったものたちの名前を口に出したことで、胸に疼痛が走る。横目で確認するとギギナも目に哀愁の色を浮かべていた。

「言っておくが、すべての事例でギギナもいたからな。責任は半々だ」

俺が言っても、ギギナは薄く笑っているだけだった。俺は皇太子へと目を戻す。

「まさか我々の不運をあなたは本気で信じているのですか」

俺は問う。対するイェドニス皇太子の表情に笑いはない。

「本気であなたたちの不運で事態が動く、とは私も信じていません」イェドニスが区切り、続けていく。「ですが、兵士や市民たちがそう思えるだけで充分となる。そう兵士が思うとして皇太子である私を動かすなら、一定の力を持つのではないですかね」

他者に言われて、ようやく俺も理解できてきた。俺たちは負の旗印なのだ。

過去の事件において俺やギギナ、仲間たちによる影響はほぼ存在しない。たまたま誰かの寿命を少し延ばし、縮めたことが、結果として政変の一因や遠因となっているだけだ。ハオル事件にいたっては、アラヤ王女が決めた死の時期まで彼女を生存させただけであった。

因果関係からすると、激変することが決まっている国家や政府やその要人が俺とギギナや仲間たちを傭っているだけであって、逆ではない。

しかし因果が錯誤されていることを、イェドニス皇太子は部下たちへの求心力としたいのだ。いざ蜂起したとき、国民に向けての宣伝力にも使いたいのだろう。勝ち目がある戦いだと思わなければ、誰も参戦しないのだ。分かるが、納得はできない。

「それほど勝ち目が薄い戦いです」

イェドニス皇太子が語った。

「首都の外には八つの軍事基地。首都には一万の首都防衛軍。事態の中心地である皇宮の外には一千の近衛兵、内部に親衛隊が控えています」イェドニスは絶望的な状況を示していく。「厳戒態勢のなか、これらを突破して皇帝イチェードの身柄を抑えて〈異貌のものども〉を引き離すことは至難の業でしょう」

俺は問うてみた。

「我々が参戦するとして、イェドニス皇太子殿下の戦力と作戦はどういったものでしょうか」

「参加していただけないかぎり、計画が漏洩する危険を避けたい」

俺たちからの問いを、皇太子は軽やかに躱してみせた。俺は溜息を吐く。

「勝ち目が薄く、手札すら分からない戦いに参戦せよ、と言われて、参加するものはいません」

俺はすぐに決断を下した。

「死地に仲間を向かわせることはできません。全隊をエリダナに戻します」

「だけど、あなたたちは現時点でまだ退却していない」

俺の拒絶に、イェドニス皇太子がすぐに被せてきた。

「他のあらゆる道より、私との共闘こそ勝率がもっとも高い道です。今さら、この戦いに参加するかしないかが選べるとでも？」

イェドニス皇太子が宣告した。まさに俺への死刑宣告となっていた。

答えられず、俺は膝の上に置いた自分の右手を見る。指輪が抱える赤い宝石が鋭い光を帯びている。

このクソ忌々しい〈宙界の瞳〉があるかぎり、いずれ〈踊る夜〉と激突する。〈龍〉を戴く〈黒竜派〉に〈大禍つ式〉に〈古き巨人〉も狙っている。逃げれば逃げるほど、状況が悪化してしまうのだ。分かっているからこそ、遠くエリダナからアブソリエルへと先手を取りに出たのだ。

「今死ぬより、先で死ぬほうがいいと判断してもいいのでは？」

俺は目線を挙げて笑ってみせる。

「人生とはだいたいそういうものでしょう」イェドニス皇太子も笑ってみせた。「ですが、現状での先延ばし戦略は逆転の目が減っていく一方です。今が、今だけが最大の好機なのです」

「懸念材料が多すぎます。仮定として、俺たちが皇太子による皇帝廃位の政変に賛成するとしましょう」

俺は相手を見ながら可能性を述べていく。

「賛成か参戦後に皇太子が嘘でした、はい、君たち反逆罪で逮捕、死刑、とできてしまう。もし反乱が本心だとしても、途中で気が変わればそうできてしまう。先の六大天は対立路線ゆえに排除は仕方ないとしても、権力者と一般人が、しかも戦時体制の国家で対等とはなれない」

「つまり、私たち皇太子と反皇帝派軍人と、アシュレイ・ブフ&ソレル咒式士事務所が、運命共同体である保証が必要というわけですね」

イェドニスが顎の下に右手を添えて、考えこむ。皇太子は口を開いた。

「契約文書にしても弱い、でしょうね」

イェドニス皇太子は素直に答えてきた。青い目には冷静な炎があった。

「ですが、そちらに退路はなし。そして私が現皇帝を廃し、後帝国の暴走を止めたいことは事実であり、こちらも退路がありません」

「回りくどい。どうせ戦うしかないなら、少しでも勝ち目が多い戦いに乗るだけだ」

横でギギナが即断した。わーお、人間らしい悩みの全否定だ。しかし、ギギナの言うとおり結論は決まっている。

「結論の前にひとつ聞きたいことがあります」俺は皇太子へと向き直る。「イェドニス皇太子は、なぜ後帝国と皇帝を打倒しようとするのか。その根源を知りたい」

俺の問いは教会内部に響いた。皇太子の背後に並ぶ軍人たちは、緊張の顔を並べていた。

後皇帝の打倒からの戦争停止となれば、皇太子にとって親族殺しをしなければならない可能性が高い。兄殺しの非道を最後まで完遂できる理由がなければ、俺たちは同道できないのだ。

問いにはまたも長い間が空く。イェドニス皇太子が口を開いた。

「我(わ)が兄、イチェード皇帝の言動はアブソリエルという民族と文化を地上から消し去ります」

イェドニス皇太子が言葉を句切る。「兄はアブソリエル帝国や後(ご)アブソリエル公国(こうこく)、そして後(ご)アブソリエル帝国(ていこく)など信じていません。それどころかなんとも思っていません」

「なんとも思っていないとは、どういうことです?」

思わず俺は問いを発していた。両隣のギギナやソダンもそれぞれ疑問の顔となっていた。後方の護衛であるドルトンにデリューヒンも同じだろう。

あれほどの大戦争を引き起こし、なお本人はなにも望んでいないなど意味が分からないのだ。おそらく世界中の誰(だれ)もが理解できないだろう。

イェドニス皇太子は苦渋(くじゅう)の顔となっていた。

「兄は、ある時期からなぜ宇宙創成時になかったこの星の、しかもたかだか神楽暦(かぐられき)以降にできた帝国の、しかも後継国家が、なにが永遠で純粋で絶対なのか、とも語っていました」

イェドニス皇太子が語ってみせた。

「兄はなにも信じていません」

端正な顔には憂慮が暗雲となって垂れこめていた。俺としても、危険性が分かってきた。

「元から理解できなかったが、イチェード皇帝は後帝国もアブソリエルも信じていないなら、想像を絶します」

　事実を俺は確認していく。

「では、なんのための大戦争なのか。それを教えてもらえなければ、我(われ)らは手を引くしかない。なによりすべての対策がそこにかかっている」

　俺の問いが放たれた。〈龍〉を擁する〈黒竜派〉や〈踊る夜〉を利用することを隠して、ウコウト大陸西最強の要害ガラテウ要塞(ようさい)の攻略から、電光石火の二国併合に、さらに多方面の軍事作戦。対して熱のない皇帝の宣言と違和感があったのだが、原因が分からなくなってきた。

　この場にいる皇太子とその護衛以外の全員が、皇帝の内心を知りたい。

　イェドニス皇太子は沈黙を守ったままで立ちつくしていた。長い無音が続く。核心であるだけにイェドニスも言えないのだ。

　横手では、十字印にかけられた救いの御子(みこ)が静寂を保つ。聖人と十二聖使徒たちも黙っていた。

　護衛たちも口を堅く閉じている。この場に連れてくるくらいだから、皇太子の側近中の側近で事情を知っている。護衛たちの顔にも険しい表情が表れている。それほどイチェード皇帝の内心は重大事なのだ。教会内部には緊張感を帯びた静寂が満ちていく。

「こちらもあまり猶予(ゆうよ)の時間がないのだがな」

　ギギナが欠伸(あくび)とともに言葉を発した。空気を読まない相棒に変わって、俺が謝罪しようと口を開く。

「いえ、そのとおりです」

皇太子がようやく口を開く。イェドニス皇太子は顔に浮かぶ陰鬱さを振り払うように言った。

「あの日なにが起こったか。それをお話ししましょう。それで我が兄、イチェードの内心の一端が分かるはずです」

皇太子が言葉を発した。そしてまた止まる。

「あの日起こったこと、とは？」

うながすように俺は問うてみた。イェドニス皇太子の青い目には、畏怖が宿っていた。そして深い悲しみの青だった。

「様々な苦難が兄の上に積み重なりましたが、決定打は、王太子時代の妻であるペヴァルア妃と子供の死です」

「たしか王太子妃殿下とお子様は事件に巻きこまれ、その後に病死したそうですね」俺なりに皇太子の親族の死に、哀悼の意を表する。「お気の毒に存じます」

俺の言葉でも、イェドニス皇太子の目に温かさは戻らない。

「それは対外的に発表された虚偽です。あの日、子供だった私が見た真相はもっと悲惨なものでした」

皇太子の目は過去を見ていた。

「あれほどのことに遭遇した人間が、正気を保てるわけがないのです」

イェドニスが語りはじめた。

空を背景に、ガラテウの岩山が見える。そそり立つ岩壁は常人の踏破を許さない。左右に延々と岩壁が続いていく。地殻変動でできた奇景だが、人類にとっては大きな意味を持っていた。岩の間を冬の風が吹きぬけていく。かつては岩の間にある谷間を塞ぐガラテウ要塞があった。呪式時代であっても、大量の歩兵や戦車で進軍するには谷間を抜けるしかない。ただし、正面と左右に砲台、そして上への対空砲火を備えた城塞は、難攻不落だった。

イベベリアの守護神とされていたガラテウ要塞は、今や存在しない。谷間に残るのは、土台の部分だけである。中央は整地され、アスファルトが敷かれた道路となっていた。道路が作られていく先で、かつてガラテウ要塞を形成していた城壁や砲台、対空砲が大量の瓦礫となってイベベリア側へと広がっていく。

跡地からなだらかに下る草原へと、瓦礫が山となって連なる。遠くなるにつれて瓦礫の密度はまばらになり、小さくなっていく。

数キロメルトルもの破片の終点で、巨大な金属の塊がそびえる。手前のひとつは歪んだまま大地に転がるビルほどの巨大な塊。もうひとつは大地に刺さって、飛んで、また落ちて、二つに割れていた。片側が厚さ二メルトル、幅二〇メルトルで高さ四〇メルトルという合金製の扉が二枚とも一撃で破壊され、遠くまで飛んだのだ。

瓦礫の山の間には、旗が並ぶ。後アブソリエル帝国の紫地に金の竜の軍旗が翻っていた。続く旗の数は数千もあった。

数万の兵士がガラテウ要塞跡地の周辺を守護している。要塞跡地から数キロメルトルほど続く草原にも戦列が続く。

戦列の最前線にはフォイナンの街があった。かつて一瞬で住民が消えた街は、半壊していた。砕けたビルや家屋の間にも戦旗が翻る。間には呪式化兵に戦車に砲台に防壁が設置されていた。人造の巨人である、甲殻咒兵が長槍を連ねている。

使獣士が騎乗する軍用火竜の口からは、火花が零れる。反対側にいる軍用氷竜は、吐く息がすでに雪となっている。

倒れたビルの間には、無骨な尖角竜が居並ぶ。太い前肢で大地を引っかいて、突撃を待っている。瓦礫と岩塊を利用した、膨大な長さと厚さの戦陣が組まれていた。

視線を上げると、高い空には小さな黒い半月が数千も見える。よく見れば、翼を持った飛竜に竜騎士が跨がっている。

フォイナンの街には、十数万もの大軍が展開していた。各部隊の指揮を執るのは、後アブソリエルの知将に猛将、名将たち。二十万もの軍の最高指揮官には、後皇帝が任命したブニュリエ元帥が就任している。一大戦力が集結していた。

フォイナンの街から、また十数キロメルトルほど草原や荒れ地が続く。ガラテウからフォイナンの大軍勢に対峙するように、テレッセウの街があった。ビルが並ぶ、どこにでもある地方都市だった。

無音の建造物の陰には、鈍色が見える。甲冑を着込んだ咒式化兵士が魔杖槍を握って潜んでいる。砲塔を前に向けた咒式化戦車が、街路を塞いでいた。上空には一千ほどの飛竜が対空している。

待機している兵士たちの間からは、赤や青や緑や黄土色の戦旗が翻る。それぞれナーデン王国、ゴーズ共和国やゼイン公国、マルドル共和国といった、元々はアブソリエル帝国系である諸国家の旗の群れだった。軍勢はテレッセウの街に収まらず、フォイナンを包囲するように左右に長く分厚く広がる。

総勢は四十万。ガラテウからフォイナンに展開する後帝国軍を、遠くから押し包む陣形だった。誰も動かず、ただ静けさだけがある。

街の建造物の間に、戦車や歩兵が厳重に囲むビルがあった。最新のホテルの最上階、展望室では騒々しさが満ちていた。国旗にそろえたような、赤や青、緑や黄土色の軍服がそれぞれの方向に向かって歩き、走っている。

軍人たちは、書類や武器を握って行き交っていた。報告の声があちこちへと飛ぶ。端末の前では数法咒式士が敵軍の機器へと電子攻撃を仕掛けている。電算咒式士たちは、前線から届く連絡を次々と叫ぶ。情報将校が情報を受けて、奥へと向かう。

最上階の奥に、西方諸国連合軍の臨時本部が設置されていた。巨大な円卓を六人の人物が囲む。六人の背後では、腹心や情報将校たちが並んで控えている。男たちは次から次へと変わる情報を、卓上の立体光学映像に転送していく。

円卓の中央には、元ガラテウ要塞と周辺地図が立体的に表示されている。画面の端々には数や戦力が表示されるが、次々と変化して、より正確なものへとなっていく。

「数はこちらが二倍ほどか」

左手前に座る、ゴーズ共和国から派遣されたモーグ元帥がつぶやく。

「後アブソリエル帝国軍は百三十万人を動員したが、一から二割は予備役と徴兵された未熟な兵だ。そのうち先に占領したネデンシアとイベリアに軍が数十万ほど駐留。数十万が対ツェベルン龍皇国戦線に並んでいる」

マルドル共和国の総司令官であるマイネルハイが戦力分析を述べていく。

「帝都や周辺の守り、後詰めを除けば、あそこにいる二十万の軍が限界動員数なのだ」

「我ら西方諸国連合が、フォイナンの後帝国軍を破り、ガラテウ要塞のあった峡谷を抜ければ、圧倒的優位となる」

ゼイン公国のラーム公が分析してみせた。円卓の奥に座る老人が息を吐く。

「あとは四十万の大連合軍で進軍。いくつかの城塞や防壁を一気に押しつぶして、首都まで攻めこむ」ゼイン公国の将軍が言葉を連ねる。「そこで後アブソリエル皇帝を詐称するイチェードの身柄を確保。それでこの戦争は終わりだ」

各国の意見を受けて、奥にいる老人がうなずく。西方諸国連合の盟主となった、ナーデン王ナデム三世だった。

「後皇帝イチェードは戦争犯罪者として処断。あとは皇太子であるイェドニスを即位させて、ある程度の領土は与えて、後公国に戻ったアブソリエルへの恨みを逸らす」

「領土の大部分は我らで分割、という算段でよろしいですかな」

ラーム公が問うと、盟主としてのナデム三世は黙っていた。

「我らの祖国を返還するとの約定、お忘れなく」

不機嫌そうな声は、円卓の右手前より発せられた。すでに併合されたイベベリア公国のエミオス王太子からの声だった。不機嫌そうな声と顔は、先の逃亡中に死没した父王に似ていた。

親子ともに周囲の反感を買う言動だった。

「我らによるアブソリエルの領土割譲はしてはならない」

ナデム三世が答えた。

「な」

一同に驚きが広がる。

「ならば我らはなんのために戦うのですか」

ラーム公が問うた。ナデム三世は息を吐いた。

「我ら六カ国が連合しても、人口でも軍隊規模でも後アブソリエル公国、一国のほうが上だ」

ナーデン王が答えた。「領土割譲を受けた、アブソリエルという巨人が再び立ちあがったとき、領土を分割した我らはもう協力できない。徹底的な敗戦から逆に併合されるであろう」

ナデム三世の指摘に、一同が互いを見る。危機ゆえに集まった六カ国だが、実質はナーデンが主導し、ゼインとゴーズとマルドルが続く。ネデンシアとイベベリアの復活など、本人たち以外は誰も信じていない数合わせだった。

今は協力できても、将来の連帯は不可能だと誰もが分かっている。

「我々の団結は全体的破滅を避けるためである。もちろん後皇帝の退位と指導層の退任、帝国の解体は求める。軍も削減させる。だがアブソリエルの恨みを買ってはならない」

ナデム三世は断言した。一同はナーデン王の予測が正しいと分かり、引き下がった。

「だが、我らが大敗した原因をどう対処されるおつもりであられるのか」

エミオス王太子の隣から、ネデンシア革命軍のネデウ司令が問うた。亡国の二人も残党を集めて、西方諸国連合に参戦していた。ただしそれぞれ独裁者の後継者と逃げた暗君のさらなる暗愚な王太子で、双方を合わせても千数百人の勢力でしかない。

「あれは、あの恐ろしさは体験したものしか分からない」

ネデウ司令の言葉に、エミオス王太子がうなずく。背後の両国の重鎮たちも瞑目し、うなずいていた。

「あれの恐ろしさは分かっておる」

ナデム三世も重々しく答えた。

「あの〈龍〉は、戦況を一撃で変えてしまう」

盟主であるナデム三世の言葉が円卓に響く。ガラテウ要塞と続くフォイナン、さらにはイベベリア王都とネデンシアは〈龍〉が手首から先、指を振っただけで壊滅したのだ。

西方諸国連合の猛将や知将、名将たちですら〈龍〉の戦力を測りきれない。子供時代の悪事に対する大人の脅しや、地図に残る痕跡を見たときの恐怖が蘇るようだった。

西方諸国連合は、テレッセウの街を中心に広く展開している。戦略的配置ではなく、ガラテウ要塞跡地とフォイナン市を遠巻きに包囲しているにすぎない。〈龍〉の一撃で全滅しないためである。しかし、後方にガラテウ要塞跡地である峡谷を背負ったフォイナンは攻略が難しい。攻め落とすには、どこかで全軍の集中が必要となる。

布陣したあとに、砲撃による威嚇と騎兵による陽動を繰り返していたが、後帝国軍は挑発に乗らない。後帝国軍も〈龍〉の一撃を待っているのだ。いずれイベベリアを落とした後帝国軍も反転してきて、側面と背後から襲ってくる。分かっていても、連合軍は動けない。

「この膠着状況を、そして〈龍〉への対処をどうするつもりなのか、盟主の策を聞きたい」

イベベリアのエミオス王太子が問うた。円卓に座る全員が、ナデム三世王を注視していた。

背後に控える参謀や重臣や将官たちも、身を乗りだしていた。司令本部の情報将校や兵士たちは、作業を続けながらも西方諸国家連合の盟主へと耳を向けていた。

　ナデム三世王が手を振る。背後に控えていた将軍が腰の魔杖剣(まじょうけん)に右手をかける。引き金を絞(しぼ)り、赤い組成式の咒式(じゅしき)が展開する。式からの斜めの赤い壁が円卓とその他を区切っていく。六人の指導者の側近たちも、驚いて背後へと下がる。

　完成したのは、不可視の赤い半球。内部に外の音は入らない。そして内部からの音も外へと出ていかない。あらゆる透視盗聴咒式を遮断する咒式だった。

　外の軍人たちが待つ。内部では長い説明が続いた。

　内部にいたナデム三世王が語りおえ、咒式が解除された。五人の指導者たちの顔には、安堵(あんど)や勝機への期待が宿っていた。

「そういう手はずだったのか」

　ネデウ司令が安堵の息とともに言葉を吐いた。

「計画のとおり、我(われ)らに他の手はない」ゼイン公国のラーム公は肯定した。「だが、不確実性に賭(か)けるしかないのか」

「その時となれば、我らも突撃してみせる」

　エミオス王子が勇敢さを示すかのように拳(こぶし)を掲げる。誰も本気にせず、無視した。

　ただ一人、ゴーズ共和国のモーグ元帥が腕組みをして、渋い顔となっていた。

「ですが、それらのうちどれかが上手く行かなかった場合、この連合軍は粉砕されますぞ」

老将の言葉が響く。だが、ナーデン王国ナデム三世王は平然としていた。

「この連合軍が敗北すれば、ウコウト大陸における西方諸国は終わる」ナデム三世の唇から、恐怖と希望が入り混じった声が出ていた。「この作戦を拒否したいなら、軍を引いて祖国の防衛か奪還に向かえばいい。ただ、一日ごとに各個撃破されて終わるだけだ」

ナデム三世の言葉に、円卓が静まる。現存する西方諸国は四つ。自分の国が後帝国の進軍を待つ猶予は数日ほどしかない。

「賭けるしかないのか」

モーグ元帥も絶望的な賭けを自覚してしまった。

「後アブソリエル帝国のイチェード皇帝が、我ら西方諸国を許すわけがない」ナデム三世が言った。「後公国の次の公王を弱めるために時限爆弾を仕込んだ我々は、後帝国皇帝という怪物を生んでしまったのだ」

ナデム三世の言葉は重々しく響く。円卓を囲む六つの国の代表者たちは息を呑む。自分や先代が行った策は、最悪の結果を呼んでいた。

「後皇帝は降伏勧告すらしてこない。つまり降伏すら許さずに我らを皆殺しにし、国土を併合するであろう」

ナデム三世王の予想は全員が予想するものだった。百三十万もの後帝国軍は西方諸国家相手に動員するには、多すぎるのだ。

「賭けが上手くいって、ようやく成立する。危険にすぎるか」

モーグ元帥が、椅子に深く背を預ける。

「いや、賭けは三つだ」

ナデム三世王が答えた。

「二つめは、神聖イージェスの南下による、龍皇国の北方戦線の状態だ。あそこが崩れたなら、後アブソリエル帝国が対皇国に用意している主力が自由になり、そのままこちらへと向かってくる」

「全軍っがっ」

エミオス王子がしゃっくりのような言葉を吐いてしまった。後アブソリエル公国軍は元々からして装備と練度と士気に優れている。後帝国となった現在は、さらに士気が爆発している。後帝国軍の主力が来れば、西方諸国家連合軍など一撃で粉砕されてしまう。

そしてモーグ元帥にラーム公らは、ナデム三世王を見る目が違ってきていた。

「ナデム三世、変わられましたね」

「そう、かもしれぬな」

ナデム三世は冷淡に返した。

後アブソリエル公国と同じくらい、ナーデン王国はアブソリエルの後継者を自認していた。

歴代王と同じく、ナデム三世は傲慢(ごうまん)な態度で、能力は普通としか思われていなかった。

しかし、後アブソリエル公国の侵略戦争開始から、急に人が変わったかのように、ナデム三世は書簡を西方諸国の首脳陣へと放った。内容は後帝国成立の予想だったが、その後で見事に的中。成立した後帝国に対処するには、この段階までに西方諸国連合軍の成立が必須であるというものであった。

全体の半分の軍を出したなら、ナデム三世自身が指揮を執(と)ると言いだすと思われた。しかし、書簡の時点で全軍の指揮権は他国の名将モーグ元帥に一任するとし、実行した。

傲慢なナデム三世がここまで譲歩するのはよほどの事態だと、西方諸国家群も連合軍に参加したのだ。他の国家も危機感はあっても、程度を計りきれず、言いだす切っかけがなかったのだ。

ネデンシアとイベベリアの陥落が後押しをし、ナデム三世の書簡が、危機に対して最善とは言えないが次善の対策を取らせたのだ。

「さて、儂(わし)より、先のことを考えよう」

ナデム三世が口を開く。

「他の二つが上手くいっても、肝心の我(われ)らが精強なる後帝国軍を倒し、イベベリア方面軍の退路を断ち、ガラテウ峡谷(きょうこく)を抜けなければ意味がない」

円卓の人々の目が、中央にある立体光学映像へと向けられる。〈龍〉が峡谷に現れたなら、と恐怖の光景が幻視できてしまう。

「儂はできるかぎりの前準備をした。だが、軍事は素人だ。この運命の一戦は、歴戦の貴殿らに任せるぞ」

ナデム三世が右を見て言った。実際の総司令官であるモーグ元帥が苦い顔でうなずいた。右翼を率いるマイネルハイム司令は重い息を吐き、覚悟を決めた。左翼を率いるラーム公は緊張しながらも拳を握りしめる。

円卓会議の全員が卓上の立体光学映像から目を離し、そろってナデム三世が見ている方向へと向けた。

フォイナンを下し、ガラテウ要塞跡地をなんとしても抜けねばならない。二つの賭けが成功してなお困難にすぎるのだ。

十九章　太陽が翳る日

敵よりも裏切り者のほうが憎まれる。

裏切りは、もっとも恩を受けたものがなすからだ。その恩が重荷だったと言い訳をして。

ダラヴォ・ハイ・ヒイリネ「ラネイの肖像」皇暦三二三年

王太子妃ペヴァルアの左手は、短剣を握っていた。

刃の切っ先はイチェードの右脇の下に刺さっていた。装甲の間から布地に赤が滲んでいく。

時間が硬直したように、その場の全員が動けなかった。

イチェードは出血しつづけるが、動けない。刃が太い動脈を切断しても咒式治療で助かる可能性はあるが、奥の心臓に届けば即死する。刺されたイチェード本人は心臓に近いと理解して、動けない。

ペヴァルア王太子妃の右手は、王太子の弟であるイェドニスを抱えていた。しかも刺したイ

チェードと密着体勢となっている。

　周囲の親衛隊(しんえいたい)は呆気(あっけ)に取られていたが、凍った時間が動きだす。即座に魔杖剣(まじょうけん)や魔杖槍(まじょうそう)を向ける。全方位からの敵意の眼差(まなざ)しを受けても、ペヴァルアの顔は冷然としていた。

「全員動かないで。動けば王太子と公子を殺します」

　ペヴァルア妃(ひ)が淡々と言って、全員の動きが止まる。イチェードとイェドニスの命はペヴァルア妃に握られていたのだ。

「おまえは、いったい、なにを」

　王太子妃を顔を動かさずに目を動かすだけで見ながら、イチェードが驚きの声を発した。いかに歴戦の猛者(もさ)であるイチェードであっても、事態を理解できない。最愛の妻の凶行の理由が推測すらできなかった。

　イチェードの目に理解の色が浮かんでいく。

「そうか」

　王太子の唇(くちびる)からは苦い言葉が漏(も)れる。

「この誘拐事件はおまえの計画なのか」

　王太子の一言で、包囲網を作る親衛隊たちもようやく事態の真相を理解した。王太子妃が手引きをした以外に、これほど大胆な誘拐は成立しないのだ。

　周囲には他の親衛隊たちも駆けつけ、幾重もの包囲網を作っていく。包囲網が縮まると、ペヴァルアが刃をさらに深く夫の体へと進める。肉体となにより心の激痛にイチェードの顔が歪み、親衛隊が一歩下がる。

室内であるため狙撃の射線が通らない。心臓に刃が届きそうな王太子イチェードと、抱えられた公子を死なせずに確保する方法がない。

「だが、なぜだ」

全員の疑問が、イチェードの口から放たれた。

「私はおまえを大事にしてきた」

イチェードの瞳には疑問だけが浮かんでいた。

「世の王や富裕層のように愛人も作らず、ただおまえだけを愛した。望むものはすべて与えた。おまえを励まし、なにも強制しなかった。そしておまえのために、たとえではなく事実として命をかけて戦ってきた。もうすぐ子供まで生まれる。それがなぜ!」

叫ぶようなイチェードの問いに、親衛隊員も同じ感慨を抱いていた。イチェードは傍から見ても良き夫であったのだ。真摯な言葉にもペヴァルアは動じない。緑の目には憎悪が滴りそうになっていた。

「そんなことを私は望んでいない。なにもしたくない」

ペヴァルアが言いはなった。

「まるで私は奴隷。王太子妃は宗教と国家の都合で離婚できない」

「ペヴァルアっ！」

相手に命を掴まれていても、イチェードは制止の言葉と左腕を振るう。だが、王妃の刃がさらに深く刺さり、イチェードの動きの一切が止まる。王妃の毒の舌を誰も止められなかった。

「あなたも、あなたの弟のイェドニスも子供もいらない」

抱えられていたイェドニスの目が見開かれる。義姉の言葉で、子供の心に深く暗い傷が刻まれたことが誰にでも分かる表情だった。出血しながら、イチェードは弟の苦しみに唇を嚙みしめる。

イチェードにはペヴァルアを理解できない。周囲の親衛隊にも理解できない。

「ならばなぜ私や弟、人々の愛を受けとる。最初から拒否すればいい」

イチェードが問う。

「くれるというなら、もらいます。私が返すかどうかは私の自由です」

ペヴァルアの瞳は虚無の深淵となっていた。

「あなたの愛も人々の愛とやらも、私の心を買おうとしただけだ。これだけ与えたのだから、これだけ返してほしいという取引だ。与えることで罪悪感によって縛ろうとする。愛なんかではない」

ペヴァルアの口も虚無の穴となって、黒い言葉を吐きだす。

「愛になんて縛られない。私は私でありたい。娘でも姉でも妹でも、妻でも母でも王妃でもない私でありたい」

歌うように王妃が告げていく。

「だから縁者に頼んで部隊を使って、忌まわしい場所と関係から脱出しようとしていただけ。それが叶わないなら、全員を殺して死ぬ。私が私であるために」

ペヴァルアの刃はイチェードの肉体と心により深く刺さる。妻に刺されながらも、夫は口を引きむすぶ。横目でペヴァルアの傍らにいるイェドニスを確認する。冷静に対処せねば自分だけでなく、弟と王妃の胎内の子供が死ぬ。

「落ちついて聞いてくれ。まず、おまえはベイアドトと同じで、普通ではない」

かつて背信者となった親友の名を出すだけで、イチェードの顔は苦痛に歪む。だが、説得の言葉を諦めるわけにはいかなかった。

「ただ一時的な混乱をしているのだ。誘拐も暗殺も病気、ナナディス病にそう思わされているだけで、おまえの本心ではない」

イチェードが説得の言葉を連ねていく。

「静養し、落ちついてから医者の治療を受けよう。だからまず弟を離して、こちらへ」

「嫌です!」

ペヴァルアが悲鳴のように答えた。体の動きが刃にも伝わり、刺されたままのイチェードが顔を歪める。すでに刃は心臓の表面に届いている。

「医者に病名をつけられたら、私の意志が病気からのものだと思われる。だから絶対に嫌です！」

ペヴァルアの顔には、一種の晴れやかさがあった。

「私と弟、そしておまえの胎内の息子の死は、後公国と二億の国民の未来を消すことになるのだぞ！」

刃を受けたままで、イチェードが反論する。

「おまえの祖国の軍の協力があったのなら、国家間の戦争となる！　今ならまだ引き返せる！」

胸の激痛を堪えつつも、イチェードは声を落とした。「王太子妃の義務を果たせとは、もはや求めない。だが、人としてやってはならないことがある」

「人の道とか他人がどれだけ死のうと知りません。私が私であり、これを本心だと思えるなら、それだけが大事ですっ！」

ペヴァルアは金切り声で叫ぶ。

「待て」

言ったイチェードの右脇から体内に刺さる魔杖剣の切っ先で、ペヴァルアの咒式が発動。体内で投槍が生成。発射と同時に鮮血が散り、イチェードの肩から右腕を吹き飛ばす。

イチェードは体を捻って刃から逃れ、咒式を右腕から肩で受けて避けた。空中にある自らの刃で、ペヴァルアは殺害に失敗したと瞬時に悟った。王太子妃は右手でイェドニスを前に引きだし、刃を反転。迷わずにイェドニスの喉へと切っ先が向かう。

血と肉と骨が散る。ペヴァルアの右頬に血の斑点。

短剣を握った左手が床に落ち、跳ねて落ちる。白い指は魔杖短剣を握ったままだった。

ペヴァルアの前方には、イチェードが立ちふさがる。王太子の右腕は投槍に千切られて後方に落ちていた。右肩からは鮮血が噴出し、背後へと二本の投槍の穂先が抜けている。指先はまだ魔杖剣を握っていた。二度は振れないと左手に持ち替えて、王太子妃へと向ける。

刃の後方にはイチェードの悲痛な瞳があった。

「うわあああああああああああああっ」

左手を失った激痛が襲い、ペヴァルアが身を屈める。解放されたイェドニスが逃げだす。兵士が駆けよって公子を保護。盾の背後に回して、後退。絶対の防御陣を固める。

床では、左肘から出血しつづけるペヴァルアが悲鳴をあげる。右手で肘の断面を掴むが、大量の血が指の間から零れていく。

イチェードは、ペヴァルアの咒力では投槍を二本しか合成できないと推測。右腕から肩を犠牲としてでも、体内の臓器を避けて貫通させて致命傷を避け、なおかつ反撃し、弟を奪還したのだ。理屈は親衛隊たちにも分かるが、信じられない決断だった。

「イェドニスを連れていけ」

冷厳としたイチェードの声が響く。兵士たちはうなずく。これから先はイェドニスに見せるべき光景ではないのだ。公子を守って親衛隊が廊下を後退していく。

だが、幼いイェドニスは兵士たちの手を払った。

「僕も後アブソリエル公国の王族です。裁きの場に立ちます」

顔色が蒼白となった少年の責任と覚悟の言葉だった。イチェードが驚きの顔となり、瞬時に納得し、うなずく。王太子が目線で示すと、親衛隊の兵士たちが下がっていく。

室内にはイェドニス公子と、イチェード王太子と親衛隊長サベリウと副隊長カイギス、王太子妃だけが残る。失った手の断面を押さえて、ペヴァルアの苦痛の叫びが続く。

右肘を床に突いて、王太子妃が上半身を起こしていく。床を見つめる目からは涙、鼻からは鼻水が垂れる。口からは悲鳴と涎が流れつづけていた。左手首の断面からは、心拍とともに鮮血が噴出する。

蒼白となったペヴァルアが見つめる床に、軍靴の爪先が見えた。ペヴァルアが顔を上げた。顔の前にはイチェードの刃が向けられていた。王太子の傍らには、公子イェドニスが立ち、副隊長が守護についていた。誰の目にも同情の色が浮かんでいない。

「わた、わたくしを」激痛のなかでペヴァルアは恐怖に怯えた。「殺す殺す、のですか？」

震える声でペヴァルアが問うた。刃を突きつけたイチェードの顔は静謐そのものだった。

長い迷いのあとで、ようやくイチェードが口を開いた。

「殺さぬ。胎内の子は次の王太子。アブソリエルの正統を継ぐものとなる」

イチェードは苦痛を押し殺して告げた。

「私の愛も取引というなら、そのとおりだろう。だが、人はそうとしかできない。無償の愛のみが愛であり、他のすべてを犠牲にしても自分が自分であることを第一にするなど、妄想にもほどがある」イチェードは自らの愛の出所を認めた。「もうおまえになにも望まない。出産後は病気だとして祖国に帰り、余生を静かに過ごせ」

王太子妃の裏切りと暗殺未遂は、個人の狂乱では済まない。後アブソリエル公国とペヴァルアの祖国であるナーデン王国に憎しみを育て、最悪は戦争すらありえる。両国はなかったこととして秘匿するしかない。ペヴァルアは祖国で幽閉されるが殺されないという、イチェードの限界の譲歩であった。

「あははは、は。そんな正しさや理屈や役目を、他人の命を拒否すると私は言っているのです。私が私でなくなる奴隷の道を選ぶ訳がないでしょう」

地を這うペヴァルアの顔には、歪んだ笑みがあった。人が浮かべてはならない暗い笑みだった。

「私を私でなくさせる、母という奴隷にさせる、忌まわしい子供はすでに服毒によって死んでいる。あとは処置を受けるだけです」ペヴァルアの目には喜悦があった。「私は自由だ。私はどこまでも私だ！」

ペヴァルアの言葉は落雷となってイチェードを打ち据えた。イェドニス少年は恐怖に立ち尽くしていた。親衛隊員たちも動けない。王太子妃のなかに、これほどの悪意と狂気が潜んでいた事実を信じられないのだ。

　同時に、後アブソリエル公王家の正嫡、次の王太子はすでに出生前に死亡したことになる。イチェードが後妻を娶らないかぎり、イェドニスが次の王太子になることが決定した瞬間だった。

「お」

　イチェードの全身に軋みのような震えが起こった。

「おまえは、私や弟だけではなく、子供にまで手をかけ、たのか」イチェードの唇は呪いの言葉を紡ぐ。「おまえの妄想のために、ラザッカや多くの部下たちが死んだのか」

「いらない命はいらない。勝手に死んだ他人のことは知らない」

　左手からの激痛があっても、ペヴァルアは平然と答えた。

　イチェードからのさらなる問いはない。親衛隊員たちは身を竦めていた。ペヴァルアの理由不明な狂気からの裏切りと惨劇は、人に耐えられる事態ではない。次の瞬間、イチェードの手によってペヴァルアの首が飛ぶことが予想できたからだ。

　だが、イチェードは左手の刃を反転し、垂直落下させた。自らの左足の甲を貫き、床まで届く。血が噴出。イチェードは刃を動かし、床ごと足を深く切り裂く。

　人間が耐えられる限界を超えた激怒と悲憤を耐えるべく、痛みを与えているのだ。刃は足首まで達し、ようやく止まった。出血は床に広がっていた。腕から肩の傷と合わせれば、イチェードがいつ死んでもおかしくない大量出血だった。治療に動いた衛生兵を、サベリウは手で止めた。

イチェードは息を吸い、吐いた。続いてまた息を吸った。青い目には超新星の怒りが消えたあとの、永久凍土が広がっていた。足から刃が抜かれ、妃へ向けられる。

「理非は絶えた。おまえは本国に送還しないし、他国への亡命もさせない。自殺でも他殺でもなく、病死とされる」

王太子と公子を暗殺しようとし、後継者を殺したペヴァルアは、国家反逆罪で死刑しかありえない。一方で王太子妃の犯行は公開できないほどの邪悪さであった。公王家は病死として秘密裏に埋葬するしかない。イチェードは理屈を通しきった。

「いや、死にたくない。イチェード、わたくしを愛しているのならやめて」

床のペヴァルアが小さく首を左右に振って拒絶しながら懇願した。

「殿下」

副隊長のカイギスが横から口を挟んだ。続いてサベリウが前に出る。

「後は我らが」

親衛隊は士官学校から戦場を王太子とともに進んできた。主君と部下に収まらず、兄弟のような戦友である。大逆者であっても、王太子が妻である妃を殺すことは、大きな心の傷を生む。ならば親衛隊がその責を負うべきだという覚悟の言葉だった。

「いらぬ」

刃をかつて妻であったと思った存在へと向けたままで、イチェードが答えた。

イチェードの両目は冷えきっていた。左手とともに魔杖剣が掲げられる。五指が柄を強く握り、必殺の刃を放つ姿勢となる。ペヴァルアも気づいて、泣きながら床を這って逃げようとしていく。床には血の跡が続く。

「なりませんっ！」

親衛隊長のサベリウが制止の声をあげる。イチェードは親衛隊長を見ない。サベリウも引けなかった。

「王太子妃が死ぬことは当然です」サベリウが叫んだ。「ですが、直接殺しては、殿下の心に傷がつきますっ！」

先にあった親友ベイアドトの最悪の裏切りに自ら処断を下したことで、王太子イチェードは深く傷ついている。今回、妻のペヴァルアによる最悪を超える最悪の裏切りが起こった。イチェードがまた手を下したなら、どうなるのかとサベリウは怯えていた。

個人の心の問題ではすまない。後アブソリエル公国の次を担う君主が、深すぎる心の傷を抱えたなら、必ずや禍根を残す。もしベイアドトやペヴァルアのように公王がなったなら、アブソリエルだけでなく世界に悲惨を呼ぶ。

だからこそサベリウは友として、アブソリエル軍人、国民としてイチェードの心の傷を最小限に留める最終地点で止めたのだ。

「ここは、王太子妃の失血死を待つべきです」必死の声で、サベリウが譲歩を求める。「どうか、止まってくださいませっ！」

サベリウの願いは、絶叫の懇願となっていた。

「僕からもお願いいたします！」

隣からはイェドニスが叫んでいた。

「いかに邪悪であろうと妻を殺せば、兄上は英傑の心を失います。僕が代理となってもいい。だから兄上はやってはなりませぬ！」

イェドニス少年が叫んだ。子供であっても許してはならぬ悪を理解し、なお先のことを考えての請願だった。

イチェードは魔杖剣を構えた姿勢で止まっている。無言の静寂。唇には寂しい微笑みが浮かんでいた。

「そなたたちの言葉はありがたい。私が信じられるのは、もうそなたたちくらいしかいなくなった」

イチェードは言葉を紡いで止めた。

「いや、そなたたちを信じたいが、信じてはいけないのだろうな。それが王太子ではなく公王の務めなのだ」イチェードの自問自答が続いていく。「王となるのは恐ろしく辛いな。王は辛いと感じてもいけないのだろう。だから内心を告白するのはこれが最後だ」

零れていくイチェードの独白を、誰も止められない。王太子の心が激変していく有様が端からでも分かる。超高熱と超高圧による核融合のような恐ろしい心情変化が、イチェードの内心で今まさに起こっているのだ。

「私と人々と国家を裏切り、子殺しまでなしたペヴァルアを許したなら、私はもうこの先生きていけない」

イチェードの結論は冷たい響きを帯びていた。

「人の世の悲しみには果てがない」

覚悟の声が響きわたる。サベリウが息を吐き、目を伏せた。もう手遅れだったと副隊長も理解したのだ。自分たちと後アブソリエル公国は輝く太陽を失ったのだ。おそらくは永遠に。

次に来るのは太陽ではない。想像もできないなにかであった。

イチェードの青い目が弟を見つめた。夜空に浮かぶ青い月の眼差しであった。

「そしてイェドニス、兄を許せ。私には英傑になれる度量がなかった」

少年が声をあげようとして止まった。王太子の目は再び、かつて妻だった存在へと向けられる。先ほどまであった太陽、そして月明かりも瞳からは消えていた。ただ青いだけの無明の穴となっていた。

「カイギス、イェドニスを連れていけ」イチェードの言葉が零れた。「ここから先は、私とサベリウだけで処置する」

イチェードの言葉で、副隊長がイェドニスを連れて、廊下を出ていく。イェドニスも抵抗しなかった。残ったサベリウが悲痛な顔で膝をつき、処刑後に備える。出血しながら床に這うペヴァルアは、近づく死を見つめていた。

「なぜなの、私は私でありたいだけなのに。他人を殺して死なせてでも、私のこの思いだけが大事なのに」

ペヴァルアは黒い言葉を吐きつづけていた。イチェードは静かに妻だった存在を見下ろし、刃を片手で掲げていく。

イェドニスが遠くに離れると、親衛隊が囲む。イェドニス少年が振り返ると、建物は異様に静まりかえっていた。

「この手で我が心を切り捨て、公王戴冠式となす！」

屋内からイチェードの悲痛な宣言が放たれた。続いて魔杖剣が一閃される音と、ペヴァルアの悲鳴が響いた。

法院の装甲車の内部では、車輪が道路を疾駆する音だけが伝わる。

俺やギギナ、ドルトンにデリューヒンが座席で沈黙していた。後方に続く車輌の所員たちも同じ状態となっているだろう。

一日が経過しても、全員の脳裏にはイェドニス皇太子が語った、イチェード後皇帝の過去が去らない。

もっとも信頼する親友と愛する妻のために命がけで戦い、なんらかの事情か狂気かで裏切られた。二人ともイチェード自身が手を下し、処分をした。ほぼ同時期に未来を託すはずの子供まで死んでいる。

誰もがなにかを言おうとして、なにも言えなくなっていた。

「勝てる勝てない、ではないね」

デリューヒンが静かに結論づけた。勇猛果敢なテセオンの表情も曇っている。

「一晩考えたが、皇帝とやりたくはねえ」青年の言葉が車内に落ちた。「あんな経験をした人間がまともでいられるわけがない」

「我々はなにと戦っているのでしょうか」

新婚のドルトンも、自分がそうだったらと想像しての意見を述べた。

三人の意見に、俺も内心で同意する。建国式典で見た後皇帝イチェードへの違和感を思い出す。あれほどの大事であっても一切動じない不可思議さは、イェドニス殿下の話で納得できることとなっていた。死闘より悲惨なものをすでに目にしていたのだ。

後皇帝の目的は別にあると推測していたが、いったいなにを目的に大戦争を始めたのか。イチェードの内心がますます分からなくなっていた。

「〈踊る夜〉に〈黒竜派〉と手を結んでおり、さらに皇太子からは〈大禍つ式(アイオーン)〉も関わっているという情報まで入った」

俺が語ると、さらに全員の表情が曇り、暗澹(あんたん)となる。

「〈享楽派(ヴォルスト)〉の〈大禍つ式〉が最低でも三体。一体は前線に出ているが、二体は皇宮(こうぐう)にいるらしい」俺は情報を再確認していく。「両方とも俺とギギナは式典での死闘の最中に見ている。孔雀(くじゃく)と亀だ」

「聞いていましたが、公王(こうおう)が飼っていた動物が〈大禍つ式〉の媒体ですか」

ドルトンの声とともに、攻性呪式士(こうせいじゅしきし)たちにも衝撃が広がる。皇帝は〈踊る夜〉の二人だけではなく、奥の手に〈龍〉を呼ぶ準備をしていた。さらに〈大禍つ式〉二体とも取引をして配置。建国式典は万全だったのだ。もし、あの場でここしかないと突撃していれば、俺たちは全滅していた。俺は知覚眼鏡(クルークブリレ)に情報を表示させる。

「皇太子によれば〈大禍つ式〉の正体は、プファウ・ファウ侯爵(こうしゃく)にガズモズ大侯爵、そしてトタタ・スカヤ大総裁だそうだ」

読みあげていき、止める。

「俺とギギナは〈大禍つ式〉と戦ったことが何度かある。男爵(だんしゃく)級では五〇二式のヤナン・ガラン、子爵(ししゃく)級では四九八式のアムプーラと四九二式のスニグ・レレト」

　思い出すだけで嫌になる。

「それぞれ強敵であった」

　ギギナがかつての敵たちを評した。

「伯爵(はくしゃく)級は、何人かは幻視でウゥグ・ロンナを見たな」

　デリューヒンやドルトンたちがうなずく。トゥクローロやモレディナたちの顔には恐怖の色が掠(かす)める。

　俺たちは凶王ザッハドの本体というか対となっていた、伯爵級のウゥグ・ロンナを見た。直径五〇〇メルトルという巨大な球体。表面には人類や見たこともない生物の顔がつながられていた。おそらくは多次元世界のいろいろな生物が収集され、膨大な演算のために脳を使われていた。その全員が〈禍つ式(アルコーン)〉の思考に連結されたため、発狂していた。結局はザッハドがユラヴィカに倒されたらしく、ウゥグ・ロンナがこちらの世界に実体化することはなかった。

「あれに人間が勝てるとは思えない、のだけど」

　デリューヒンが評した。

「伯爵級でも上位存在、形式番号三〇九の大伯爵級の大総裁か」俺の口は皇太子からの情報を再確認する。「さらに上位である侯爵が皇宮にいるのは確実だそうだ」

「もう強さの想像ができねえ」

テセオンがお手上げだと動作で示した。

「予想はしておいたほうがいい」俺なりに言っておく必要がある。「歴史の教科書に出ている〈混沌派(ケイオス)〉のオクトルプスの一九九式に、〈秩序派(オルドネン)〉のグラッシケルの一九八式という形式番号は公爵(こうしゃく)級だ。王たちが地上に不在である現在、二体が両派の指導者となっている」

ユシスや学校で習ったことを思い出しつつ、俺は言った。

「あの二体が先の大陸大戦で、両陣営についた。そして世界の半分を炎の海にしやがった」

すでにかなりの老人たちの記憶にしかない大戦争は、西はウコウト大陸から東の央華(おうか)、南はオルギア大陸まで燃やした。軍人と民間人を合わせた、死者八〇〇〇万人という数字や各種の資料で、惨禍(さんか)の一端が分かる。実際は世界滅亡のような光景だっただろう。

「今回は、その地上最強の公爵二体に限りなく近い大侯爵(こうしゃく)が一体。次ぐ侯爵が一体。そして伯爵(はくしゃく)に相当する大総裁の一体が相手だ」

「どれくらい強いんですか？」

離れた席からリコリオの問いが来た。

「正直、分からない。だが、歴史上で何十回か観測されている侯爵は〈大禍つ式(アイオーン)〉の主力で、いわば将軍だ。伯爵は前線司令官といえばいいだろう。大侯爵は将軍たちを束ねている大将軍だ」

俺なりに知っている知識で話す。テセオンは疑問顔となっている。

「化け物の親分たちは、なにが目的でアブソリエルについているんだ?」

「〈大禍つ式〉の各派の悲願はひとつ。自分の派閥の王の召喚でしょうな」

年長者である医師のトゥクローロが語った。テセオンを除く全員がうなずき、肯定の表情を見せる。

「歴史上、高次元情報生命体である〈大禍つ式〉は王を、この三次元宇宙のこの星へと召喚しようとしてきた。依代となるのに手頃な生命体がこの星にいるからだ」俺も捕捉しておく。「だが〈龍〉と同じくらい〈大禍つ式〉の王は危険だ。顕現した実例はないらしいが、どう考えても他の生命体すべてにとっての災厄となる」

俺は言葉を切った。

「〈龍〉と〈黒竜派〉も、皇帝と〈大禍つ式〉たちの接近を知っている。皇帝が白の〈宙界の瞳〉を渡すとしても、どちらか一方。両天秤にかけられているとも知っている。おそらくより協力したほうへ渡すとでも言っているのだろう」

言っている自分でも分からないことが多いが、数少ない事実から予想しておく。

「それで〈長命竜〉や〈大禍つ式〉たち、さらには〈踊る夜〉たちが、事態に納得するだろうか。三者はどこかで皇帝からの〈宙界の瞳〉の奪取を狙うしかなくなる」

一連の行動と皇太子の語った過去からすると、後皇帝の心は壊れていると安易に結論づけたい。だが、予断は禁物だ。

俺たちは多種多様な精神の怪物を相手にしてきた。人々のためならどんな手段でも使うモルディーンに、正義に焼きつくされたレメディウスに、運で人を殺すと決めたアンヘリオ。精神の巨人たちと対峙してても理解できたことはないが、なおイチェードは訳が分からない。

「それで、イェドニス皇太子にはどう返答するわけ？」

煮詰まった議論に、デリューヒンが問うてきた。

「以前のハオル王家騒動は拒否するつもりが巻きこまれた。だけど今回は拒否できる」

デリューヒンの問いは、全員の問いだった。俺の覚悟が問われているのだ。

「勝てる戦いなら誰も反対しない。だがよ、そんな楽な戦いは一回もなかった」

テセオンが言葉を割りこませてきた。

「それでも勝ち目が皆無の戦いには向かえない。というより行かせない」

俺に向けられるテセオンの目には、安易さを許さぬ真剣さがあった。

「それぞれ家族がいる。俺たちは英雄でも軍人でもない。逃げても仕方ない、雇われ攻性咒式士だってことを忘れちゃ困る」

テセオンが見るのは、新婚のドルトンや、子供の出産を控えた俺だった。他にも所員それぞれに家族や友人、愛する人がいる。テセオンの目は俺にいい加減な答えを許さない眼差しとなっていた。ドルトンが庇われるのを拒否するように前に出た。

「それでも指揮官には従います。安全な戦いなどないなら、せめてどこで命を懸けるかの信頼を、私はガユスさんとギギナさんに寄せています」

今度はドルトンが言いきった。

俺の決断の責任は、今までより重い。分からぬままに巻きこまれたのではなく、明確に自分の意志で参戦か撤退かを問われているのだ。

街並みを車が抜けていく。壁に沿って進むと、門が見えてきた。あらかじめ開けはなたれた門の間を進む。中庭で停車した。装甲車(そうこう)からはまずギギナが下りた。安全を確認し、デリューヒンやリドリとリプキンといった重量級が壁を作る。続いて俺や残りが続いていく。

前方には、先日とは別の教会がそびえる。またも地元のアルカーバに頼って、聖ハウラン派の教会を借りることができたのだ。

敷地を進み、扉を開く。信徒席が波のように連なる。前とは違い、十字印の前にはすでに先客がいた。黒服の長身や巨体の男たち。腰にはそろって魔杖剣(まじょうけん)が提げられている。中央にはイェドニス皇太子が立つ。

俺たちは前に進み、教会の扉が閉められる。若き反乱者の目は俺たちを見据えていた。

「返答をお聞かせください」イェドニス皇太子が宣戦布告のように問うた。「我(われ)らとともに後皇帝イチェードと戦うか、逃げるか、どちらでしょうか」

「前にも似た問答をしたことがあります」

「ハオル王家とのことですね」

　イェドニス皇太子が即座に答えた。

「そのときのように、俺はもう一度あなたに具体的な手段を問います」聞いておかねばならない。「どうやって皇帝の手から〈宙界の瞳〉を奪取し、戦争を止めるのでしょうか？」

「計画に参加すると確約がなければ話せません」

「はい、お決まりの返答来た」

　皇太子に、俺はぞんざいな口を利く。イェドニス皇太子の眉に苦慮が見えたが、ここは駆け引きと交渉だ。

「我々は後皇帝イチェードと〈宙界の瞳〉を引き離したいだけです。できれば背後にいる〈黒竜派〉や〈大禍つ式〉の〈享楽派〉からも引き離したい。現時点では手を引いて逃げることもできます」俺は内部での結論を述べていく。「ですから成功する確率がある作戦を聞かないかぎり、乗れません」

「いいでしょう」

　イェドニス皇太子が答えた。周囲の男たちは制止しない。

「明日、ガラテウ要塞跡地とフォイナンの町から、後アブソリエル帝国が進軍を開始します。一応の西方諸国家連合軍は成立しましたが、勝敗は明白です」

「それは」

　いずれとは思っていたが、決着の時がもう明日なのだ。

「そこで〈龍〉が呼びだされれば、西方諸国家連合軍は敗北。〈龍〉が出ず、連合軍がまともに機能したなら、押し返せるでしょう」

　イェドニス皇太子の予想は防げない展開だが、重大な軍事機密だ。すでに覚悟が決まっている。

「具体的な計画をお話しましょう」

　皇太子が覚悟を込めて語る。側近たちも止めない。俺たちを引きこむには、生死をともにするしかないとした交渉が通った。

「首都周辺の八つの軍事基地のうち、若手の五人の指揮官と部隊が後帝国の危険性に同意しています。明日、彼らが蜂起(ほうき)して五つの軍事基地を制圧し、首都防衛軍を外から圧迫します」

　俺たちは皇太子の反乱計画に耳を傾ける。

「蜂起の直後に、私と直下の皇太子軍二千人が、出陣前に皇宮(こうぐう)に入って閲兵式を行(おこな)います」

イェドニスが戦力を語る。「皇宮内部からならこれで周辺を占拠できます。あとは城壁の門を閉ざして、千五百の兵が奮闘すれば、数時間は外部からの干渉を遮断できるでしょう」

　皇太子の計画から、先の展開と俺たちの出番が分かった。

「その間に皇宮へ精鋭五百人が突入し、親衛隊(しんえいたい)と二体の〈大禍つ式〉を倒す。後皇帝の身柄を確保して〈宙界の瞳〉を奪い、退位させて戦争を停止させる。その手助けに我らと不運が欲しいということですね」

俺が補足すると、イェドニス皇太子がうなずく。背後に並ぶ護衛たちも顔に重々しい決意を浮かべている。

「軍事的には、皇太子派が有利でしょう」

俺なりの分析の言葉が並べられる。後帝国軍の主力は龍皇国への牽制と西方諸国との決戦、他は併合した国に向かっている。皇宮と皇都の内外からの二重の攻撃で、しかも皇宮敷地内まで無傷で入れる皇太子軍が優位だ。

「ただ、二重の包囲網で勝機は高まりますが、それゆえに逃げ道はありません」俺は危険性も指摘しておきたい。「目的を果たして、親衛隊と近衛兵と首都防衛軍に、皇太子こそがアブソリエルの新指導者であると納得させないと全滅する。さらに停戦宣言をして、勝利を目前にした遠征軍が引き返してくれるかどうか」

勝ったとしても、問題は多く、多すぎるのだ。

「最大の問題は相手の鬼札三つ。〈龍〉と〈黒竜派〉による西方諸国連合軍との対決。親衛隊と〈大禍つ式〉と〈踊る夜〉による皇宮の防衛。前者による戦局が決まる前に、後の二者をどうにか片付けるという時間制限があります」

俺が再確認する現状の厳しさが、全員の表情を引き締める。

「三つの難題のうち、ひとつの条件は少し緩和されています」

皇太子の声が響く。

「数日前に、それまで伏せられていた〈大禍つ式〉が表舞台に出て〈踊る夜〉を襲撃。両者は皇宮で死闘となって〈踊る夜〉の一人が脱出しました」

「一人は死んだか皇宮に囚われているわけか」

俺は内心の感情を出さないようにしていた。ユシスが脱出したら、もしくは死ぬか虜囚となったら嬉しいのか、自分でも分からないのだ。

俺は息を吸って、吐く。

「決行時間は？」

ここまで聞けば、もう俺たちも引き返せない。

「午前十時に我らの皇太子宮に来ていただければ、そこから皇宮へ向かいます」

イエドニス皇太子が答えた。首都の外の基地の蜂起時間はその少し前にすれば、決起が上手くいけば決行。失敗すれば立てなおしとなるわけで、保険もある。

周囲の仲間たちが俺を見つめていた。決定は事前に伝えているし、現状でも分かるが最後の決断をしなくてはならない。

「我らも同道しましょう」

俺は決断した。賛意と反対の声が、背後の所員たちから出ることはなかった。事態は俺に一任されているのだ。俺は一歩前に出て、携帯を取りだす。

「ただし、あくまで仕事としてです。事件後の安全保障のためにも契約書を転送します。条件に納得できたなら、承認してください」

呼応するようにイェドニス皇太子も前に出て右手をかざす。体内にある通信機が、俺が送った契約書を空中に表示。皇太子が眺め、確認していく。最後にうなずく。署名がなされて、これで俺たちの生死は道連れで、互いに裏切れない。

イェドニス皇太子が左手を振った。俺の携帯へと情報を送信。見ると、俺たちが要求した以上の大金が事務所口座に振りこまれていた。しかもこれは前金だ。成功報酬はさらに倍。以前なら信じられない額だが、適正価格かは分からない。死ねば無意味な金となる。たとえ成功しようが、世界が滅びるならもっと無意味だろう。

俺とイェドニス皇太子の間に握手もない。あくまで皇太子が歴史の主役で、俺たちは手足となる傭兵(ようへい)なのだ。それでいいし、そうであるべきなのだ。

皇太子たちが静かに教会から去っていき、扉が閉まった。

「俺たちの戦力で一割、皇太子の軍と策で二割。三割程度の勝算はあるか」

自分なりに現況を楽観視してみる。

「あとはこちらで二割を足して、五割にしてみせましょう」

ソダンが言った。俺はギギナを見た。ギギナは俺を見た。続いて二人して、ソダンを見た。

査問官の顔には、懊悩(おうのう)があった。俺は問いかけてみる。

「さらに二割を増すなど、どういう奇策だ」

俺の問いに、ギギナも同意といった横顔となっていた。イェドニスの策は敵陣に切り込める。俺たちもかなり強くなった。さらに倍の可能性を積みあげるなど、可能とは思えない。

待っていると、ようやくソダンが口を開く。

「法務官が用意をしています」

アレトン共和国とツェベルン龍皇国の境界線であるアンバレスの地では、轟音と静寂が交錯していた。

冬の寒気を蹴散らすように各地で火炎が渦巻き、火の粉が散る。雪原であるはずの大地も各所で炎上。黒い煤煙を空にたなびかせていた。

大地に穿たれた穴の周囲には、人が倒れていた。白い軍服や積層甲冑。ツェベルン龍皇国の北方方面軍の兵士たちだった。兵士たちは頭が吹き飛び、手足を千切られていた。裂けた腹部からは小腸や肝臓が零れ、まだ湯気を発している。血と糞尿の臭いが雪原に溢れる。

兵士たちの先には、美しい少年少女たちが散乱していた。人ではなく、人の形をした〈擬人〉たちだった。目や鼻や口、手足の断面や腹部の穴から人造の赤い血が零れていく。人形たちは機能停止していた。

無敵を誇るバロメロオ公爵の〈人形兵団〉が、初めての大被害を出していた。死体の原の先を、北方方面軍と〈擬人(クンスツ)〉たちが後退していく。盾(たて)を構えて、間から突きだした魔杖槍(まじようそう)や魔杖剣から、咒式(じゅしき)を放つ。爆裂咒式が吹き荒れ、砲弾が無数の流星群となって飛ぶ。火炎咒式が雪原を焼き払っていく。

前線では絶壁のような大盾の列が並ぶ。咒式大盾を掲げて、四から五メルトルほどの人影が進む。隆々たる筋骨に赤や青、緑の肌を持つ〈大鬼(トローレ)〉たちだった。枝を払った大木を逞(たくま)しい右肩に担ぎ、左手で壁のような大盾を構えて進軍する。降りそそぐ咒式の投槍や雷撃、砲弾であっても大盾を貫けない。

足止めを放棄して、兵士や〈擬人〉が背中を見せて退却する。〈大鬼〉が大股で追跡。咒印組成式が体に浮かび、筋力強化咒式が発動。太い腕で握った大木を振るう。巨体の上に強化咒式を重ねた一撃は、甲冑(かっちゅう)ごと兵士を肉塊に変え、人形を砕いていった。

奥では、近い巨軀(きょく)を持つ〈食人鬼(オーグル)〉たちも歩む。巨大な首や腰には、戦場で殺した人間や〈擬人〉たちの首が括(くく)りつけられている。握った魔杖槍が振り下ろされ、逃げる兵士の背中を串刺しにする。暴れる兵士を、頭から〈食人鬼〉が齧(かじ)る。頭蓋(ずがい)骨を破砕し、嚙(か)み千切(ちぎ)る。脳と血を零(こぼ)した兵士に、他の〈食人鬼〉が食らいつく。手足が喰(く)われ、腸(はらわた)が啜(すす)られていく。争って喰われた兵士の体が引きちぎられる。

大型の〈異貌(いぼう)のものども〉が最初の打撃を加えると、左右から雲霞(うんか)のごとく人影が進軍していく。左から進むのは異形の人型。下顎から牙(きば)が上に出て、上を向いた鼻。豚のごとき顔をした〈豚鬼(オルク)〉が武装して進軍する。

右からは前に出た長い顎(あご)、頭頂部に立った三角の耳。犬のような頭部を持つ〈犬鬼(コボート)〉が武具を握って走る。膨大な数が大波となって押しよせる。

〈擬人〉たちが反転して迎撃、しようとした瞬間に落下する。大地が陥没(かんぼつ)し、土砂に人形たちが巻きこまれていった。

粉塵(ふんじん)の間に人影が現れる。低い背に屈強な体軀(たいく)。不釣(ふつ)り合いに太い腕の先にある太い指は、掘削(くっさく)道具である円匙(シャベル)や鎚(つち)を握っていた。地下を掘って住む〈土鬼(ドルク)〉たちだった。

人形たちへと〈土鬼〉たちが殺到。剛腕による円匙や鎚が人形たちの掲げた腕や足に刺さる。赤い人工血液が噴出。〈擬人〉たちが腕を一振りすれば、小柄な〈土鬼〉たちが吹き飛び、地下の壁に激突。即死させられる。

仲間の死を気にせず〈土鬼〉たちは蟻(あり)のように人形たちに殺到する。全方位から円匙や鎚を突きたてていく。

次から次へと殺到する〈土鬼〉により、人形の姿が見えなくなり、悲鳴と赤と青の血が噴出。音と血が止まると〈土鬼〉たちが離れる。あとには掘削具によって切断され、穿孔(せんこう)され、人形だった物体が散乱していた。

アンバレスの地は、見渡すかぎりの〈異貌のものども〉が溢(あふ)れていた。地平線の先まで、異形が進んでいく姿が見える。龍皇国(りゅうおうこく)軍と人形兵団は数倍ではなく、数十倍という膨大かつ異形の群れに圧倒されていた。

〈異貌(いぼう)のものども〉の大津波の後方、火炎と火の粉と爆煙が渦巻く空に向けて揺れる影が二つあった。紫地に黄金の光輪十字印、神聖イージェス教国旗が翻(ひるがえ)る。少し下がって第十四軍団の軍旗がはためく。第十五軍のニニョス枢機将(すうきしょう)の援軍である、メルジャコブ枢機将の印だった。

教国旗と軍団旗を掲げるのは、馬上の旗手たちだった。周囲には修道騎士団が数法結界で守りながら進む。旗を掲げる本陣は他から孤立していた。

前方に広がる自軍の圧倒的進軍を、馬上のニニョス枢機将が見つめていた。友軍による優勢にもかかわらず、厭(いと)わしさが明確に出ていた。

「軍用火竜(かりゅう)や飛竜といった〈異貌のものども〉を使うのは、現代咒式(じゅしき)軍の常識だが」

手綱を握りしめたニニョスの声には、不快感が滲(にじ)む。

「これほど大規模な、しかも〈異貌のものども〉だけで進軍させるなど、聞いたことがない」

ニニョスの言葉も苦みを帯びていた。傍(かたわ)らで騎乗するメルジャコブ枢機将は、微笑(ほほえ)んでいた。

「聞いたことがないでしょうな。だからこそ我(われ)らは押しているのです」

眼前から地平線まで〈異貌のものども〉による第十四軍が、怒濤(どとう)となって進んでいく。

ニニョスの第十五軍の兵士たちも最初は驚いていたが、司令官の指示に反応して、第十四軍が蹴(け)散らした後の敗残兵を狩っていく。

「いったいどうやって〈異貌のものども〉の軍隊を作ったのだ」

ニニョスが呆然とした言葉を放った。

「〈大鬼〉は愚鈍で他者の命令を聞かない。〈食人鬼〉は残忍で気性が荒いし、なにより人を食べる。〈豚鬼〉は忠誠心がなくまとまれない。〈犬鬼〉はすぐに逃げだす」ニニョスは嫌悪の目で進軍していく第十四軍の大波を見る。「そしてほとんどの〈異貌のものども〉同士は、他と同じ場にいることを嫌うか敵対している」

ニニョスの疑問の声が連なる。

「それがなぜ戦術を理解して実行しているのだ⁉」

枢機将の疑問は最後に叫びとなっていた。

「それはひとえに、教国のお陰ですな」

メルジャコブが言って、左手で光輪十字印を切る。

「原理は簡単です。〈異貌のものども〉でも知性があり、言語がある種族に、神聖イージェス教を広めてみたのです」メルジャコブが語った。「各種亜人に〈異貌のものども〉にと長い時間がかかりましたが、彼らも立派な神聖イージェス教徒です」

「な」

衝撃を受け、ニニョスが馬上で体を引く。体を前に戻し、異常な戦場を眺める。

大地を埋め尽くす〈異貌のものども〉たちが、進んでいく。〈大鬼〉は大木を振り下ろして、人々や〈擬人〉を粉砕していく。〈人喰い鬼〉は歩みながらも両手で摑んだ敵兵の死体を、頭から喰らっている。両者の装甲で覆われた胸元に煌めき。全員の首からは首飾りのように、光輪十字印が下がっている。

〈豚鬼〉は兵士の首を魔杖槍の先に刺して進む。豚のような顔には喜悦の表情。〈犬鬼〉が長めの顎の間に〈擬人〉の腕を咥える。人工血液が不快だと目鼻を歪め、腕を捨て、歩んでいく。〈土鬼〉たちは円匙や鎚を掲げて無言で進む。破壊と殺戮を繰りひろげる亜人たちの胸元に、光輪十字印が揺れていた。

馬上のニニョスの目が見開かれる。

「あのようなものが、我らと同じ神聖イージェス教徒だと言うのか」

「言うしかありませんな」ニニョスの疑問に、淡々とメルジャコブが答えた。「一応はあれでも洗礼を受け、教義を理解している、としています。聖戦にも参戦していますしな」

「理解しているとしている、だけだろうが」

ニニョスの反論に、メルジャコブが手を掲げる。

「なに、神聖イージェス教での、神の前にみな等しく価値がない、という教理に彼らは心服しているのですよ」

馬上でニニョスは息を呑んだ。教義の一部に対する誤読への衝撃があったのだ。

「神の前に平民も奴隷も王もない、というだけだ。等しく人や生物に価値がないなどとは言っていない」

「ですが我らが祖国は教皇を頂点とし、僧侶と貴族、軍人と平民と農民、政治犯と下層民を奴隷としている階級社会でしてね。建前と実際が乖離しているのは、彼らも理解していますよ」

　メルジャコブが自嘲ぎみに語った。ニニョスも自己社会の矛盾は分かっている。

「信仰の曲解は分かった。だが、それだけで〈異貌のものども〉は従わない」

「教皇と枢機将長は、彼らに聖戦での戦果の分だけ、神聖イージェス教国に併合された土地を返す、と約束したのです」

「なんということを」ニニョスが絶句した。「国土の割譲など、許されることではないぞ」

「神聖イージェスにある彼らの荒涼とした土地より、奪った領地のほうが豊かです」

　なんの痛痒もないように、メルジャコブが答えた。

「南の地は冬にすべてが凍らない」メルジャコブは笑う。「〈異貌のものども〉の兵站は異教徒どもを喰わせればよし。先にある神聖イージェス教国の民の移住にも軋轢が生まれず、素晴らしいことです」

　メルジャコブが語る教国南進の新戦略に、ニニョスは言葉を失う。祖国は自国を削ってでも、南方の領土と不凍港を欲している。建国以来、南下は悲願である。

　だが人々を〈異貌のものども〉に喰わせての大進撃は聖戦ではなく、黙示録の光景にしか見えず、思えなかった。

「ここまでやって、敗戦したときはどうなるのか」ニニョスは最大の懸念を発した。「敗れたとき、根本的な忠誠心のない〈異貌のものども〉は、四方八方から弱った教国に襲いかかってくるぞ」

ニニョスの言葉に、メルジャコブは答えない。

「それは負けたときのことです。なにより今の攻勢は、方々のご協力があってのことです」

馬上のメルジャコブ枢機将が、背後へと右手を向ける。ニニョスも嫌悪と恐怖の表情で、体を捻って後方を見る。

螺旋階段の石段に、各自の足音が響き、連なる。数十人の足音は騒々しい。

シビエッツリを先頭に、照明を掲げたソダンが続く。二人に続いて俺とギギナ、そして事務所の攻性咒式士たちが下りていく。

「法院にここまで深い地下室があるとはな」

ギギナが言った声が、足音の間に響く。肩に担いだ屠竜刀の先に宿った光が、ギギナの不機嫌そうな横顔を照らす。そして俺の理解不能といった顔も照らしているだろう。

俺たちはシビエッツリに導かれ、階段を下りつづけている。すでに地下一〇〇メルトルは下っている。

「自動昇降機くらいないのか？」

俺が問うた。先を下りていくシビエッツリの背中が見えた。

「かつてありましたが、閉鎖しているのですよ」

シビエッツリ法務官の返答は謎めいていた。意味を問おうとすると、男の背中が水平移動していく。俺の足も階段の底についた。

天井の照明によって、伸びていく通路が見えた。前に長い通路が続いていく。まだ歩くらしい。俺は手で合図をし、隊列を警戒陣形にして進む。

自前の照明のままで廊下を進む。途中で自動昇降機が見えたが、扉が溶接によって封鎖されていた。電源すら通っていない。わざわざ封鎖する意味が分からない。

目を戻しながら歩みを続ける。先を行くシビエッツリが止まり、並んでソダンが止まる。続いていた俺たちも停止した。前に出ようとしたピリカヤを、毛皮と細い手が塞ぐ。ニャルンの右手とモレディナの左手が両側から制止していた。

薄明かりのなかで、モレディナは小さく首を振る。目は前を見て最大警戒。ニャルンは鼻の頭に皺を寄せて、四足獣の姿勢。ピリカヤが素直に後退し、俺の傍らに戻る。

見ると、ピリカヤは右手で左肩から腕を抱きしめている。手の下では鳥肌がたっている。先に立つギギナは、腰に刺した屠竜刀の柄に手をかけていた。目は前方を注視している。

ピリカヤの青い目には警戒の色が浮かんでいた。

「あれ、なんかある」

俺にもようやく分かる。この廊下はなにかおかしい。

査問官たちの通路の先には、巨大な左右開きの扉がそびえる。重厚な金属製の扉で、表面は青銅模様処理がされ、複雑な模様が刻まれている。幾何学的だが左右に一頭ずつの竜が舞っている。古風な様式に見せているが、最新の呪式（じゅしき）設備だと見て取れる。

「なにを見せたいのだ？」

「勝率を二割上げる一手です」

俺の問いに、シビエッツリの背中が答えた。法務官が隣にいるソダンへと目で合図を出す。中級査問官が左腰の魔杖剣（まじょうけん）に右手を添え、わずかに引きぬいて呪式を静音発動。鞘（さや）と刃（やいば）の間から赤い数列が溢（あふ）れて、床に零（こぼ）れる。数式が展開し、床や壁に数列を映していく。暗い廊下が一気に光の世界となっていった。

「おいおい、これはちょっと、ちょっとすぎるよね」

思わずデリューヒンが声を出した。視界一面、廊下の床から壁、天井まで数法呪式の罠（わな）が設置されていた。

百を超える殺意の組成式が、俺たちを囲んでいた。扉どころか、近づくだけでも殺すという四方からの明確な意志だ。圧力だけで呪式の規模が分かる。

シビエッツリとソダンが呪式を紡（つむ）いで解除していくため、踏みとどまる。俺は内心で大丈夫殺されない大丈夫殺されないと繰り返す。

「殺す気満々だな」

ようやく軽口が叩けた。

「地盤を破壊し、今まで歩いてきた廊下、階段とこの先ごと地の底に封印する咒式です」

シビエッリが言った瞬間、思わず俺は一歩下がる。他のものたちも多くが一歩、そして二歩と後退していた。法務官が保証する破壊力から言って無意味な行動だが、危険な咒式の罠からは、少しでも離れたいのが人情なのだ。

俺の目は再び扉へと向けられる。古めかしい扉の先には、法院施設を犠牲にしても奪取されてはならない、なにかが収められているのだ。

「これで安全です」

重い息とともにシビエッリが咒式を紡ぎ終わる。四方を埋めつくす、百以上もの組成式が解除された。咒式は青い量子散乱とともに消失していく。あとには白い壁面と床と天井が戻る。罠が完全解除され、俺たちも自然と安堵する。

両者が合図をして前に進み、同時に左右の扉に手を触れた。二人の掌から扉の表面へと緑光の亀裂が走っていく。おそらく何十もの生体認証がなされているのだろう。厳重すぎる認証に次々と了承が出て、左右の扉に鍵穴が浮かぶ。

続いて両者が左手を掲げる。握られていたのは銀色の鍵。二人同時に扉の左右に差しこむ。緑の光の上に、赤い光が走っていく。

扉の奥で錠前が解除される音が重なる。吐息のような音を立てて、左右の扉の間に隙間ができた。扉が開かれていくにつれ、闇が広がる。

シビエッツリが扉を抜けていく。室内に照明が灯る。ソダンが続いて入室していく。俺たちも戸口を潜る。

室内は小さな体育館ほどの広さがあった。部屋には棚が並んで奥へと続いていく。右を見ると壁一面にも棚が隙間なく並ぶ。左も同じく棚が続く。終点の壁も一面の棚となっていた。すべての棚には、魔杖剣に魔杖槍、魔杖短剣に魔杖刀が、台座の上に鎮座していた。間には咒弾の山に各種咒式具。大きな棚には積層甲冑が静かに吊され、盾の列が並ぶ。

棚の間にある通路をシビエッツリが進み、俺たちも続く。とんでもない数の咒式具で、武器庫のようだった。魔杖剣だけで数百振りは越えている。通りすぎながら見ると、品々の異常性が分かった。

「あれは」

通路で足を止めて、俺は右手を伸ばす。一本の魔杖剣を手に取る。黒い鞘に黒い柄がどこかで見覚えがある。俺は柄を握って刃を引きだす。室内灯の光に当てて、刃の文様を確認。思ったとおりだ。そして鍔元にある銘を見る。

「やはり、魔杖刀〈嚇怒のゾウラウ〉だ」

「本当か」

聞いたギギナが体を反転した。手を伸ばし、俺の手から魔杖刀を奪いとる。ギギナも刃を確認、鍔元を見る。

「ウィザーレの八十八名剣の一振りで十年以上も前に行方不明になったはず。なぜこんな場所にある」

ギギナの目が刃から上げられた。先にはシビエッリとソダンが立っていた。

「悪王タディオンの武器庫から、十二年前に地虫のディオッズが警備兵五〇名を倒して強奪したものです」シビエッリが答えた。「十一年前にそのディオッズを我々が倒し、ここに保管しています」

「地虫のディオッズを？　あれは軍隊の中隊にも打ち勝った攻性咒式士で」俺の出した声にも驚きが混じる。一方で即座に理解した。「いや、咒式士最高諮問法院なら可能か」

なぜ公表しなかったのかという問いを止め、俺は周囲を見回す。武具に防具、咒弾の山は軍隊の武器庫のようであり、違う。

「もしかして、ここにあるすべてが」

俺は両手を掲げて周囲を示す。仲間たちも周囲を見ていく。全員が棚にある一千を超える武具の由来が分かってきた。

「法院のアブソリエル支部が押収してきた咒式具か」

「そのとおりですが、少し条件が特殊でしてね」

淡々とシビエッツリが答えた。

「元の所有者が正統な政府や団体や個人であれば返還しています。だが、そうでないものには返還しません」

「それ、法的にはどうなんだよ。悪人からの強盗犯からまた強盗しましたが返しません、ということが通るのか」

俺が渋い顔で問うと、シビエッツリがわざと疑問顔を作る。

「法に従う、という演技をしているだけの攻性呪式士のお言葉とは思えませんな」

シビエッツリは平然とした顔で、ソダンを見た。二人は俺へと疑問の目を向けた。シビエッツリの瞳には笑いがあった。

「法院の武装査問官軍団や、弁護士師団と戦いたい人物が、今までいないのは事実ですね」

「十字教総本山と各国の後ろ盾があるとしても、法院はやりたい放題すぎるだろう」

俺は素直な感想を述べておく。シビエッツリは不敵な笑みを見せる。

「しかし、そういった矛盾と不条理を通しておいたからこそ、今ここに手札があるのです」

シビエッツリが両手を掲げていく。

「敵は強大。ならばこの法院保管庫にある装備で、どれでも好きなものを、好きなだけ持っていってください」

法務官の両手が部屋のすべてを示してみせた。一瞬遅れて、攻性呪式士たちの顔に、期待が浮かびあがる。

「ありがたい」俺はシビエッリに礼を言い、全員へと向きなおる。「法院からの好意を受けとれ」

俺の許可が出ると、全員が歓声とともに室内へと散っていく。我(われ)先にと室内にある良い品を探していく。

「高い品を選ぶな。自分に合って、強くなる咒式具を選ぶように」

歩みながらも、俺は軽く言っておく。

「釘を刺す必要はないのでは？」

隣にいたドルトンが言ってみせた。ここにいるのは、若いが死闘を生き延びてきた攻性咒式士で現状が分かっている。それぞれが咒式具を手に取り、説明を見て確認していく。当然のように自分に合った装備かどうかの判断をしていく。分からない場合は、咒式具の専門家であるリコリオや元軍人のデリューヒンに尋ねている。

「みんなが大丈夫だとは分かっている」俺は息を吐く。「ただ例外中の例外が一人いるんだよ」

呆(あき)れ声で言った俺の目線を、ドルトンも追う。

前方ではただ一人、ギギナが動きを止めていた。瞳は俺を見つめていたが、伸ばした右手の指先が鍔(つば)飾りに触れていた。説明書きを見ると、効果はなく、ただ美しいだけの品だ。

「ほらね」

俺は先より重い息を吐く。ドルトンは苦笑した。苦境であっても、美しい家具や工芸品を見る相棒だけは信用できないのだ。最悪の激戦を前に審美眼を発揮している場合ではないのだが、どんな心の余裕だ。

ギギナは鍔飾りに触れていた指先を動かし、横にあった無骨な短刀を握る。最初からこちらが気になっていたという演技だろうが、下手すぎる。

俺も歩きまわる攻性呪式士たちの間へと入っていき、品物を見ていく。

事務所の汎用制服はロルカと業者に特注したもので、軍用のものにも劣らない。制服以上の防御力となると個別の甲冑になるのだが、俺には必要ない。

愛用している魔杖剣はヨルガとマグナスともに俺に不似合いな大業物級で、交換する必要がない。宝珠もラズエル社製の逸品である。俺の戦闘流儀は、移動速度と回避力からの遠隔火力重視だ。重い装備で防御力や近接攻撃力を上げても、速度と回避力が落ちると死ぬので、なかなか難しい。

となると、俺の新規装備として必要なのは、魔杖剣用のより強力な演算用宝珠か呪弾、または支援呪式具となる。室内を一周してみて、高位呪式用の呪弾をいくつか手に取っておく。他は俺に向いた品がないようだった。

隣にはギギナが立っていた。左腕は、魔杖短刀と呪式具をいくつか抱えていた。

「なにか良い武具があったのか」

とくに興味もなく俺が問うと、ギギナが右手で左腕に抱えた魔杖短刀二振りの柄をまとめて握る。そろいの幅広の黒鞘から、少しだけ刃が抜かれる。

「短刀で大業物級の〈異郷のヨルキカ〉と〈望郷のセレネディア〉があった」ギギナが刃を見る目には、真剣さがあった。「これはウィザーレの名剣のうちの双子短刀で、出物だ」

俺も冴え冴えとした刀身の見事さが分かる。ギギナの屠竜刀ネレトーは歴戦を耐えているが、咄嗟の接近戦に密着戦、防御のときの短刀は何振りかを壊されていた。大業物級の短刀をギギナもずっと探していたのだが、ついに見つかった。

ギギナが二つの刃を鞘に戻し、まとめて柄を握って回転。腰の後ろに二振りを装着する。

保管庫内を見回すと、もうほとんどの所員が新装備を選びおわっていた。各自が手にした咒式具を確認し、あれこれ話しはじめている。

「選んだものから地上に戻り、実地訓練に入ってくれ」俺は保管庫の咒式士たちに聞こえるように告げる。「明日までに完全に使えるようになれ。微妙な調整はリコリオにしてもらえ」

俺の指示で、攻性咒式士たちが動きだす。それぞれの新しい装備を手に手に、出口へと目指していく。整備担当であるリコリオは周囲から質問攻めにあっていた。

モレディナとテセオンが並んで話しあっていた。元不良と電探士の組みあわせは珍しい。モレディナは新しい魔杖剣を選んでいた。

「モレっさん、あれの部分復旧があって、その魔杖剣があるなら」テセオンが声を潜める。「あれができそうですね」

「誰がモレっさんだ」モレディナが苦笑した。「でも、制御力と正確さが増す魔杖剣〈死に損ないのオデアイト〉があって良かった。さすがに大業物級でないと、あの咒式を支えきれない」

モレディナの顔には懸念があった。

「ただ、この魔杖剣は制御力の代わりに、使用者の消費が激しすぎて封印されたくらいだ。あれも連発はできない」

「分かった。一発勝負で行きます」

二人は謎の言葉を交わしながら、リコリオへと向かっていった。

俺は目を戻す。

「で、法院の連中は」と室内を探す。選んでいる攻性咒式士たちの人波の先、押収物保管庫の奥に二人の姿があった。背後には棚がそびえる。

俺とギギナは人波の間を逆流し、査問官たちの前へと出る。俺は強力な咒弾を納めた弾倉を手で示す。

「俺とギギナはもう選びおえた。これでいいなら、もらっておこう」

「返す気はない」

ギギナが言って、左手で腰の横から出た二振りの短刀の柄を叩いてみせた。かなり気に入ったらしい。

「だが、これでは最悪の死闘を前に、勝率上昇は誤差といった程度だ。さらに二割とは言いすぎではないか？」

俺は疑問を言葉にしておいた。

「つまり、もう一手がある」

俺の感想にも、シビエッツリの表情は硬い。ソダンも似たようなものだった。どうも二人は迷っている様子だった。ソダンが前に出ようとして、止まる。シビエッツリが手で止めていた。

「ここから先、別の場所に案内します」

扉を背負うシビエッツリが真剣な声と眼差しで言った。

「ここでの最高指揮官である君が、必要と思う幹部だけ集めてくれないでしょうか」

シビエッツリは棚の前で動かない。一瞬で理解した。俺はシビエッツリに了解だとうなずいてみせ、俺は背後へと歩む。出入り口に立つと、前や左右の廊下に去っていく攻性咒式士が見える。目当ての人物を探す。部隊長のドルトンと特攻隊長のテセオン、遊撃部隊長のピリカヤと、頼りになるニャルンへと目で合図を送る。

一瞬迷ったが、遠くにいるデリューヒンも呼ぶ。内部に派閥抗争を呼びこむ女性だが、戦力の要として、そして反対意見役として必要だ。

デリューヒンやピリカヤにニャルンは即座に理解し、こちらへと向かってきた。テセオンは、手に持っている刀を掲げてみせ「これが欲しいのか？」と目で問うてきた。うーん、実に察しが悪い。

出入り口まで戻ってきたギギナが顎で示すと、ようやくテセオンもこちらに向かってきた。指揮官級が集まり、法院の二人の前で止まる。他の攻性呪式士たちが保管庫から出ていった。

「では」

シビエッツリが緊張した声を出した。

「あなたたちを〈禁庫〉へと導こう」

法務官が宣言した。

二十章　遥かなる戦場へ

幾万の夜風の間に、あの日の虚妄を口ずさみ、嵐が丘で火刑に燃える君よ。月光の赦しを受けて、灰となるまで二人で爛れつづけよう。祝祭なり。其は祝祭なり。

ハズラット・ダヤン「磔刑の列」神楽暦二年

ニニョスとメルジャコブの両枢機将は馬上で振り向いた。

後方には、三つの山があった。左には黄色い鱗の竜が鎮座し、右には緑色の竜が悠然と首を掲げていた。二頭ともに見上げるほどの巨大さで、竜測定法からすれば〈長命竜〉だった。二頭がいるだけで圧迫される。

二頭の〈長命竜〉たちの間には、一際巨大な青銀色の山があった。巨軀の表面には、青い輝きの鱗が連なる。先には長い尾が伸びていた。太い四肢は巨体を支える神殿の柱となっている。

長い首の先にある顔は長い鰐にも似ていた。頭部から長い首、背にかけて長い角が生えている。角の先端には咒印組成式が描かれ、燐光を放つ。多重咒式を展開する、生ける城塞の姿であった。莫大な咒力の放射によって、降りそそぐ雪は上空で軌道を変えられ、斜めや水平に舞う。

二千三百歳の〈上古竜〉の威容が、枢機将たちを圧していた。メルジャコブは手を胸に当てて敬意を示す。

「〈黒竜派〉でも八方面竜の一角」メルジャコブが息を整え、口を開く。「青咒竜マググッツ殿、とその護衛の方々のご助力、我ら一同で感謝しております」

怯えを含んだ声で、メルジャコブが竜たちに感謝を述べた。先に紹介を受けている、ニニョス枢機将や指揮中枢である大司教将や司教将、そして護衛の聖堂騎士団も、顔に出そうになる怯えと恐怖を押し隠そうと強ばっていた。馬たちですら蹄で雪原を削り、怯えを示していた。

現在、世界の恐怖の中心である〈龍〉を王とする、竜族強行派が〈黒竜派〉である。〈黒竜派〉の竜たちのなかでも猛者中の猛者、八方面竜の一頭が、後方にいる青咒竜マググッツであった。

歴史を見れば、マググッツは十五万人を殺してきた、生きて歩く大災害であった。護衛の二頭の〈長命竜〉も、一頭では格好がつかないという儀礼で来ているにすぎない。歴史上、マググッツを倒そうとした勇者や英雄や軍は、ことごとく全滅させられており、護衛など必要ない力を持つ。

「共闘をしている相手に怯えるな。策は説明したであろう」

マググッツが六つの目を細め、長い口を歪めてみせた。左右の竜たちも喉の奥で遠雷のような音を出す。

おそらく竜たちは笑っているのだろうと、人間たちは推測した。一言でも対応を間違えれば死を与える力を持つ、凄惨な笑いだった。

「長であるサイデルベス殿の命令で、神聖イージェス教国とは取引ができている」マググッツが牙の列の間から、人語を連ねる。「これは前々から契約し、準備されていたことだ」

「分かっている。分かってはいるが」

ニニョスが恐怖を堪えて答えた。マググッツが小山のようにうずくまる。六つの目が笑っている。

「これは枢機将長ツゲーツェフ猊下のご計画ですよ」

言っている本人も怯えを孕むメルジャコブの言葉で、ニニョスは押し黙った。枢機将長が計画したなら、教皇も認可している。下位枢機将には反対も疑問も許されない。

神聖イージェス教国が、国家の存亡を賭けて大陸最強国家たちに戦争を仕掛けた理由も分かった。後アブソリエル帝国との非公式な同調が成立した以上に、眼前に広がる〈異貌のものども〉の軍団の完成が南下を決意させたのだ。

「さて、ここでひとつの問いが出てきます。バロメロオの人形兵団の強さとはなんでしょうか」

馬上でメルジャコブが問うた。ニニョスも戦況分析は必要だと口を開く。

「まずは一体が数人から数十人の兵を打ち倒す、一万体の〈擬人〉たち」即座にニニョスが答える。「その〈擬人〉たちは、希代の戦術家であるバロメロオの思考と連結され、完全な連携で完全な作戦を遂行する。この二つの結果として、最強の軍団ができあがる」

ニニョスの答えに、メルジャコブがうなずく。

「では我らの長年の敗退の理由、そして勝つ方法とはなんでしょうか?」

「それは」

ニニョスが答えに詰まる。わずか十代のバロメロオに破れて以来、教国が数十年も試行錯誤して答えが出せずにいた問いだった。

「汝らの敗因は、バロメロオと戦術や数を半端に競ったことだ」

マググッツの声が託宣のように響く。ニニョスは理解不能という顔をしていた。メルジャコブは苦笑していた。

青い竜が寒空に白い息を吐く。

「そして今回のバロメロオの敗因は、この青兕竜マググッツを敵にしたことだ」

竜の頭から首、背中に尾まで生えた角が兕式を放つ。大気が歪んで見えるほど膨大な兕力波だった。兕力干渉は戦場へと広がっていった。

「これは」

竜からの圧力にニニョスが耐える。大気の成分すら影響し、マググッツの姿が揺らいで見える。

「バロメロオと〈擬人〉たちの意識連結を、我が呪いのみがある程度遮断しておる」

マググッツが言うと、さらに角の群れから放射される呪式が強まる。ニニョスとメルジャコブは馬ごと前に少し出て、威力を避ける。

「そんなことが可能なのか」

ニニョスが疑問の声を発した。

「バロメロオの通信妨害は、相対した歴代の枢機将たちも試していた。試行錯誤の結果、瞬間ごとに変わる呪式波通信は、妨害不可能となったのだが」

「人間には不可能であろう」

マググッツが答えた。

「我の膨大な呪力妨害波は全呪力波域を抑え、戦場のほぼ全域に届かせている。こちらも通信はできないが、バロメロオも通信不能となる。同じ不利な状況だが、あちらのほうが重大、というより致命的な事態となる」

マググッツの声が戦場に響く。ニニョスは息を呑む。アンバレス地域の南部が戦場となっているが、広大な範囲で小国なら丸ごと入る。ほぼ全域に強力な呪力波を届かせるなど、ありえない。ありえないことを〈上古竜（エルテスター）〉の古豪は可能にしていた。

「バロメロオとの連結が遮断されると、人形どもはああなる」

青兕竜（せいじりゅう）の言葉で、ニニョスは前へ目を戻す。

「バロメロオ様、ご指示を！」「通信が届かない！」「撤退ですか、それとも遅滞戦なのですか!?」「分からない、分からない、バロメロオ様と他の仲間たちとつながらない！」

人形たちは叫びながら撤退していた。逃げながらも剛腕を振るい、刃（やいば）が〈豚鬼（オルク）〉の兜（かぶと）ごと首を切断。槍（やり）で〈犬鬼（コボート）〉たちを貫く。

人形たちの奮闘は、すでに兵士の連携ではなく個人の武勇であった。正面の〈異貌（いぼう）のものども〉が倒されている間に、左右から突撃される。刃や穂先が人形たちを貫き、刺さる。兕式が〈擬人（クンスツ）〉の体内で炸裂（さくれつ）して、感電に炎上。余波で何人かの亜人（あじん）が負傷し、倒れる。

負傷した同胞や死者を踏みしだいて亜人たちが進む。人形を踏みつけ、破砕して、群れが進軍を続ける。かつて第二次大陸大戦直後にあった、アプスーの乱、フォルクスクレム平原にあった〈異貌のものども〉の大進軍の光景となっていた。

ニニョスは苦い思いを抱く。史実を思い返せば、アプスーの乱にも〈黒竜派〉は絡んでいたのだ。

後続の本陣で馬が嘶（いなな）く。振動に驚いたのだ。震源地は後方の青い巨竜（きょりゅう）。マググッツは笑っているのだ。

「人形兵団の一万体の軍隊は、意志がバロメロオひとつしかない。公爵(こうしゃく)とて万能ではなく、長い戦いでは疲労し、眠る必要がある」竜の笑みが続く。「バロメロオが倒れて眠っても、エンデとグレデリが代理で戦略と戦術判断をすることもできるが、力は半減する。その下の幕僚級の〈擬人〉になると、さらにその半分程度だ」

マググッツが断じた。

「だがそこが限界なのだ。人形兵団の弱点は、指揮官が倒れるか通信を阻害すれば指令系統が麻痺(まひ)することだ。頭脳を叩(たた)けば、中隊指揮官も小隊や分隊指揮官もおらず、個体以上の判断ができない」

マググッツが冷静に分析を連ねた。竜の分析にニニョスも納得する。

「神聖イージェス教国の枢機将(すうきしょう)たちも、バロメロオと人形兵団の弱点は、バロメロオ個人の能力に依存しすぎることだとは理解している」ニニョスが苦渋(くじゅう)をこめて語る。「長期戦と指揮系統の分断を活路としたが、なにをどうしようと果たせなかったのだが」

「我(われ)ら、というか我にだけ現実化できる」

マググッツが宣言した。

「第一手は、連戦に次ぐ連戦を仕掛け、さらに数倍や十倍ではなく二十倍の軍を投入して、バロメロオを疲労させることだ」

竜は淡々と語る。第十五軍の先陣は疲労させるための一手だったことになり、ニニョスの顔に苦々しさが宿る。

「第二手として意識の連結を切断すれば、人形兵団など強い個体が一万体いるだけとなる。戦術に従って動く同数で同じ強さの兵には勝てない」竜は戦場を見渡しながら語っていく。「ただし一万の強い個体であるだけで、人形兵団は強すぎるのだが」

竜が言葉を止めると、空からの鳴き声。

枢機将たちが顔を上げると、青兕竜の上空には、飛竜たちが飛んでいる。進軍する部隊の上にも飛竜が飛んでいた。飛竜同士の声や動きがマググッツの指令となって、広大な全域に届いているのだ。

「第三手として、我の用意した〈異貌のものども〉の各種族は強く数も膨大だ。戦場では、我の命令が、飛竜や竜によって長たちに届く。長たちは声や太鼓や銅鑼や喇叭で下位の各段階の部隊長たちに号令する。命令の範囲で一体一体が個別に判断して進軍していく」

マググッツの笑いは、煮えたつ泥の響きとなっていた。

「人族から見れば、なんとも原始的な軍隊だろう。しかし地上で〈異貌のものども〉の強力かつ膨大な数の軍隊と我が呪いだけが、バロメロオを破れる唯一の組みあわせだ。あともうひとつの手は、いずれ来るお楽しみだ」

圧力を持つマググッツの声に、ニニョスの表情は納得しはじめていた。竜に怯えていたニニョスも、北方戦線でも初めての大攻勢に興奮していた。

「もうひとつの手とは？」

ニニョスの問いに、初めてマググッツの顔に緊張が浮かぶ。青咒竜は頭部を南方に向けて、軽く頭を下げる。背後の護衛の竜たちも頭を下げる。

「〈黒淄龍〉様の一撃か息吹があれば、人のどのような軍隊も吹き飛ぶ」

最敬意を示してマググッツが断言した。

竜たちの言葉で両枢機将も理解した。先からのアブソリエルの快進撃を支えるのは、城塞も都市も首都も破壊する〈龍〉の一撃だった。現在はまだ片腕の肘から先しか出ていない状態でも、簡単に一国が陥落する。同時に竜たちにとっても〈龍〉は絶対にして恐るべき存在なのだ。

これから先の展開で〈龍〉の開放度が進めば、戦争どころか戦場という地形ごと敵を消せる。証拠は世界地図の各地に示されていた。

ニニョスは安心できない。〈龍〉の完全解放は人類の終わりとなる。〈黒竜派〉と神聖イージェス教国も限界まで協力するが、最終的には手を組めないと誰もが分かっている。

マググッツが顎を上げて、先を示してみせた。ニニョスたちも馬上から先を見る。白いアンバレスの雪原は〈異貌のものども〉で黒く埋め尽くされていた。大波が進んでいく様は壮観であった。

遥か先に咒式の砲火や爆裂が見えた。敵軍の最後尾にして〈異貌のものども〉軍の最前線なのだ。

「そろそろ来る。備えよ」

マググッツが言った瞬間、平原の先に赤と青の光が見えた。赤と青が絡まる光は一瞬で〈異貌のものども〉の群れの上を飛び越え、ニニョスとメルジャコブがいる本陣へと急降下。両枢機将と竜の中間地点に着弾。わずか一メルトルの距離に、両枢機将が大慌てで馬ごと飛び退く。

大地が震え、亀裂が広がる。途端に本陣の聖堂騎士団に恐慌が広がる。バロメロオが使う、数法式法系第七階位〈天獄地獄一〇八景〉の咒式は、芸術家たちが幻視し、創造した地獄を再現する。亀裂から黒い縄が噴出し、想像上の地獄第二層、黒縄地獄が顕現していく。

再現された地獄を避けようと、聖堂騎士団が馬ごと踵を返し、助祭将や司祭将たちも逃げだしていく。修道騎士たちも駆けだす。後方の奴隷兵たちも必死に逃走していく。

死を一瞬一秒でも遅らせるためだけに、他人を押しのけ、本陣が崩れていく。

大地から黒縄が溢れる瞬間、影が落ちる。青い鱗が垂直落下。巨大な五指が、大地を摑む。赤い咒式の光と青い量子散乱の光が激しく散っていく。

バロメロオの咒式を、右前肢でマググッツが踏みつけていた。光は右前足から肘まで達し、消滅した。光が消えて、白煙が流れていく。

逃げまどっていた神聖イージェス教国本陣も止まる。マググッツの手の〈反咒禍界絶陣〉による量子干渉効果で、咒式を強引に消したのだ。

干渉結界は相手に勝る咒力を必要とする。バロメロオの地獄を呼び起こすような超咒式を止めることは、人間ではまず不可能。〈上古竜〉の方面指揮官級による莫大な咒力でしか再現できない、力業であった。

「さすがにバロメロオだな」

牙の列の間から、マググッツの賛嘆の声が漏れた。

「あらゆる通信と索敵が利かないこの場で、誤差もなく着弾させてきた」

枢機将二人の顔にも、改めて畏怖の表情が宿る。数々の準備と策を用意してなお、青咒竜が無効化しなければ、バロメロオの咒式一発で最高指揮官二人と本陣が丸ごと消失し、全軍は潰走していた。アンバレスの二軍の敗戦は大穴となり、北方戦線全体が大きく後退、最悪は崩壊していたのだ。

「旧式な命令系統による軍勢の配置と動きから、指揮系統を逆にたどり、本陣の位置を推測したのだろう。正面から戦いたくはないほどの戦術家だ。そして」

青咒竜が、白煙の渦から右腕を掲げてみせる。竜の肘から先が消失していた。ニニョスたちも息を呑む。〈上古竜〉の八頭の猛者の一角が腕一本を犠牲にして、ようやく咒式を止められたのだ。

「咒い士としても超一流。ツェベルンの一族は、現在でもこのような怪物を生みだしているようだ」

マググッツが敵を賞賛すると、掲げた肘の断面で治癒咒式が発動。断面から小さな突起。五指を持つ、幼体のような小さな手が生えていた。右前脚が下ろされていくと、手は急速成長。鈍い輝きを帯びた青い鱗の波が続き、先端で巨大な五指と鋭利な爪となる。

右前肢が大地に下ろされ、再び地響きをあげる。大地に降りた竜の手は元の大きさと形で完全再生していた。人類が主に使う〈胚胎律動癒〉などの治癒呪式は、胚胎細胞や幹細胞から再生し、竜も採用することが多い。対して、マググッツが使う生体強化系第五階位〈異蝶螈変転癒〉の呪式は、すでに筋肉や骨に分化している細胞を脱分化させて未分化状態に戻し、別の細胞として再生を行う。恒常呪式として展開しているかぎり、負傷と同時に自動的に治療が開始される高位治癒呪式であった。

竜の長い首が上がっていく。

「あれも」マググッツの首が〈異貌のものども〉の軍団を示す。次に自らの右手を示す。「これも〈龍〉のためだ」

二千年を越えて生きる竜の鼻孔から、重い溜息が吐かれた。左右の〈長命竜〉たちも悲痛さを堪えるような態度となっていた。

マググッツが口を開く。六つの目は遠い戦場の先を見据えていた。

「すでに〈黒竜派〉で方面軍を率いる八竜のうち、〈龍〉の部分解放のために〈偽典竜チデルベロ〉と〈北壁竜キガーナグア〉、そして〈火山竜ゼメルギオス〉が倒れている」

マググッツの声に、死んでいった仲間たちへの哀悼が滲む。

「他には後アブソリエル帝国やらとのために〈悲愴竜ピエティレモノ〉が動いている。落命するかは、あやつの実験の結果次第だが」

「ということは、生存する八竜は五体ですな」

メルジャコブの計測に、マググッツが三つの目線を向けた。一瞥でメルジャコブが硬直。乗っている馬が嘶き、前足ごと馬体が跳ねあがる。枢機将が必死に制御して落馬を防ぐ。

「こ、これは余計な数えあげでしたな」

額の汗を右手の甲で拭い、メルジャコブが謝罪してみせた。マググッツは怒りを見せてはいないが、見られるだけで生物は恐怖する。メルジャコブも竜を信じておらず、数が減ることは教国と人類の利になると見た。一方で減りすぎると現状を打破できない。

竜としてもメルジャコブの発言は失言に見せかけた牽制だと理解した。竜は鼻腔から疲労の息を吐く。

「三頭の竜は若輩者で仕方ない犠牲、だったとは、言いたくはないものだ」

マググッツは哀惜の言葉を紡ぎ、複数の目を前に向ける。

「頃合いだ。神聖イージェス教国軍の本隊を後方左右から突入させよ」

竜が指令を出す。戦場の空では飛竜たちが動き、全体に伝えていく。

「〈竜〉族や知能の高い〈異貌のものども〉は作戦どおりに動くが、暴れたら止まらない種族もいる」青兕竜の口から、蒸気とともに言葉が零れた。「あれらは大雑把な全面攻勢には向いているが、バロメロオを仕留める緻密な戦いはおまえたち人族が向いている」

「了解した」

ニニョスとメルジャコブが竜の作戦の妥当さを肯定した。

指揮官たちが手を振り、信号弾が冬の空へと放たれる。後方の左右から地響き。膨大な数で控えていた、神聖イージェス教国第十四軍と十五軍が動きだす。本陣も合流し、前進。〈異貌(いぼう)のものども〉が死体や死骸(しがい)を破壊し、喰(く)らっている光景を横に見ながら、教国軍が左右を抜けていく。

進む兵士たちの顔には〈異貌のものども〉への嫌悪感が色濃く浮かぶ。なにがあろうと枢機(すうき)将(しょう)たちは眼前の勝利を逃(のが)すわけにはいかず、強引に進軍していく。

十数万というイージェス人の軍勢が左右に展開していった。

後方には竜たちだけが残る。青咒竜(せいじゅりゅう)マググッツは首を掲げたままで、重い息を吐く。数十万が展開する広大な戦場全域に膨大な咒力波を放ちつづけることは、竜の強者であっても疲労が出てくる。左右に侍(はべ)る護衛の〈長命竜(アルター)〉たちも主の疲労を知っているが、控えている。

マググッツの六つの目は戦場を見つめる。

「我(われ)にここまでやらせるバロメロオは、尋常のものではない」

竜の指揮官は独白した。六つの目は戦場の先にある、敵を見据えていた。

「例の咒式は赤い光だけのはずだが、青が混ぜてあった。あれが全面撤退の合図だろう」

　指揮官の言葉に、左右の〈長命竜〉たちも同意とばかりに頭を下げる。〈上古竜〉の六つの目は、戦場を疾駆する神聖イージェス教国軍を眺める六つの氷となっていた。地平線の手前で爆裂に火炎、轟音と悲鳴があがる。敵の後続に追いつき、殲滅戦をはじめている。教国軍は一敗も許されないため必死の追撃となっていた。

「バロメロオに二度も同じ手は通じない。今回で全滅、もしくは半壊以上にせねば、教国と我らは反撃を喰らうことになろう」

　憂慮の言葉を吐いたマググッツの顔に、心配の色はない。教国軍が惨敗しても構わないという、巨獣の笑みがあった。左右の竜たちも似たような表情となっていた。数法咒式に合図が混ぜられていたなら、撤退の罠をバロメロオは用意している。分かっていても、竜たちは神聖教国軍には教えなかった。

　アンバレスの地の戦争は、さらに凄愴の度を増していく。

　棚の前で、シビエッリとソダンが両手を広げる。握った魔杖短剣を胸の前で構える。引き金が絞られて咒弾が排出。再び咒式が発動。赤い光が四方へと噴出していく。

　保管庫内に膨れあがる組成式に、俺たちは一歩、そして二歩下がる。空間を埋めつくす咒式が天井から床まで広がっていく。

赤い呪式はいくつもの顔を象っていく。数百もの顔には怨念に満ちた黒い目と口。無音の怨嗟の声があがるが、聞こえない。顔が出現しては消えていく。

保管庫前での呪式は落盤を起こし、地下を丸ごと埋めるものだった。今回、解除されていく呪式は違う。組成式からすると、壁の先ごと保管庫を吹き飛ばす呪式だった。

解呪に失敗すれば、シビエッリとソダン、そして俺たちも吹き飛び、消える。

部屋に広がる赤い呪式が消失。シビエッリが息を吐いた。ソダンも疲労のあまり肩を上下させる。解除するにも緊張するほどの巨大呪式だったのだ。

シビエッリがうなずくと、ソダンが棚に手をかける。棚は軽々と上へと上昇していった。前には強化コンクリの壁が現れた。同時に壁に縦線が刻まれていく。天井近くと床に到達し、左右へと伸びていく。二人くらいが通れる長方形が壁に描かれた。前にザッハドの牢獄でも見た、呪式でのみ現れる出入り口だ。

壁の内部で鍵が外れる音が連なる。俺も呆れてくる。

「表の即死かつ大爆発の罠があって、さらに隠蔽した厳重な出入り口が必要なのか?」

「これでも不充分だと思っていますよ」

シビエッリの不吉な答えとともに、壁の縦線が左右へと退いていく。無音で開く壁の間には通路となっていた。壁の厚さがそのまま通路となっているとすれば、三メルトルもある。地下にあってなおこれほどの壁と罠を作る異様さがあった。

通路の先は闇となっている。黴臭さはない。

「法務官がそれほど恐れるなにかがある、ということか」

俺の問いを無視して、法務官が奥の通路へと入っていく。壁の前で留まるソダンの傍らを抜け、シビエッリが通路に入る。俺たちも続く。

先に出た法務官に続いて、通路を抜けた。

室内に足を踏み入れると、背後からの光が途絶える。上半身を捻って確認すると、通路に入ったソダンが、壁の出入り口を咒式で閉じていくところだった。他には絶対に見せられないし、聞かせられないということらしい。

闇のなかで前に目を戻す。先に立つシビエッリが指を鳴らす音が響く。照明が光を投げかける。目が即座に明順応を起こし〈禁庫〉とやらの全景が見えてきた。

室内は予備校の教室ほどの広さだった。左右の壁に沿って台が設置されている。上には重厚な金庫が並ぶ。厳重さでは飽き足らずに、すべてが数法咒式による咒符で封印されていた。左右開きの金庫の合わせ目は、鋭角の波線となっている。肉食獣や鮫の閉じられた顎のようだった。

不吉な合わせ目の金庫の間には、入りきらない魔杖剣や魔杖刀、甲冑や盾が鎖で縛られて安置されていた。縛鎖には錠前がいくつも下がり、さらに咒符によって封印がされていた。絶対にろくでもない品々だと、一目で分かる光景だった。

　ギギナの右手が伸びていく。手は台の上へと下ろされる。指先が厳重に縛られた魔杖斧に触れていた。両刃の斧の刃と柄が歪んでおり、禍々しさを見せていた。

「これは、使用者の血を吸う〈両刃のヤズテール〉か」

　ギギナの説明で、俺は止めようと伸ばしかけた左手を止める。

「血を吸うような武器に、軽々しく触れる相棒の精神が怖いわ」

　俺の指摘にもギギナは気にせず、斧に触れて確認している。

「柄を握らなければ吸血作用は発動しない。それくらい知ってやっているに決まっているだろうが」

「その斧の由来は知らないが、嫌がらせ以外に、なんの目的で作られたのか不明だな」

「危険の代償として、特殊効果がある。切りつけた対象に刺さっているかぎり、相手の血を吸いつづける」

　ギギナの指は刃から柄をなぞる。だから危険だと分かっている刃に触るなと思うが、俺としても威力が気になる。

「使うのか？」

「屠竜刀の一撃一撃の破壊力のほうが高い。追加効果が目当ての咒式具を使う意味がない」

　興味は尽きたというように、ギギナが斧から指を離した。巨大生物相手には大量吸血が有効かもしれないが、屠竜刀を振るいつづけたほうが破壊力も大きいと当然の結論になった。

ギギナが目を移し、俺も追う。先にあるのは、また別の魔杖剣だった。台の上には、美しい柄に花のような鍔、透かし彫りの入った鞘の細身の剣だった。鞘から鍔に機関部に柄と、厳重に鎖が絡められ、封印の咒符がいくつも貼ってある。魔杖剣の美しさとは裏腹に、一目で危険だと分かる。

「こちらは、さらに冗談にならぬな」

ギギナは心底から呆れた声を発した。

「〈死を厭うアウシュグル〉だけは許されぬだろう」

ギギナが名前を言った瞬間、鍔の機関部から組成式が展開。青白い波が立ちあがっていく。俺たちの目も上がっていく。青い霧は、見上げるほどに膨れあがっていった。

青白い霧は曖昧な胴体に両手。頭部にある暗い穴は目と口。無音の怨嗟の声をあげている老人に見えた。俺は魔杖剣の柄に手を当て、下がる。他のものたちも柄を握って最大警戒。幽霊が存在しないなら、なにかの咒式現象である。危機には対抗するのが攻性咒式士だ。

青白い霧の人影から両手が伸ばされる。だが、立ったままのギギナには届かず、崩れた。青白い指先から腕、そして全体が霧散していった。

「なんだそれ」

異常な光景が始まり、終わったことを見届け、俺は問うていた。一人ギギナは平然と立って、青い人影が出てきた美しい刃を見下ろしていた。

「三十年ほど前か、アウシュグルという死を恐れすぎた呪式師兼刀匠がいたそうだ」

淡々とギギナが解説した。

「異常なまでに健康に気をつけていた刀匠は、一〇〇歳を超えて不治の病に冒され、自分がもうすぐ死ぬことが分かった」ギギナの声は淡々と語る。「アウシュグルは最後の力を振り絞り、呪式とともに自分の人格の複製を剣に封じた」

ギギナの銀の目には哀れみの色があった。

「以来、美しい外見に騙されてこの魔杖剣を握ったものの精神を支配しようとしている。何人かが憑依されたが、アウシュグルの異常な精神と、無謀さですぐに死ぬ。擬似的な不死ゆえに命を大事にできなくなったそうだ」

「どこかで聞いた設定の刃だな」

似たような刃は、ザッハドの使徒の一人の正体として存在していた。吸血刀は倒され、より強力な吸血姫であったパンハイマが支配し、所有している。なにより俺が持つ赤の〈宙界の瞳〉にはニドヴォルクの複製人格が宿っている。最悪はすでに多くあるのだ。

俺は周囲を見回していく。他の魔杖剣や魔杖刀、〈禁庫〉に封印された品々の姿は変わらないが、先ほどより恐ろしさが分かってきた。吸血刀、エミレオの書の同類や近い呪式具たちが、ここにあるのだ。

「これらは、本当に危険な品々を集めた場所ということか」

俺は嫌悪と畏怖を込めてつぶやく。

「そのとおりです」

先に立つシビエッリが肯定してみせた。男の目にも、俺と同じ感情が浮かんでいた。

「保管庫にあったのは、強力な咒式具や咒印組成式の押収品です。しかし、強力なだけで、使い道を誤らねば良いだけでしょう」

冷静に言っているが、法務官の声にも強い嫌悪が滲む。

「ここ、〈禁庫〉の品々は違います」周囲の圧力に耐えるように、シビエッリは言葉を歯の間から押しだす。「存在そのものが危険すぎるか邪悪にしか使えない品々を保管しています」

シビエッリが語った。俺にも連想できてきた。

「ということは、当然あれもあるのか」

言いたくないが確認する必要があった。俺の問いに、シビエッリが再び口を開く。

「あなたが連想したように、ここには俗に言うエミレオの書、正式にはエミュレリオの書の一部もあります」

「同類どころか、本物まであるのか」

大富豪エミュレリオが旅の咒式士に頼んで〈異貌のものども〉を書に封じ、エミュレリオの書、別名でエミレオの書が誕生した。その後はザッハドの使徒と呼ばれる殺人者たちの資格となり、俺にまで取り憑いた。

俺は再び禁庫を見回す。呪式具のひとつひとつが、制作者による悪意と憎悪と殺意の結晶、エミレオの書と同類なのだ。無機物だが、意志が宿ったものすらある。法院が禁庫と名付け、厳重に警戒するのも道理だ。

「法院がエミレオの書を危険視しているなら、前の使徒事件のときに部隊を派遣するべきだったのではないか」

「そのための戦力はメルツァールに操られ、あなたたちに倒されました」

シビエッツリの遠い指摘に、俺の不平は止まる。世の中は上手くいかない。俺は周囲を見回す。

「これらを破壊しないのか」

終点でシビエッツリを見ると、苦痛を堪えるような顔となっていた。

「現代呪式学を外れた、独自技術や人の命を使った品まであります。研究が終わるまでは破壊できません」シビエッツリが語った。「なにより、破壊すれば内部の〈異貌のものども〉が出てくるもの、なにが起こるか分からないものも多くあります。完全に安全に消去できる方法が見つかるまでは、ここに封印されることになるのです」

爆弾解除の方法はまだ見つかっていないということらしい。俺は息を吐く。

「禁庫に案内するということは、前の保管庫と同じく、ここの品を使ってもいいということだな？」

俺の念押しの確認に、シビエッツリが重々しくうなずく。

「有効に使えると本人が判断し、私とソダンが納得すれば、です」

法務官にとっても苦渋の言葉だった。咒式士最高諮問法院は、大前提として危険すぎる咒式具に咒式を封印し、破壊する立場だ。しかし、現状は法院の存在理由と信条に叛いてでも打破しなければならないほどの緊急事態だった。

「本当にいいのか。これはそちら側にも」

「分かっています。それでも、やるしかありません」

俺の問いかけにも、シビエッリは毅然とした答えを返した。咒式士たちが再び室内へと広がっていく。

俺も問い返すことを止め、歩んでいく。シビエッリの覚悟に俺たちも応えねばならない。

禁庫の品々を見ながら歩く。危険であっても性能は高い。なにか使えるものはあるはずなのだ。縛られ封印された咒式具の前を通りながら、金庫の説明書きを見ていく。他のものたちもそれぞれ品を見ていく。

使えない、危険すぎる、邪悪すぎる、と品々を見ては排除していく。間には本があった。苦悶の顔をした人面の表紙を見ただけで、正体が分かった。説明を一瞥すると、やはりエミレオの書だった。内部の説明で〈大禍つ式〉由来だと分かった時点で、以降は読まずに前を通りすぎる。〈異貌のものども〉を封じた書は強力だが、扱いきれない。

なにより〈大禍つ式〉相手に〈大禍つ式〉由来のエミレオの書は、裏切る可能性がある。書の作成に手を貸したと考えられる大賢者ヨーカーンの束縛呪式は、絶対に限りなく近いだろうが、少しの危険性も犯せない。

不吉な品々を見ていき、俺はひとつの金庫に目を留める。内部の品の説明書きを見ていく。もう一度読みなおしながら、脳内で検討をしてみる。これはいくらなんでも、いや、使用する時と場を誤らねば有効ではないか、と効果と確実性と安全性、その後の影響を複雑な天秤に乗せていく。どれかを上げればどれかが下がって、天秤は揺れつづける。

危険と有効性の危うい天秤が揺れていき、やがて止まる。かなり危険を指して静止していた。結論が出た。ソダンを呼んで、禁庫の中でも一際小さな金庫の解錠を頼む。

「よりにもよって、これですか」

ソダンの声には畏怖があった。やはりそうなるようだ。しかし、重ねて俺は開けるように指示を出す。ソダンはシビエッリを見た。法務官が顎を引いて了承を与えた。

ソダンが顔を戻し、呪式を展開。呪符表面の方程式が霧散。紙が落ちていくとともに、金庫の鍵が解除されていく音が重なる。終わりに、波線に沿って扉が左右に開かれた。

内部には、台座の上に鈍色の呪弾が並ぶ。数えれば十三発あるだけだった。だが、十三発もあれば多すぎるほどだ。

俺は弾丸たちを見つめていた。手は動かない。動けない。

ここに来てまだ躊躇があるが、迷いを断ち切るように右手を伸ばす。呪弾を取りだし、腰の背後にある予備弾倉に収納する。使う予定が来なければいいのだが。

　禁庫からは金属音。扉が急速な勢いで閉じられていた。

「なんだよその怖い仕組み」

「防犯上のことです」ソダンが答えた。「許可無きものが取りだそうとすると、手首から先が消えます」

　法院は、最後の最後まで厳重なのだ。自分の選択が終わったので、他のものたちを見る。それぞれ一品だけ手に取るか、または手に取っていなかった。ギギナも小ぶりな手斧（おの）を手にとっていた。説明を眺めてから旋回。腰の後ろに装着する。三振り目の副次武器が見つかったようだが、絶対にろくでもない。

「先の保管庫とここを合わせても一割、くらいか」

　俺なりに戦況を計算した。見回すと、金庫の前で再びギギナの広い背中と屠竜刀（とりゅうとう）が見えた。斜め前にはシビエッツリが立っている。真正面では壁に埋めこまれた扉が開かれていた。左右開きの足下には、鎖（くさり）が落下し、多くの咒符が散乱していた。

　見えないので、ギギナの背後から横へと回る。見ると、ギギナの目が見開かれていた。剣舞士（けんまいし）が驚くことなど滅多にない。俺も視線を追って奥を見る。見た瞬間、俺も絶句した。

「おい、ちょっと待て」俺の声にも震えが宿る。右手が挙がっていく。「あれは見たことがあるというか、なぜここにある！」

最後は叫びになっていた。掲げた右手の先にある物体は、厳重な警戒がなされていた。四方に数法呪式結界展開装置。厳重な量子干渉結界の中央に位置するのは、強化硝子の箱。

「これが勝率を上げる最後の一割となります」

シビエッツリが宣言した。箱の内部には、不吉な黒い円筒が鎮座していた。

黒鉄色の円筒の先端は丸まり、砲弾の姿を現している。

「レメディウスの、あの呪式砲弾じゃないか」

俺が言うと、ギギナはすでに腰を落として抜剣姿勢。砲弾は〈六道禍骸鬼餓狂宴〉の呪式の発動装置だった。

呪式原理は〈禍つ式〉の世界の最下層から腐敗と病をもたらす疫鬼を、限定空間内部に放つ。かつてエリダナで発動すると見せかけて、ウルムン共和国の式典で発動し、数法呪式の達人であったドーチェッタやその軍隊や参列者を葬った呪式だ。

一定空間内部がすべて疫鬼の召喚範囲になるため、防御は不可能。ジェルネ条約でも禁止されている高次元原理と〈禍つ式〉を利用した、最悪の高次元生物兵器。

恐るべき〈六道禍骸鬼餓狂宴〉を発動できる、地上唯一の呪式弾頭が、眼前にあるのだ。

「我々がラズエル社が放棄した実験地から試作品を回収し、実働できるように調整したものです」

シビエッツリが答えた。

「なんのために保管している！」思わず俺は法務官に詰め寄った。「その邪悪な咒式兵器は、すぐに破棄すべきだ！」

「ジェルネ咒式条約違反でもあるため、すぐにでも破棄したい」

シビエッリの返答は冷静だった。

「しかし、法院は最後までこれを破棄しなかった。こういうときのためです」

法務官は断固として言いはなった。

「今回の皇宮(こうぐう)突入からの停戦作戦が失敗した場合、あなたたちは即座に退避し、国外へ逃げなさい。私はこれを発動させ、皇帝と〈大禍つ式(アイオーン)〉と、できれば〈龍〉を倒そうと思う」

「それは」

俺は言葉を失う。シビエッリは自爆特攻を覚悟している。ならば確認しておこう。

「疫鬼は〈大禍つ式〉に効果があるのか」

「あります」

シビエッリが断言した。

「これはあなたたちが見つけたイーゴン異録の解析結果から分かったことです。〈大禍つ式〉たちも、疫鬼が有益なら、こちら側への侵略に使っている。それが不可能で自分たちにも危険すぎるからこそ、あちらの次元の最下層に閉じこめた」

「この世界の病原菌やウイルスが、俺たちの味方ではないのと同じことか」

俺の認識が正解だと、シビエッリがうなずく。

「一定空間内で撒き散らされる疫病と腐敗は〈大禍つ式〉であっても防御不能。範囲内空間であるなら〈大禍つ式〉の体内でも発生することは確実です」

シビエッリの説明で俺にも分かってきた。普通の呪式は〈大禍つ式〉の高い抵抗力を突破しにくい。しかし、一定空間を高次元につなげてしまう〈六道禍骸鬼餓狂宴〉ならば、関係ない。今さらながらレメディウスの呪式の恐ろしさが分かる。あの男はとんでもない殺戮兵器を生みだしていた。

俺の脳裏に、ひとつの希望と疑念があった。

「呪式弾頭は〈龍〉にも効くのか？」

問いはシビエッリに届いたはずだが、答えはない。室内にいるギギナやデリューヒンたちも、シビエッリを見ていた。後皇帝から〈宙界の瞳〉を奪取できたら、おそらく〈龍〉は止められる。だが〈龍〉そのものを倒せる呪式兵器があるなら、大きな一手となる。

「それは分かりません。あれは強大すぎて、我々の常識では計りきれません」

俺の問いに、シビエッリの目には悩みが見えた。

シビエッリは楽観的予測をしない。半々以下ならば戦力として見ないのは、俺と近い基準だ。どちらも現状では〈龍〉が出たら終わりで、その前に事態を解決。〈龍〉と〈黒竜派〉が退却することを望む、という最初の方針となっている。俺としては発動後のことも気になる。

「しかし禁忌の咒式である以前に、あの咒式弾頭を使って事態を動かせば、法院は国政に関わるどころか、変えられるほどの力を持つ事実ができる」俺は慎重に言葉を選ぶ。「いくら十字教や各国の後ろ盾があっても、今後はもうどの国家とも協力関係は取れなくなるぞ」

「ほぼ間違いなくそうなるでしょう」

シビエッリが答えた。

「ですが、使用後のことを考えられるような場合ではありません」

法務官の目と言葉に、退却の意志は一切浮かんでいなかった。俺もギギナも答えられない。後帝国と〈龍〉の両輪が進めば、ウコウト大陸は未曾有の惨禍に見舞われる。そこでは法院の禁咒使用違反など、責める存在すらいなくなる。

「分かった、そのとおりだ」

俺は答えた。もう使用を前提に行くしかない。

「なるべくは使うな。だが、最悪の下の最悪のときの判断は任せる」

俺の答えに、ギギナはなにも言わない。ただ、デリューヒンやピリカヤは厳しい目を向けてきた。

俺がシビエッリに咒式弾頭の発動に関しての全権委任をしたということは、最悪の状況では自分たちに構わず咒式を発動しろ、ということなのだ。士気を挫くことは分かるが、覚悟は必要だ。最後の最後の手段として、最大出力かつ最大効果範囲で〈大禍つ式〉と後皇帝、可能ならば〈龍〉を葬るしかないのだ。

「その場合でも、共闘する皇太子イェドニスは巻きこむな」

最重要事項を言っておく。

「彼がいないと後アブソリエル帝国が瓦解してしまう。どうしても戦争の終結や戦後の再建のためにイェドニス皇太子は必要だ」

「分かっています」

シビエッツリがうなずいてみせた。俺は禁忌の咒式の範囲を指定し、結果として使用を認めた。

決断は下した。

「決戦は明日だ」

俺は奥歯を噛みしめる。

積みあげられる準備はすべて積みあげた。あとは決戦に挑むだけなのだ。

「楽しい地獄は、発動の瞬間で青咒竜に防がれたか」

車椅子に座すバロメロオが残念そうに語った。車椅子は装甲車に乗せられていた。後部の扉が開かれた装甲車が後退していった、陣地であった林と、戦場はすでに遠い。北の地を渡る風が、バロメロオの髪や襟の羽毛をなびかせる。

バロメロオの車の左右では、装甲車や戦闘車輛が併走する。カダク准将や幕僚たちが乗り、司令部全体が退却している。少数の護衛たちも車や咒式馬で後退していた。

装甲車のバロメロオは遠ざかる戦場を見据えていた。砲声は遠いが、地平線に火炎や黒煙が見える。

「一万体の〈擬人〉たちとの思考や感覚連結が、青咒竜マググッツによって阻害されている」

バロメロオは風に言葉を載せて語った。左右の〈擬人〉の近侍が酒杯を用意するが、公爵は杯の上に手を伏せて拒否した。

「アンバレスの地での戦いは、人類史初の戦いとなった」バロメロオが苦境を認めた。「神聖イージェス教国は〈異貌のものども〉を武装させ、全面進軍させる、前代未聞の軍隊を作りあげた。あれは強い。強すぎるといってもいい」

バロメロオの分析の声が空中へと流れていく。左右で退却していく方面軍の指揮官たちが陰鬱な表情となる。公爵自身は気にしていないようだった。

「私の咒式が炸裂すればよし、しなくても全軍退却の合図となる。同時に罠を発動させるが、相手の一部も気づいているだろう」

優雅な欠伸をした公爵は、車椅子に頬杖をつく。

同時に前方の戦線から轟音が響く。大地から空へと、黒い縄の群れが噴出する。縄は反転し、地上へと落下していく。〈異貌のものども〉の悲鳴と絶叫が遠く聞こえる。

別の場所では、大地から爆炎が吹きあがり、水平線に広がっていく。猛烈な火炎の瀑布に巻きこまれて、亜人や尖角竜が吹き飛ぶ姿が見えた。焼かれ、千切られた巨体が火炎の渦に落下していく。キロメルトル単位で連なる咒式の罠による大破壊は、荘厳な光景となっていた。

「どうやら竜と教国軍は一心同体という訳ではなく、罠のいくつかには引っかかってくれたようだ」

策の成功を退屈そうにバロメロオが評した。

「亜人はともかく〈異貌のものども〉には、前後左右の移動と攻撃以外の細かい戦術は伝わらない。これで少しでも追撃に慎重となってくれればよい」

黒縄の乱舞は〈異貌のものども〉の進軍を止めていた。火炎や爆裂の咒式の罠からは、後続が進軍する。被害を気にしない非情の進軍だったが、罠を警戒して遅滞していた。

ニニョスの退路を完全に見切ったバロメロオには、敵の追撃路も予想できていた。見切っていても戦力差は大きく、被害の低減にしかならない。

「半生で二度目の敗戦ですね」

装甲車に併走する咒式馬から、軽やかな少女の声が響く。副官であるグレデリが軽やかに言って、馬を疾駆させていた。傍らにはもう一体の副官、エンデが馬を走らせていた。

「敗戦といっても、人形兵団は負けていない。ちょっと数が減って後退しているだけだったのに」エンデは不満そうだった。「他の戦線がいくつか破られたから、仕方なく合わせて撤退しているだけだよ」

　装甲車の内部に座るバロメロオは微笑(ほほえ)む。

「自分たちのせいでなくても、一応は二度目の敗戦だ。神聖イージェス教国相手には初の敗戦となる」

　バロメロオの目は遠ざかっていく戦場を見つめている。微笑みを刻む口と違い、青い目には青い炎が宿っていた。高温の炎の色だった。

「私のかわいい〈擬人(クンスツ)〉たちを殺した罪は許さない」

　バロメロオの口からは怨嗟(えんさ)の言葉が滴(したた)った。

「三度目の敗戦はない」微笑みを崩さず、バロメロオの言葉が連なっていく。「第十五枢機将(すうきしょう)ニニョスと第十四枢機将メルジャコブ、そして青兇竜マググッツは、我(わ)が宿敵となった」

　バロメロオの口からは報復が誓われた。装甲車の左右を進んでいく装甲車や車輛(しゃりょう)の〈擬人〉たちがうなずく。全員が復讐(ふくしゅう)戦を誓いあっていた。

「これは戦役だ。ひとつの戦場で敗れても、次の戦場が続く。しかも最後の戦場で勝つのは我(われ)らだ」

　バロメロオが決意を語り、動きが止まる。首を少し傾けて耳を澄ませていた。体内通信を受けているのだ。エンデとグレデリは指令を待つ。

　バロメロオが首を戻す。顔には苦笑があった。

「クロプフェル師から北方戦線の敗軍をできうるかぎり保護し、生還させて後退せよと来た」

主君が指令を読みあげると、エンデとグレデリは不満顔を並べる。

「えー、バロメロオ様って十二翼将筆頭代理なのに、あのお爺ちゃんが命令するの?」エンデが不平を述べる。「猊下も、バロメロオ様にすべて任せてから行方不明になってくれれば良か」

「エンデ、あのお爺ちゃんへの不平はいいけど、猊下への不敬は言っちゃダメ」

少年の言い草に少女が慌てて制止をかける。

「前に見たでしょ、猊下に無礼を働いた暗殺者に、数百キロメルトル離れていた聖者が雷を落とす光景を」

注意されたエンデも、思わず首を竦めて、周囲を見る。馬たちが走るが、天罰の雷は来なかった。〈擬人〉たちは安堵の息を吐く。聖者クロプフェルは自分への侮辱は鷹揚に許すが、教え子にして主君であるモルディーンへの侮辱は許さない。聖地アルソークに参戦できなかったことで、今は過敏になっているはずなので、絶対に触れてはいけない一点なのだ。

エンデとグレデリは、馬を走らせながらも空を気にする。二体の様子にバロメロオは微笑む。

「甚だしく不本意であり、美しくない者の命などどうでもいいのだが、聖者殿が言うなら従うしかあるまい」そこでバロメロオの笑みは悽愴の形となっていった。「北方戦線方面の全軍を、一人でも多く撤退させ、生還させ、オルネコンドの地に集める」

バロメロオが言うと、エンデとグレデリが左手を胸に当てて主君の方針を拝命する。

「まずはもっとも危うい西戦線からだ」バロメロオが大方針を定める。「あそこをまとめて次は南、その次に北東とやることは多い」

装甲車の後部扉が閉められて、バロメロオは撤退戦の指揮に戻る。車が西へと進路を変える。エンデとグレデリが追随し、全軍も方向を変えていく。

数千人程度となった北方方面軍もバロメロオと人形兵団の進路に追随していく。方面軍の中央には指揮車が進む。

車内には車の動力と車輪から伝わる振動音だけが響く。カダク准将は装甲車の指揮机の前に座り、考えていた。先に立つ副官のジリイエは指揮官を見つめていた。

「我らはあの」ジリイエは言いよどむ。「軍隊、いや〈異貌のものども〉の津波に勝てますかね」

ジリイエが問うた。

「我らでは勝てぬだろうな」

即断でカダク准将が答えた。ジリイエが衝撃を受けるが、准将は冷静だった。

「バロメロオ公爵閣下は、現代の指揮官で十本の指に入る。防衛戦に限るなら、おそらく五本の指に入る守勢の名将だろう」

カダク准将が分析していった。

「だが、バロメロオ閣下は現代の名将であって、人類史に冠絶する名将カンスエグでも不敗のアルメイダでもない」カダク准将は誰(だれ)でも知る戦史の英雄を読みあげていく。「無敵の初代白騎士ファストでも、不朽のセイエンでもない。アルダルヌス帝でもマズカリー王でもツェベルン帝でもない。不可能は可能にできない」

カダク准将の声には重さがあった。

「そ、れほどの」ジリイエは出てくる名前に圧倒されていた。「神聖イージェス教国軍の異質さと物量差がある、ということですか」

確認するジリイエは怯(おび)えをもった。現状は、歴史上最高峰の英雄たちが必要な事態なのだ。

「そして〈異貌(いぼう)のものども〉の軍隊が、あれだけだと思うのは夢想にすぎる」

上官の予想で、ジリイエも事態の重大さが理解できてきた。

「あれと同じ軍団が、いくつかあると」

自分が放った言葉にジリイエも怯えの声となった。〈異貌のものども〉の大津波はここだけではないとするなら、最悪の予想ができる。

「名将と〈擬人(クンスツ)〉による完全軍隊であっても、アンバレスを守り切れなかった。いや、バロメロオ閣下だからこそあれほど維持でき、なお敗れた」カダクが苦渋(くじゅう)の予測を連ねていく。「この戦線が破られるなら、他の龍皇国(りゅうおうこく)の北方戦線も必ずいくつかが破られる。全戦線がいつか近いうちに崩壊する」

「北方戦線、全体が」

副官のジリイエが息を呑んだ。カダク准将が装甲車を密室にしたのも理解できた。局地戦の敗戦どころか、北方戦線の崩壊が秒読みに入っているなどと、兵に聞かせられるわけがないのだ。〈異貌のものども〉の全体規模は想像できない。アンバレスの地に来襲した規模の軍団が、他に二、三もあれば、それだけで北方戦線は崩壊すると誰にでも分かる。

「当然、バロメロオ閣下は自分などより、事態の深刻さをより深く理解している。だからこそ強気の発言をなされた」

カダク准将が評した。ジリイエには今後が見えなくなっていた。

「バロメロオ閣下は、この事態をいかにするおつもりなのでしょうか」

「彼は戦術家であり、戦略家であり、名将だろう。しかし作戦全体を決める総司令官ではない」

「ということは」

カダクの言葉に、ジリイエが前のめりになる。

「未だ行方が分からぬ、モルディーン枢機卿長猊下と翼将の方々、オージェス王家軍に合流するのだろう」

「モルディーン猊下はその」ジリイエの顔と声には強い不安の色があった。「ご存命なのでしょうか。あの〈龍〉の襲撃現場にいて」

ジリイエの心配はカダクも理解していた。嫌うものも多いが、ここ数十年もの龍皇国の外交と政治と戦争を主導して、国の守護神となっていたのは、モルディーン枢機卿長なのだ。

枢機卿長の旗下にある十二翼将とオージェス選皇王家の軍隊は、神聖イージェス教国や後アブソリエル公国、バッハルバ大光国やブリンストル女王国といった強国に謀略で渡りあい、力でもって抑えてきた。

「分からぬ」

カダク准将は素直な返答を発した。

「モルディーン猊下は、白騎士の犠牲と翼将たちの奮戦で一切負傷しなかったとは聞く。だが、その後は行方不明となっている」カダク准将の声には苦さが多く混じっていた。「ご存命ならなぜこの未曾有の危機にお出ましにならないのか、推測すらできない」

カダクが発した問いは、ジリイエや車内にいる幕僚たち、運転手、そして全兵士の疑問であった。現状は聖者クロプフェルが全体への指示を出し、バロメロオが軍事を一手に引き受けている。モルディーンが生きているなら、どこにいてなにをしているのか、行動がまったく見えてこない。

准将が左手を振り、ウコウト大陸と龍皇国の地図を呼びだす。光点によって軍隊の展開が示される。

「龍皇国軍の半分は、後アブソリエル帝国方面に展開して、警戒体勢。五王家のうち半分もそちらに向かっている」カダク准将の右手が地図へと向かう。アンバレスから南へと示していく。「おそらくイルム王家とオージェス王家、残る龍皇国軍で北方のここで新たな防衛線を築く」

カダクが言って、指を一点で止める。

指はオージェス王領北端、オルネコンドの地を示していた。神聖イージェス教国の聖戦規模の軍勢を相手にし、龍皇国国境付近の要衝オルネコンドが落ちれば、続く防衛線や城塞では時間稼ぎにしかならない。オルネコンドの次の防衛線は皇都の手前になる。戦況が悪化しつづければ、龍皇国の滅亡すらありえる。

「だが、二方面が限界だ。後アブソリエル帝国と神聖イージェス教国、それらに協力する〈龍〉や〈異貌のものども〉という、四方向からの侵攻は防げない」

カダク准将の言葉が装甲車に響く。副官のジリイエは息を呑み、口を開く。

「どれかひとつかふたつを排除か、一時的にも講和か停戦をするしかありませんが」

「〈龍〉と〈異貌のものども〉との交渉は無理だろう。すでに後アブソリエル帝国と神聖イージェス教国と組んでいる」

カダク准将の言葉には絶望の響きがあった。〈異貌のものども〉を利用するのではなく同盟した、超大国二つを相手にするという、空前絶後の事態を再確認することとなった。

副官ジリイエが考え、口を開く。

「ナーデンにマルドルにゴーズにゼインと旧アブソリエル帝国由来の国家による、西諸国家連合軍はどうでしょうか」

「そこがひとつの活路だ。しかし」

カダク准将も期待を込めて語る。

「すでに陥落したイベベリアとネデンシアを除けば、各国、我こそがアブソリエル帝国の後継国家という自負がある。ナーデンが頭ひとつ抜けた強さであり、主導するしかないが、とにかく外交下手で嫌われている」

誰も言葉を発せず、カダク准将の答えもなかった。車内には動力源と車が伝える振動の音だけが響く。

「それでも大軍が展開している」カダクが語り、地図を開く。「西方諸国家連合軍は成立した。ひとつの奇跡だ」

地図上には西方諸国家の軍隊が移動していく姿が見えた。ジリイエも息を呑む。一対一の戦争はすでに終わり、多国間の世界戦争への道筋が現れていた。

「奇跡ではありますが、一筋の光明なのか、それとも新たな問題なのか」

ジリイエも判断できなかった。

「我々の問題は別にある」

カダクが短刀のような一言を放った。ジリイエは難題の上の難題に疑問の顔となる。

「あくまで仮定、そう仮定だが」カダクも自らの言葉を恐れていた。「モルディーン枢機卿長猊下とオキツグ殿が亡くなっていた場合だ」

カダク准将の憂慮が車内に響いた。

「お二方が亡くなっていたら、バロメロオ公爵閣下は、龍皇国のためにどこまで戦ってくだされるのか」

「そ、それは」

副官のジリイエが絶句した。車内の幕僚や運転手まで緊張していった。全員を代表してジリイエが口を開いた。

「まさか神聖イージェス教国や後アブソリエル帝国にはつきませんよね？」

「それはない」歴戦のカダクは断言する。「それはないが」

否定して、カダク准将は言葉を切った。続く言葉は絶対に言えなかった。

バロメロオことレコンハイム公爵は、王族でありながら国家に興味がない。美と〈擬人〉を愛する。個人としての咒式戦闘力や、軍団指揮官としての腕前も、一種の芸術だからとやっていると誰もが知っている。

バロメロオは、一族の従兄であるモルディーン枢機卿長にのみ従う。従う理由は、モルディーンが紡ぐ謀略を美しい織物だと感じているからである。そして枢機卿長は公爵にいつも楽しい戦場を用意してくれるからであった。華麗な手を使うバロメロオだが、苦戦に逆境、死闘に敗走と限界の戦いこそ本領であった。

両者の紐帯は絶対。謀略と戦略の兄弟にして師弟関係があった。

バロメロオは、オキツグにもかつての少年としての美から、現在の武将としての戦術の美を敬愛している。オキツグに戦いを楽しむ趣味はないが、同じ次元で戦術と戦略と作戦と、そして闘争を理解できるのは、彼しかいないのだ。

二人がいるから、バロメロオは龍皇国に属しているだけだとは誰もが知っている。もしモルディーンとオキツグが死亡していた場合、バロメロオ公爵が龍皇国に従う理由が消える。

北方の防御は、同格のオキツグと全体作戦を示すモルディーンを欠いた状態で、バロメロオ公爵一人の軍事的才能で支えている状況だったのだ。

「あの方の本心は分からない。もしモルディーン猊下が生きていてくだされねば」

カダクの首が左へと向く。

「我々、いや世界は、最強の軍神と人形兵団を敵に回す可能性がある」

カダクの目は装甲車の狭い窓から、遠く人形兵団の進軍を見る。円形にある本陣の装甲車が見えた。

疾駆する装甲車にいるはずのバロメロオ公爵の姿は見えない。他人の内心など誰にも分からない。バロメロオの複雑怪奇な内心は、他人どころか本人にも分からないだろう。

龍皇国の北方戦線は敗北した。バロメロオと敗残の軍は、次の地へと向かう。

戦争と、この世界の先がどうなるかは誰にも予測できなくなっていた。

広めの室内には、南国の調度品が並ぶ。籐(とう)でも光沢がある種によって作られた衝立(ついたて)は、象牙のような艶(つや)を帯びている。白い種で編まれた籐編みが壁を行き交い、室内に紗を落とす。紗幕(カーテン)の間には、色とりどりの南国の仮面が下げられていた。

天井には瀟洒(しょうしゃ)な傘(かさ)がいくつか下がり、内部の電球が橙(だいだい)色の光を投げかける。天井の中心では、四枚羽の換気扇が緩やかに回る。羽によって攪拌(かくはん)された暖気が部屋に満ちていた。

部屋の左の壁は、硝子(ガラス)による一面の窓となっていた。外に見えるのは、暗い空。氷雪が吹きすさび、大地は青白い氷に覆(おお)われていた。凍土はどこまでも無情に続いていく。

部屋は北極にあるが、室内は南国風調度という発狂した風景であった。

窓辺には一本足の机が設(しつら)えられ、上には円盤が乗っている。紅茶器具が並ぶ机の傍(かたわ)らには、重厚なツェベルン様式の椅子(いす)が鎮座していた。

椅子には男が座っていた。肘掛(ひじか)けに左腕を預け、左手が額(ひたい)の左を押さえて、寝そべるような姿勢だった。中指には藍(あい)色の宝玉を抱く指輪が嵌(は)まる。藍色の宝玉は自ら発光しているかのよう、鈍(にぶ)い輝きを帯びていた。

男は紺糸の背広に青の長外套(コート)を肩にかけていた。空の両袖(そで)が、椅子の肘掛けから下に垂れている。日々色が変わる髪は背後へと流れる。精悍(せいかん)な顔に顎髭(あごひげ)。色味を変える黄金の目は開いているが、なにも見ていない。先ほどから耳を澄まして、自らの思考に沈んでいた。

「ミルメオン様」

呼びかけをともなって、部屋の戸口に細い姿が現れる。女は黒背広に黒いネクタイを締めた姿だった。ミルメオンの秘書官にして風眞忍軍を率いる、リンドだった。

椅子に座したまま、ミルメオンと呼ばれた男は右手を軽く掲げた。許可を受け、リンドは室内に足を踏み入れる。日によって髪や瞳の色を変える主君に驚きもせず、歩んでいく。

「ご命令のままに、第五から私の第十一部隊までの進軍準備が整いました」リンドは室内を横切っていく。「いつでも出陣できます」

ミルメオンと呼ばれた男は、報告を受けて右手を下げた。追加の指示はなく、リンドはミルメオンの前で立ち止まる。そこで女の顔に疑問が浮かぶ。

「ただ、我が事務所の大規模動員に、部隊長たちの一部は戸惑っております」

リンドが付帯問題を述べていき、止まった。続く言葉はあまりに重すぎたため、閉じた口を開く。

「これほどの武力の準備は、もしかしてどこかの国と戦争を行うのでしょうか？」

疑問を抱く部隊長たちを代表して、リンドがやってきたのだ。ミルメオン咒式士事務所はツェベルン龍皇国で最強最大の咒式士事務所である。第一から第十二部隊まで存在する。部下たちは全員が高位咒式士で、世間では一千人以上が所属すると言われているが、総数は明かされていない。

第十一部隊隊長のリンドと、先に逃げた遊撃隊である第十二部隊長を除けば、全部隊長は十四階梯以上の踏破者であることが最低条件となっている。所員たちは鋼の忠誠心と暴風の力を持ち、ミルメオンに従って龍皇国だけでなく大陸全土で戦いを繰りひろげてきた。人類の危機を幾度も救ってきたという実績は、国家であっても口出しをさせない。

リンドが予測してみせたように、事務所の咒式士の多くが動くなら、ミルメオンはどこかに出陣する気であろう。おそらくはまたおびただしい数の人間か〈異貌のものども〉が消え、国すら消える。

リンドの疑問が放たれて不自然なほどの時間が経過しても、椅子に座ったミルメオンは返答しない。左手を額に当てたまま、考えていた。

男の右手が動いて、先を示す。傍らの机には、急須に保温瓶、茶筒に砂糖瓶が並ぶ。受け皿の上に空の杯が転がっていた。

リンドは息を吐く。主君は考え中だが、飲み物を所望した。秘書官は机の前に立つ。保温瓶を起動させて湯を作る。最高級の茶葉を急須に入れて、先ほどの保温瓶から湯を注ぐ。

茶葉を蒸らしている間に、リンドはミルメオンを見つめる。主君はまだ考えていた。

ミルメオン咒式士事務所は、民間最高峰の咒式士が集う最強集団だが、実績のほとんどはただ一人に帰す。世界を救う働きの九割九分はミルメオンが単独で行ったことだった。

直接戦闘では、ミルメオンは二十万の人間と〈異貌のものども〉を倒した、とまでは公式記録にされている。ミルメオンの殺害数を上回る暴君や暗君、独裁者は歴史上に多くいるが、関わる行方不明者は桁が違う。

世界を救うためにとはいえ、邪悪や狂気に陥るか救えない百万人を消し、疫病に感染した百万人もどこかへと消した。三つの小国と九つの都市が地図から消失した。各種〈異貌のものども〉も、二千万体以上を消したとされる。そのすべての存在と死体は見つかっていない。

合計で三千万以上の人と〈異貌のものども〉の行方不明の原因を、ミルメオンが一人で起こしているのだ。

先にもネデンシア人民共和国で〈踊る夜〉の一角、大法官ゴゴールを消した。世界が恐れる怪人も、ミルメオンは一蹴してしまったのだ。リンドはミルメオンにいじられることが多いため、気安く反論することもある。だが、離れたあとで総毛立つ。

リンドは蒸らしが終わった急須を握り、杯へと紅茶を注いでいく。終わると角砂糖を一個だけ足す。

無言でリンドはミルメオンへと小皿に載せた杯を差しだす。湯気の先で、女忍者の手はわずかに震える。自分を拾った主君といえど、ミルメオンは人間の限界かその先にいる存在だった。最後の人類、または人類の到達点、果てには救世主や覚者とまで呼ばれている。

ミルメオンがその気になれば、風眞忍者が全力を尽くそうが、部隊の全員で刃向かおうが、リンドは跡形もなくこの世から消えることになるのだ。

寝そべるように椅子に座る、ミルメオンの右手が動いた。リンドが掲げる杯の把手を掴み、戻す。

ミルメオンは紅茶を口に含む。男の目に紫電が走り、口が開かれた。

「まずい」

男が言った。

「最高級の紅茶だったはずですが、急いで淹れなおします」

リンドが大慌てでミルメオンの手から杯を受けとり、机へと戻る。茶筒の茶葉を確認していく。

「そちらではない」

ミルメオンが初めて答えた。左手は額から外され、椅子の背に体を預けていた。リンドは息を吐く。とりあえず不手際はなかったのだ。紅茶の杯を机の上に戻して主君の言葉を待つ。

「〈虎目〉の報告がきていてな」

「ああ、あの寄生咒式を使う間諜ですか」

意外な答えにリンドも思い出していく。

「エリダナの咒式士につけたそうですが」

リンドには理由が分からないが、なぜかミルメオンはエリダナの咒式士に少しだけ関心を寄せていた。取るに足らない存在としか思えなかったが、最近は国際情勢にもそこそこ関わってきていることは調べていた。

「その情報と、俺の元に集まってきた他の情報を総合すると」ミルメオンが薄く笑った。「アブソリエルのごたごたは、周辺諸国家のいくつかが吹き飛ぶ。下手をしたら第三次大陸大戦が起こる」

「それはまずい、では済まない非常事態ですよ！」

リンドが息を呑む。現況はリンドにとっても憂慮する事態だった。神聖イージェス教国の進軍と合わせたかのようなアブソリエルの展開と帝国の復活は、大陸の命運を左右する。

なにより〈龍〉が関わると判明していた。〈黒淄龍〉ゲ・ウヌラクノギアは、ミルメオンすら退けた、地上最大最強の存在であった。忍者であるリンドは死をさほど恐れないが、ミルメオンと〈龍〉だけは恐ろしい。ミルメオンの傍にいることで死より恐ろしいものがあると、知ってしまったのだ。

そこでリンドの黒い双眸に理解の色が灯る。

「では、我らミルメオン事務所は後アブソリエル帝国、または北方戦線へ行くのですね？」

リンドも思わず前のめりになって問うていた。激戦は望むところであった。どれほどの難敵であろうと、死より恐ろしいものであろうと、ミルメオンとともにリンドと所員たちは進むと決めていたのだ。

ミルメオンは左手を顎に当てる。中指では藍色の宝玉を抱く指輪が煌めく。〈宙界の瞳〉に呼応するように、男は笑った。

「アブソリエルには関係しているが、それらとは別の場所に行く」

笑みとともにミルメオンが語った。

「おまえたちを連れていくのは、相手の数が多くて広範囲に来るからだ。俺一人で丸ごと吹き飛ばして消して終わり、とはいかない」

ミルメオンの答えは謎めいていて、リンドは疑問顔となっていた。部下を見るミルメオンの笑みが深まる。

「なに、調子こいているバカどもと喧嘩をしにいくだけだ」

リンドの背筋には悪寒が走る。ミルメオンがふざけて喧嘩と言った場合は、必ず膨大な死者が出る。

アブソリエルに嵐が吹き荒れる今回は、どれほどの死者が出るのか想像できなかった。

リンドの胸には暗雲が巻き起こる。もしかすると、第三次大陸大戦はミルメオンが引き起こすかもしれないのだ。

されど罪人は竜と踊る

オルケストラ

原作／浅井ラボ

著／カルロ・ゼン、榊 一郎、高殿 円、長月達平、望 公太、ベニー松山、三雲岳斗

イラスト／大川ぶくぶ、楓 右手、ざいん、しのぎ、篠月しのぶ、隅ジダオ、ミトガワワタル、山本ヤマト

定価：本体 722 円＋税

「され竜」を愛する作家、漫画家、イラストレーターたちが集結。
奇想と笑い、恐怖と快楽、並行世界や本編の裏側にあったもうひとつの結末を描く、
七つの変奏曲を収めた公式短編集をご堪能あれ。

GAGAGAGAGAGAGAGAGA

ガガガ文庫1月刊

SICK2
-感染性アクアリウム-

著／澱介（おりすけ）エイド

イラスト／花澤（はなざわ） 明（あきら）
定価 946 円（税込）

その絵を見たものは溺死する——次なる任務は、恐怖の海へと
接続する謎の絵の流通を食い止めること。「つまりは、僕の出番だという事さ！」
現実に潜む悪意に対し、霊能探偵、立仙昇利が奔走する。

ガガガ文庫1月刊

最強にウザい彼女の、明日から使えるマウント教室2

著／吉野 憂

イラスト／さばみぞれ

優劣比較決闘戦に勝利し、見事Sクラス代表を勝ち取った零。新しい生活に胸を高鳴らせるが、早くもAクラスに宣戦布告されてしまう。しかも、同じクラスの仲間たちは一般人である零に非協力的でいきなり大ピンチ!?

ISBN978-4-09-453108-4（ガよ2-2）　定価814円（税込）

されど罪人は竜と踊る23　猟犬に哀れみの首輪を

著／浅井ラボ

イラスト／ざいん

復活を遂げた後アブソリエル帝国を率いる皇帝イチェードは〈踊る夜〉の仲介によって〈龍〉を使い、再征服戦争を遂行。許し難き兄ユシスとの対決から、深く懊悩するガユス。最終部突入、怒涛の3か月連続刊行進行中！

ISBN978-4-09-453109-1（ガあ2-25）　定価957円（税込）

SICK2 ─感染性アクアリウム─

著／澱介エイド

イラスト／花澤 明

その絵を見たものは溺死する――次なる任務は、恐怖の海へと接続する謎の絵の流通を食い止めること。「つまりは、僕の出番だという事さ！」現実に潜む悪意に対し、霊能探偵、立仙昇利が奔走する。

ISBN978-4-09-453110-7（ガお11-2）　定価946円（税込）

僕を成り上がらせようとする最強女師匠たちが育成方針を巡って修羅場4

著／赤城大空

イラスト／タジマ粒子

貴族すらもその傘下におさめたクロスは、ますます街での存在感を増していた。半面、クロスを狙う勢力も増え、師匠たちはその対策となる修行を計画する。その先での少女との出会いが波乱を呼ぶとも知らずに……。

ISBN978-4-09-453111-4（ガあ11-28）　定価858円（税込）

弥生ちゃんは秘密を隠せない3

著／ハマカズシ

イラスト／パルプピロシ

サイコメトリーのことを弥生ちゃんに打ち明けた皐月。だがその秘密は築き上げてきた二人の関係にヒビを入れてしまう。果たして二人は、互いが隠してきた秘密を乗り越え大切な日々を取り戻すことができるのか。

ISBN978-4-09-453112-1（ガは6-11）　定価814円（税込）

GAGAGA

ガガガ文庫

されど罪人は竜と踊る㉓
猟犬に哀れみの首輪を

浅井ラボ

発行　2023年1月23日　初版第1刷発行

発行人　鳥光 裕

編集人　星野博規

編集　湯浅生史

発行所　株式会社小学館
〒101-8001 東京都千代田区一ツ橋2-3-1
[編集]03-3230-9343　[販売]03-5281-3556

カバー印刷　株式会社美松堂

印刷・製本　図書印刷株式会社

Printed in Japan　ISBN978-4-09-453109-1

第18回小学館ライトノベル大賞 応募要項!!!!!!!!!!!!!!!!!!!!!!!!!!!!!

ゲスト審査員は宇佐義大氏!!!!!!!!!!!!

（プロデューサー、株式会社グッドスマイルカンパニー 取締役、株式会社トリガー 代表取締役副社長）

大賞：200万円＆デビュー確約
ガガガ賞：100万円＆デビュー確約
優秀賞：50万円＆デビュー確約
審査員特別賞：50万円＆デビュー確約

第一次審査通過者全員に、評価シート＆寸評をお送りします

内容 ビジュアルが付くことを意識した、エンターテインメント小説であること。ファンタジー、ミステリー、恋愛、ＳＦなどジャンルは不問。商業的に未発表作品であること。
（同人誌や営利目的でない個人のWEB上での作品掲載は可。その場合は同人誌名またはサイト名を明記のこと）

選考 ガガガ文庫編集部＋ゲスト審査員 宇佐義大

資格 プロ・アマ・年齢不問

原稿枚数 ワープロ原稿の規定書式【１枚に42字×34行、縦書き】で、70～150枚。

締め切り 2023年9月末日（当日消印有効）
※Web投稿は日付変更までにアップロード完了。

発表 2024年3月刊『ガ報』、及びガガガ文庫公式WEBサイト GAGAGA WIREにて

紙での応募 次の3点を番号順に重ね合わせ、右上をクリップ等（※紐は不可）で綴じて送ってください。※手書き原稿での応募は不可。

① 作品タイトル、原稿枚数、郵便番号、住所、氏名（本名、ペンネーム使用の場合はペンネームも併記）、年齢、略歴、電話番号の順に明記した紙
② 800字以内であらすじ
③ 応募作品（必ずページ順に番号をふること）

応募先 〒101-8001 東京都千代田区一ツ橋 2-3-1
小学館　第四コミック局　ライトノベル大賞係

Webでの応募 ガガガ文庫公式WEBサイト GAGAGA WIREの小学館ライトノベル大賞ページから専用の作品投稿フォームにアクセス、必要情報を入力の上、ご応募ください。
※データ形式は、テキスト（txt）、ワード（doc、docx）のみとなります。
※Webと郵送で同一作品の応募はしないようにしてください。
※同一回の応募において、改稿版を含め同じ作品は一度しか投稿できません。よく推敲の上、アップロードください。

注意 ○応募作品は返却致しません。○選考に関するお問い合わせには応じられません。○二重投稿作品はいっさい受け付けません。○受賞作品の出版権及び映像化、コミック化、ゲーム化などの二次使用権はすべて小学館に帰属します。別途、規定の印税をお支払いいたします。○応募された方の個人情報は、本大賞以外の目的に利用することはありません。○事故防止の観点から、追跡サービス等が可能な配送方法を利用されることをおすすめします。○作品を複数応募する場合は、一作品ごとに別々の封筒に入れてご応募ください。